U0116040

福建師範大學文學院百年學術論叢　第八輯

現代散文理論的
「個性」說研究

王炳中　著

第八輯
總序

甲辰春和，歲律肇新。纘述古今之論，弘通文史之思。

《福建師範大學文學院百年學術論叢》第八輯，以嶄新的面貌，在臺北萬卷樓圖書公司出版發行，甚可喜也。此輯所涉作者及專著，凡十有五，略列其目如次：

蔡英杰《說文解字的闡釋體系及其說解得失研究》。

陳　瑤《徽州方言音韻研究》。

　　　　以上文字音韻學二種。

林安梧《道家思想與存有三態論》。

賴貴三《韓國朝鮮王朝《易》學研究》。

　　　　以上哲學二種。

劉紅娟《西秦戲研究》。

李連生《戲曲藝術形態與理論研究》。

陳益源《元明中篇傳奇小說與中越漢文小說之研究》。

傅修海《中國左翼文學現場研究》。

雷文學《老莊與中國現代文學》。

徐秀慧《光復初期臺灣的文化場域與文學思潮》。

王炳中《現代散文理論的個性說研究》。

顏桂堤《文化研究的變奏：理論旅行與本土化實踐》。

許俊雅《鯤洋探驪──臺灣詩詞賦文全編述論》。

　　　　以上文學九種。

林清華《水袖光影集》。

　　　　以上影視學一種。

林文寶《歷代啟蒙教材初探與朗誦研究》。

以上蒙學一種。

知者覽觀此目，倘將本輯與前七輯相為比較，不難發見：本輯的規模，頗呈新貌。約而言之，此輯面貌之「新」處，略可見諸兩端：

一曰，內容豐富而廣篇幅。

如上所列，本輯所收論著十五種，較先前諸輯各收十種者，已增多百分之五十的分量，內容篇幅之豐廣不言而喻。復就諸論之類別觀之，各作品大致包括文字音韻學、哲學、文學、影視學、蒙學等五方面的研究，而文學之中，又含有戲曲、小說、詩詞賦文、現代散文、左翼文學各節目的探討，以及較廣義之文化場域、文藝理論、文學思潮諸領域的闡述，可謂春華競放，異彩紛呈！是為本輯「新貌」之一。

二曰，作者增益而兼兩岸。

倘從作者情況分析，前七輯各論著的作者，均為服務於福建師範大學的大陸學者。本輯作者十五位乃頗不同：其中十位屬福建師範大學文學院，另五位則為臺灣各高校教授，分別服務於成功大學中國文學系、臺灣師範大學國文系、臺東大學兒童文學研究所、東華大學哲學系等高教部門。增益五位臺灣學者，不僅是作者群體的更新，更是學術融合的拓展，可謂文壇春暖，鴻論爭鳴！是為本輯「新貌」之二。

惟本輯較之前七輯，雖別呈新氣象，然於弘揚優秀中華文化，促進兩岸學者交流的本恉，與夫注重學術品質，考據細密嚴謹之特色，卻毫無二致。縱觀第八輯中的十五書，無論是研究古典文史的著述，還是探索現當代文學的論說，其縱筆抒墨，平章群言，或尋文心內涵，或覓哲理規律，有宏觀鋪敘，有微觀研求，有跨域比較，有本土衍索，均充分體現了厚實純真的學術根底，創新卓異的學術追求。

「苟非其人，道不虛行」，高雅的著作，基於優秀學人的「任道」情懷。這是純正學者的學術本能，也是兩岸學界俊英值得珍惜的專業初心。唯其貞循本能，不忘初心，遂足以全面發揮學術研究的創造性，足以不斷增強研究成果的生命力。於是乎本輯十五種專著，與前七輯的七十種作品，同樣具備了堪經歷史檢驗而宜當傳世的學術質量，而本校文學院「百年學術論叢」的十載經營，十載傳播，亦將因之彰顯出重大的學術意義！每思及此，我深感欣慰，以諸位作者對叢書作出的種種貢獻引為自豪。至若臺北萬卷樓圖書公司各同道多年竭力協謀，辛勤工作，確保了叢書順利而高品格地出版發行，我始終懷抱兄弟般的感荷之情！

　　中華文化，源遠流長。歷代學人對中國悠久傳統文化的研討，代代相承，綿綿不絕，形成了千百年來象徵華夏民族國魂的文化「道統」。《易》曰：「觀乎人文，以化成天下。」即言聖人深切注重中華文明的雄厚積澱，期盼以此垂教天下後世，以使全社會呈現「崇經嚮道」的美善教化。嘗讀《晦庵集》，朱子〈春日〉詩云：「勝日尋芳泗水濱，無邊光景一時新。等閒識得東風面，萬紫千紅總是春。」又有〈春日偶作〉云：「聞道西園春色深，急穿芒屩去登臨。千葩萬蕊爭紅紫，誰識乾坤造化心？」此二詩暢詠春日勝景。我想，只要兩岸學者心存華夏優秀道統，持續合力協作，密切溝通交流，我們共同丕揚五千年中華文化的「春天」必然永在，朱子所謂「萬紫千紅」、「千葩萬蕊」的春芳必然永在。願《福建師範大學文學院百年學術論叢》的學術光華，永遠沁溢於兩岸文化學術交融互通的春日文苑！

汪文頂

謹撰於閩都福州

二〇二三年十二月一日

汪序

　　王炳中以其博士學位論文為基礎而修改完成的這部專著，率先專門討論中國現代散文理論批評中的重要範疇「個性」，選題具有前沿問題意識，論述也有集成創新、鑒往知今的學術意義，對於現代散文研究具有拓展與深化的積極作用。

　　「個性」是現代啟蒙思潮的重要話題之一，在五四新文化運動中與「民主」、「科學」思潮一道掀起現代中國的第一次思想解放浪潮，衝破封建思想束縛而興起個性解放潮流，影響遍及思想文化的各個領域，乃至社會變革的眾多方面。映現在文學革新上，既有「個性文學」的理論倡導，又有「個性表現」的各種創作實踐，尤以散文領域的個性問題最引人關注而眾說紛紜，留有豐富龐雜的理論資源，很值得專門研究和重新闡釋。

　　面對現代中國散文「個性」說的紛然雜陳，炳中力圖整合和建構一套較為系統的理論話語。他從原始資料著手，廣泛搜羅和發掘中外文論中有關個性、自我、性靈、風格等相關概念的種種言說，把散見於書刊文章中的零散資料集群化、條理化。在梳理中外理論資源的基礎上，他回歸現代歷史語境，將眾說紛紜的個性觀點根據思想基礎歸納為人性論、言志論和社會論三種個性說，辨析了不同時期不同個性說的具體含義和複雜關係。他既辨異又求同，從散文特性上探尋個性表現的真實性、獨創性、合法性等理論共識，揭示了自我個性與散文體性的內在聯繫，並在現代散文批評實踐中探討個性風格的內外成因和品鑒方法。從全書架構來看，他基本實現了自己的預設目標，把錯

綜複雜的個性問題說得有條有理，明白曉暢，為散文個性說研究提供了自成系統、集成創新的成果。

本書集成創新的特點主要體現在以下三方面：一是整合有序，從所占有的翔實史料中梳理出各家各派各方面的個性觀點，較為客觀、全面和系統地展示了現代散文理論批評個性說的整體風貌和豐富內涵。二是動態考察，儘管三種個性說的概括和命名不盡周全準確，但著重考察個性說從人性論到言志論和社會論的分化流變，還是較好地把握住現代三十年間個性思潮與社會變革的聯動關係和三種個性說之間的對話關係，有助於辯證看待個性思潮的興衰變異和是非得失。三是闡釋適當，作者主要採用「我注六經」的方法，將個性說作為現代散文理論批評史的一個重要範疇，置於當時歷史語境中，來辨析和闡釋各家觀點的本義、異同和互補意義，從存異求同、實事求是的評述中探討和建構現代散文個性說的理論共識、價值認同和話語系統，可說是集成之中寓有創新，闡釋適度而言之成理。書中引證頗豐，據實而言，論從史出，時有新意，既體現作者嚴謹扎實、慎思明辨的學風，也留有某些論述不夠明快深透的缺憾。尤其是關於個性書寫與散文體性相契合的論旨，若能進一步結合現代散文創作實踐，從創作論、心理學等角度加以深入闡發和充分論證，散文個性說的獨特性和學理性或許可能說得更明晰透徹，對當代散文發展和理論建設也應當有更大的啟示和借鑒意義。

炳中從我研習現代散文多年，現在還參與國家社會科學基金重大項目「兩岸現代中國散文史料整理研究暨數據庫建設」的科研工作，並獨立承擔國家社科基金項目「百年中國遊記的『社會風景』書寫研究」。他執著於學術志業，有農家子弟的樸實和勤勉，有潛心問學的素養和追求，基礎扎實，學風嚴謹，已在散文研究領域嶄露頭

角。希望他繼承師祖俞元桂先生開創的現代散文研究事業和「深挖一口井」的學術傳統，揚長克短，再接再厲，在今後取得更好的學術成果，與學界同人一道推進散文研究的不斷發展。

汪文頂

序於二〇二一年十二月五日

目次

緒論

一　問題緣起

　　中國現代散文的理論建設與創作實踐曾經比翼雙飛，散文觀念的形成和發展、散文家的文體意識和藝術追求，都曾深刻地影響了當時散文的創作面貌和發展歷程。然而一九四九年以後，學界對散文的關注明顯不及於詩歌、小說和戲劇，作為對一段文學史的梳理和總結，現代散文研究一度相當荒蕪。新時期以來復興的現代散文研究，主要集中於作家作品論和散文史上，理論批評方面的研究仍顯滯後和薄弱。這固然是多種原因造成的，但主要還是與現代散文理論建構的非體系性有關。散文是一種包含廣泛、書寫自由的文類，它在五四以來的思想解放和文體解放大潮中，更是充分發揮了自由自主、多樣發展的文體特長。緣於這一不確定性，現代散文理論雖然豐富龐雜，但卻難以梳理和整合出範疇明確、闡釋合理、邏輯清晰、方法適用的話語體系，致使現有研究仍無所適從而裹足不前。重新開展現代散文理論的研究，當然有多種路徑和方法，但還是要回到具體的歷史語境，從當時的眾說紛紜中，找出諸家持續關注的焦點話題和核心概念，加以系統而深入的探究和闡發，在重點突破中帶動相關問題的探討，如此方能避免以往線性歷史考察的預設性或全面鋪開的泛泛而談，有效推進本領域的研究。

　　在現代散文理論建設過程中，眾所關注的問題有散文的範疇、分類、本體特性、文體筆調等，主要圍繞個性、自由、真實、言志、載道、社會性等範疇展開。其中的「個性」範疇則是當時爭議不已、探

討最深的一個熱點話題，乃至有聚合其他範疇的功能，可謂關乎中國散文理論的現代性轉型，理應作為專題加以重點研究。

現代散文是在「人」的發現和個性覺醒的時代語境中成長壯大起來的，表現自我、張揚個性是其最基本的價值追求。作為創作實踐的引導和總結，當時的散文理論界對「個性」這一審美範疇也極為重視，關於它的探討幾乎貫穿了整個現代散文史。但「個性」這一範疇內涵複雜，除去文學審美，還涉及生理學、心理學、人類學、政治學、文化學、社會學等多種學科的交叉和會通，這使得現代散文的個性表現精神成為人人想說但又難以說清的一個話題；然而，在近半個世紀的反覆闡說中，它也被賦予了豐富多樣的意涵，形成了紛繁複雜的現代散文理論「個性」說。「個性」說涉及散文本體論、創作論、文體論、風格論、鑒賞論等方面的理論與實踐問題，直接影響了現代散文文類的生成及建構，對其進行綜合性考察，基本上可以還原現代散文理論發生和展開的脈絡。「個性」說既是傳統散文理論的總結和轉化，也深度影響了當代散文的理論建設、批評活動、創作實踐，具有自成體系和承上啟下的理論價值，足以成為一個專門的學術話題，因此本書對其研究也主要在「現代文學三十年」這一時間框架裡展開。

必須說明的是，本書所謂的「個性」並非現代散文理論界固定使用的一個單一概念，而是筆者對一組常用概念的總稱，比如出現在當時各種理論文獻裡的「個人」、「自我」、「言志」、「性靈」、「格調」、「筆調」、「風格」等關鍵詞，皆可納入「個性」範疇裡。「個性」觀念雖然是五四以後才流行開來，但其生成和來路卻有著複雜的思想史背景。

往前追溯，中國古代其實有著豐富的自我與個性理念，如儒家對個人人格修養的重視，老莊學派對自然人性的追求，皆可作如是觀。杜維明甚至提出「儒家個人主義」之說，但這種個人主義是「把個人的積極性調動起來共赴國難的精神，而不是西方意義上的個人主

義」[1]。諸如此類的個人和個性理念，只是把人當成道德主體來看待，個性表達的自由度主要取決於主體自我修養及其能動性實踐能夠達到何種程度，個人還未從各種倫理綱常中獨立出來，成為具有現代法權意義的獨立主體，個性自由的訴求整體上也未能突破道統思想的框架。學界傾向於認為，具有現代意義的「個性」觀念的萌芽始於晚明的思想裂變。最具代表性的是這一時期的李贄貶斥程朱理學，提倡絕假純真的「童心說」，認為「童心」是人為之人的根本：「夫童心者，真心也」、「若失卻童心，便失卻真心；失卻真心，便失卻真人。人而非真，全不復有初矣。」[2]「童心說」針對的是孔孟之道和程朱理學的普遍義理，肯定個體的價值，試圖改變個體之於群體秩序的絕對附庸關係，這事實上也是主張個性自由，真實表達自我。李贄的思想在當時可謂驚世駭俗，也開啟了明末清初啟蒙思想家懷疑、批判正統儒家倫理和封建專制制度的序幕。比如清初啟蒙「三大思想家」就把以李贄為代表的晚明異端思想進一步拓展和深化。黃宗羲認為人本質上都是自私自利的：「有生之初，人各自私也，人各自利也」[3]。顧炎武也表達了相似的觀點：「自天下為家，各親其親，各子其子，而人之有私，固情之所不能免矣。」[4]王夫之則試圖在天理中注入人欲的內容：「人欲之大公，即天理之至正」、「人欲之各得，即天理之大同。」[5]圍繞理與欲、公與私的討論，這些思想家進一步論證了個人利益和個人權利存在的必要性和價值意義。特別是他們對封建君主專制的批判和民貴君輕的思想，具有了近代人道主義的氣息。黃宗羲就

1　杜維明：《東亞價值與現代多元性》（北京市：中國社會科學出版社，2001年），頁81。
2　李贄：〈童心說〉，見張建業譯注：《焚書》（北京市：中華書局：2018年），卷3，頁585。
3　黃宗羲：《明夷待訪錄・原君》（北京市：中華書局，2011年），頁6。
4　顧炎武：《日知錄》（上海市：上海古籍出版社，2014年），卷3，頁59。
5　王夫之：《讀四書大全說》（北京市：中華書局，1975年），卷4，頁284。

認為：「向使無君，人皆得自私也，人皆得自利也」[6]。這類主張否定君權，試圖重新定位群己關係，蘊含著保障個人權利的訴求，其思想深處已然有近代民主主義的質素。到了晚清，處於傳統向近代過渡之際的龔自珍，以其離經叛道的思想言論呼應了一個新時代的到來。他提出了「自」和「我」的概念：「天地，人所造，眾人自造，非聖人所造。聖人也者，與眾人對立，與眾人為無盡。眾人之宰，非道非極，自名曰我。我光造日月，我力造山川，我變造毛羽肖翹，我理造文字語言，我氣造天地，我天地又造人，我分別造倫紀。」把「眾人」與「聖人」對立起來，再由此把「自我」置於第一等的位置，這雖然帶有意志論的色彩，但卻極大地衝擊了正統儒家「天理」和「天命」觀念對個人的桎梏，吹響了個性解放的時代強音。[7]

當然，不管是晚明的思想裂變、明末清初的啟蒙思想，還是龔自珍的大膽叛逆，整體上都屬於中國封建社會進入自我批判階段的外在表徵，真正具有現代意義的個性觀念，則是鴉片戰爭以後伴隨著個人觀念的興起和「群己」之辨的展開才逐漸形成的。西方列強的入侵以及清政府的全面潰敗，使當時的有識之士對弱肉強食的世界秩序有了基本認識，代表中國傳統世界觀的「天下」觀逐漸瓦解，而一種基於強國保種的現代民族國家意識開始形成。「天下」意味著世界以中國為中心，是古代中國人對自己與世界關係的一種認知，所謂「天朝」、「華夏」、「華夷」等概念都是在這一觀念下派生出來的。而當古老的中國在列強的入侵下被迫捲入「世界」中去的時候，知識精英們才有了「睜眼看世界」的可能，他們發現天下並非只有中國，中國也不是唯一的教化之邦，環宇列國都有存在的依據和法理，那些曾被藐視的「西夷」的物質文明乃至制度文明甚至遠超中國。於是傳統的「天

6　黃宗羲：《明夷待訪錄·原君》（北京市：中華書局，2011年），頁8。

7　顧紅亮、劉曉虹：《想像個人：中國個人觀的現代轉型》（上海市：上海古籍出版社，2006年），頁30-44。

下」觀逐漸讓位於「萬國」觀。正如漢學家列文森所說的,「近代中國思想史的大部分時期,是一個使『天下』成為『國家』的過程。」[8]國族意識的形成及構建現代民族國家的實踐,也意味著中國人的群體認同發生了革命性的變化。近代啟蒙思想者普遍認識到,民族國家的建立取決於民族的自覺,國家是具有主權的實體,而主權在民;個人的解放是通向群體、社會和國家真正解放的基本條件。這就為個人觀念的現代轉型和個性解放的訴求提供了思想基礎。康有為認為「群則強」,但這所謂的「群」並不維繫於儒家的倫理綱常,相反作為「群」一分子的個人則有自主、平等的權利:「人人獨立,人人平等,人人自主,人人不相侵犯,人人交相親愛,此為人類之公理。」[9]十九世紀末,嚴復積極引介達爾文的進化論,指出:「其始也,種與種爭,及其成群成國,則群與群爭,國與國爭。而弱者當為強肉,愚者當為智者役焉。」[10]在他看來,中國要在「物競天擇」的環境下勝出,首要的是提高國民的素質,所以他發展英國哲學家斯賓塞《教育論:智育、德育、體育》中的思想,圍繞「民智」、「民力」、「民德」,提出了「三民」說。而國民素質的建設,當然是要落實到具體的個人,賦予個體獨立自主的權力,因為個人是國家的基礎,只有健全的個人,國家才能強大起來,「唯天生民,各具賦畀,得自由者,乃為全受,故人人各得自由,國國各得自由,第務令毋相侵損而已。」[11]梁啟超在嚴復的基礎上,提出了「新民」學說,強調個人之於民族國家的重要性,他認為:「國民者,一私人之所結集也;國權者,一私人之權利所團成也。故欲求國民之思想之感覺行為,舍其分子之各私人

8　〔美〕列文森著,鄭大華等譯:《儒教中國及其現代命運》(北京市:中國社會科學出版社,2000年),頁87。

9　康有為:《孟子微》(北京市:中華書局,1987年),頁23。

10　嚴復:〈原強〉,《嚴復集》(北京市:中華書局,1986年),第1冊,頁5-6。

11　嚴復:〈論世變之亟〉,《嚴復集》,第1冊,頁2-3。

之思想感覺行為而終不可得見，其民強者，謂之強國，其民貧者，謂之貧國。」[12]又說：「不患中國不為獨立之國，特患中國今無獨立之民，故今日欲言獨立，當先言個人之獨立。」[13]正是國族意識的覺醒及「新民」說的提出，重新定義了「個人」，個人不再是道德主體而是法權主體，從而擺脫了傳統文化從身份、關係、角色等方面對個人的束縛，賦予了個人作為人類一分子本身所具有的獨特價值。個人觀念的現代性變革，呼喚了五四個性解放時代的到來。

不同於晚清，「五四」是一個倫理覺醒的時代。正如陳獨秀所說：「倫理的覺悟，為吾人最後覺悟之最後覺悟。」這首先體現在試圖徹底砸碎傳統宗法制度和封建禮教的枷鎖，所以這一時期出現了許多批判舊制度、舊道德、舊文化的言論。比如陳獨秀的〈孔子之道與現代生活〉，魯迅〈我之節烈觀〉、〈我們現在怎樣做父親〉，吳虞的〈禮論〉、〈吃人與禮教〉、〈家族制度為專制主義之根據論〉、傅斯年的〈萬惡之原〉等文，皆鞭撻了儒學中的家族制度與專制政治對個人的桎梏，認為「儒家以孝弟二字為二千年來專制政治、家族制度聯結之根幹，貫徹始終而不可動搖。使宗法社會牽制軍國社會，不克完全發達，其流毒誠不減於洪水猛獸矣」[14]，多數人從生下來那一天，就被家庭「教訓他怎樣應時，怎樣捨己從人，怎樣做你爺娘的兒子，決不肯教他做自己的自己。一句話說來，極力的摧殘個性」[15]。與此相關的是解除奴性對個性的壓抑，進行自我內在精神品格的重建。陳獨秀在《青年雜誌》發刊詞〈警告青年〉「六義」中，第一條便是主張「自主而非奴隸」。在此背景下，男女平等、婦女解放、兒童解放、

12 梁啟超：〈論權利思想〉，《梁啟超全集》（北京市：北京出版社，1999年），第3卷，頁674-675。

13 梁啟超：〈十種德性相反相成義〉，《梁啟超全集》（北京市：北京出版社，1999年），第2卷，頁428。

14 吳虞：〈家族制度為專制主義之根據論〉，《新青年》第2卷第6期（1917年）。

15 傅斯年：〈萬惡之原〉，《新潮》第1卷第1期（1919年），原署名「孟真」。

反抗父權、婚戀自由等話題，成為五四先驅構建個性觀念的重要載
體。這方面的問題學界已有過充分的討論，在此不再贅述。但可以確
認的是，五四時期的個性觀念雖然並未拒絕群體性內涵，但卻是以
「個人」為本位的、以自我為中心、以個人為出發點，是五四先驅思
考思想革命和社會變革的基本論調。個性自由之所以成為可能，既緣
於主體意志的驅動，也來自於外在秩序的瓦解。

　　總而言之，現代中國的「個性」觀念與近代以來「國民」意識的
覺醒、「人」的發現、「個人」及「個人主義」話語的確立密切相關，
這其中既有中國傳統思想資源的「內應」，又有西學東漸的「外援」。
本土與西方的兼收並蓄，再加以複雜的時代環境，使其留下了繁複難
辨的風貌。其中有兩點值得注意：一是就內在而言，現代中國的「個
性」觀念有兩個面向。以賽亞‧柏林在《自由論》一書中把「自由」
分成「消極自由」和「積極自由」兩種。前者指「就沒有人或人的群
體干涉我的活動而言，我是自由的」，後者「源於個體成為他自己的
主人的願望」，指當一個人正在做想做的事的時候，他是自由的。[16]現
代中國的「個性」觀念亦可以作如是區分。消極的個性觀重在反抗和
追求個性的解放，力求去除束縛個性的種種外在因素。比如五四時期
對傳統倫理綱常桎梏個性的激烈批判，三十、四十年代一些自由主義
文人對時代和社會的拒絕，皆屬消極意義上的個性觀念。積極的「個
性」觀重在進取和建設，是在個性解放的基礎上進一步提升自我，或
者表現為個體積極參與群體和社會的改造、革新。五四時期平民人格
的建構，一些馬克思主義者和革命家對於介入性人格的重視，都屬於
積極的個性觀念。比如李大釗指出：「個性解放，斷斷不是單為求一
個分裂就算了事，乃是為完成一切個性，脫離了舊絆鎖，重新改造一

---

16 〔英〕以賽亞‧柏林著，胡傳勝譯：《自由論》（南京市：譯林出版社，2011年），頁
　　170、179、180。

個普通廣大的新組織。一方面是個性解放，一方面是大同團結。」[17]
又說：「真正的解放，不是央求人家『網開三面』，把我們解放出來，
是要靠自己的力量，抗拒沖決，使他們不得不任我們自己解放自
己。」[18]個性解放不是目的，而是手段，這雖然在某種程度上會反過
來犧牲個性自由，但這樣的個性卻更具精神力量，在啟蒙與救亡二重
奏的現代中國，無疑更需要這樣的個性觀念。

　　二是個性與外在的公共性或社會性的關係問題。中國一向有「小
己大群」的傳統，晚清的群己之辨雖然肯定了「己」的價值意義，但
實際上從未放棄「群」的規範意願。五四時代的個性解放雖然狂飆突
進，但當時的思想界並未將個性與公共性、個人與群體置於對立的位
置。比如當時主張「個人本位」的陳獨秀就有著「內圖個性之發展，
外圖貢獻與群」[19]的設想。胡適在〈易卜生主義〉中提倡「真正純粹
的為我主義」，認為一個人要想有益於社會，「最要緊的還是救出自
己」，但在半年以後的〈不朽——我的宗教〉一文中，又指出「我這
個現在的『小我』，對於那永遠不朽的『大我』的無窮過去，須負重
大的責任；對於那永遠不朽的『大我』的無窮未來，也須負重大的責
任。」[20]五四以後，風起雲湧的革命運動和民族解放運動，更是使個
性觀念與集體主義糾纏在一起。可以說，現代中國的個性觀念雖有自
我論證的能力，但從來都不是自足的。有論者指出：「現代中國的自
我認同問題不是以個人主義為第一原理，相反，它始終圍繞著以民
族—國家為中心的群體秩序，因此，『國民認同』構成了自我認同的
最初形式。由於沒有公民（市民）思想傳統的支撐，現代中國的『國

---

17 李大釗：〈平民主義〉，《李大釗全集》（北京市：人民出版社，2006年），第4卷，頁
　122。

18 李大釗：〈真正的解放〉，《李大釗全集》（北京市：人民出版社，2006年），第2卷，
　頁363。

19 陳獨秀：〈新青年〉，《新青年》第2卷第1號（1916年）。

20 胡適：〈不朽——我的宗教〉，《新青年》第6卷第2號（1919年）。

民認同』一再成為把個人直接納入國家體系，成為直接把個人交付給國家來使用的方式。」[21]實際上，在現代中國，無論是自我認同，還是個性的表達，都遵循著這樣的運行邏輯。

很顯然，我們應該將現代散文理論的「個性」說置於廣闊的思想史背景裡加以觀照。現代散文理論界雖然很多時候是圍繞創作實踐來談論「個性」，但他們對「個性」的理解卻與他們對歷史、文化、社會、時代的態度息息相關。從「個性」說的精神資源、形態流變、理論共識到它在具體批評實踐上的應用，都離不開諸種思想基礎的精神滋養。因此，在具體的研究過程中，不能就「個性」談「個性」，也不能就散文本身來考察「個性」說，而應從更廣闊的場域裡來觀照它，將其置於本土與西方、歷史與現實、審美與政治等話語背景中，查探它如何勾連起文學的內部與外部。

二　學術史梳理

從學術史的角度來看，早在五四時期，就有關於散文個性風格問題的片言隻語。一九二二年，胡適在〈五十年來中國之文學〉中就指出周作人等人小品散文的風格特點：「用平淡的談話，包藏著深刻的意味；有時很像笨拙，其實卻是滑稽。」[22]到了二十世紀三十年代，當時文藝界對於散文的個性表現精神更是有過大規模的探討。這一時期的小品文論爭、「言志」與「載道」之爭，初步從學理角度探討了「個性」問題。儘管論爭的各方皆持有不同的散文「個性」觀念，都力圖確立己方立場和觀點的合法性，並未將相關問題「學術化」，而

---

21 陳贇：《困境中的中國現代性意識》（上海市：華東師範大學出版社，2005年），頁5。

22 胡適：《五十年來中國之文學》，《胡適全集》（合肥市：安徽教育出版社，2003年），第2卷，頁343。

且糾纏於不同的意識形態之間，理論言說難免有所偏頗，但卻為後來的研究者提供了豐富的理論資源和方法論啟示。或者說，這一時期關於散文個性理論的探討既是本書的研究對象，亦是本書研究的起點。五十年代至七十年代，由於特殊政治語境下學術界對「自我」、「個性」、「個人主義」等觀念的規避和批判，致使該問題長期被忽視。儘管在一九六〇年前後的「筆談散文」中，偶有論者提及並肯定現代散文的個性表現精神，但多為創作經驗之談，亦非自覺的學術研究。直至八十年代，現代散文理論「個性」說的「學術化」才逐漸展開，大體可分為三種路徑。

　　一是宏觀考察「個性」說及其價值意義。相關論文有俞元桂、姚春樹等合撰的〈中國現代散文的理論建設〉和〈中國現代散文理論建設管窺〉[23]、佘樹森的〈現代散文理論鳥瞰〉[24]、方銘的〈論現代散文理論建設〉[25]、汪文頂的〈現代散文的基本觀念和發展歷程〉[26]、王鐘陵的〈20世紀中國散文理論之變遷〉[27]、黃科安的〈西方現代性與中國現代隨筆的話語建構〉[28]、吳周文和陳劍暉的〈構建中國自主性散文理論話語〉[29]等；專著方面，林非的《中國現代散文史稿》[30]、俞元桂主編的《中國現代散文史》[31]、姚春樹和袁勇麟合著的《20世紀中國雜文史》[32]、鄭明娳的《現代散文類型論》[33]、陳劍暉的《中

23　二文分別刊載於《福建師範大學學報》1981年第1期和《文藝研究》1982年第1期。

24　佘樹森：〈現代散文理論鳥瞰〉，《北京大學學報》1986年第5期。

25　方銘：〈論現代散文理論建設〉，《中國現代文學研究叢刊》1986年第2期。

26　汪文頂：《無聲的河流——現代散文論集》，上海市：上海三聯書店，2003年。

27　王鐘陵：〈20世紀中國散文理論之變遷〉，《學術月刊》1998年第11期。

28　黃科安：〈西方現代性與中國現代隨筆的話語建構〉，《徐州師範大學學報》2005年第3期。

29　吳周文、陳劍暉：〈構建中國自主性散文理論話語〉，《中國社會科學》2021年第3期。

30　林非：《中國現代散文史稿》，北京市：中國社會科學出版社，1981年。

31　俞元桂主編：《中國現代散文史》，北京市：人民文學出版社，2019年。

32　姚春樹、袁勇麟：《20世紀中國雜文史》，福州市：福建教育出版社，1997年。

33　鄭明娳：《現代散文類型論》，臺北市：大安出版社，1987年。

國現當代散文的詩學建構》[34]、蔡江珍的《中國散文理論的現代性想像》[35]、顏水生的《中國散文理論的現代轉型》[36]、丁曉原的《精神的表情：現代散文論》[37]等，也有不同程度的述及。

　　二是對「個性」觀念子範疇的研究，涉及「自我」、「言志」、「性靈」、「閒適」、「幽默」等與個性表現精神密切相關的概念範疇，這方面的研究較多。專著方面有范培松的《中國散文批評史》[38]、歐明俊的《現代小品理論研究》[39]、呂若涵的《「論語派」論》[40]、江震龍的《解放區散文研究》[41]等；論文方面有吳周文的〈「載道」與「言志」的人為互悖與整一——一個糾結百年文論問題的哲學闡釋〉[42]、林非的〈關於20世紀的「性靈散文」〉[43]、陳劍暉的〈「五四」時期的「性靈」散文思潮〉[44]和〈中國現代散文與「言志性靈」文學思潮〉[45]、黃科安的〈非系統：中國現代隨筆觀念的藝術構建〉[46]和〈閒筆：中國現代隨筆觀念的藝術構建〉[47]、沈義貞的〈在藝術與非藝術之間——中國現代散文理論的回顧與思考〉[48]等。

34　陳劍暉：《中國現當代散文的詩學建構》，南昌市：江西高校出版社，2004年。
35　蔡江珍：《中國散文理論的現代性想像》，北京市：中國社會科學出版社，2006年。
36　顏水生：《中國散文理論的現代轉型》，北京市：中國社會科學出版社，2014年。
37　丁曉原：《精神的表情：現代散文論》，廣州市：廣東人民出版社，2017年。
38　范培松：《中國散文批評史》，南京市：江蘇教育出版社，2000年。
39　歐明俊：《現代小品理論研究》，上海市：上海三聯書店，2005年。
40　呂若涵：《「論語派」論》，上海市：上海三聯書店，2002年。
41　江震龍：《解放區散文研究》，上海市：上海三聯書店，2002年。
42　吳周文：〈「載道」與「言志」的人為互悖與整一——一個糾結百年文論問題的哲學闡釋〉，《文藝爭鳴》2019年第10期。
43　林非：〈關於20世紀的「性靈散文」〉，《廣播電視大學學報》2004年第1期。
44　陳劍暉：〈「五四」時期的「性靈」散文思潮〉，《華南師範大學學報》2005年第1期。
45　陳劍暉：〈中國現代散文與「言志性靈」文學思潮〉，《福建論壇》2013年第9期。
46　黃科安：〈非系統：中國現代隨筆觀念的藝術構建〉，《重慶社會科學》2003年第3期。
47　黃科安：〈閒筆：中國現代隨筆觀念的藝術構建〉，《名作欣賞》2006年第1期。
48　沈義貞：〈在藝術與非藝術之間——中國現代散文理論的回顧與思考〉，《江海學刊》2001年第3期。

　　三是個案分析某一作家的散文個性觀及其思想基礎，這方面的研究成果也較為豐富，主要圍繞周作人、林語堂等自由主義文人的散文理論展開。相關論文有 D・E・波拉德的〈周作人散文理論與東西方小品文〉[49]、黃開發的〈論周作人「自己表現」的文學觀〉[50]、喻大翔的〈周作人言志散文體系論〉[51]、胡有清的〈論周作人的個性主義文學思想〉[52]、陳平原的〈林語堂的審美觀與東西文化〉[53]、王兆勝的〈林語堂與公安三袁〉[54]、施建偉的〈林語堂幽默觀的發展軌跡〉[55]、羅永奕的〈郁達夫的散文理論〉[56]、丁亞平的〈論李健吾文學批評的審美個性〉[57]、劉錫慶的〈現代散文「理論建設」的回顧和反思〉[58]等；此外，一些現代散文名家專論或評傳，如錢理群的《周作人傳》[59]和《周作人論》[60]、高恆文的《周作人與周門弟子》[61]、王兆勝的《林語堂與中國文化》[62]、林太乙的《林語堂傳》[63]等也有所論及。除了專著和期刊論文，還有許多博碩士論文也涉及上述三種路徑的研究，在此不一一羅列。

---

49 〔英〕D・E・波拉德撰，趙京華譯：〈周作人散文理論與東西方小品文〉，《中國現代文學研究叢刊》1988年第2期。

50 黃開發：〈論周作人「自己表現」的文學觀〉，《魯迅研究月刊》1994年第6期。

51 喻大翔：〈周作人言志散文體系論〉，《文學評論》1999年第2期。

52 胡有清：〈論周作人的個性主義文學思想〉，《中國現代文學研究叢刊》1996年第1期。

53 陳平原：〈林語堂的審美觀與東西文化〉，《文藝研究》1986年第3期。

54 王兆勝：〈林語堂與公安三袁〉，《江蘇社會科學》2003年第6期。

55 施建偉：〈林語堂幽默觀的發展軌跡〉，《文藝研究》1989年第6期。

56 羅永奕：〈郁達夫的散文理論〉，《湖北師範學院學報》1991年第2期。

57 丁亞平：〈論李健吾文學批評的審美個性〉，《中國現代文學研究叢刊》1987年第2期。

58 劉錫慶：〈現代散文「理論建設」的回顧和反思〉，《海南師範學院學報》2000年第4期。

59 錢理群：《周作人傳》，北京市：北京十月文藝出版社，1990年。

60 錢理群：《周作人論》，上海市：上海人民出版社，1991年。

61 高恆文：《周作人與周門弟子》，鄭州市：大象出版社，2014年。

62 王兆勝：《林語堂與中國文化》，北京市：社會科學文獻出版社，2007年。

63 林太乙：《林語堂傳》，臺北市：聯經出版事業公司，2011年。

　　上述研究在個性觀念辨析、創作個性品評、主要觀點闡釋和相關範疇梳理等方面均有所創獲和積累，提供了許多議題生長點。特別是二十世紀九十年代以來，相關研究大多擺脫了政治意識形態的糾葛，不再對「個性」說作簡單的價值判斷，而是理性認識其在現代散文理論體系中的核心地位和價值意義，顯現出開放、包容的研究態勢。但受選題目標、研究視點和理論方法的限制，已有研究還存在以下不足：

　　其一，偏重「個性」說的外圍研究，未能結合散文本體特性，對「個性」說的理論形態和特定內涵及其邏輯關係作系統、深入的透視與辨析，難以建立散文藝術個性分析評價的理論框架和價值尺度。

　　其二，以個案研究和子範疇研究為主，且多偏於非左翼文論系統，涵蓋面和代表性不夠豐富多樣，無法還原「個性」說多元共生、交錯互動的理論風貌。

　　其三，缺乏對「個性」說的結構分析。現代散文理論的「個性」說不是鐵板一塊，而是多音部共鳴。從歷時性角度來看，從五四時期到三十年代再到四十年代，「個性」說總是在不斷地發展變化，與現代中國的歷史進程息息相關。從共時性的角度看，雖然現代自由主義作家是「個性」說的主要倡導者，但其內部卻有所分歧，即使是一道倡導「言志」觀念的周作人和林語堂，也有各自的立場和理論訴求；另一方面，不僅一些自由主義文人堅持「個性」說，左翼作家如魯迅、茅盾等也不否認散文中個性表現精神的合理存在，但目前學術界對這方面的探討還不夠，忽視了散文個性理論言說主體的多元化。

　　其四，偏重理論文本的解讀，忽視「個性」說在批評實踐方面的成就。「個性」說不僅包括純粹的理論探討，也包括對作家作品個性風格的辨析品鑒。目前學界對於後者的關注較少，大多是在論及現代散文的個性理論時附帶提及。

　　最後，學術研究的理論方法比較陳舊、單一。「個性」說的核心概念「個性」一詞極具複雜，它涉及生理學、心理學、人類學、社會

學、文藝學等多種學科，要想對「個性」說作出系統性的研究，就必須借助以上相關學科的理論資源，但此前的研究者多從社會學和文藝學的角度進入，缺乏多學科的會通和互證。

三　本書的研究思路與總體框架

本書主要採用聚焦透視、以點帶面的研究方法，把「個性」觀念作為現代散文理論批評的核心問題，將其置於具體歷史語境和散文發展坐標之中進行專題研究。具體思路是，在全面梳理現代散文理論批評原始資料的基礎上，探尋個性理論的淵源因革，辨析各種個性話語的形態、脈絡及其互動和對話，尋繹諸家對散文個性內涵達成的理論共識和互補意義，並進一步考察「個性」說在批評實踐方面的應用和創新，從而形成對「個性」說由表及裡、史論結合的綜合性研究，建構以「個性」為焦點的散文理論研究範式。主要從以下幾個方面展開：

第一，關於「個性」說的資源整合問題。現代散文理論「個性」說的生成，首先得益於以 Essay 為主的西方隨筆觀念的「外援」。從二十世紀二十年代周作人的《美文》、胡夢華的《絮語散文》以及魯迅翻譯的廚川白村《出了象牙之塔》關於 Essay 的論述，到三十、四十年代的各種小品文「作法」、「講義」熱，西方隨筆自我表現的精神品格、題材與主題的日常化取向、絮語閒談的藝術手法，無不被激賞和引為標尺，深度影響了現代散文個性理論的建構。其次，從「內應」的角度來看，現代作家注重抉發中國古代富有思想藝術個性和自主創新精神的散文作家作品、風格流派和文學精神，致力於傳統文論的現代轉化，貫穿著對「言志」、「性靈」和「發憤抒情」諸說的發掘與闡釋，具有為現代散文個性理論探尋歷史依據和傳統資源的初衷，以及融舊鑄新、以今釋古的理論特色。再次，是近代散文主體性理論的蘊蓄。從晚清到五四，中國散文理論經歷了近代早期改良派文人突

破義法藩籬的求變階段，近代後期維新派文人創設平易暢達的「新文體」階段，以及五四新文學作家以個人和自我為本位的散文文類建構階段。近代以來散文主體性理論的調整和演進，呈示的是散文文學的自律性和個性自由精神品格逐步確立的過程。

第二，關於「個性」說的形態流變問題。「個性」說是一個複雜的理論場，在何謂個性、為何個性、個性與社會和群體等關鍵問題上，當時的理論界眾說紛紜。從各自的思想基礎來看，可概括為三大形態：其一，人性論的「個性」說。它成型於五四時期，以人本主義為思想基礎，主張打破道統和文統對散文創作的桎梏，倡揚散文中個人情感的解放，追求自然、健全的自我表現。人性論的「個性」說在現代中國綿延不絕，主要由「學衡派」、梁實秋等「新人文主義」者和新「京派」作家所傳承和發展。其二，言志論的「個性」說，由五四以後一批固守個性自由園地的自由主義知識分子所倡導。它始於周作人及其弟子所提倡的散文言志觀，經以林語堂為首的「論語派」同人的鼓吹而風行於二十世紀三十年代文壇。言志論「個性」說調和了五四的散文個性觀、古代中國的抒情言志傳統和西方的自由主義、表現主義理論，提倡自我和閒適的散文觀念，在反對散文個性表現工具理性化的同時，也為現代散文理論建設開拓出本土化、民族化的路徑。其三，社會論的「個性」說。主要以社會學和階級論為思想基礎，對散文中的人性、個性進行社會分析和階級分析，探討散文中集體與個人、大我與小我、階級性（黨性）與個人性等一系列具有主從關係的觀念。這一闡釋框架，充實了個性的現實內涵，但也使散文中的個性在某種程度上成為社會性和階級性的附庸。

第三，關於「個性」說的理論共識問題。「個性」說雖存在不同的理論形態，但也達成了以下幾個共識：一是比照詩歌和小說、戲劇文類映證散文個性表現的獨特性，認為詩歌的個性表現具有超脫於日常生活、主體詩意化、詩體塑形化的特徵，小說、戲劇主要通過虛構

的人物、情節、衝突，間接表達創作主體的審美個性，而散文則擅長抒寫個人日常感興，自我表現也更為素樸、自然、直接、鮮明。二是致力於散文「體性」關係的建立，認為散文創作不僅是主體獨立人格和自主意識的突顯，還是主體潛意識的湧動和滲透，普遍提倡有感而發、即興作文的散文理念。同時也注意到作家個性表現的複雜性，指出個性自由的背後是散文作者的潛心創造，而非「作風」的肆意張揚。三是從價值審美層面強調個性表現的真實性，包含感性層面的真情實感、理性層面的真知灼見，這根本上是追求一種本真本色之境界，但同時也認識到了個性表現之真的有限性。四是探討個人性與公共性的關係。普遍認識到，散文創作要真正做到個性解放，就必須擴大題材，宇宙之大蒼蠅之微無所不包；解放散文的思想內容，「處處不忘自我，也處處不忘自然與社會」；提倡藝術表達的自由創造和多樣發展。這三個方面的價值設置都涉及到了個人性與公共性的統一。就形而上層面的文學精神而言，各家認為兩者並無價值品質差異，只表示主體寫作視域的可能性涉指，主張兩者的兼容共生。而當公共性和個人性進入形而下的操作層面，即何謂公共、何謂個人成為一種實然，公共和個人的內置及其文學表達可以被具體感知時，價值判斷就有高低優劣之分。

　　第四，關於個性風格的批評鑒賞問題。現代作家也運用個性理論衡文論人，把「個性」說引向散文批評實踐和創作經驗的總結。首先，從風格的主觀因素來看，現代散文的批評主體和批評對象大多同屬一個文學時代，文學交互關係比較密切，因此前者常常從個人經歷、思想觀念、學識和素養、稟賦和氣質等方面，把捉後者作品中人與文的互照。但另一方面，批評主體也充分審視了現代中國社會政治的複雜性及其孕育出的知識分子人格的豐富性，並據此指出散文中人與文的錯位關係。在此基礎上，現代散文批評進一步考察了散文作家對文體的選擇和利用，同時也注意到不同散文體式對散文作家的預期

和反作用。另外，批評主體並沒有滿足於人與文的表層關係，而是在某種程度上引入傳統批評的境界觀念，看取現代散文中的人格與文境。其次，從風格的客觀因素來看，雖然現代散文的風格面貌與作家的人格精神密不可分，但作家畢竟是處在一定的社會關係中進行創作，其散文風格的發生與演進深受諸多客觀因素的影響，特別是在現代中國複雜的歷史語境中，尤其要考慮到這一點。有鑑於此，現代散文批評也很重視從客觀的層面去探析散文作家作品個性風格的成因，主要涉及時代變革、中外文學經典和地方文化等因素。再次，在批評的思維方法及批評文體上，現代散文批評整體上借鑒了西方文學批評重演繹和邏輯分析的思維方法，更加清晰和深入地展示了現代散文作家的創作個性和散文作品的風格特性。但另一方面，緣於散文個性風格的流動性和模糊性，眾多批評家在某種程度上又借鑒了傳統感悟式和點評式的批評方法，使風格鑒賞更為貼近批評家個人的閱讀感受，更能切近批評對象的獨特性。但無論持哪一種批評模式，批評家大多採用隨筆式的批評文體，同時基本拋棄了傳統片段式的形式體制，代之於較長篇幅的「細磨細琢」。這一切，都使現代散文的批評藝術具有了現代學術品格。

通過以上四個方面，本書力圖全面梳理和辨析個性話語的各種觀點和理論內涵，探討自我個性與散文體性的內在聯繫和有關批評觀念的邏輯關係，建構散文批評個性分析的概念術語和理論方法。這是現代散文研究的前沿課題和理論難題，對於散文研究的創新和深化、散文創作的獨創和繁榮都具有理論價值與實踐意義，對於文藝學的藝術個性研究亦有方法論啟示和借鏡作用。

第一章
個性觀念的資源整合

　　二十世紀三十年代，周作人在總結五四以來散文創作的成就時指出：「新散文的發達成功有兩重的因緣，一是外援，一是內應。」他所說的「外援」是指西方文學與科學哲學上的新思想，「內應」即傳統中國的抒情言志理念。[1]周作人的中外合成說也是當時理論界的基本看法，只不過在何者為先、何者為重上存在著分歧。整體觀之，現代散文是在五四個性解放思潮中成長壯大起來的，表現自我、追求個性審美是其最基本的價值取向，而這又與西方隨筆觀念的引介並受到廣泛認同密切相關。因此，論及現代散文個性觀念的生成，首先應考慮異域資源的汲取。另一方面，中國古代文學有豐富的個性風格理論，它們雖沒有成為主流的文學觀念，但卻生生不息，遷流曼衍。新文學運動以後，在外來哲學文化思潮的啟示和刺激下，它們不斷地被發掘和改造，參與現代散文個性觀念的建構，從而推動中國散文理論的古今轉型。值得注意的是，西方隨筆自我表現觀念的「外援」和本土散文抒情言志傳統的「內應」，還離不開晚清民初具有現代性意義的散文主體性理論的發酵、傳播，正是後者的催化作用及其帶來的觀念解放，現代散文理論的「個性」說才有了與時俱進、中外會通的理論品格。

1　周作人：〈導言〉《中國新文學大系・散文一集》（上海市：上海良友圖書印刷公司，1935年），頁10。

第一節　西方隨筆自我表現精神的「外援」

　　現代散文理論「個性」說的「外援」主要以異域的個人觀念、個性主義哲學文化思潮為主，其中又以 Essay 為代表的西方隨筆的自我表現精神的影響最為直接。Essay 是十六世紀法國蒙田首創，隨後在英國興盛發達並產生世界性影響的一種散文體裁。「作為近代隨筆的突出代表，它集中體現了隨筆體散文注重個性表現、充滿自由創造精神的藝術傳統。這恰好是我國古代散文所欠缺或受冷遇的內容，也恰好是現代中國思想革命和文學革命所需求的內容。」[2]因此，Essay 在五四被發現後，其表現自我、張揚個性的精神得到了新文學作家和理論家的青睞，出現了諸多關於 Essay 的譯介，進而在精神品格的確立、題材與主題的取向、藝術手法的取捨上，深刻地影響了現代散文理論「個性」說的建構。

一

　　現代中國的個性與自我觀念，深受西方個人主義思潮的催化。根據香港學者金觀濤和劉青峰考證，早在十九世紀三十年代出版的《東西洋考每月統記傳》一書中，當時的傳教士就經常用人人自主之理來表達西方現代個人權利觀念，但並沒使用「個人」一詞，在此後相當長的一段時間中，中國也沒有接受西方個人觀念。在一八八五年出版的第一部系統論述西方自由主義經濟原理的中文譯著《佐治芻言》中，「Individual」被譯為「人」，「Individual Rights and Duties」則被譯為「論人生職分中應得應為之事」。在此，「Individual」仍沒有被翻

2　汪文頂：〈英國隨筆及其對中國現代散文的影響〉，《無聲的河流──現代散文論集》
　　（上海市：上海遠東出版社，2003年），頁102。

譯為具有西方語境內涵的「個人」。這也說明,「Individual」很難用中文詞彙準確表達,也不被士大夫所理解和接受。兩位學者沿用通行的說法認為,「個人」作為現代政治語彙是一八八四年在日本定名,然後由日本傳入中國的。但在「Individual」定名為「個人」並傳入中國之前,中國已用形形色色的詞來翻譯它了。最常見的有「人」、「人人」「私」、「己」、「小己」、「獨」、「個人」等,偶爾還使用其他譯名。「人」在中文裡主要含義是指每一個人,「獨」意義更多是「獨立」、「單獨」,所以這兩個詞的意義與「Individual」都較有偏差,故不可能流行。在剩下的「己」、「私」和「個人」三個詞中,一開始它們是同時使用的。如嚴復用「小己」,梁啟超則喜歡用「個人」。一九〇二年梁氏明確說「國家之主權,即在個人」,並在「個人」這個詞下注明「謂一個人也」,相對接近西方的個人權利觀念。[3]

　　對於西方個人主義在中國的傳播和影響,許紀霖在〈個人主義的起源——「五四」時期的自我觀研究〉一文中作了系統的梳理。他認為西方的個人主義(Individualism)在長期的歷史演化中形成了三種不同的思想傳統:原子論、方法論和個性論的個人主義。在近代傳入中國後,總體而言,原子論的個人主義由於在中國思想傳統中缺乏自然法、原子論等基本理論預設,因而影響有限。而後兩種個人主義卻在中國古典思想傳統中找到了相應的「知音」:方法論的個人主義與中國傳統的「群己觀」結合,而個性論的個人主義則與儒家的「人格主義」接軌。陌生的外來觀念一旦「催化」本土傳統,中國古典思想中獨特的自我觀念便在晚清語境下「發酵」為近代的個人觀念。經過各種外來思潮的「催化」,五四思想界對個人的理解是多元的,大致可分為科學主義和人文主義兩大流派。科學主義的個人觀將「個人」

3　金觀濤、劉青峰:《觀念史研究:中國現代重要政治術語的形成》(北京市:法律出版社,2010年),頁152、153。

放在一個科學的、機械主義的宇宙之中加以認識，自我的思想和行動受到客觀因果律的支配，然而由於人是理性的動物，可以通過科學認識和掌握客觀世界的法則，或者在自身的歷史實踐之中積累經驗，從而獲得個人的自由。人文主義個人觀比較複雜，類型眾多，有以蔡元培、杜亞泉、吳宓等為代表的繼承儒家德性傳統的「德性的個人」，有周作人的將中國道家、日本傳統和古希臘精神結合起來的「自然的個人」，有受到尼采「超人」精神強烈鼓舞的以魯迅、李石岑為典範的「意志的個人」，還有朱謙之那樣的將「情」視為宇宙和自我之本體的「情感的個人」。它們都試圖在支配性的科學法則之外，各自通過德性、意志、情感或自然人性，建立現代的個人認同。由此，許紀霖進一步指出五四時期社會上流行著的三種個人主義：個性主義、獨善主義和唯我主義，恰恰是中國儒家、道家和楊朱三種個人傳統在現代的延續和蛻變。從楊朱之學演化而來的物欲性的唯我主義在社會上大行其道；繼承了老莊精神傳統的獨善主義，鄙視物欲，注重個性的自我完善，在知識分子中頗為流行。但五四時期個人主義的主流價值觀卻依然是儒家的，即胡適稱之為「健全的個人主義」或「易卜生主義」的個性主義。它重視個性的發展和精神的獨立，但不是避世的，而是具有儒家積極進取的淑世精神；以個人為本位，但終極追求不是個人的私利，而是最大多數人的最大善，為全社會和全人類的利益而積極行動。這種意義上的個人主義，正是五四的主流。[4]正是在清末民初譯述西方個人主義思想、個性解放成為五四時代呼聲的背景中，以健全的個人主義、自由主義為思想基礎的西方隨筆才成為新文學作家的聚焦點和接受源。

4　許紀霖：〈個人主義的起源——「五四」時期的自我觀研究〉，《天津社會科學》2008年第6期。

二

個性與自我是以 Essay 為代表的西方隨筆的基本文體要素，它的引進為現代散文理論「個性」說注入了全新的質素。由法國作家蒙田首創而盛行於英國文壇的 Essay，備受我國作家和理論家關注的是其表現自我、任心閒話的文體特性。蒙田的嘗試不僅開創了一種新文體，同時也設置了這種新文體的創作原則和精神傳統，正如他在其《隨筆集》序文〈給讀者〉所說的：「這是部坦白的書」，「我自己就是這部書底題材」，「我要人們在這裡看見我底平凡、純樸和天然的生活，無拘束亦無造作：因為我所描畫的就是我自己」，「只想把它留作我底親朋底慰藉：使他們失了我之後，可以在這裡找到我底性格和脾氣底痕跡，因而更懇摯更親切地懷念我。」[5]其含義，一是表現自我，主要描寫自己平凡、純樸、天然的日常生活和精神生活，留下自己的個性痕跡；二是自由書寫，無拘束亦無造作，真誠自然，與自我存在狀態相契合而形成個人文體；三是態度親切，視讀者為親朋知己而敞開心懷，絮語漫談，使讀者讀其書如晤其人。這種自由自在地表現自我的散文觀，在十八、十九世紀的英國文壇被奉為隨筆散文的圭臬，並與浪漫主義思潮合流而進一步張揚個性表現的精神傳統，形成英國隨筆異彩紛呈的洋洋大觀。方重在〈英國小品文的演進與藝術〉中概括了其主要特點：「其一，個人的，坦白的態度；其二，閒適的，懇切的格調；其三，內容以日常的形態，意想，或各自的情感與經歷為宜。」[6]蒙田和英國隨筆的個性自由書寫，明顯與五四時代引進和流行的人本主義、個性主義、自由主義思潮相契合，又與我國「獨抒性靈、不拘格套」的「古河」相通，因此引起現代散文理論界

5　〔法〕蒙田著，梁宗岱譯：《蒙田散文選（一）·給讀者》，鄭振鐸編：《世界文庫》（上海市：生活書店，1935年），第7冊，頁3001。

6　方重：〈英國小品文的演進與藝術〉，《武漢大學文哲季刊》第6卷第4期（1937年）。

的共鳴，成為眾所關注和普遍認同的核心觀念。

　　早在五四初期，劉半農在〈我之文學改良觀〉中就提到「Essay」這一概念[7]；胡適在〈建設的文學革命論〉一文中也談到西洋有許多「中國從不曾夢見過的體裁」，其中就包括蒙田和培根的散文隨筆[8]；傅斯年在〈怎樣做白話文〉中也說「無韻文裡頭，再以雜體為限，僅當英文的 Essay 一流」[9]。五四初期關於 Essay 的這些隻言片語，僅是提到外國有此類散文而已，並未具體介紹其文體特性。直到一九二一年，周作人〈美文〉的發表，Essay 才逐漸引起文壇的注意。他明確提出，「外國文學裡有一種所謂論文[10]，其中大約可以分作兩類。一批評的，是學術性的。二記述的，是藝術性的，又稱作美文[11]，這裡邊又可以分出敘事與抒情，但也很多兩者夾雜的。這種美文似乎在英語國民裡最為發達，如中國所熟知的愛迭生，蘭姆，歐文，霍桑諸人都做有很好的美文，近時高爾斯威西，吉欣，契斯透頓也是美文的好手。」[12]在此前發表的〈人的文學〉、〈個性的文學〉等文中，周作人曾提倡「個人主義的人間本位主義」和「個性的文學」，在〈美文〉中又認為美文寫作「只是真實簡明便好。我們可以看了外國的模範做去，但是須用自己的文句與思想，不可去模仿他們。」[13]很明顯，周作人是根據自己所持的文學觀念發現西方隨筆，從而把 Essay 視為真實表達自己的一種文體，可學其個人獨創精神而不能止

7　劉半農：〈我之文學改良觀〉，《新青年》第3卷第3號（1917年）。

8　胡適：〈建設的文學革命論〉，《新青年》第4卷第4號（1918年）。

9　傅斯年：〈怎樣做白話文〉，《新潮》第1卷第2號（1919年）。

10　「論文」為Essay的譯名之一，周作人早在一九〇八年〈論文章之意義暨其使命因及中國近時論文之失〉一文中，就把英國培根的《Essays》譯為《論文小集》。

11　關於「美文」一詞，周作人在一九〇八年〈論文章之意義暨其使命因及中國近時論文之失〉中提及：「赫胥黎則以文章一語合於美文」。

12　周作人：〈美文〉，《晨報》1921年6月8日，原署名「子嚴」。

13　周作人：〈美文〉，《晨報》1921年6月8日，原署名「子嚴」。

於模仿。一九二四年，王統照〈散文的分類〉一文在談及「時代的散文」（雜散文）時指出：「雜散文最普通與最主要的表現是論文（Essay），然而在形式中必有描寫與批評的二種。第一種是代表光明，自由及普遍的藝術，第二種是文學批評的特書」，並指出它們具有「文字上不受任何形式的拘束易於自由揮發」、「集合眾長而運用自由，獨抒所見」、「良好的趣味」等文體特長。[14]整體觀之，上述諸家只是在整體引介西方散文時不同程度談及 Essay 這一品類，對其自我與個性精神的介紹主要還是以零敲碎打為主，影響較為有限，直至廚川白村《出了象牙之塔》一書關於「Essay」的論述被魯迅引介到中國後，其精神品格才引起當時文藝界的廣泛注意。

魯迅在二十世紀二十年代中期致力於翻譯廚川白村的著述。先是譯出《苦悶的象徵》作為自己在北京女師大教授文學批評的講義，推介其以生命力表現為核心的文藝思想，影響廣泛。隨後譯介《出了象牙之塔》，其中關於 Essay 的解說，被人反覆徵引，視為散文理論批評的經典之論：

> 如果是冬天，便坐在暖爐邊的安樂椅子上，倘在夏天，則披浴衣，啜苦茗，隨隨便便，和好友任心閒話，將這些話照樣地移在紙上的東西，就是 Essay。興之所至，也說些以不至於頭痛為度的道理罷。也有冷嘲，也有警句罷。既有 Humor（滑稽），也有 Pathos（感憤）。所談的題目，天下國家的大事自不待言，還有市井的瑣事，書籍的批評，相識者的消息，以及自己的過去的追懷，想到什麼就縱談什麼，而托於即興之筆者，是這一類的文章。
>
> 在 Essay 比什麼都緊要的要件，就是作者將自己的個人底人格

---

14 王統照：〈散文的分類〉（續），《文學旬刊》1924年第27號。

的色彩，濃厚地表現出來。從那本質上說，是既非記述，也非
說明，又不是議論，以報導為主眼的新聞記事，是應該非人格
底（Impersonal）地，力避記者這人的個人底主觀底的調子
（Note）的，Essay 卻正相反，乃是將作者的自我極端地擴大
了誇張了而寫出的東西，其興味全在於人格底調子（Personal
note）。有一個學者，所以，評這文體，說，是將詩歌中的抒
情詩，行以散文的東西。倘沒有作者這人的神情浮動者，就無
聊。作為自己告白的文學，用這體裁是最為便當的，既不像在
戲曲和小說那樣，要操心於結構和作中人物的性格描寫之類，
也無須像做詩歌似的，勞精敝神於藝術的技巧。為表現不偽不
飾的真的自己計，選用了這一種既是費話也是閒話的 Essay 體
的小說家和詩人和批評家，歷來就很多的原因即在此。[15]

　　廚川白村精通西洋文學史，對 Essay 的論述簡明扼要，既以形象
的描述界定它是「隨隨便便，和好友任心閒話」，「想到什麼就縱談什
麼，而托於即興之筆」寫下的一類文章，又深入揭示其特性是「作者
將自己的個人底人格的色彩，濃厚地表現出來」，「將作者的自我極端
地擴大了誇張了而寫出的東西，其興味全在於人格底調子」，是「最
為便當的」、「自己告白的文學」，所以許多作家選用這種「既是費話
也是閒話」的體裁來「表現不偽不飾的真的自己」。他把這種文體的
體性、形神傳達出來了，在作者自我表現的自在性與文體隨意自如的
自由性之間體會到同質同構的內在聯繫，切中了 Essay 的命脈，所以
才被魯迅和眾多文人所認同和激賞，引為散文小品的知音和標尺，深
刻影響著中國現代散文的理論建設和創作走向。郁達夫曾說「魯迅先

15　〔日〕廚川白村著，魯迅譯：《出了象牙之塔》，《魯迅全集》（北京市：人民文學出
　　版社，1973年），第13卷，頁164-166。

生所翻的廚川白村氏在《出了象牙之塔》裡介紹 Essay 的一段文章，
更為弄弄文墨的人，大家所讀過的妙文」，是「英國散文對我們的影
響之大且深」的重要實證。[16]

繼魯迅之後，胡夢華於一九二六年在《絮語散文》中全面系統地
對西方散文特別是英法隨筆的體性作了進一步概括和發揮，認為「近
世自我（Egotism）的解放和擴大曾促進」抒情詩和絮語散文這「兩
種文學質和量上的驚人進步」；其「美質」除了「家常絮語」的重要
特性外，「還有比較重要的就是作者和作品的關係」，認為仔細讀了一
篇絮語散文，可以洞見作者的「人格的動靜」、「人格的聲音」、「人格
的色彩」，「所以它的特質是個人的（Personal），一切都是從個人的主
觀發出來，所以它的特質又是不規則的（Irregular）、非正式的
（Informal）。」[17]雖然英國漢學家卜立德教授認為胡夢華的這篇文章
其實是在美國出版的《英國隨筆》（*The English Familiar Essay*）一書
引言的節譯，但正如有些論者指出的：「胡夢華還是有眼光的，他抄
的這篇引言，至今在英國小品文研究論著中仍然是第一流的。」[18]確
實，雖然「絮語散文」這一名稱沒有傳播開來，但該文的影響力是不
可否認的。鍾敬文的〈試談小品文〉就曾大段地引述過胡夢華的文
字，並在此基礎上提出小品文「只要是真純的性格的表露，而非過分
的人工的矜飾矯造，便能引人入勝，撩人情思。」[19]可以說，自廚川
白村關於 Essay 的介紹經由魯迅之手翻譯到中國，以及胡夢華對絮語
散文的精闢概括之後，個性與自我作為散文的基本要素已被現代散文
界廣泛認可。

16　郁達夫：〈導言〉《中國新文學大系・散文二集》，《郁達夫文集》（廣州市：花城出
　　版社，1983年），第6卷，頁269。

17　胡夢華：〈絮語散文〉，《小說月報》第17卷第3號（1926年）。

18　張夢陽：〈魯迅雜文與英國隨筆的比較研究〉，《社會科學戰線》1997年第2期。

19　鍾敬文：〈試談小品文〉，《文學週報》1928年第349期。

　　梁遇春翻譯過多種英國小品文選，創作也師承蘭姆、赫茲里特一派，被稱為「中國的愛利亞」[20]。他選譯十八世紀斯梯爾、阿狄生、哥爾斯密，十九世紀蘭姆、赫茲里特、亨特、布朗和二十世紀切斯特頓、貝洛克、盧卡斯、林德、高爾斯華綏諸家小品，並在序跋和譯注中點評各家的風格特點，從而提出他的小品文主張：「小品文是用輕鬆的文筆，隨隨便便地來談人生，並沒有儼然地排出冠冕堂皇的神氣，所以這些漫話絮語很能夠分明地將作者的性格烘托出來。……許多批評家拿抒情詩同小品文相比，這的確是一雙很可喜的孿生兄弟，不過小品文更是灑脫，更胡鬧些罷！小品文像信手拈來，信筆寫去，好像是漫不經心的，可是他們自己的奇特的性格會把這些零碎的話兒熔成一氣，使他們所寫的篇篇小品文都彷彿是在那裡對著我們拈花微笑。」[21]著眼於散文小品個性表現的自由性和親切性，梁遇春的散文觀念雖無獨異之處，但卻是從自己的著譯經驗中提煉出來的，與蒙田、蘭姆的文學精神，與魯迅、胡夢華、方重等譯述的歐美隨筆理論和創作，都是一脈相通、有所同好的。

　　朱自清認為現代散文既有「中國名士風」，又有「外國紳士風」，但「所受的直接的影響，還是外國的影響」，並說自己的散文「意在表現自己」，是「有話要說」而「自然而然採用了這種體制」。[22]這話本是針對周作人先前說過的話：「現代的散文在新文學中受外國的影響最少」，但在辨析和自白中倒也指出了現代散文受到外國影響而趨於自我表現的實情。周作人後來補充說：「中國新散文的源流我看是公安派與英國的小品文兩者所合成」，小品文「則在個人的文學之尖端，是言志的散文，他集合敘事說理抒情的分子，都浸在自己的性情

20　郁達夫：〈導言〉《中國新文學大系‧散文二集》，《郁達夫文集》，第6卷，頁269。

21　梁遇春：〈序〉《小品文選》（北京市：北新書局，1930年），頁1。

22　朱自清：〈論現代中國的小品散文〉，《文學週報》1928年第345期。

裡，用了適宜的手法調理起來，所以是近代文學的一個潮頭」。[23]這就把中英小品文會通起來，把言志抒情和個性表現融為一體，視為個性藝術的突出代表和現代性的重要標誌。林語堂雖然追隨周作人把現代散文的源頭追溯到晚明的「性靈」小品，但他也不否認中外會通說，認為：「西洋近代文學，派別雖多，然自浪漫主義推翻古典文學以來，文人創作立言，自有一共通之點，與前期大不同者，就是文學趨近於抒情的、個人的：各抒己見，不復以古人為繩墨典型。一念一見之微，都是表示個人衷曲，不復言廓大籠統的天經地義。而喜怒哀樂，怨憤悱惻，也無非個人一時之思感，因此其文詞也比較真摯親切，而文體也隨之自由解放，曲盡纏綿，以意役法，不以法役意了。近代文學作品所表的是自己的意，所說的是自己的話，不復為聖人立言，不代天宣教了。所以近代文學之第一先聲，便是盧梭的《懺悔錄》」，據此他確證「性靈派之排斥學古，正也如西方浪漫文學之反對新古典主義，性靈派以個人性靈為立場，也如一切近代文學之個人主義。」[24]此後，由於文學理想的差異以及對個人與社會關係的不同理解，理論界依據不同的立場和思想基礎提出了各自的「個性」說。但在眾說紛紜中，卻是一個系脈的衍變，諸家都是普遍認同西方隨筆所注重的個人色彩和自我意識，衝破「文以載道」的陳舊觀念，把自我個性的自由表現視為散文的特質和現代表徵，在創作主體性、個性真實性、文體獨創性等核心內涵和基本問題上達成異口同聲的共識和相輔相成的互補。

　　必須指出的是，現代散文界對於西方隨筆的理念和精神並非全盤接受，而是有選擇性地借鑒和吸收。Essay 在其自身的發展過程中，大約出現了兩種形式：正式的 Formal Essay 與非正式的 Familiar Essay，

23　周作人：〈近代散文抄序〉《苦雨齋序跋文》（石家莊市：河北教育出版社，2002年），頁127。

24　林語堂：〈論文〉，《論語》1933年第15期，原署名「語堂」。

亦可如林語堂所說的分為「學理文（Treatise）」和「小品文（Familiar Essay）」。前者以培根、瓊生、布朗、考萊等人的創作為代表，後者則以蒙田、阿狄生、蘭姆、赫茲里特等的創作為代表。總的說來，兩者都是自我告白的文學形式，但在作者情感介入的深淺、主體人格與個性的顯露程度以及語體風格等方面卻有所區別。[25]前者「相對地不帶個人感情；作者以權威的身分，或者至少是以學識淵博的人的身分寫作，解釋主題有條不紊。」而後者則「以一種親切的口氣同他的讀者講話，並傾向於討論日常瑣事，而不討論公眾事物或專門題目；寫作方法是輕鬆愉快、自我揭露、甚至異想天開的方式。」[26]整體觀之，現代散文界普遍排斥前者而肯定後者。因為現代散文是在「反對古文義法的束縛、要求文體的解放的時代呼聲中」[27]確立起來的，而前者帶有「冠冕堂皇的神氣」，後者則是自由不拘、親切自然的閒談絮語。周作人在〈美文〉中沿用二分 Essay 的習見，把外國文學裡的「論文」分為批評的學術性的和記述的藝術性的兩種，又稱記述的藝術性的為「美文」，以「愛迭生，蘭姆，歐文，霍桑諸人」的創作為代表，並建議：「現代的國語文學裡，還不曾見有這類文章，治新文學的人為什麼不去試試呢？」[28]周作人在這裡把蘭姆等人視為「美文」作家，顯然是用「美文」指稱 Familiar Essay。對現代散文理論建構影響至深的廚川白村，說 Essay 是「隨隨便便，和好友任心閒話」、「想到什麼就縱談什麼，而托於即興之筆」[29]寫下的一類文章，其實探討也是 Familiar Essay。胡夢華把 Familiar Essay 譯成「絮語散文」，並認為培

25　蔡江珍：〈論英國Essay與中國散文現代性理論的關係〉，《福建論壇》2007年第3期。

26　〔美〕阿伯拉姆：〈小品文〉，傅德岷編：《外國作家論散文》（烏魯木齊市：新疆大學出版社，1994年），頁32。

27　汪文頂：〈英國隨筆及其對中國現代散文的影響〉，《無聲的河流——現代散文論集》（上海市：上海遠東出版社，2003年），頁112。

28　周作人：〈美文〉，《晨報》1921年6月8日，原署名「子嚴」。

29　〔日〕廚川白村著，魯迅譯：《出了象牙之塔》，《魯迅全集》，第13卷，頁164-165。

根的散文「欠個人的風趣」、「不能算是一個純粹的絮語散文家」，[30]因而推崇蘭姆一脈娓娓道來、毫不矯飾的文章。梁遇春翻譯過多種英國小品文選，但他卻有意忽略培根、沃爾頓、布朗、考萊等人相對典重謹嚴的隨筆，而著重選譯斯梯爾、阿狄生、蘭姆、赫茲里特、切斯特頓、高爾斯華綏諸家輕鬆活潑的小品。這一取向顯然是緣於他對有「輕鬆的文筆」而無「冠冕堂皇的神氣」的 Familiar Essay 的偏愛。[31]林語堂則把「學理文（Treatise）」和「小品文（Familiar Essay）」比附為「載道文」與「言志文」，他不喜前者的「莊嚴」和「不敢越雷池一步」，而肯定後者的「個人筆調」（Familiar style），讚賞其「係主觀的，個人的，所言係個人情感」。[32]以上諸家對於 Familiar Essay 的倚重，主要是著眼於這一品類隨筆中個性、自由和親切三者的有機聯繫，強調作者個性的審美把握在小品文創作中的主導作用。正是出於這一意味，現代散文理論界不僅對蒙田、阿狄生、蘭姆等人的隨筆理念有著充分的認同，而且還以此為標高構建現代中國散文的個性理論話語。

三

　　蒙田絮語人生的隨筆被引入英國以後，其關注日常人生的態度和價值取向得到了英國散文作家的師承和發揚，形成了一脈注重日常生活瑣事、習俗軼聞書寫的傳統，他們把個人的眼光投注於日常人生，並從中體味出價值來。英國作家本森曾說：「我們盼著隨筆作家用他那親切友好之手所描寫的，是那千千萬萬瑣屑的問題和浮動著的遐想，它們來自我們這白駒過隙般的塵世生活，我們的日常工作，我們

30　胡夢華：〈絮語散文〉，《小說月報》第17卷第3號（1926年）。

31　梁遇春：〈序〉《小品文選》，頁1。

32　林語堂：〈論小品文筆調〉，《人間世》1934年第6期，原署名「語堂」。

的閒暇時刻，我們的娛樂消遣，最重要的，來自我們跟別人的聯繫交往——所有這一切無法預料、互不聯繫、形形色色、平平常常的生活素材，隨筆作家應該賦予某種美感，理出一個頭緒。」又說「與傳奇作者恰恰相反，隨筆作家唯一不變的宗旨是把眼光牢牢盯住日常瑣事，是正視實際狀況而不是從它們那裡高飛遠揚。」所以他讚嘆「像查爾斯・蘭姆這樣一位作家的力量就在於他坦然運用極其平凡的生活素材，而最簡單的生活經歷經他的手點染，就像神仙故事中發生的事情那樣，一下子就變得妙趣橫生、放出異彩！」[33]亞歷山大・史密斯說小品文作家應「避免觸目的大題。也得揀選那種最瑣屑的題目，從小處著眼，而漸漸涉及它們的想像最歡喜想的大題目」，他認為小品文作家「不會缺少題材。日常的生活，已經很豐富」，「其最重要的天賦，是在乎能從很平凡的事物中，找出其暗示」，「人世到處皆文章，我們只須做個人世的筆述者，便可以了。」因此他讚許蒙田「對於最瑣屑的題材，他很認真；然而對於最嚴重的題材，他卻又能瑣瑣屑屑。」[34]深受西洋文學影響的日本作家芥川龍之介也曾說：「因為使人幸福，不可不愛日常的瑣事，靈的光，竹的戰慄，雀群的聲音，行人的容貌，一一在所有的日常瑣事之中，感著天上的甘露味。」[35]西方作家對於瑣細題材的關注和眷念，不僅在於他們可以由此獲得精神的自由和解放，還在於他們看到了人生的每一細微處都飽含著無限的意蘊，他們可以按照自己對日常人生的態度隨興所至地去體察，道出人所未道的意義和樂趣，讓即使單調乏味、平凡無奇的日常事物亦能化為華麗、新奇的東西。

33　〔英〕亞瑟・克里斯托夫・本森：〈隨筆作家的藝術〉，阿狄生等著，劉炳善譯：《倫敦的叫賣聲》（北京市：生活・讀書・新知三聯書店，2013年），頁272、276、279。

34　〔英〕亞歷山大・史密斯著，林疑今譯：〈小品文作法論〉，《人間世》1934年第2、4期。

35　轉引自李素伯：《小品文研究》（上海市：新中國書局，1932年），頁39。

　　西方隨筆由個人而人生的題材取向與五四時期盛行的「人的文學」主張顯然有著相契合的一面。周作人在〈人的文學〉中提出文學要以「個人主義的人間本位主義」「寫人的平常生活」[36]，創造一種「不必記英雄豪傑的事業，才子佳人的幸福，只應記載世間普遍男女的悲歡成敗」[37]的平民文學。「人的文學」理念之所以獲得廣泛認可，在於個人的永不缺席，並以一種高標著獨立精神的姿態注視人生，最終在文學與現實人生之間搭起一座進退自如的橋樑。正是在這個意義上，西方散文隨筆中那種以個人主義立場關注人生的文學方式，給現代散文理論界予極大的驚喜，他們由此發現了一種與「經世文章」異質的言說主題，使他們多年來提倡的「人的文學」和「平民文學」的主張不再停留於精神的籲求，而是非常貼切地坐實在人生的細微之處，個體的日常人生由此合法地進入了散文的審美領域。林語堂宣稱小品文應對「種種人生心靈上問題，加以研究，即是牛毛細一樣題目，亦必窮其究竟，不使放過。」[38]陳叔華說小品文所描繪的人情世故就像「荷包裡裝的東西，即使渺小，含義偉大，凡為人類，皆須思考。」[39]葉聖陶談論隨筆時也道：「讀書的心得，日常的見聞，對於事物的感想或意見，在生活中感到的情味等等，無論怎樣零碎，怎樣瑣屑，用來作別種文章也許不相宜的，用來作隨筆無不相宜。」[40]即使到了血雨腥風的二十世紀四十年代，李廣田仍不否認「身邊瑣事」的審美價值：「至於瑣事，當然是相當散漫的，這表現起來就容易成為小品散文的形式。」[41]總的來看，現代散文界對於日常瑣碎題材的偏

36　周作人：〈人的文學〉，《新青年》第5卷第6期（1918年）。

37　周作人：〈平民文學〉，《每週評論》1919年第5期，原署名「仲密」。

38　林語堂：〈論小品文筆調〉，《人間世》1934年第6期，原署名「語堂」。

39　陳叔華：〈娓語體小品文釋例——小大辯〉（上），《人間世》1935年第28期。

40　葉聖陶：《文章例話》（上海市：開明書店，1937年），頁38。

41　李廣田：〈論身邊瑣事與血雨腥風〉，俞元桂主編：《中國現代散文理論》（南寧市：廣西人民出版社，1984年），頁145。

愛，雖出於文體的自覺，但主要還是為了糾治傳統載道文的虛偽空疏之弊，讓散文從神聖莊嚴的殿堂走向煙火人間，使其在個人親切眼神的燭照下散發出誘人的光焰，這正如李素伯所說的，小品散文「所表現的正是零星雜碎的片段的人生。在這裡，讀者雖不能愉快地領略到象在小說中所表現的一切可歌可泣可愛可憫的有系統的人生的斷面；卻能出其不意的，找到在人生裡隨處都散布著的每顆沙礫的閃光，使你驚嘆，使你欣喜，以為不易掘得的寶藏。」[42]

當然，文學不能等同於日常人生，「文學不能把人生絲毫不苟地反照在上面」[43]，但由於個人的在場，文學成為人生不可缺少的安慰和精神指導，「小品文的妙處也全在於我們能夠從一個具有美好的性格的作者眼睛裡去看一看人生。」[44]正如沈從文所說的：「讀者從作品中接觸了另外一種人生，從這種人生景象中有所啟示，對『生命』能作更深一層的理解」[45]。因此現代散文家大多不願讓日常的瑣碎之談墮落為無聊的嘮叨，而是提倡「從小處落筆，卻是著眼在大處」[46]，談出味道和意義。正是如此，那些關於個人日常生活的閒言碎語，才會如此誘惑著現代散文作家，這也可從另一方面說明，周作人、林語堂等人為何孜孜不倦於「蒼蠅之微」的散文寫作。

西方隨筆在表現自我、關切人生的同時形成了相應的絮語筆調，這也為現代散文創建有別於古文的語體風格提供了參照系。英國隨筆向來有與讀者推誠相與、絮語閒談的特點。蒙田是「絮語散文」的開創者，他用漫不經心的態度和親切隨和的語氣縱談人生感悟、日常雜事，用精細微妙的心靈賦予每一件所談事物以全新的意義，他的娓娓

---

42 李素伯：《小品文研究》，頁12-13。

43 梁遇春：〈文學與人生〉，《春醪集》（北京市：北新書局，1930年），頁126。

44 梁遇春：〈序〉《小品文選》，頁1。

45 沈從文：〈短篇小說〉，《國文月刊》1942年第18期。

46 徐懋庸：〈金聖歎的極微論——小品文作法講義　第一章〉，《人間世》1934年第1期。

細談表明寫作不只是個人的自由行為，還可使他與讀者處於平等對話之情境中。蒙田奠定的個人化寫作以及絮語文風在十九世紀被蘭姆等作家發揮到了極致。蘭姆談窮孩子、論烤豬、寫拜太爾太太打牌，無不採用一種有意與讀者閒談的方式娓娓道來。由蒙田到蘭姆一派散文的絮語文風得到了中國現代散文理論界的認同，他們用「絮語」、「娓語」、「閒談」、「閒話」定位現代散文的文體筆調。胡夢華率先把「Familiar Essay」譯為「絮語散文」，確認「這種散文不是長篇闊論的邏輯的或理解的文章，乃如家常絮語，用清逸冷雋的筆法所寫出來的零碎感想文章。」[47]林語堂認為理想的散文「如在風雨之夕圍爐談天，善拉扯，帶感情，亦莊亦諧，深入淺出，如與高僧談禪，如與名士談心……讀其文如聞其聲，聽其語如見其人」[48]，強調小品文筆調應是「認讀者為『親熱的（Familiar）』故交，作文時略如良朋舊話，私房娓語……或者談得暢快忘形……達到如西文所謂『衣不紐扣之心境（Unbuttoned moods）』」[49]。葉聖陶認為小品散文是一種不同於「講義體」的文章，它「決不搭足空架子」，「作者見到什麼想到什麼就說什麼，見不到想不到就不硬要來說。……那是抱著一種親切的態度的：讀者讀了，總覺得自己跟作者同在這個世界裡，所談論的也正是這個世界裡的事；即使讀者被罵了被譏諷了，也會發生反省或者憤怒，但決不會看得漠然，認為同自己絕不相干。」[50]現代散文界對於絮語筆調的偏愛，在於能夠因此任心而談，率性而作，讓閒談的心性、自由的心態和親如好友的讀者三者之間取得內在的協調，從而去除阻礙散文個性化的外在束縛和壓力。絮語筆調無疑是充滿魅力的，

---

47 胡夢華：〈絮語散文〉，《小說月報》第17卷第3號（1926年）。

48 林語堂：〈小品文之遺緒〉，《人間世》1935年第22期，原署名「語堂」。

49 林語堂：〈論小品文筆調〉，《人間世》1934年第6期，原署名「語堂」。

50 葉聖陶：〈關於小品文〉，陳望道編：《小品文和漫畫》（北京市：生活書店，1935年），頁34。

且具有深遠的影響，即使是新時期以來，這一文風仍然在汪曾祺等人的散文作品上綿延不盡。

四

　　整體觀之，現代散文理論界對異域個性表現精神的積極借鑒，並非生吞活剝，而是經過選擇與重構，把異域資源融入本民族的審美傳統中，橫向移植與縱向繼承相結合，形成新舊互補、中外會通的態勢。因此，西方隨筆在現代中國的傳播和接受，亦如言志抒情傳統的發掘和傳承那樣，都在五四以來的散文變革中融會貫通，催化和推進了中國現代散文個性化、多樣化的繁榮發展。朱自清晚年總結說：

> 新文化運動、新文學運動配合著五四運動畫出了一個新時代。大家擁戴的是「德先生」和「賽先生」，就是民主與科學。但是實際上做到的是打倒禮教，也就是反封建的工作。反封建解放了個人，也發現了民眾，於是乎有了個人主義和人道主義；前者是實踐，後者還是理論。這裡得指出在那個階段上，我們是接受了種種外國標準，而向現代化進行著。……這時候的文學是語體文學，開始似乎是應用著「人情物理」、「通俗」那兩個尺度以及「自然」那個標準。然而「人情物理」變了質，成為「打到禮教」，就是「反封建」，也就是「個人主義」這個標準，「通俗」和「自然」也讓步給那「歐化」的新尺度；這「歐化」的尺度後來並且也成了標準。用歐化的語言表現個人主義，順帶著人道主義，是這時期知識階級向著現代化的路。[51]

51　朱自清：〈文學的標準與尺度〉，《朱自清全集》（南京市：江蘇教育出版社，1988年），第3卷，頁135-136。

這種自覺接受「歐化」的「新尺度」而內化為自身的「標準」，在現代中國散文接受西方隨筆個人主義、人道主義和自由主義精神及語體風格上表現得相當突出和出色，從而有效推促了中國散文的現代性進程。

五四以後，雖然現代作家對以 Essay 為代表的西方隨筆的譯介不曾中斷，但也不再像五四時期那樣引起廣泛共鳴，反而是現代中國的特殊國情一再壓縮了文藝界繼續探索這一異域精神資源的空間。特別是在「風沙撲面，狼虎成群」的二十世紀三十年代，散文中「掙扎和戰鬥」的精神品格得到了更多人的認同，取法於西方隨筆的「漂亮和縝密」、「幽默和雍容」[52]雖還有一定的市場，但因有流於獨善的個人主義趣味的傾向，已無五四時期自然、活潑的精神面貌，受到了理論界的廣泛批評。抗戰爆發後，隨著救亡圖存全面上升為時代的主題，以及由此引發的文藝界關於「民族形式」的大討論，西方隨筆中那種帶有內在性視角的個人與自我也就一再被放逐。抗戰初期，梁實秋在接編《中央日報》副刊《平明》後建言：「文字的性質並不拘定。……於抗戰有關的材料，我們最為歡迎，但是與抗戰無關的材料，只要真實流暢，也是好的」[53]，就即刻引發了一場大論戰，當時就有人主張「展開文藝領域中反個人主義的鬥爭」[54]。其後，文藝界更是如楊剛所說的「人們集中於消滅個人的感慨。以整個生命的悲壯、偉烈、奇跡、精美，作為寫述的對象。」[55]因此，在抗戰以後的反個人主義浪潮中，除了報告文學備受推崇外，散文其他體式的創作再無此前熱鬧的景象，特別是注重個人化表達的藝術散文「幾乎成為『風花雪月』、『身

---

52 魯迅：〈小品文的危機〉，《現代》第3卷第6期（1933年）。

53 梁實秋：〈編者的話〉，《文學運動史料選》（上海市：上海教育出版社，1979年），第4卷，頁243。

54 巴人：〈展開文藝領域中反個人主義鬥爭〉，《文藝陣地》第3卷第1期（1939年）。

55 楊剛：〈抗戰與中國文學〉，《楊剛文集》（北京市：人民文學出版社，1984年），頁104-105。

邊瑣事』的同義語，認為在戰火中不合時宜，是理所當然的事」[56]，結果是「明代小品文所用以號召的性靈，西洋雜誌文所號召的趣味……在目前亦已微乎其微。」[57]可以說，在三十、四十年代救亡圖存、民族解放的語境中，個性與自我已成為許多作家規避的話題，西方隨筆中那種表現自我、絮語日常人生的文學方式也不可避免地被邊緣化，直至新時期的到來，這一審美理念才逐步回歸。

第二節　傳統散文言志抒情理念的「內應」

在五四文學革命初期的文白之爭、新舊之爭中，新文學倡導者多否定古文，但他們著重批判的是「文以載道」的正統觀念，和固守「古文義法」、「文言正宗」的藝術教條，並不一概否定傳統散文。五四落潮以後，散文界開始關注傳統文學資源，對古代散文和傳統文論進行多方面的發掘和重估，總體上給予肯定的有百家爭鳴的諸子散文、師心使氣的魏晉文章、獨抒性靈的晚明小品，以及立誠、言志、師心、使氣、性靈、本真、文氣、文品之類的文論思想。這一取向表明，當時的散文界主要以現代的思想立場和文學觀念重估傳統散文的價值，看重的是富有思想藝術個性且與現代散文觀念有內在聯繫的精神傳統。所以，現代散文界面對中國古代散文和傳統文論，既視為革命對象又當作文學遺產，既有古為今用的共識又有因人而異的別擇，其中貫穿著對傳統文學個性風格理論尤其是「言志」說、「性靈」說和「發憤」說的發掘與闡釋，具有為現代散文個性表現精神和個人文體創造探尋歷史依據和傳統資源的意圖。

---

56 柯靈：〈引言〉，蕭斌如編：《中國現代文學序跋叢書‧散文卷》（海口市：海南人民出版社，1988年），頁5-6。

57 丁諦：〈重振散文〉，《新文藝月刊》第1卷第1期（1940年）。

一

　　中國傳統文學的個性風格理論，發端於「詩以言志」、「言為心聲」的古老命題，集成於劉勰《文心雕龍》中〈體性〉、〈風骨〉等篇關於個性的相關闡述，並在後來的詩文評中得到了豐富深化。主要著眼於人品與文品、作家與作品、個性與文風的關係，從文源論、創作論、主體論的角度，對個性風格的形成和表現進行具體的闡發。

　　傳統文論中的「言志」、「心聲」說是相近相通的同類概念。《毛詩序》解釋「詩言志」說：「詩者，志之所之也。在心為志，發言為詩。情動於中而形於言，言之不足故嗟嘆之，嗟嘆之不足故永歌之，永歌之不足，不知手之舞之，足之蹈之也。」[58]揚雄《法言·問神》說：「言，心聲也；書，心畫也。聲畫形，君子小人見矣。」[59]這兩則常為後人徵引的經典論斷，都指出文學源於心志心聲，是「情動於中而形於言」的產物，蘊涵著文如其人、自成一家的個性風格的理論萌芽。儘管後人對心志、心聲有不同的闡釋，但大多著眼於寫作主體的思想情感，強調文學的主體性、表現性特徵。

　　劉勰在《文心雕龍》的〈體性〉篇集中探討了個性風格的成因和表徵：「夫情動而言形，理發而文見，蓋沿隱以至顯，因內而符外者也。然才有庸俊，氣有剛柔，學有淺深，習有雅鄭；並情性所鑠，陶染所凝，是以筆區雲譎，文苑波詭者矣。故辭理庸俊，莫能翻其才；風趣剛柔，寧或改其氣；事義淺深，未聞乖其學；體式雅鄭，鮮有反其習：各師成心，其異如面。」[60]其「各師成心，其異如面」的論斷，既進一步確立師心言志的文學主體性原則，又明確把心志個體

58　無名氏：《毛詩序》，郭紹虞主編：《中國歷代文論選》（上海市：上海古籍出版社，2001年），頁63。

59　揚雄：《法言》（濟南市：山東友誼出版社，2001年），頁78。

60　劉勰著，陸侃如、牟世金譯注：《文心雕龍》（濟南市：齊魯書社，1995年），頁368。

化、具體化，從才、氣、學、習四個方面考察個性的差異和風格的成因，不僅初步提出了個性風格的理論批評模式，還隱含著文學是個性表現的思想。因而他在〈體性〉篇中列舉道：「賈生俊發，故文潔而體清；長卿傲誕，故理侈而辭溢；子雲沈寂，故志隱而味深；子政簡易，故趣昭而事博；孟堅雅懿，故裁密而思靡；平子淹通，故慮周而藻密；仲宣躁銳，故穎出而才果；公幹氣褊，故言壯而情駭；嗣宗俶儻，故響逸而調遠；叔夜俊俠，故興高而采烈；安仁輕敏，故鋒發而韻流；士衡矜重，故情繁而辭隱。」[61]在騈體的簡約排比中提示各家「表裡必符」的個性風格特點，說明「氣以實志，志以定言；吐納英華，莫非情性」[62]的為文之道。後人論個體風格大多如此，本於心志情性的差異而論文如其人、各具風采。

　　但古代中國的「言志」說內涵豐富，眾說紛紜。朱自清在《詩言志辨》中作過專門的梳理和闡釋。他認為，古有獻詩陳志、賦詩言志、教詩明志、作詩言志的不同用途，「志」本有記憶、記錄、懷抱三層意義。「到了『詩言志』和『詩以言志』這兩句話，『志』已經指『懷抱』了。」這「懷抱」之「志」，有「好、惡、喜、怒、哀、樂」的「六志」或「六情」，「在己為情，情動為志，情志一也。」漢代文人又以「意」為「志」，又說「志」是「心所念慮」、「心意所趣向」。因此，「情和意都指懷抱而言」，「這種志，這種懷抱是與『禮』分不開的，也就是與政治、教化分不開的。」此後，辭賦家的言志「以一己的窮通出處為主」，「『詩言志』便也兼指一己的窮通出處」，但也「都關政教」；五言詩興起之後，「言志」又帶有「吟詠情性」和「緣情」的意思；直到清代袁枚「才將『詩言志』的意義又擴展了一步，差不離和陸機的『詩緣情』並為一談。」經過多次的引申、擴展，言志與

---

61 劉勰著，陸侃如、牟世金譯注：《文心雕龍》，頁371。
62 劉勰著，陸侃如、牟世金譯注：《文心雕龍》，頁371。

言情趨於統一。「到了現在，更有人以『言志』和『載道』兩派論中國文學史的發展，說這兩種潮流是互為起伏的。所謂『言志』是『人人都得自由講自己願意講的話』；所謂『載道』是『以文學為工具，再借這工具將另外的更重要的東西──道──表現出來』。這又將『言志』的意義擴展了一步，不限於詩而包羅了整個兒中國文學。這種局面不能不說是袁枚的影響，加上外來的『抒情』意念──『抒情』這個詞組是我們固有的，但現在的涵義卻是外來的──而造成。現時『言志』的這個新義似乎已到了約定俗成的地位。詞語意義的引申和變遷本有自然之勢，不足驚異；但我們得知道，直到這個新義的擴展，『文以載道，詩以言志，其原實一』[63]」，「『言志』的本義原跟『載道』差不多，兩者並不衝突；現時卻變得和『載道』對立起來。」[64] 針對現代散文界的「言志」與「載道」之爭，朱自清從純學術角度考辨「言志」說的本意和變遷，辨明言志、抒懷、載道、緣情、抒情的關聯之處和錯綜變化，認為不能將「言志」與「載道」割裂開來，兩者的意涵是相對的，其中單獨一方都無法自足，這實際上也是在啟示我們現代散文理論「個性」說有著內在的對話與互動，在具體的研究過程中應加以辯證看待。

　　周作人對「言志」說的闡發，早於朱自清，也不同於朱自清的考辨釋古，帶有「六經注我」的特點。早在一九○八年，他就寫下長文〈論文章之意義暨其使命因及中國近時論文之失〉，其中論及「言志」時道：「特文章為物，獨隔外塵，托質至微，與心靈直接，故其用亦至神。言，心聲也；字，心畫也。自心發之，亦以心受之。感現之間，既有以見他緣，亦因可覘自境。……吾國昔稱詩言志。夫志者，心之所希，根於至情，自然而流露，不可或遏，人間之天籟

63　此句朱自清原注：「《山谷全書》清盛炳煒序中語。」
64　朱自清：《詩言志辨》，《朱自清全集》（南京市：江蘇教育出版社，1990年），第6卷，頁134、160、162、164、170、172。

也」;「試觀上古,文章首出,厥惟《風》詩。原數三千餘篇中,十三國美感至情,曲折深微,皆於是乎在,本無愧於天地至文。乃至刪《詩》之時,而運遂厄。……刪《詩》定禮,夭閼國民思想之春華,陰以為帝王之右助。推其後禍猶秦火也。夫孔子為中國文章之匠宗,而束縛人心,至於如此,則後之苓落又何待夫言說歟!是以論文之旨,折情就理,唯以和順為長。使其非然,且莫容於名教。」[65]他取志、情合一說,而對儒家刪《詩》定禮、折情就理的詩教傳統進行批判,這是他後來積極參與文學革命運動的文藝思想基礎。到了二十世紀二十、三十年代,他為《陶庵夢憶》、《雜拌兒》、《燕知草》、《近代散文鈔》(原題《冰雪小品》)《中國新文學大系・散文一集》所做的序跋文,以及在輔仁大學的講演錄《中國新文學的源流》,一直都在發掘本土文學的言志抒情流脈,批判載道傳統,張揚自己的言志文學觀。在這些文章中,周作人認為,在中央集權、政教統一的時代,載道文學就大行其道,而到了王綱解紐、百家爭鳴的時候,則是個人的言志文學占據優勢,最後總結論斷載道文學與言志文學的相搏釀就了古今文藝的變遷和歷史上種種的文學運動。

在〈冰雪小品選・序〉中,周作人指出:「我想古今文藝的變遷曾有兩個大時期,一是集團的,一是個人的」,「集團的『文以載道』與個人的『詩言志』兩種口號成了敵對,在文學進了後期以後,這新舊勢力還永遠相搏,釀了過去的五花八門的文學運動。在朝廷強盛,政教統一的時代,載道主義一定占勢力,文學大盛,統是平伯所謂『大的高的正的』,可是又就『差不多總是一堆垃圾,讀之昏昏欲睡』的東西,一到了頹廢時代,皇帝祖師等等要人沒有多大力量了,處士橫議,百家爭鳴,正統家大嘆其人心不古,可是我們覺得有許多

65 周作人:〈論文章之意義暨其使命因及中國近時論文之失〉,鍾叔河編訂:《周作人散文全集》(桂林市:廣西師範大學出版社,2021年),第1卷,頁94-96。

新思想好文章都在這個時代發生，這自然因為我們是詩言志派的。小品文則在個人的文學之尖端，是言志的散文，它集合敘事說理抒情的分子，都浸在自己的性情裡，用了適宜的手法調理起來，所以是近代文學的一個潮頭，它站在前頭，假如碰了壁時自然也首先碰壁。」[66]

這種文學史觀在稍後的《中國新文學的源流》中又得到進一步發揮：

春秋戰國正處於大紛亂時代，文學上也沒有統制的力量去拘束它，人人都能自由表達自己的觀點，各派思想都能自由發展，這樣便造成最早的一次詩言志的潮流。西漢董仲舒而後，思想定於一尊，儒家的思想鉗制了整個思想界，文學也隨之走入載道的路子，除司馬遷等少數人外，幾乎所有的文章皆不及晚周，也不及此後的魏晉。魏晉時代的文學又重新得到解放，面世的文學也都比較有趣一些，如《世說新語》、《洛陽伽藍記》、《水經注》、《顏氏家訓》、《六朝文絜》等。唐朝和兩漢一樣，屬大一統時代，文學隨又走上載道的路子，因而便少了好的作品；特別是自韓愈以來，講道統的風氣遂成為載道派永遠去不掉的老毛病；儘管期間也有很多的好詩，然而這情形還是和六朝時候有所不同。唐末宋初又回歸詩言志的道路，詞在宋初好像還很大膽地走著言志的路，但到了政局穩定之後，大的潮流又轉入載道方面；甚至陸放翁、黃山谷、蘇東坡諸人面對這潮流也無法避免，他們所寫下的，凡是我們所認為有文學價值的，通常是他們暗地裡隨便寫就、認為好玩的東西。元朝有新興的曲，文學又從舊圈套裡解脫了出來。明朝前後七子掀起復古風氣，明末公安派竟陵派對此揭出反叛的旗幟，主張「獨抒性靈，不拘格套」，「信腕信口，皆成律度」，他們的理論和文章都有其獨到之處，與民國以來的文學革命運動很有些相像的地方，可惜到了清朝，他們的著作便都成為禁書，他們發起的文學運動也被乾嘉學者所打倒。到了十八、十九世紀清朝中後期，文學的方向

---

66 周作人：〈冰雪小品選・序〉，《駱駝草》1930年第21期，原署名「豈明」。

又和以前相反，是八股文與桐城派古文反動的時代。到了清末特別是甲午海戰後，不但中國的政治上發生了極大的變化，即在文學方面，也時時動盪，處處變化，成為上一個時代的結尾，下一個時代的開端，終於藉西洋科學、哲學和文學各方面思想的輸入之機而自覺發起文學革命運動。[67]

　　周作人如此不厭其煩地為言志抒情散文探源，有其深刻意圖和話語背景。一是探尋現代言志散文的歷史依據。從「言志」與「載道」兩大潮流循環激盪造就中國文學史這一角度出發，周作人認為民初新文學運動是清代載道文學反動力量「所激起的反動」，而明末充滿個性和反抗的文學則是五四新文學運動的來源，只不過五四文學多了一層西洋的科學哲學各方面的思想：「胡適之的所謂『八不主義』，也即是公安派的所謂『獨抒性靈，不拘格套』和『信腕信口，皆成律度』的主張的復活。所以，今次的文學活動，和明末的一次，其根本方向是相同的。其差異點無非因為中間隔了幾百年的時光，以前公安派的思想是儒家思想、道家思想、加外來的佛教思想三者的混合物，而現在的思想則又於此三者之外，更加多一種新近輸入的科學思想罷了。」[68]就散文而言，周作人認為：「現今的散文小品並非五四以後的新出產品，實在是『古已有之』，不過現今重新發達起來罷了。由板橋冬心溯而上之這班明朝文人再上連東坡山谷等，似可編出一本文選，也即為散文小品的源流材料，此件事似大可以做，於教課者亦有便利。現在的小文與宋明諸人之作在文字上固然有點不同，但風致實是一致，或者又加上了一點西洋的影響，使他有一種新氣息而已。」[69]又說：「現代的散文在新文學中受外國的影響最少，這與其說是文學革命的還不

67 周作人：《中國新文學的源流》（上海市：華東師範大學出版社，1995年），頁17-28、56。

68 周作人：《中國新文學的源流》，頁51。

69 見《周作人與俞平伯往來通信集》（上海市：上海譯文出版社，2013年），頁331。

如說是文藝復興的產物，雖然在文學發達的程途上復興與革命是同一樣的進展。在理學與古文沒有全盛的時候，抒情的散文也已得到相當的長發，不過在學士大夫眼中自然也不很看得起，我們讀明清有些名士派的文章，覺得與現代文的情趣幾乎一致，思想上固然有若干距離，但如明人所表示的對於禮法的反動則又很有現代的氣息了」[70]；「我相信新散文的發達成功有兩重的因緣，一是外援，一是內應。外援即是西洋的科學哲學與文學上的新思想之影響，內應即是歷史的言志派文藝運動之復興。假如沒有歷史的基礎這成功不會這樣容易，但假如沒有外來思想的加入，即使成功了也沒有新生命，不會站得住。」[71]可見他的探源溯流是在為新文學新散文尋找內應和歷史依據，而找到的言志文學傳統又是為自己的文學主張服務。他從理論和創作上發掘傳統言志、性靈小品的古河，把獨抒性靈與個性表現融會貫通起來，指認言志為文學的本職和正宗的合法地位，這一論斷雖有些粗疏，卻不乏真知灼見，對於開拓現代散文理論「個性」說本土化、民族化的路徑不無意義。

　　二是確立言志文學的合法性。周作人自稱《中國新文學的源流》裡的「主意大抵是我杜撰的」，他以「言志」與「載道」兩大潮流的對立鬥爭來考察歷代文學，在簡化的歷史圖景中又突出言志派和載道派的優劣得失，價值取向分明而又主觀獨斷，卻也不落窠臼而自成一說。他認為文學從宗教分化獨立出來以後就有言志和載道兩派。「言志之外所以又生出載道派的原因，是因為文學從宗教脫出之後，原來的勢力尚有一部分保存在文學之內，有些人以為單是言志未免太無聊，於是便主張以文學為工具，再借這工具將另外的更重要的東西——『道』，表現出來」；載道派不以文學本身為目的，而視文學為

---

70 周作人：〈陶庵夢憶・序〉，《語絲》1926年第110期，原署名「豈明」。
71 周作人：〈導言〉《中國新文學大系・散文一集》，頁10。

工具，用於布道教化，總是為政教一統服務，所以盛行於王朝強盛時代。言志的文學源自「情動於中而形於言」，「只是以達出作者的思想感情為滿足的，此外再無目的之可言」，因此在王綱解紐時代總會乘勢而起。「文學方面的興衰，總和政治情形的好壞相反背著的」，兩派的起伏興衰與時勢有關，「許多新思想好文章」都發生於王綱解紐時代，都出自言志一派。「言志派的文學，可以換一名稱，叫做『即興的文學』，載道派的文學，也可以換一名稱，叫做『賦得的文學』，古今來有名的文學作品，通是即興文學。例如《詩經》上沒有題目，《莊子》也原無篇名，他們都是先有意思，想到就寫下來，寫好後再從文字裡將題目抽出的。『賦得的文學』是先有題目然後再按題作文。自己想出的題目，作時還比較容易，考試所出的題目便有很多的限制，自己的意見不能說，必須揣摩題目中的意思，如題目是孔子的話，則須跟著題目發揮些聖賢道理，如題目為陽貨的話，則又非跟著題目罵孔子不可。」[72]如此說來，二者優劣立判，又是本質使然。載道即賦得，缺乏自主自由，與文學本性相衝突，當然「妨礙了真正文學的產生」。言志為即興，感興在己，性靈流露，自然能產生好作品。因此，他是從文學史、文學特質和文學價值等方面來抑載道揚言志，賦予言志為文學本職和正宗的合法地位。另一方面，他又進一步指出：「中國文學始終是兩種相互反對的力量起伏著，過去如此，將來也總如此」[73]，「現在雖是白話，雖是走著言志的路子，以後也仍然要有變化，雖則未必再變得如唐宋八家或桐城派相同，卻許是必得對於人生和社會有好處的才行，而這樣則又是『載道』的了」[74]，但正如上文所述，他再三強調新文學是言志派的復興，是載道文學的反撥，言志文學才是真文學好文學，又是切合文學特質和創作個性的，

72　周作人：《中國新文學的源流》，頁17-19、38-39。
73　周作人：《中國新文學的源流》，頁18。
74　周作人：《中國新文學的源流》，頁59。

因而他堅守言志文學的立場和態度十分明確，甚至自認為是在維護和引導新文學的正確發展方向。在當年左翼文學興起之際，周作人的這一做法不無含有爭奪新文學領導權的隱秘意圖。

　　周作人發掘本土言志散文特別是明末清初「性靈」派散文的價值，主要推重其「獨抒性靈，不拘格套」、「信腕信口，皆成律度」的文學精神。他肯定「公安派的人能夠無視古文的正統，以抒情的態度作一切的文章，雖然後代批評家貶斥它為淺率空疏，實際卻是真實的個性的表現，其價值在竟陵派之上。以前的文人對於著作的態度，可以說是二元的，而他們則是一元的，在這一點上與現代寫文章的人正是一致」[75]。在《燕知草・跋》中，他又說道：「明朝的名士的文章誠然是多有隱遁的色彩，但根本卻是反抗的，有些人終於做了忠臣……大多數的真正文人的反禮教的態度也很顯然。」[76]正是由於重在「態度」二字，周作人發現的是晚明小品「對於禮法的反動則又很有現代的氣息」，是從傳統言志散文精神品格的高度看取其啟示價值。這也是為什麼周作人在論及他所鍾情的傳統言志散文的時候，大多只談它們的「勇氣與生命」，而對於這類散文作品的藝術價值並非完全傾倒。在〈《梅花草堂筆談》等〉一文中，周作人不僅對「假風雅」的「山人派的筆墨」表示不以為然，就連屢受表彰的公安派和竟陵派，他也多有保留：「我以為讀公安竟陵的書首先要明瞭他們運動的意義，其次是考查成績如何，最後才用了高的標準來鑒定其藝術的價值。我可以代他們說明，這末一層大概不會有很好的分數的」[77]。因此，此時的周作人一方面欣賞晚明非正統文人的「作文態度」，以為「裡邊包含著一個新文學運動」，另一面又對公安派文人作品的藝術

75 周作人：〈《雜拌兒》跋〉，《永日集》（石家莊市：河北教育出版社，2002年），頁76。

76 周作人：〈《燕知草》跋〉，《新中華報副刊》1928年第10號，原署名「豈明」。

77 周作人：〈《梅花草堂筆談》等〉，《風雨談》（石家莊市：河北教育出版社，2002年），頁135。

價值表示懷疑：「我常這樣想，假如一個人不是厭惡韓退之的古文的，對於公安等文大抵不會滿意，即使不表示厭惡。」[78]左翼文壇曾指責周作人的「言志」論：「不錯，小品文是言志的，但言志之中便載了『道』，天下沒有無『道』之『志』」[79]。確如其言，周作人的「言志」未嘗不關乎「懷抱」和「教化」，從根本上說也是一種「道」，但這「道」不是「集團的」、賦得的，而是「個人的」、自主的，是指向表現自我和個性解放。周作人對於「一元」作文態度的認同，以及文學史主張與具體審美趣味的差異，都緣於此個人之「道」。換言之，周作人對於傳統言志散文的認同，在於「言」而不在於「志」，重言志的態度和方式，而輕言志的內容，基於此價值判斷，中國傳統的言志散文小品在他那裡方才獲得價值意義。在《中國新文學的源流》中，當他以「言志」與「載道」兩大潮流的對立鬥爭來考察歷代文學而招人詰難時，他曾追加說明：「言他人之志即是載道，載自己的道亦是言志。」[80]這與同時代批評家糾纏於二者的字面意義不同，他較為辯證地看待「志」與「道」的關係，從有無自我個性的這個關節點判定二者的優劣，突出的是傳統言志散文「一元創作態度」的文學史意義。關於這一問題，後文將進一步詳述。

作為一家一派之言，周作人的「言志」觀不如朱自清的周密允當，但也有其片面深刻之處。僅就探尋現代散文的傳統資源來說，他發掘和重視晚周散文，司馬遷史傳，魏晉文章，唐宋古文家「忘記了載道的時候偶爾寫出的」部分作品，明末清初小品等，並把這些都歸屬於言志一派，儘管有些絕對化和簡單化，卻有益於現代散文作家對傳統散文的擇取和借鑒，更有傳承和發展言志抒情傳統、突出和強化個性創造精神的現實意義和理論價值。特別是他對晚明小品的獨到發

---

78 周作人：〈《梅花草堂筆談》等〉，《風雨談》，頁136。

79 伯韓：〈由雅人小品到俗人小品〉，陳望道編：《小品文和漫畫》，頁5。

80 周作人：〈導言〉《中國新文學大系・散文一集》，頁11。

現，雖說不免誇大了其革新意義及其對現代散文的影響，但無疑超越了前人的眼光，打開了「性靈」小品的一方新天地，並賦予其反格套、主自由的現代意義，為散文的言志抒情掘出了被湮沒已久的「一條古河」。

二

　　周作人對「性靈」散文的發掘，得到林語堂的積極響應：「近讀豈明先生《近代文學之源流》（北平人文書店出版），把現代散文溯源於明末之公安竟陵派（同書店有沈啟無編的《近代散文抄》，專選此派文字，可供參考），而將鄭板橋，李笠翁，金聖嘆，金農，袁枚諸人歸入一派系，認為現代散文之祖宗，不覺大喜」[81]；又說「《中國新文學的源流》一書推崇公安竟陵，以為現代散文直繼公安之遺緒。此是箇中人語，不容不知此中關係者瞎辯。」[82]總之，「周作人先生提倡公安，吾從而和之」[83]。但林語堂不僅僅是「從而和之」，而是幾近狂熱地崇拜「性靈」派，並認定其為現代散文的正宗：「此數人作品之共通點，在於發揮性靈二字，與現代文學之注重個人之觀感相同，其文字皆清新可喜，其思想皆超然獨特，且類多主張不模仿古人，所說是自己的話，所表是自己的意，至此散文已是『言志的』、『抒情的』，所以以現代散文為繼性靈派之遺緒，是恰當不過的話。」[84]因此，「這派成就雖有限，卻已抓住近代文的命脈，足以啟近代文的源流，而成為近代散文的正宗」[85]。林語堂對晚明「性靈」散文的接受，既有與

81 林語堂：〈新舊文學〉，《論語》1932年第7期，原署名「語」。

82 林語堂：〈小品文之遺緒〉，《人間世》1935年第22期，原署名「語堂」。

83 林語堂：〈語錄體舉例〉，《論語》1934年第40期，原署名「語堂」。

84 林語堂：〈新舊文學〉，《論語》1932年第7期，原署名「語」。

85 林語堂：〈論文〉，《論語》1933年第15期，原署名「語堂」。

周作人相通的一面，也有自己獨特的闡發和價值取向。

　　一般認為，「性靈」作為一個與文學有關的審美範疇最早出現於六朝時期，但其最初含義主要指人的天性或性情，偶爾亦指人的才智。如劉勰的《文心雕龍・宗經》裡所說的：「性靈熔匠，文章奧府。」[86]鍾嶸在《詩品》中亦說阮籍的《詠懷》之作可以「陶性靈，發幽思」[87]。到了明清以後，「性靈」一詞的含義漸次豐富，特別是在晚明時期，「公安三袁」將「性靈」意涵推到了自由文學觀的高度，尤以袁宏道「獨抒性靈，不拘格套」的論調最為引人注目，影響了後續的竟陵派和清代袁枚等人的「性靈」學說。晚明「性靈」說的產生有其獨特的歷史背景。一方面，它深受李贄「童心」說的影響，是當時反理學運動在文學理論上的具體表現，它主張文學真實地表現作者的情感欲望，反對描寫受儒家禮義束縛的「偽情」；另一方面，「性靈」說的提出，也是針對當時文壇復古的風氣而發的。公安派正是針對明代前、後七子倡導「文必秦漢，詩必盛唐」的復古主義和模擬蹈襲的文風，提出每個時代文學都有自己的特點，必須具有獨創性。正是基於以上價值觀念的認同，林語堂與晚明「性靈」派文學才得以遇合。林語堂認為：「性靈派之排斥學古，正也如西方浪漫文學之反對新古典主義，性靈派以個人性靈為立場，也如一切近代文學之個人主義。其中如三袁兄弟之排斥仿古文辭，與胡適之文學革命所言，正如出一轍」[88]，因此他才認為這一流派抓住了近代散文的命脈，是現代散文的主要精神源泉。在這一點上，林語堂與周作人無甚差別，都是在為現代散文個性與自我表現的文學精神尋根探祖，為他所提倡的「個人筆調」的小品文尋求歷史依據，亦如他所說的：「在提倡小品文筆調

---

86 劉勰著，陸侃如、牟世金譯注：《文心雕龍》，頁117。

87 呂德申：《鍾嶸詩品校釋》（北京市：北京大學出版社，2000年），頁76。

88 林語堂：〈論文〉，《論語》1933年第15期，原署名「語堂」。

時，不應專談西洋散文，也須尋出中國祖宗來，此文體才會生根。」[89]

　　但是，林語堂又對晚明的「性靈」說作了獨特的發揮。晚明「性靈」說強調的是文學的非功利性和獨創性，突出個性與自我對於文體解放的重要性。而林語堂則把「性靈」直接等同於個性與自我，並從文學本體的高度肯定其價值意義。關於「性靈」，林語堂在《寫作的藝術》中解釋道：「『性』指一人之『個性』，『靈』指一人之『靈魂』或『精神』」[90]。又在〈記性靈〉中指出：「若謂性靈玄奧，則心理學之所謂『個性』，本來玄奧而個性之確有，固不容疑惑也。凡所謂個性，包括一人之體格、神經、理智、情感、學問、見解、經歷、閱歷、好惡、癖嗜，極其錯綜複雜」，「一人有一人之個性，以此個性無拘無礙自由自在表之文學，便叫性靈。」[91]他甚至將「性靈」神秘化：「性靈之為物，惟我知之，生我之父母不知，同床之吾妻亦不知。然文學之生命實寄託於此。故言性靈之文人必排古，因為學古不但可不必，實亦不可能。言性靈之文人，亦必排斥格套，因已尋到文學之命脈，意之所之，自成佳境，絕不會為格套定律所拘束。所以文學解放論者，必與文章紀律論者衝突，中外皆然。」[92]林語堂對傳統「性靈」說中個性自我一面的強調與其深受西方表現主義文論的影響不無關係。林語堂認為一切作品「除了表現本性之成功，無所謂美，除了表現之失敗，無所謂惡」，「表現」是個性的自然不可抑制的衝動：「表現派所以能打破桎梏，因為表現派認為文章（及一切美術作品）不能脫離個性，只是個性自然不可抑制的表現。」[93]就散文來看，林語堂認為：「現代散文之技巧，專在冶議論情感於一爐，而成

89　林語堂：〈小品文之遺緒〉，《人間世》1935年第22期，原署名「語堂」。

90　林語堂著，黃德嘉譯：《寫作的藝術》（上海市：上海西風社，1941年），頁392。

91　林語堂：〈記性靈〉，《宇宙風》1936年第11期，原署名「語堂」。

92　林語堂：〈論文〉，《論語》1933年第15期，原署名「語堂」。

93　林語堂：〈新的文評・序言〉，《語絲》第5卷第30期（1929年）。

個人的筆調。此議論情感，非自修辭章法學來，乃由解脫性靈參透道
理學來。」在〈論文〉下篇中，他把文人作文比作婦人十月懷胎：
「多讀有骨氣文章有獨見議論，是受精也。……思想胚胎矣，乃出吾
性靈以授之」，最後思想成熟時，便「忍無可忍，然後出之」[94]。這一
新奇的比喻可說是道出了林語堂「性靈」觀的精髓。總的說來，相對
於傳統「性靈」學說，林語堂「性靈」散文觀的最大特點就是個性特
別突出，以至於他把現代散文小品眾多的審美範疇都與「性靈」聯繫
起來，如幽默、閒適、個人筆調、語錄體，無不被他賦予解放「性
靈」的意義。

　　在林語堂看來：「性靈二字，不僅為近代散文之命脈，抑且足矯
目前文人空疏浮泛雷同木陋之弊。吾知此二字將啟現代散文之緒，得
之則生，不得則死。」[95]「苟能人人各抒性靈，復出以閒散自在之
筆，則行文甚易，而文章之奇變正無窮，何至如今日之沉寂空泛。至
若等吃冷豬肉之輩，必欲吮毫濡墨，尋章摘句，『吟成五個字，捻斷
數莖鬚』，以自文其陋者，此又是載道派勾當，與吾輩無涉」[96]。所以
他認為：「文主心境，正是小品之本來面目。袁中郎之曠達自喜，蕭
散自在，也正是小品文之本色。公安派舉出『信口信腕，皆成法度』
八字，及主『文貴見真』，『文貴己出』，『反對模仿』諸說，已在文學
理論建起現代散文之基礎。」[97]由此觀之，林語堂注重的是「性靈」
解放之於個性抒發的自由不拘和真誠自然，並以此來救治「載道派」
之弊。他提倡幽默，除了借鑒外國的幽默理論外，也從傳統「性靈」
散文中尋找依據：「真正的幽默，學士大夫，已經是寫不來了。只有
在性靈派文人的著作中，不時可發見很幽默的議論文，如定盦之論

94 林語堂：〈論文〉（下），《論語》1933年第28期，原署名「語堂」。
95 林語堂：〈論文〉（下），《論語》1933年第28期，原署名「語堂」。
96 林語堂：〈還是講小品文之遺緒〉，《人間世》1935年第24期，原署名「語堂」。
97 林語堂：〈還是講小品文之遺緒〉，《人間世》1935年第24期，原署名「語堂」。

私，中郎之論癡，子才之論色等」[98]，「故提倡幽默，必先提倡解脫性靈，蓋欲由性靈之解脫，由道理之參透，而求得幽默也。」[99]如果說，把舶來品的幽默與「性靈」嫁接是為了抵制「方巾氣」的話，那麼提倡「語錄體」，則是林語堂力圖用傳統的「性靈」理論改造現代白話散文語體的一次嘗試。他在〈論語錄體之用〉中說及提倡「語錄體」的初衷：「今人作白話文，恰似古人作四六，一句老實話，不肯老實說出，憂愁則曰心弦的顫動，欣喜則曰快樂的幸福，受勸則曰接收意見，快點則曰加上速度。吾惡白話之文，而喜文言之白，故提倡語錄體」，「語錄體簡練可如文言，質樸可如白話，有白話之爽利，無白話之嚕蘇」。[100]在〈語錄體舉例〉中，林語堂認為：「性靈是整個的」，它覆蓋於文章的各個方面，「白話名為解放，實則不如明人之解放。文章生氣，全看性靈解放至何程度」，因此他對公安派的「語錄體」贊道：「蓋此種文字，不僅有現成風格足為模範，且能標舉性靈，甚有實質，不如白話文學招牌之空泛也」[101]，他認為「此後編書，文言文必先錄此種文字，取中郎，宗子，聖歎，板橋冠之，笠翁任公學誠次之，定盦子才亭林又次之，然後使讀莊子韓非之文，由白入文，循序漸進，學者不覺其苦，而易得門徑。諸子皆長闡理議論，腳踏實地，無空疏浮泛之弊，讀來易啟人性靈。」[102]可見，林語堂提倡「語錄體」，是針對白話之弊，歸根到底也是為了標舉「性靈」，強化個人筆調。

　　儘管林語堂把「性靈」的解放看成是包治百病的靈丹妙藥，顯得偏激，但對於糾偏現代白話散文的諸多弊端，也不失為獨闢蹊徑。

98　林語堂：〈論幽默〉，《論語》1934年第33期，原署名「語堂」。

99　林語堂：〈論文〉（下），《論語》1933年第28期，原署名「語堂」。

100　林語堂：〈論語錄體之用〉，《論語》1933年第26期。

101　林語堂：〈語錄體舉例〉，《論語》1934年第40期，原署名「語堂」。

102　林語堂：〈論語錄體之用〉，《論語》1933年第26期。

林語堂顯然看到了傳統「性靈」散文所具有的文體變革意義，他不厭其煩地提倡幽默、閒適、語錄體，很大程度也是為了讓現代白話散文在解放「性靈」的大旗下得到更新、改造。曾有論者指出：「真正談得上承繼三袁衣缽的，不是周作人，而是林語堂。」[103]這實在是洞澈之言。

三

　　中國古代文學的個性風格論是一個複雜的理論體系。它著眼於人與文的有機聯繫，對人品與文品、個性與文風的關係有著辯證的理解，對個人的才情、識見、德行、氣度、風骨、格調等性格要素及其獨特組合也有豐富多樣的解說。即便是師心言志，獨抒性靈，不僅可以是閒情逸致、風流自賞，還有不平則鳴、釋憤抒情、仗義執言、百家爭鳴諸面向，更突顯個性人格的獨特性、豐富性和社會性。周作人、林語堂對古代「言志」、「性靈」理論的發掘和闡釋，雖對古今散文個性精神流脈具有會通意義，但同時也遮蔽了「言志」說的豐富內涵，片面突出了「性靈」的個人性、主觀性、超脫性諸意涵，從而將它們狹義地理解為個人的主觀抒情和自我表現，使個性意識流於自遣自娛，有意規避甚至排斥個性精神的其他重要層面，因而對古今散文個性精神的會通又有以偏概全、矯枉過正的流弊。在周作人、林語堂有所遮蔽之處，魯迅更深入地發掘傳統文學中特立獨行、發憤著書的精神遺產，為「個性」說的古今會通貫注了一股陽剛氣骨。

　　魯迅在早期論著中就力倡個性獨立、人格強健之精神。在《破惡聲論》中，青年魯迅就認為「人各有己，而群之大覺近矣」[104]。在

103　陳平原：〈古典散文的現代闡釋〉，《中山大學學報》2004年第6期。
104　魯迅：〈破惡聲論〉，《魯迅全集》（北京市：人民文學出版社，1981年），第8卷，頁23。

〈文化偏至論〉中，他主張「掊物質而張靈明，任個人而排眾數」，認定「將生存兩間，角逐列國是務，其首在立人，人立而後凡事舉；若其道術，乃必尊個性而張精神。」他把「立人」視為立國之本，「立人」又務必「尊個性而張精神」，希求「國人之自覺至，個性張，沙聚之邦，由是轉為人國。」[105]這是他棄醫從文、以文立人的思想動因。在〈摩羅詩力說〉中，他抱著立人的理想，本著「文章之職與用」在於「攖人心」、「涵養人之神思」、「啟人生之閟機」的理念，熱情介紹和推崇「立意在反抗，指歸在動作」的摩羅詩人，以其剛健不撓、抱誠守真、爭天拒俗、雄桀偉美的人格和藝術精神來反省中國文化傳統，認為：「中國之詩，舜云言志；而後賢立說，乃云持人性情，三百之旨，無邪所蔽。夫既言志矣，何持之云？強以無邪，即非人志。許自繇於鞭策羈縻之下，殆此事乎？然厥後文章，乃果輾轉不逾此界。……惟靈均將逝，腦海波起，通于汨羅，返顧高丘，哀其無女，則抽寫哀怨，郁為奇文。茫洋在前，顧忌皆去，懟世俗之渾濁，頌己身之修能，懷疑自遂古之初，直至百物之瑣末，放言無憚，為前人所不敢言。然其中亦多芳菲淒惻之音，而反抗挑戰，則終其篇未能見，感動後世，為力非強。……故偉美之聲，不震吾人之耳鼓者，亦不始於今日。」為此，他痛心地追問：「今索諸中國，為精神界之戰士安在？」疾呼「精神界之戰士」出而「作至誠之聲，致吾人於善美剛健。」[106]顯然，魯迅早期提倡的個性主義具有注重獨立、強健、抗爭、行動的精神品格，所認同的「言志」說是不受儒家「無邪」詩教規訓的「放言無憚」的「至誠」、「人志」。

　　魯迅對中國文學傳統作過專門研究，著有《漢文學史綱要》、《中國小說史略》等專著和〈魏晉風度及文章與藥及酒之關係〉、〈小品文

---

105 魯迅：〈文化偏至論〉，《魯迅全集》，第1卷，頁46-56。

106 魯迅：〈摩羅詩力說〉，《魯迅全集》，第1卷，頁66、68-69、71、99-100。

的危機〉等評論文章，在學術評述中寄寓著自己的價值取向，注重發掘古代文學中具有個性鋒芒和創新意識的精神傳統。

在《漢文學史綱要》中，他認為文學是從先民「自達其情意」的姿態聲音生發而來的，「心志鬱於內，則任情而歌呼，天地變於外，則祗畏以頌祝，踊躍吟嘆」；文字和文章也是為此而生成的，「文字初作，首必象形，觸目會心，不待授受，漸而演進，則會意指事之類興焉。今之文字，形聲轉多，而察其締構，什九以形象為本柢，誦習一字，當識形音義三」，其在文章，「遂具三美：意美以感心，一也；音美以感耳，二也；形美以感目，三也。」從根源上確定文學的言志抒情本性和「三美」表徵，是對古說「言為心聲、書為心畫」、「詩以言志」的傳承。據此，他對《詩經》風雅頌的點評是：「二《雅》，則或美或刺，較足見作者之情，非如《頌》詩，大率嘆美」，「《國風》之詞，乃較平易，發抒情性，亦更分明」，並對孔子「思無邪」的詩教再次表達異議，特意指出「激楚之言，奔放之詞，《風》、《雅》中亦常有」。他稱讚《莊子》的自由獨創，「十余萬言，大抵寓言，人物土地，皆空言無事實，而其文則汪洋闢闔，儀態萬千，晚周諸子之作，莫能先也」、「蔑詩禮，貴虛無，尤以文辭，陵轢諸子。」他認可劉勰對《離騷》的定評：「雖取熔經義，亦自鑄偉辭。……故能氣往轢古，辭來切今，驚采絕豔，難與並能」，讚嘆屈原「憑心而言，不遵矩度」、「呵而問之，以抒憤懣」、「放言遐想，申紓其心」的創造精神，和「正道直行」、「九死未悔」的人格精神，認定「其影響於後來之文章，乃甚或在三百篇以上」，這比〈摩羅詩力說〉對屈原的評價更高。對於漢代文學的兩大代表，他感嘆道：「賦莫若司馬相如，文莫若司馬遷，而一則寥寂，一則被刑。蓋雄於文者，常桀驁不欲迎雄主之意，故遇合常不及凡文人。」這與他對摩羅詩人和屈原的評說是一脈相通的。儘管司馬相如只是「勸百而諷一」，魯迅還是肯定其辭賦「不師故轍，自擅妙才，廣博閎麗，卓絕漢代」。他引述司馬遷〈報

任安書〉的自白，稱嘆其「發憤著書，意旨自激」、「恨為弄臣，寄心
楮墨，感身世之戮辱，傳畸人於千秋，雖背《春秋》之義，固不失為
史家之絕唱，無韻之《離騷》矣。惟不拘於史法，不囿於字句，發於
情，肆於心而為文」。[107]魯迅的論說富於史識，深挖發抒情性、自鑄
偉辭的優秀傳統，尤其看重發憤著書、九死未悔的人格和藝術精神。

　　魯迅對魏晉文章的看重更為人所知。在〈魏晉風度及文章與藥及
酒之關係〉中，他高度概括魏晉文章清峻、通脫、華麗、壯大、慷慨
的時代風格、歷史演變和社會文化根源。對於曹操的力倡通脫，他解
讀為：「通脫即隨便之意。此種提倡影響到文壇，便產生多量想說甚
麼便說甚麼的文章」，「更因思想通脫之後，廢除固執，遂能充分容納
異端和外來的思想，故孔教以外的思想源源引入。」魯迅特別推重嵇
康和阮籍等名士「師心使氣」而作的詩文，說「阮籍作文章和詩都很
好，他的詩文雖然也慷慨激昂，但許多意思都是隱而不顯的」、「嵇康
的論文，比阮籍更好，思想新穎，往往與古時舊說反對。」對於陶淵
明的平和文章，他也從中讀出「總不能超於塵世，而且，於朝政還是
留心，也不能忘掉『死』」，進而申述道：「據我的意思，即使是從前
的人，那詩文完全超於政治的所謂『田園詩人』、『山林詩人』是沒有
的。完全超出於人間世的，也是沒有的。既然是超出於世，則當然連
詩文也沒有。詩文也是人事，既有詩，就可以知道於世事未能忘
情。」[108]魯迅對魏晉風度的抉發，重在思想通脫、師心使氣的精神血
脈，而對放誕清談之風帶有理解的同情和批評，既有別擇而又辯證看
待，樹立了知人論世的史評風範，也為後來的小品文論爭提供了以史
鑒今的範例。

　　在二十世紀三十年代的小品文論爭中，周作人、林語堂等力推晚

107　魯迅：《漢文學史綱要》，《魯迅全集》（北京市：人民文學出版社，1981年），第9
　　卷，頁348、349、359、360、370、377、379、425、427、429。

108　魯迅：〈魏晉風度及文章與藥及酒之關係〉，《北新》第2卷第2號（1927年）。

明小品的獨抒性靈。魯迅對此並不苟同，特意從中國散文史上找出一條「掙扎和戰鬥」的精神傳統：「小品文的生存，也只仗著掙扎和戰鬥的。晉朝的清言，早和它的朝代一同消歇了。唐末詩風衰落，而小品放了光輝。但羅隱的《讒書》，幾乎全部是抗爭和憤激之談；皮日休和陸龜蒙自以為隱士，別人也稱之為隱士，而看他們在《皮子文藪》和《笠澤叢書》中的小品文，並沒有忘記天下，正是一塌胡塗的泥塘裡的光彩和鋒芒。明末的小品雖然比較的頹放，卻並非全是吟風弄月，其中有不平，有諷刺，有攻擊，有破壞。這種作風，也觸著了滿洲君臣的心病，費去許多助虐的武將的刀鋒，幫閒的文臣的筆鋒，直到乾隆年間，這才壓制下去了。」[109]聯繫前述魯迅對莊子、屈原、司馬相如、司馬遷和魏晉文章的評說，可見歷代確有不平之鳴，抗爭之作，流貫著師心使氣、特立獨行的精神氣息，說是「掙扎和戰鬥」也不為過。即使是對晚明小品，魯迅也不像當時的很多左翼文人一樣給予全盤否定，而是用辯證的眼光從中尋出非閒適、非超然的一面，加以歷史的審察：「現在大家所提倡的，是明清，據說『抒寫性靈』是它的特色。那時候有一些人，確也只能夠抒寫性靈的，風氣和環境，加上作者的出身和生活，也只能有這樣的意思，寫這樣的文章。雖說抒寫性靈，其實後來仍落了窠臼，不過是『賦得性靈』，照例寫出那麼一套來。當然也有人豫感到危難，後來是身歷了危難的，所以小品文中，有時也夾著感憤，但在文字獄時，都被銷毀，劈板了，於是我們所見，就只剩了『天馬行空』似的超然的性靈。」[110]對於當年被熱捧的袁中郎等人，魯迅也給以一分為二的分析：「中郎正是一個關心世道，佩服『方巾氣』人物的人，贊《金瓶梅》，作小品文，並不是他的全部」，「推而廣之，也就是倘要論袁中郎，當看他趨向之大

109　魯迅：〈小品文的危機〉，《現代》第3卷第6期（1933年）。

110　魯迅：〈雜談小品文〉，《時事新報·每週文學》，1935年12月7日。

體，趨向苟正，不妨恕其偶講空話，作小品文，因為他還有更重要的一方面在。」[111]這種見識和看問題的方法，也反映在他對陶淵明等人的評價上，體現了魯迅一貫堅持的知人論世、顧及全篇及全人的科學求真精神。應該說，相對於周作人和林語堂的別擇，魯迅發掘的不僅是顯性的言志抒情、獨抒性靈流脈，還深入到內在的血性和骨氣，抉發出個性的複雜內涵，觸摸到民族精神剛健不撓的「脊樑」和鬱勃跳動的「血脈」；也不僅接續著「言志」文脈，還貫通著他特有的「外之既不後於世界之思潮，內之仍弗失固有之血脈，取今復古，別立新宗」[112]的發展理念。

四

在二十世紀三十年代的散文理論言說中，還應留意郁達夫對古代散文的批判。不同於魯迅、周作人和林語堂等站在不同立場對現代散文中的個性精神進行正本清源，郁達夫以「破」為「立」，在批判正統散文壓制個性的基礎上開闢現代散文個性表現精神的發展道路，他這方面的闡述主要集中於《中國新文學大系·散文二集》的〈導言〉一文中。

郁達夫的批判是從古代散文的「心」和「體」入手的。他認為一篇散文最重要的是「心」，就是散文的作意、主題、要旨之類精神內容；與此相對的是散文的「體」，是把散文的「心」盡情地表現出來的最適當的排列與方法。他痛陳散文的「心」和「體」在古代受到「兩重械梏」的禁錮：「中國古代的國體組織，社會因襲，以及宗教思想等等，都是先我們之生而存在的一層固定的硬殼。……這一層硬

111　魯迅：〈「招貼即扯」〉，《太白》第1卷第11期（1935年），原署名「公汗」。

112　魯迅：〈文化偏至論〉，《魯迅全集》，第1卷，頁56。

殼上的三大厚柱，叫作尊君，衛道，與孝親；經書所教的是如此，社
會所重的亦如此……這些就是從秦漢以來的中國散文的內容，就是我
所說的從前的『散文的心』」；散文的「體」也是如此，「行文必崇尚
古雅，模範須取諸六經；不是前人用過的字，用過的句，絕對不能任
意造作，甚至於之乎也者等一個虛字，也要用得確有出典，嗚呼嗟夫
等一聲浩嘆，也須古人嘆過才能啟口。」因此，他憤然道：「在這兩
重械梏之下，我們還寫得出好的散文來麼？」這一總體性觀照和批
判，雖說有些籠統化和絕對化，但確實揭露了「兩重械梏」的禍害和
正統古文的病根。當然，郁達夫並不否認「這中間也有異端者，也有
叛逆兒，但是他們的言行思想，因為要遺毒社會，危害君國之故，不
是全遭殺戮，就是一筆抹殺（禁滅），終不能為當時所推重，或後世
所接受的」，只有在「王綱解紐的時候，個性比平時一定發展得更活
潑」，「兩晉的時候是如此，宋末明末是如此，我們在古代的散文中
間，也只在那些時候才能見到些稍稍富於個性的文字」。[113]他曾為林
語堂、劉大杰重印的《袁中郎全集》作序，認為：「由來詩文到了末
路，每次革命的人，總以抒發性靈，歸返自然為標語；唐之李杜元
白，宋之歐蘇黃陸，明之公安竟陵兩派，清之袁蔣趙龔各人，都係沿
這一派下來的。世風盡可以改易，好尚也可以移變，然而人的性靈，
卻始終是不能泯滅的：袁中郎的詩文雖在現代，還有翻印的價值者，
理由就在這裡。」[114]這與周作人的看法接近，但置於其總體批判之
中，可說是「破」中有「立」。

　　由此，郁達夫認為現代散文是在打破這「心」和「體」雙重桎梏
的基礎上確立起來的。「自從五四運動起後，破壞的工作就開始了」，
「五四運動的最大的成功，第一要算『個人』的發見。從前的人，是

113　郁達夫：〈導言〉《中國新文學大系・散文二集》，《郁達夫文集》，第6卷，頁259-
　　 262。
114　郁達夫：〈重印《袁中郎全集》序〉，《人間世》1934年第7期。

為君而存在，為道而存在，為父母而存在的，現在的人才曉得為自我
而存在了。我若無何有乎君，道之不適於我者還算什麼道，父母是我
的父母；若沒有我，則社會，國家，宗族等那裡會有？以這一種覺醒
的思想為中心，更以打破了械梏之後的文字為體用，現代的散文，就
滋長起來了。」正由於自我的發現和個性的解放，形成現代散文之最
大特徵「是每一個作家的每一篇散文裡所表現的個性，比從前的任何
散文都來得強。」[115]這定評隱含著從前散文也有個性因素的意思，只
是因古今的時代差異而有強弱的區別和不同的意涵。在古今散文的比
較視野中，郁達夫抓住「心」和「體」的關鍵問題，就二者的關係作
出獨到的評析，把散文的個性表現與思想解放和文體解放緊密聯繫起
來，倒是切中散文「個性」說現代轉化的腠理。

　　綜上所述，以朱自清、周作人、林語堂、魯迅、郁達夫為代表的
現代散文家和理論批評家，對古代詩文中言志抒情、師心使氣一脈的
發掘和闡釋，既有各自的立場和眼光，又有相通的焦點和旨趣，都注
重抉發個性氣息和創新意味較濃的作家作品、風格流派和文學精神，
聚焦於其中的個性表現意涵，也都具有以今釋古、古為今用、會通中
外、融舊鑄新的批評特色。所以，儘管他們的取向有別，用意殊異，
或重血性氣骨，或重靈性風韻，卻在闡發思想通脫、個性活潑的傳統
資源，用以推進中國散文現代化與民族化的結合有著內在的共通之處
和互補之功。正由於都在致力於傳統理念的現代轉化，各家的闡發和
辯難也都具有深化和豐富現代散文理論「個性」說的學理意義。

---

115 郁達夫：〈導言〉《中國新文學大系‧散文二集》，《郁達夫文集》，第6卷，頁260-
　　261。

第三節　晚清民初散文主體性理論的蘊蓄

　　近些年來，諸多論者不僅把現代文學的起源上溯至晚清時期，同時也力圖展示晚清文學「被壓抑」的現代性因素如何在新的語境下延展至五四時代。現代散文理論的「個性」說雖有傳統散文抒情言志理念的「內應」和西方隨筆觀念的「外援」，但這兩種資源的激活與介入，卻離不開晚清民初散文主體性理論的持續發酵。整體觀之，從晚清到五四，中國散文主體性理論的變革，經歷了洋務派文人突破「古文義法」藩籬的求變階段，維新派文人創立「新文體」的漸變階段，以及五四新文學作家以自我個性為本位的質變階段。正是具有現代意義的散文主體性理論的生成、傳播及其帶來的觀念解放，才最終確立起「個性」說的理論命題和發展邏輯。

一

　　正如前文所述，中國文學具有悠久的抒情言志傳統，特別是在王綱解紐的時代，不乏個性、自我觀念的張揚。只是在近代以前，個性觀念的張揚並不具有天然的合法性，一旦社會秩序回歸正常，它們就會在儒家倫理系統的規約中重新安頓下來，因此也就不具有「主流」的發展意義。鴉片戰爭以後，面對西方異質文明的強大衝擊，中國思想文化界在被迫回應中「逐漸破壞了他們傳統的態度和信仰，同時提出了新的價值觀、新的希望和新的行動方式。」[116]受此外來力量的「催化」，以及對避觸時忌、持重謹言的考據學的反撥，傳統文學中「發憤著書，意旨自激」的主體意志理念在特殊時代語境的刺激下，

---

116 〔美〕張灝：〈思想的變化與維新運動1890-1898年〉，費正清、劉廣京編，中國社會科學院歷史研究所編譯室譯：《劍橋中國晚清史1800-1911年》（北京市：中國社會科學出版社，1993年），下卷，頁553。

開始蘊蓄出新的意涵。

　　梁啟超在考察清代學術嬗變時認為，今古文之爭直接導致了清學的分裂，特別是龔自珍、魏源二人雖言經學，但其意義指向卻在於「別闢國土」，與古文經學派為經學而治經學的路徑大異其趣。[117]龔魏二人的獨異之處在於，在國運艱危的時代，他們把今文經學和經世致用結合起來，因著傳統樸素唯物論中的「勢」、「變」思維暢言變法圖強。其中，龔自珍的思想史視野橫跨儒釋道，深受「原典」道德自主觀念的影響，「頗似法之盧騷；喜為要眇之思」[118]，他主張散文應時趨新，拒斥因循守舊：「予欲慕古人之能創兮，予命弗丁其時！予欲因今人之所因兮，予茫然而恥之。」[119]他對八股文的批判尤為激烈。在龔自珍看來，當時的科場之文「萬喙相因，詞可獵而取，貌可擬而肖」[120]，而這源於「今天下父兄，必使髫草之子弟執筆學言，曰：功令也。……功令兼觀天下懷人、賦物、陶寫性靈之華言。夫童子未有感慨，何必強之為若言？」[121]儘管龔自珍不是對八股文桎梏性靈提出批判的第一人，但他在天理人倫積威日弛，西學漸次輸入之際，以「國醫手」的情懷重提文學創作主體的自主性和獨創性，則引發了近代散文審美理念的轉變。特別是針對當時抄襲模擬的文風和形式主義文學觀，龔自珍提出「文體」的「大變」思想：「嗚呼顛矣，既有年矣。一創一蹶，眾不憐矣。大變忽開，請俟天矣」、「文心古無」、「雖天地之久定位，亦心審而後許其然。」[122]龔自珍對散文創作主體「能創」性的重視和文體的「大變」訴求，激活了傳統文論中的優質因子，打破了當時文壇脫離現實、在自我小圈子中徘徊的故步自

117 梁啟超：《清代學術概論》（上海市：上海古籍出版社，1998年），頁75。
118 梁啟超：《清代學術概論》，頁72。
119 龔自珍：〈文體箴〉，《龔自珍全集》（上海市：上海人民出版社，1975年），頁418。
120 龔自珍：〈與人箋〉，《龔自珍全集》，頁344。
121 龔自珍：〈述古思子議〉，《龔自珍全集》，頁123。
122 龔自珍：〈文體箴〉，《龔自珍全集》，頁418。

封，形成既「尊史」又「尊情」的積極用世的文學觀，具有近代啟蒙
主義的色彩。梁啟超認為「語近世思想自由之嚮導，必數定庵」[123]，
可以說，龔自珍求變的散文觀念，已使文學創作主體具有基於個性解
放而蛻變的可能。

　　龔自珍的理論和創作在當時被目為怪異之談，這種先行者的悲哀
既是因為覺醒「同人」的稀缺，也緣於其思想的前瞻性缺乏具有現代
視界的輿論平臺的支撐。相比之下，近代早期洋務派文人要比龔自珍
幸運得多。洋務運動使一批知識分子走出了國門，空前活躍的跨文化
交流，不僅催生了描寫異域經歷體驗的遊記和日記等新的散文體式，
也使他們在中西文化比照下對傳統的散文觀念作出調整。曾遊歷四
方、出任過多國公使的薛福成就認為，詩文要達到「思騫韻遠，擺脫
塵垢」的境界，就要求作者「所閱者博」、「不履近人之藩」、「躪屣遠
邈」。[124]另一方面，洋務運動也為近代早期的文學變革訴求提供了一
個較為寬鬆的輿論空間，特別是近代報刊業的興起，不僅改變了文學
的生產傳播機制，也使文學的審美期待從「精英」向「通俗」下移。
一八七二年，《申報》在其創刊詞中就宣稱：「內容有國家政治、風俗
變遷、中外交涉、商賈貿易以及一切可驚可喜之事，使之不出戶庭而
能知天下之事」，「文字通俗，不只為士大夫所賞，亦為工農商賈所通
曉」。[125]不管是他者鏡像中文學觀念的調整，還是報刊文學所引發的
文化下移思潮，都使長期以來被束縛的文學主體性得到鬆綁，這對於
散文的變革來說尤為重要。特別是洋務派文人對桐城古文義法的修正
和反撥，使這種變革具有匯成一股新思潮的可能。桐城派具有完善的

123　梁啟超：〈論中國學術思想變遷之大勢〉，《梁啟超全集》（北京市：北京出版社，
　　　1999年），第3卷，頁615。
124　薛福成：〈代李伯相日本某居士集序〉，《中國近代文學大系・文學理論集》（上海
　　　市：上海書店，1994年），第1冊，頁49。
125　〈本館自述〉，《申報》1872年5月8日。

理論體系和因循守舊的門派意識，從而也造就了一種遠離經世致用的精英文體，這與急於承擔起改良啟蒙職責的近代散文來說，無疑是格格不入的。馮桂芬稱桐城文「周規折矩，尺步繩趨」，不僅要在思想內容上打破桐城派所標榜的孔、孟、程、朱的「道統」：「道非必天命、率性之謂，舉凡典章制度、名物象數，無一非道之所寄，即無不可著之於文」，而且還要創設一種「稱心而言」的文體形式：「文之佳者，隨其平奇、濃淡、短長、高下而無不佳，自然有節奏，有步驟，反正相得，左右咸宜，不煩繩削而自合。稱心而言，不必有義法也；文成法立，不必無義法也。」[126]王韜宣稱桐城文「蘊蓄以為高，隱括以為貴，紆徐以為妍，短簡寂寥以為潔」的門戶蹊徑與自己「格格而不相入」，[127]提出「文章所貴在乎紀事述情，自抒胸臆，俾人人知其命意之所在，而一如我懷之所欲吐，斯即佳文。至其工拙，抑末也。」[128]整體看來，洋務派文人對桐城散文的反撥，其價值意義在於初步確認自主自由精神之於散文文學的重要性。如果將這一主體性意識的覺醒置於晚清具體的歷史語境中進行考察，可發現這不僅僅是一種審美風尚的轉移，亦有別於傳統古文運動的套路。作為一種過渡時代的理論形態，它具有更為深廣的意義，不僅直接開啟了近代後期維新革命派文人對「新文體」的創設，甚至在一定程度上具備五四以後現代散文界關於散文自由精神闡釋的某些義項，證之於馮桂芬的散文觀念與二十世紀三十年代郁達夫總結五四散文創作成就時所提出的「心體」說的相似性，可清楚地說明這一點。

但桐城派也並非一潭死水，面對諸多挑戰和衝擊，其內部也孕育著新的轉機。以曾國藩而論，他不滿於先前桐城文的拘謹平淡，在

126 馮桂芬：〈復莊衛生書〉，《中國近代文學大系‧文學理論集》，第1冊，頁399-400。
127 王韜：〈自序〉《韜園尺牘續鈔》，轉引自馬春林：《中國晚清文學革命史》（瀋陽市：遼寧大學出版社，2000年），頁58。
128 王韜：〈自序〉《韜園文錄外編》，轉引自馬春林：《中國晚清文學革命史》，頁1。

「義理、考據、辭章」之外加入「經濟」一項，顯示了他作為洋務運動領袖對於經世致用之學的重視。而經世致用之文就其文體特質來看，多緊貼時勢辯議持論，其創作主體思想情感介入的深度及文章格調必然不同於僵化的八股文，亦有別於拘泥於義法且日顯空疏的傳統桐城文。因此，曾國藩對經世致用的重視，不僅擴大了桐城文的表現範圍，同時也促使主體在精神品格上孕育出新的因素。正如曾門弟子薛福成所說：「文正一代偉人，以理學經濟發為文章，……故其為文，氣清體閎，不名一家。」[129]從這個角度來看，曾國藩提倡雄健陽剛的散文風格也就在情理之中。曾國藩認為：「窮理以致知，克己以力行，成物以致用」、「義理與經濟初無兩術之可分」，[130]而「欲發明義理，則當法《經學理窟》及各語錄札記；欲學為文，則當掃蕩一副舊習，赤地新立，將前此所業，蕩然若喪其所有，乃始別有一番文境」[131]，造就一種「光明俊偉」之文，「雖辭旨不甚淵雅，而其軒爽洞達，如與曉事人語，表裡粲然，中邊俱徹」。[132]儘管曾國藩對這一雄奇魁偉境界的闡述仍未擺脫古文論「神」、「理」、「氣」等審美範疇的影響，但經世致用成分的融入，確實使創作主體相對於傳統桐城文具有了宏大而又堅實的精神氣象，與後來梁啟超等人所提倡的「新文體」的「雄放」、「銳達」具有一定的共通之處，別有本土自發現代性的意味。

　　雖然近代早期散文主體性意識的覺醒主要源於西學的衝擊，但後者的影響是有限的。列文森認為外來影響的效果如何，並不是取決於它們是作為某種游離於本土社會之外的抽象思想，而是取決於它們在多大程度上使異質的母體社會脫離原有的軌道。他曾用「詞彙」和

129　薛福成：〈寄龕文存序〉，《中國近代文學大系‧文學理論集》，第1冊，頁453。

130　曾國藩：〈勸學篇示直隸士子〉，《中國近代文學大系‧文學理論集》，第1冊，頁25。

131　曾國藩：〈與劉霞仙〉，《中國近代文學大系‧文學理論集》，第1冊，頁410。

132　曾國藩：〈鳴原堂論文評語〉，《中國近代文學大系‧文學理論集》，第1冊，頁412。

「語言」的比喻來說明十九世紀以後西方的影響與中國社會所發生的改變:「只要一種社會沒有被另一種社會徹底摧毀,外來的思想就只能作為某種新詞彙為原有的思想環境所利用;而一旦外來的衝擊及其對於原有社會的顛覆達到相當的程度,外來思想就開始排除本土思想,那麼發生改變的就不只是『詞彙』,而是『語言』本身。」[133]整體來看,近代早期的散文主體性理念並未深入到對傳統散文觀念的系統性置換。儘管龔自珍及洋務派文人在思想上具有超前的敏銳,但傳統的義理系統仍然具有強大的論證功能,他們雖躍躍欲試「破壁以自拔」,卻只能到傳統中去尋找精神資源。馮桂芬在〈校邠廬抗議・自序〉中說道:「桂芬讀書十年,在外涉獵於艱難情偽者三十年,間有私議,不能無參以雜家,佐以私臆,甚且屬以夷說,而要以不畔於三代聖人之法為宗旨。」[134]馮桂芬如此,他人可想而知。因此近代早期散文主體性觀念的變革多為傳統文化道德的自我批判在散文領域中的延續。洋務派文人對散文中「自我」的重視,主要是為了在反對各種教條和「義法」中構築一種「人人知其命意」的文體,既無近代後期「文界革命」中主體的「沖決」訴求,更無五四散文理論話語中那種以個性和自我為本位的終極指向,其改變的僅是理論的「詞彙」而非「語言」,呈現的是中國散文理論新舊轉換期的啟蒙性質和「近代最初」意義。

二

　　甲午以後,國族危機所引起的思想激蕩,使晚清士人中的先覺分

133　〔美〕列文森著,鄭大華等譯:《儒教中國及其現代命運》(北京市:中國社會科學出版社,2000年),頁8-9。
134　馮桂芬:〈校邠廬抗議・自序〉,《采西學議・馮桂芬集》(瀋陽市:遼寧人民出版社,1994年),頁3。

子挺身而出，他們以報刊、學會、新式學堂等為載體，宣傳維新變法
和自強救亡，形成一個與西方公共領域既相似又有所區別的輿論空
間。按照哈貝馬斯的觀點，公共領域是介於公民社會和國家之間的調
節地帶，具有批判性的「個體」（公共知識分子）不管是在公共領域
還是在私人領域都具有獨立性和自主性。[135]而中國近代後期具有公共
意識的知識分子的主體性建構，卻呈現出了諸如「公人」與「私
人」、「公權」與「私權」、「公德」與「私德」等公私二元分裂的現
象。究其緣由，這與當時主宰中國思想領域裡不徹底的「個人」觀念
的影響密切相關。

　　晚清的個人觀念很大程度上源於西方的自由主義思想。但是，根
深蒂固的傳統群己觀以及合群自強的時代語境，致使近代後期「個人
觀念在引進中國之初，與西方現代政治思想中的個人觀念有結構性的
差異。在西方，個人作為權利主體是在公共領域和私領域普遍成立的。
但在中國，個人權利主要是在個人參與公共事務（如參與政治、經
濟、教育活動）時才有效。」在處理私人關係時，特別是「在家族組
織中，每個人仍是倫常關係的載體，而不是作為權利主體的個人。」
在〈中國個人觀念的起源、演變及其形態初探〉一文中，金觀濤、劉
青峰對晚清民初個人觀念的使用情況進行了細緻周密的統計分析：

　　　　1901年以前，極少人使用「個人」一詞，1902年突然由1901年
　　　的22次增加到110次。「個人」一詞與西方 Individual 明確相對
　　　應，也發生在1900至1902年間，表明個人觀念在1902年開始普
　　　及。統計還表明，到1915年，「個人」一詞共使用了3173次。
　　　其中，按意義類型可分為七種：第一種以「個人」代替以往

---

135 〔德〕哈貝馬斯著，曹衛東等譯：《公共領域的結構轉型》（上海市：學林出版社，
　　1999年），頁32-34。

「一己」「小己」「私人」「本人」等用法，604次，占19%；第二種表示「個人為權利主體」，507次，占16%；第三種表示「個人獨立、自由和平等的正當性（人格尊嚴等）」，462次，占14.6%；第四種「指家庭中的個人」，46次，占1.45%；第五種「用於與社會、國家對稱，即把個人看作社會組織之單元」，1288次，占40.6%；第六種指「個人（利己）主義」，212次，占6.7%；第七種指「個人無政府主義（極端、絕對自由主義、享樂主義）」，54次，占1.7%。[136]

如上可見，第五種個人觀念即置於公共領域中表達「權利主體」的個人觀占比最大，相反，作為純私人領域的「家庭中的個人」則占還不到百分之二。也就是說，在新文化運動以前，個人觀念的使用很強調個人性與公共性的同構，這與西方特別重視作為獨立個體的個人觀念有很大的不同。

對此，同為研究近代中國個人觀念起源的許紀霖進一步作了分析，他指出：

> 作為現代性的個人觀念在中國究竟如何起源？這固然與晚清西學的引進有關，早期的基督教文獻和一九〇〇年以後傳入的「天賦人權」思潮都有豐富的個人、自由和權利的思想資源，但在晚清，這些外來的觀念在尚未崩盤的儒家義理系統之中，並不具有天然的合法性，它們只是起了一個外在的「催化」作用，使得在中國思想經典中一些原先並非核心的觀念產生「發酵」，在晚清歷史語境的刺激下，進入主流。而個人觀念的出

---

136 金觀濤、劉青峰：《觀念史研究：中國現代重要政治術語的形成》（北京市：法律出版社，2010年），頁161。

現，與晚清出現的強烈的「回歸原典」的衝動有關，儒學和佛學的傳統為晚清個人的崛起提供了豐富的思想資源。在原始仁學和宋學之中，人的心性與天道相通，個人在成仁成聖上，擁有充足的道德自主性。而佛學中的平等精神、無父無君和突出個體，與儒家的道德自主性內在結合，使得晚清的個人觀念高揚，從道德自主性逐漸發展出個人自由和個人權利的觀念。[137]

　　如其所言，個人觀念在引進中國之初就深受本土語境的牽制，無論是對傳統非核心觀念的「催化」，還是「回歸原典」衝動中傳統資源的支援，當時西方的「個人」話語旅行到中國後必定要面對中國傳統整體性觀念的整合與重構，乃至遭受誤解和排斥，所有才有魯迅當年的慨嘆：「個人一語，入中國未三四年，號稱識時之士，多引以為大詬，苟被其謚，與民賊同。」[138]個人觀念的這種遭遇，主要根源於傳統的群己觀念在當時還較為盛行。傳統的群己觀念重群體而輕個人，即便講究個人的修身養性，也是以齊家治國平天下和成仁成聖為旨歸，並非是現代的個人獨立自強觀念。即使是那時的先驅者，為了挽救民族危亡和探求社會出路，雖普遍接受西方的自由平等觀念，但也很注重啟蒙新民的合群自強作用，如梁啟超在提倡「個人之獨立」和「人人自由，而以不侵他人之自由為界」之「自由公例」的同時，也強調「自由云者，團體之自由，非個人之自由也」。[139]不過，還是有些先驅者，如青年魯迅，既抱有強烈的憂國救亡意識，又沒有把國家民族的獨立自由與個性、個人價值對立起來，而是把「尊個性而張精神」視為救國強國之要務和前提：「是故將生存兩間，角逐列國是

137　許紀霖：〈個人主義的起源──「五四」時期的自我觀研究〉，《天津社會科學》2008年第6期。

138　魯迅：〈文化偏至論〉，《魯迅全集》，第1卷，頁50。

139　梁啟超：〈論自由〉，《梁啟超全集》，第3卷，頁678。

務，其首在立人，人立而後凡事舉；若其道術，乃必尊個性而張精神。假不如是，槁喪且不俟夫一世。」[140]當然，這樣的吶喊在當時還只是空谷足音，未能形成氣候，它有待於一場更加全面和徹底的思想解放運動。

　　雖然晚清的個性自由觀念受到了群體意識的抑制和排斥，無法匯成一股具有強大衝擊力的思想潮流，但其內在的發酵和蘊蓄，卻為我們考察中國散文主體性理論在近代文壇的漸變及轉向提供了理論背景和思想啟發。其中，尤為值得注意的是，晚清知識分子主體性建構的獨特方式，使得中國近代後期公共領域的生成呈現出與西方不一樣的路徑。哈貝馬斯所說的具有政治批評功能的資產階級公共領域，首先是在文學批評界出現，後者作為「公開批判的練習場所」，為具有批判性和自律性的公眾介入政治領域打下了基礎。[141]而中國近代後期公共領域則是本著救亡和變革功能而建構，文學只不過是啟蒙知識分子借公共空間達到其「諷喻上政」目的的工具。從散文理論變革的角度來看，作為轉型中的知識分子，「言文一致」運動和「文界革命」的倡導者，多以社會及時代的代言人和批判者自居。他們力圖藉報刊文字、政論等散文體式議議時政，參與變法圖強，完成其「社會良心」和人類基本價值維護者的塑形。其啟蒙主體性的伸張，正如某些論者所指出的是「『普遍主體』，而尚不是『個體主體』，後者有待於五四散文理論的確立——這一轉變有賴於文學現代性將個體主體性的重要性突顯出來」[142]。

　　晚清維新派文人類似於公共知識分子的身分體認以及散文書寫的啟蒙指向，使他們對散文變革的期許呈現出強烈的工具性，在賦予散

140　魯迅：〈文化偏至論〉，《魯迅全集》，第1卷，頁54-57。

141　〔德〕哈貝馬斯著，曹衛東等譯：《公共領域的結構轉型》，頁32-34。

142　蔡江珍：《中國散文理論的現代性想像》（北京市：中國社會科學出版社，2006年），頁50。

文開啟民智功能的同時，他們極力尋求一種能夠更自由靈活地宣傳維新變法思想的文體。儘管此前洋務派文人已認識到散文突破義法藩籬的必要性，但散文之於他們僅僅是一種傳播改良思想的工具，還未提升到文體更新的層面。而近代後期維新派文人在借鏡西方文學觀念的基礎上，通過三個「革命」及戲劇觀念的更新，初步完成了小說、詩歌、散文、戲劇的文類區分，突破了傳統的文類觀念，散文特別是具有啟蒙功能的報章體散文亦被他們提升到文體的高度來描述。譚嗣同的《報章文體說》將所有的文章分為三類十體，且唯有報章文體兼收並蓄，無所不包。儘管他對「報章文體」的描述缺乏文體內在規範的設置，但卻與曾國藩在《經史百家雜鈔》中對散文的分類顯示出不一樣的文體觀念。特別是當他聲明「報章體裁，古所無有」，不應「時時以文例繩之」時[143]，已經賦予「報章文體」新的形式規範，使它具有從各種古文辭和教條義法中解放出來，並最終實現「沖決俗學若考據若詞章之網羅」[144]的可能。相對於譚嗣同的兼容並包，梁啟超則以簡馭繁，把散文分成「覺世」與「傳世」兩種不同的形態：「傳世之文，或務淵懿古茂，或務沉博絕麗，或務瑰奇奧詭，無之不可；覺世之文，則辭達而已矣，當以條理細備，詞筆銳達為上，不必求工也。」[145]「覺世之文」的提出，是「新民」啟蒙語境下的一種修辭策略，它與「傳世之文」在功能上的區別正如劉師培所說的：「一修俗語，以啟淪齊民；一用古文，以保存國學」[146]。梁啟超賦予散文「覺世」的功能，已顯現出自覺的文體觀念，直接導向了他對「新文體」

---

143 譚嗣同：〈致汪康年書〉，《譚嗣同全集》（北京市：生活‧讀書‧新知三聯書店，1954年），頁343。

144 譚嗣同：〈仁學‧自序〉，《譚嗣同全集》，頁4。

145 梁啟超：〈湖南時務學堂學約〉，《梁啟超全集》（北京市：北京出版社，1999年），第1卷，頁109。

146 劉師培：《中國中古文學史‧論文雜記》（北京市：人民文學出版社，1984年），頁110。

的創設。這主要通過兩方面來展開。其一,「歐西文思」的輸入。「文界革命」伊始,梁啟超就對日本政論家德富蘇峰「以歐西文思入日本文」,造就一種「雄放雋快」的文風表現出很大的興趣[147],這在一九〇二年介紹嚴復譯作《原富》時說得更為清楚:「夫文界之宜革命久矣。歐美日本諸國文體之變化,常與其文明程度成比例,況此等學理邃賾之書,非以流暢銳達之筆行之,安能使學僮受其益乎?」[148]顯然,梁啟超已認識到邏輯嚴密的外國文法對於形成「流暢銳達」文風的重要性,基於自由文體層面的西學取向也超越了早前馮桂芬等人「羼以夷說」的權宜之計。其二,植入俗語俚言。在「新文體」中植入俗語俚言,其理論援持來自於當時被廣為熱議的語言進化論。亦即文學的發展趨勢是「由古語之文變為俗語之文」,深奧的文言語體致使「我國民既不得不疲精力以學難學之文字,學成者固不及什一,即成矣,而猶於當世應用之新事物、新學理,多所隔閡,此性靈之浚發所以不銳」。[149]而「言文合一」的「俗語之文」在開啟民智的同時,亦能為「性靈之浚發」提供無限的可能:「今宜專用俚語,廣著群書,上之可以借闡聖教,下之可以雜述史事,近之可以激發國恥,遠之可以旁及彝情,乃至宦途醜態、試場惡趣、鴉片頑癖、纏足虐刑,皆可窮極異形,振厲末俗,其為補益,豈有量耶?」[150]這種強大的表現功能,成就了梁啟超後來所說的「縱筆所至不檢束」的文體風格。在這一點上,「言文一致」運動也成為五四白話文運動的預演。

周作人曾說晚清的新文體「融合了唐宋八家,桐城派,和李笠翁,金聖嘆為一起,而又從中翻陳出新的。」[151]這涉及到的是維新革

---

147 梁啟超:〈夏威夷遊記〉,《梁啟超全集》(北京市:北京出版社,1999年),第4卷,頁1220。

148 梁啟超:〈紹介新著《原富》〉,《新民叢報》1902年第1號。

149 梁啟超:〈論進步〉,《梁啟超全集》,第3卷,頁684。

150 梁啟超:〈變法通議·論幼學〉,《梁啟超全集》,第1卷,頁39。

151 周作人:《中國新文學的源流》(上海市:華東師範大學出版社,1995年),頁54。

命派文人在融會貫通的基礎上對新體散文深層意蘊的設定。譚嗣同、
梁啟超自謂年少時都有過對桐城散文「刻意規之數年」，而後又經歷
「上溯秦漢，下循六朝」，再到沖決「文例」[152]，「縱其筆端之所至，
以求振動已凍之腦官」[153]的過程。但在調諧駢散的過程中，譚、梁二
人最終拾取的是類似駢文的「體例氣息」。譚嗣同偏好駢文，認為
「所謂駢文，非四六排偶之謂，體例氣息之謂也。」[154]譚氏所謂的
「體例氣息」，相當於梁啟超後來所說的「筆鋒常帶感情」，對它的價
值認定主要不在於審美趣味方面，而在於它對於啟蒙主體性所具有的
「沖決」意義。從這個角度來看，章太炎追蹤魏晉散文就不能被視為
是一種反背時勢的復古。章太炎認為漢文「雅而不核」，唐宋之文
「肆而不制」，而魏晉之文則有其利而無其弊，「魏晉之文，大體皆卑
於漢，獨持論彷彿晚周。氣體雖異，要其守己有度，伐人有序，和理
在中，孚尹龐達，可以為百世師矣。」[155]顯然，章太炎對魏晉文的偏
愛，看重的是它在「持論」上進退自如、舒緩有致的優勢。因此，他
雖看不慣「新文體」的鄙俗，但在重視散文「甄辨性道，極論空有」
[156]的「體例氣息」上，卻與梁啟超和譚嗣同等人無異，這也是他肯定
鄒容《革命軍》「壹以叫咷恣言，發其慚恚，雖囂昧若羅、彭諸子，
誦之猶當流汗祇悔」[157]之所在。如此看來，維新派文人在創設新的散
文文體上所體現出來的包容性，不僅超越了晚清各種古文門派之爭，
還在於從文學主體性的角度融合了多種文體的優勢，其運思的展開已
經逼近了現代散文的本體。

　　「文界革命」和「新文體」的破舊立新對傳統文學觀念形成了巨

---

152 譚嗣同：〈三十自紀〉，《譚嗣同全集》，頁204。

153 梁啟超：〈與嚴幼陵先生書〉，《梁啟超全集》，第1卷，頁71。

154 譚嗣同：〈三十自紀〉，《譚嗣同全集》，頁204。

155 章太炎：《國故論衡・論式》（上海市：上海古籍出版社，2003年），頁84-85。

156 章太炎：《國故論衡・論式》，頁84。

157 章太炎：〈革命軍序〉，《中國近代文學大系・文學理論集》，第1冊，頁119。

大的挑戰，特別是新詞彙和新思想的輸入，打破了古文的書寫規範，引起了保守派激烈的批評。當時一些保守派人士對「新文體」的詆毀，就是根據作品中大量出現「異學之詖詞，西文之俚語」，導致「文風日趨於詭僻，不得謂之詞章」，從根本上衝擊「桐城湘鄉文派之格律嚴謹」而發的。[158]類似的否定不僅來自於保守陣營，維新派內部亦有反對的聲音。嚴復就質疑梁啟超「文界革命」的提法：「文界復何革命之與有？」「若徒為近俗之辭，以取便市井鄉僻之不學，此於文界，乃所謂淩遲，非革命也。」對於「報館之文章」，嚴復亦斥為「大雅之所諱」。[159]可見，「新文體」創設過程中異質因素的植入，雖是因啟蒙的需要而作出的權宜性變通，但卻促進啟蒙主體性的無限擴張，使其與「文質彬彬」等傳統審美觀念形成疏離之勢，這也是黃遵憲和嚴復等人雖同具有維新啟蒙思想，但因審美趣味的陳舊而無法包容「新文體」的原因。當然，「新文體」遭受惡評也確有其弊。「覺世」的價值功能取向，使維新派文人把「新文體」當成一種可以隨意驅遣的萬能工具，結果正如胡先驌所說的：「其『筆鋒常帶感情』」，「『目的在感動血與官感，而不在感動精神與智慧。』故喜為浮誇空疏豪宕激越之語，以炫人之耳目」，「其在文學上無永久之價值亦以此。」[160]「新文體」的功能當然不止於「血與官感」的刺激，但因為過於重視散文主體的外在解放和自由，而未能深度建設「精神與智慧」，使其理論建設忽視了散文精神品格的「自我」化提升。這與五四以後新文學作家從外在的語體到內在精神品格對散文中「個性」與「自我」的多維重建仍具有一定的距離。換言之，「新文體」理論的

158　葉德輝：〈《長興學記》駁議〉，蘇輿編：《翼教叢編》（上海市：上海書店出版社，2002年），頁103-104。

159　嚴復：〈與《新民叢報》論所譯《原富》書〉，《嚴復集》（北京市：中華書局，1986年），第3冊，頁516-517。

160　胡先驌：〈評胡適〈五十年來中國之文學〉〉，《學衡》1923年第18期。

「過渡形態」，在中國散文主體性理論的現代性轉型中，仍處於與傳統抒情言志理念疏而不離的階段。

三

　　近代後期個人觀念在公私領域的二元分裂，主要在於持「中體西用」觀念的權貴、士紳階層主導了當時中國政治、經濟和文化等各個方面的發展動向，將「個人」視為「公益」「合群」的手段或工具，限定在啟蒙新民的框架裡，使其在「自我」層面未能獲得終極意義上的價值。隨著科舉制度的廢除，以及晚清新式教育的開展，特別是新文化運動開啟後，一大批新式知識分子開始從文化層面反思此前維新改良的不足。在此背景下，一種試圖「改革自己之個人」「使成如何之個人」[161]，以自我個性為本位的個人觀念也隨之被提出來。高一涵認為：「蓋先有小己後有國家，非先有國家後有小己」，又說：「一己之天性，完全發展，即社會之一員，完全獨立。」[162]李亦民則要求「群」與「公」不要視「個人」為手段，遏制「個人」的發展，「人生唯一之目的」不在於「合群」或者「為公」，而在於「個人」的「快樂」。[163]家義指出了忽視「個人」給中國社會帶來的危害：「依此賴彼，苟狗營蠅，甲乙相消，同歸於盡」，所以他提出「個位主義」的改進方案：「本於心理學之個性說，而在倫理學為自我實現主義（ Self realization ），在社會學為個人本位主義（ Thedoctrine of individual unit）者也。」[164]就此而言，維新派文人所謂的「個人」雖然有追尋自我、實現自我的「積極自由」，但其自主活動的範圍卻不

---

161 杜亞泉：〈個人之改革〉，《東方雜誌》第10卷第12號（1914年），原署名「傖父」。

162 高一涵：〈共和國家與青年之自覺〉，《青年雜誌》1915年第2號。

163 李亦氏：〈人生唯一之目的〉，《青年雜誌》1915年第2號。

164 家義：〈個位主義〉，《東方雜誌》1916年第2號。

能溢出「國群」之外。而以自我個性為本位的個人觀念儘管還未徹底擺脫傳統「群己」觀念的影響——事實上西方的個人觀念自進入中國以來就從未徹底置換過傳統的「群己」觀念,但與嚴復、梁啟超等維新派文人試圖將個人與民族、國家、社會調和在一起的學說相比,強調的是自我不被干涉的「消極自由」,使得個人可以抵抗集體的施壓,保存自主活動的範圍。[165]對不被干涉權利的爭取,顯然有利於消弭公私領域個人觀念的分裂。譬如針對家庭的倫常關係,早在一九一四年,胡適在〈我國之「家族的個人主義」〉中就說道:「西人之個人主義以個人為單位,吾國之個人主義則以家族為單位……西人之個人主義,猶養成一種獨立之人格,自助之能力,若吾國『家族的個人主義』,則私利於外,依賴於內,吾未見其善於彼也。」[166]胡適在這裡指出了家族個人主義的危害,它使人過分依賴於家族,導致國人缺乏獨立人格和自主能力。胡適的這一觀點在新文化運動全面展開後得到了積極響應。陳獨秀認為家族宗法制度「損壞個人獨立自尊之人格」、「窒礙個人意志之自由」、「剝奪個人法律上平等之權利」,而欲改變現狀,只能「以個人本位主義,易家族本位主義。」[167]以上種種皆在說明,清末民初二元的個人觀念受到徹底的批判,儒家倫理在家庭等私人領域的主宰地位被推翻,使得原先主要在公共領域有效的個人觀念進入了家庭和私人領域,一種既注重解除外在倫常網羅又主張內在人格精神獨立的新的個人觀確立了起來。「人」的發現和覺醒促成了個性主義的社會思潮和文學思潮,新文學從形式革命很快進入思想革命的前沿,並逐步確立起「人的文學」、「個性的文學」等新文學觀念。

---

165 「積極自由」和「消極自由」的概念由以賽亞・伯林在《自由論》一書中所提出,關於現代中國語境中這兩個概念的解讀可參見本書緒論部分的論述。

166 胡適著,曹伯言整理:《胡適日記全編》(合肥市:安徽教育出版社,2001年),頁293。

167 陳獨秀:〈東西民族根本思想之差異〉,《新青年》第1卷第4號(1915年)。

　　張灝曾說「懷疑精神」和「新宗教」是五四的兩歧思想。[168]如果說前者是通過價值重估並最終與傳統決裂的話，那麼後者則是在反傳統的基礎上構建起全新的價值體系。五四文學革命的開啟，在於新文化運動把晚清民初持續發酵的社會進化論全面引入了思想文化領域，由此開始了顛覆性的反傳統的文學行動。在散文方面，「人」的覺醒和「自我」的發現，使新文學運動先驅一開始就對桎梏個性的道統和文統進行激烈的批判，突出強調散文的寫實求真。如陳獨秀把前後七子及歸、方、劉、姚等人的文章歸入咬文嚼字、陳陳相因的「妖魔」之文，進而呼籲「目無古人，赤裸裸的抒情寫世」的「時代之文豪」，[169]錢玄同把食古不化的傳統古文定性為「桐城謬種，選學妖孽」，無不體現了激烈的反傳統傾向。但這些籠統的反傳統話語正如汪暉所說的是在宣示「態度的統一性」，而非一種分析重組的理論。要在詩學層面上構建起完全的散文個性藝術精神，還有待於新文壇諸家從思想情感、文法結構、語言修辭等方面作出具體設計，在形式和內容上推進白話散文的發展和質變。

　　新文學作家是從歷史進化論和文學本質論的角度確認白話文學的合法合理地位。胡適、陳獨秀、錢玄同、劉半農、傅斯年等撰文宣稱白話文不僅是思想啟蒙、文化普及的工具，更是文學的利器和正宗，強調語言文學的內在統一性，指出白話是現代人的口頭語言，表達的是現代人的思想感情，現代的文學就必然也必須以白話取代文言，才能真切表現現代人的思想感情，才能創造新的時代文學。胡適在〈文學改良芻議〉所論「八事」，首先提及的是「言之有物」的問題，把情感與思想視為文學的「靈魂」和「腦筋」，認為「文學無此二物，便如無靈魂無腦筋之美人，雖有穠麗富厚之外觀，抑亦末矣。」[170]這

168　張灝：《張灝自選集》（上海市：上海教育出版社，2002年），頁258。
169　陳獨秀：〈文學革命論〉，《新青年》第2卷第6號（1917年）。
170　胡適：〈文學改良芻議〉，《新青年》第2卷第5號（1917年）。

從本質上界定文學之美的質文關係，成為他八項文學改良主張的思想
總綱和立論依據。在〈建設的文學革命論〉中，他又進一步解釋道：
「要有話說，方才說話」、「有什麼話，說什麼話，話怎麼說，就怎麼
說」，「要說我自己的話，別說別人的話」，「是什麼時代的人，說什麼
時代的話」，並在文中探討了白話文學的具體建設方案。[171]這些提法
涉及白話文內容和形式的統一性、時代性、個性化和改良進化等方面
問題，在當時產生了很大的影響。錢玄同、劉半農、傅斯年等人也有
類似的意見。劉半農在〈我之文學改良觀〉提出「散文之當改良者
三」，本著「言為心聲，文為言之代表」的古訓，提出「吾輩心靈所
至，盡可隨意發揮」的看法，在白話文草創階段提出「文言白話可暫
處於對待的地位」的對策：「於文言一方面，則力求其淺顯使與白話
相近。於白話一方面，除竭力發達其固有之優點外，更當使其吸收文
言之優點，至文言之優點盡為白話所具，則文言必歸於淘汰，而文學
之名詞，遂為白話所獨據，固不僅正宗而已也。」[172]傅斯年則在〈怎
樣做白話文〉裡開出「國語歐化」的方劑，認為：

> 文學的職業，只是普遍的「移人情」，文學的根本，只是「人
> 化」。……任憑文學界千頭萬緒，這主義，那主義，這一派，
> 那一派，總是照著人化一條道路而行。……西洋近世的文學，
> 全遵照這條道路發展：不特他的大地方是求合人情，就是他的
> 一言一語，一切表詞法，一切造作文句的手段，也全是「實獲
> 我心」。我們逕自把他取來，效法他，受他的感化，便自然而
> 然的達到「人化」的境界，我們希望將來的文學，是「人化」
> 的文學，須得先使他成為歐化的文學。就現在的情形而論，

---

171 胡適：〈建設的文學革命論〉，《新青年》第4卷第4號（1918年）。
172 劉半農：〈我之文學改良觀〉，《新青年》第3卷第3號（1917年）。

「人化」即歐化，歐化即「人化」。[173]

　　這些設想雖說不盡切實可行，有的較為極端，但都以建設的態度來探索白話美文的路徑，提出文言白話化、白話文言化和歐化、文學「人化」和個性化的具體方案，相比晚清的白話文運動有了質的飛躍。誠如周作人所說，清末的白話運動「乃是教育的而非文學的」，「那時候的白話和現在的白話文有兩點不同」，「第一，現在的白話文是話怎麼說便怎麼寫，那時候卻是由古文翻白話」，「第二，是態度的不同。現在我們作文的態度是一元的，就是無論對什麼人，作什麼事，無論是著書或隨便的寫一張字條兒，一律都用白話。而以前的態度則是二元的，不是凡文字都用白話寫，只是為一般沒有學識的平民和工人才寫白話的。……但如寫正經的文章或著書時，當然還是作古文的」。[174]五四白話文學觀念的確立，為白話美文、個人話語、個人文體一系列新散文觀念的生成奠定了理論基礎。一九二二年，胡適總結說：「白話散文很進步了。……這一類的小品，用平淡的談話，包藏著深刻的意味；有時很像笨拙，其實卻是滑稽。這一類作品的成功，就可徹底打破那『美文不能用白話』的迷信了。」[175]這一論斷表明，白話散文具有「平淡」而「深刻」、「笨拙」而「滑稽」等審美意味和「談話」風格。這不僅是實踐的總結，也是理論的提升，既破除「美文不能用白話」的迷信，又確認現代白話散文的文類地位，為現代散文的獨立發展廓清了路基。

　　白話美文觀念的確立，標誌著文學革命的重大進展和一大成功。

173　傅斯年：〈怎樣做白話文〉，《新潮》第1卷第2號（1919年）。

174　周作人：《中國新文學的源流》（上海市：華東師範大學出版社，1995年），頁55、56。

175　胡適：〈五十年來中國之文學〉，《胡適全集》（合肥市：安徽教育出版社，2003年），頁343。

但是，正如魯迅當年所言：「倘若思想照舊，便仍然換牌不換貨」，
「我的意見，以為灌輸正當的學術文藝，改良思想，是第一事」。[176]
隨後，周作人說得更為明確，「文學革命上，文字改革是第一步，思
想改革是第二步，卻比第一步更為重要」，因為「文學這事物本合文
字與思想兩者而成，表現思想的文字不良，固然足以阻礙文學的發
達，若思想本質不良，徒有文字，也有什麼用處呢？」因而提倡「思
想革命」。[177]為此，新文學先驅把白話文運動引向思想革命的前沿，
在文學精神內容的革新上闊步前進。各種新思潮新主義攜白話傳播之
便而廣為流傳，同時也在白話文中留下現代思想意識的深刻印記。其
中，人本主義、個性主義、人道主義、自由主義等相近相通的思想精
神在散文寫作中的影響至為廣泛深遠。對此，留待下文闡述。

　　如果說晚清民初對散文主體性的關注，主要是在政治與社會的層
面上體現為現實權利及自由問題的話，那麼五四以後，現代散文界則
是深入到「自我」與「自我意識」的人學高度，集中思考的是「我」
與世界、主體與客體的精神關係問題，這也使散文的創作主體從各種
群體、屬類的領域裡徹底解放出來，為個性表現乃至自我表現開闢了
寬闊的發展道路。

---

176 魯迅：〈渡河與引路〉，《新青年》第5卷第5號（1918年），原署名「唐俟」。
177 周作人：〈思想革命〉，《新青年》第6卷第4號（1919年），原署名「仲密」。

第二章
三種「個性」說及其流變

　　在五四思想解放、個性解放的時代呼聲中，個人、個性、人性、人道一類新觀念，與科學、民主、自由、平等一樣，盛行於五四文化界，掀起了破舊立新的文學革命運動。散文也在這次變革中轉化為個性文學的代表文類，在反載道、破義法、尊個性、主自由等原則問題上形成眾所公認的共識。但現代散文理論的「個性」說是一個複雜的理論場，在何謂個性、為何個性、個性與共性、自我與群體和社會等關鍵問題上，卻是眾說紛紜，先後湧現出多樣的散文個性觀念，從各自的思想基礎來看，可以概括為三種，即人性論的「個性」說、言志論的「個性」說和社會論的「個性」說。

第一節　人性論的「個性」說

　　郁達夫曾指出：「五四運動的最大的成功，第一要算『個人』的發見。」[1]茅盾也說過：「人的發見，即發展個性，即個人主義，成為『五四』期新文學運動的主要目標，當時的文藝批評和創作都是有意識的或下意識的向著這個目標。」[2]整體來看，五四時期的個性解放，集中發現的是人道主義意義上的人性和個性。它肯定人的價值、人的自由、人的權利、人的未來與發展，等等。因此，五四時期的個性觀念可說是以人道主義為思想基礎。這在五四時代雖有不同的闡釋

1　郁達夫：〈導言〉《中國新文學大系・散文二集》，《郁達夫文集》（廣州市：花城出版社，1983年），第6卷，頁261。
2　茅盾：〈關於「創作」〉，《北斗》1931年第1期，原署名「朱璟」。

和主張，但在強調人性、人的個性、個人權利、個性價值、個人性與人類性相通等內涵要點上卻是大體一致的，是一種「健全的個人主義」觀念。受此觀念影響，五四時期的散文理論界整體上主張個人情感的健全抒發，注重個性表現的社會擔當意義。又有「學衡派」諸子和梁實秋等引入白璧德的「新人文主義」，以「理性」和節制的「自我」，對五四散文理論「個性」說的片面之處作出糾偏。到了二十世紀三十年代，新「京派」作家從重建「人的文學」精神出發，強調散文個性表現的嚴肅和純粹，以圖進一步完善五四以來的「健全的個人主義」的散文觀念。

一

　　學術界普遍認定，人道主義興起於文藝復興時期。但跟許多哲學觀念一樣，人道主義的思想是先於概念而存在的，在探究它的源頭時，一些學者認為它起源於古希臘的城邦時代，而有一些學者則將其往前追溯到荷馬時代，以荷馬的人道主義觀念作為人道主義思想史的起點。

　　但無論人道主義起源於何時，它具有悠久而顯赫的歷史卻是不爭的事實，而且它在世界各民族文化中都有自己的代言人。弗蘭克把人道主義的歷史分為四個時期：古希臘羅馬的人道主義、中世紀基督教的人道主義、文藝復興時期的人道主義、十九世紀末至二十世紀初以來的新人文主義。[3] 對於人道主義的形態，美國《社會科學百科全書》如此描述道：「它可以是早期人道主義者在希臘人中所發現的生活的合理平衡；它可以僅僅是對人文學科或純文學的研究；它可以是

3　轉引自雷永生：《東西文化碰撞中的人：東正教與俄羅斯人道主義》（北京市：華夏出版社，2007年），頁340-346。

伊麗莎白女王或本傑明‧富蘭克林一類的人物從宗教禁錮中的解脫和
對生活的一切方面所表現的強烈興趣；它可以是莎士比亞或歌德一類
人物對人類一切情感的描述；或者，它可以是一種以人為中心和準則
的哲學。而自從十六世紀以來，正是在最後這個捉摸不定的涵義上，
人道主義獲得了它的可能是最重大的意義。」[4]事實是，自十六世紀
歐洲文藝復興以來，人道主義不僅獲得了它的「最重大的意義」，而
且形成了一股推動西方思想文化轉型的哲學思潮，「人道主義」一詞
也成為一個明晰的哲學概念被確定下來。至此以後，歐洲文藝復興運
動先驅們所提出來的關於宇宙、關於人的本性、關於如何對待人等問
題，被作為不朽的價值準則一代代地傳承下來。

在《人道主義哲學》一書中，拉蒙特概括了十六世紀以來人道主
義哲學思潮的十個核心命題：

> 第一，人道主義信奉一種自然主義的形而上學或宇宙觀，這種
> 宇宙觀把一切形式的超自然的東西看作是無稽之談，而
> 認為自然是存在的總和，是不依賴於任何精神和意識而
> 存在的、不斷變化著的物質和能量的體系。
> 第二，人道主義特別注意吸取科學的定律和事實，相信人是他
> 所屬的自然界進化的產物，他的精神是與他的大腦的活
> 動不可分離地聯繫在一起的，而作為身體和人格的不可
> 分割的統一體，他死後不會再有意識的存留。
> 第三，人道主義對人抱有最終的信心，相信人類有能力或潛力
> 解決自己的問題，這種解決主要依賴於憑著勇氣和遠見
> 而加以應用的理性和科學的方法。

4　轉引自〔美〕科利斯‧拉蒙特著，賈高建譯：《人道主義哲學》（北京市：華夏出版
　社，1990年），頁11。

第四，人道主義反對一切普遍決定論、宿命論或命定論的理論，相信人類雖然受到過去歷史的制約，但卻擁有進行創造性選擇和行動的真正自由；在某些客觀的限制之內，他們是自己命運的主人。

第五，人道主義信奉這樣一種道德觀或倫理觀，即把人的全部價值置於現世的經驗和關係的基礎上，並且把全部人類（不分民族、種族或宗教）在現世的幸福和自由，以及經濟、文化、道德等方面的進步作為自己的最高目標。

第六，人道主義相信，個人可以將自我滿足和不斷的自我發展同有助於社會幸福的有意義的工作和其他活動有機地結合起來，從而獲得一種美好的生活。

第七，人道主義相信藝術和美感得到最廣泛發展的可能性，其中包括對大自然瑰麗景色的欣賞，從而使得審美體驗可以成為人們生活中的普遍現實。

第八，人道主義確認一種意義深遠的社會綱領，這一綱領主張在能夠促使繁榮的國內和國際經濟秩序的問題上，確立全世界範圍的民主、和平與高水平的生活。

第九，人道主義主張全面實現理性和科學方法的社會作用，因而主張民主程序和議會制政府，主張在經濟、政治、文化等一切領域裡實現言論自由和各項公民自由權。

第十，人道主義遵循科學的方法，認為對各種基本假設和論證的探究是沒有終結的，包括它自己在內。人道主義不是一種新的教條，而是一種發展著的哲學，它在經驗的檢驗、新發現的事實和更嚴密的推理面前是永遠開放的。[5]

5　〔美〕科利斯·拉蒙特著，賈高建譯：《人道主義哲學》，頁12-13。

　　如上所述，人道主義是一種多面性的哲學，這不僅指它具有豐富的內涵，而且在於不同的文化體系賦予其不同的面貌。一方面，它肯定人的價值，強調人是獨立的「精神個體」，人性的一切表現，個人的自由而全面的發展，有著天然的權利；主張人的創造性工作和對幸福的追求，個人可以在為一切人的服務中發現自己的最高的善，人的幸福本身就是對它自身的確證，而不必通過超自然的途徑尋求幫助和支持；認為人類能夠利用自己的智慧和互相間的自由協作，營造一個和睦的生存世界。另一方面，「人道主義特別要反對那種廣泛傳播的認為人僅僅是以私利為動力的觀點，這種觀點在心理學上是幼稚的，在科學上則是站不住腳的。人道主義否定那種代表著醉心於自我擴張的個人或團體而不斷地將粗野的利己主義合理化，並使之融為各種狂妄計劃的做法；也拒絕接受把人的動力歸結為經濟動力、性的動力、尋求享樂的動力，以及人類需要的任何一個有限方面的做法，它堅持認為真正的利他主義的存在是人類事務中的動力之一。」[6]因此，人道主義既肯定人的自由和權利，也主張個體積極承擔起社會責任，本質上是一種既利己又利他的哲學。

　　也正是如此，歐洲文藝復興運動呼喚的人道主義，在進入啟蒙運動時，很快成為資產階級政治革命的重要內容和理論基礎。當時的啟蒙思想家以人道主義為武器，從人性、自由、平等等觀念出發，用「天賦人權論」反對「君權神授論」和「貴族特權論」，猛烈批判君主專制制度。這些人權思想最終通過《人權宣言》以憲法的形式加以固定，並把它們具體化為財產權、平等權、自由權、安全權和反抗壓迫權等多種權利。啟蒙思想家提出的社會契約論、平等論、自由論、人民主權論等，均以人道主義作為立論的思想依據。之後，隨著資產階級在政治上和經濟上的全面勝利，文藝復興終於在十九世紀完成了

6　〔美〕科利斯・拉蒙特著，賈高建譯：《人道主義哲學》，頁14。

歷史從中世紀向近代文明變革的重任。隨著人道主義哲學浪潮而來的是人的觀念的脫胎換骨。丹納談及文藝復興後「人的全面發現」時道：「人已經不是一個粗野的肉食獸的動物，只想活動筋骨了，但還沒有成為書房和客廳裡的純粹的頭腦，只會運用推理和語言。他兼有兩種性質：有野蠻人的強烈與持久的思想，也有文明人的尖銳而細緻的好奇心。他像野蠻人一樣用形象思索，像文明人一樣懂得布置與配合。」[7]隨著人道主義的傳播以及「人」的發現和解放，近代哲學、科學得到迅速的發展，並逐步擺脫中世紀文化的牢籠，「實驗科學大為發展，教育日益普及，自由的思想越來越大膽；信仰問題以前是由傳統解決了的，如今擺脫了傳統，自以為單憑才智就能得到崇尚的真理。大家覺得道德、宗教、政治，無一不成問題，便在每一條路上摸索，探求。」[8]

人道主義進入近代以來的中國也有相似的經歷和實踐效果。自晚清以來，在中西文化大碰撞之際，富有見識的啟蒙改良主義者便率先引入人道主義觀念。康有為在接觸到西方的自由、平等、博愛等人道主義思想時，覺得這些思想觀念並非新奇之物，「乃吾《中庸》《孟子》之淺說，二千餘年，吾國負床之孩，貫角之童，皆所共讀而共知之。」還說：「《論語》曰：仁者愛人，泛愛眾。韓愈《原道》，猶言博愛之謂仁。《大學》言平天下，曰絜矩之道。《論語》子貢曰：我不欲人之加諸我也，吾亦欲無加諸人。豈非謂博愛、平等、自由而不侵犯人之自由乎？」[9]康有為認為西方的自由、平等、博愛思想在中國古已有之，力圖將西方的人道主義思想與中國傳統儒家的人倫道德觀

7　〔法〕丹納著，傅雷譯：《藝術哲學》（合肥市：安徽文藝出版社，1986年），頁142。

8　〔德〕恩格斯著，中共中央馬克思恩格斯列寧斯大林著作編譯局譯：《自然辯證法》（北京市：人民出版社，1971年），頁18。

9　康有為：〈以孔教為國教配天儀〉，《康有為全集》（北京市：中國人民大學出版社，2007年），第10集，頁92-93。

念相結合，這不僅是他深受傳統母體文化影響使然，還在於他想通過對兩者的調和，在當時混沌曖昧的思想界打開一個缺口，便於其改良思想的宣導。因此，他不僅僅停留在兩者的會通，還進一步提出「以人為主」、「依人以為道」等思想。康有為認為人是「天地之精英」，人有思慮，有智謀，所以「聖人不以天為主，而以人為主。」所謂「以人為主」，首先就是要考慮滿足人的欲望，順應人的情欲。人的情欲是人的自然本性，是人道主義的憑據和出發點，所以他又說：「人道者，依人以為道」、「因人情以為道」。[10]他把一切不依人的情欲的「道」稱之為「不近人道」或非人道。他批評佛教說：「自六根、六塵、三障、二十五有，皆人性之具，人情所不能無者，佛悉斷絕之。故佛者逆人情、悖人性之至也」。[11]在康有為看來，不僅佛學、宋明理學不近人情，就連講「兼愛」的墨子也是「遠人不可為道」。這是因為墨子雖講「兼愛」，卻「多以裘褐為衣，以跂蹻為服，日夜不休，以自苦為極」。

　　人道主義在孫中山的思想體系中也占有重要的地位。在孫中山看來，近代西方學者的「博愛」與中國古代思想家所說的「仁愛」是相通的。孫中山說：「中國古來學者，言仁者不一而足。據余所見，仁之定義，誠如唐韓愈所云：『博愛之謂仁』，敢云適當。博愛云者，為公愛而非私愛，即如『天下有饑者，由己饑之；天下有溺者，由己溺之』之意，與夫愛父母妻子者有別。以其所愛在大，非婦人之仁可比，故謂之博愛。能博愛，即可謂之仁。」[12]與康有為一樣，孫中山也是把西方的人道主義思想與傳統儒家的仁愛精神銜接起來，但他的

---

10 康有為：〈大同書第一〉，《康有為全集》（北京市：中國人民大學出版社，2007年），第7集，頁6。

11 康有為：〈康子內外篇・性學篇〉，《康有為全集》（北京市：中國人民大學出版社，2007年），第1集，頁102。

12 孫中山：〈在桂林對滇贛粵軍的演說〉，《孫中山全集》（北京市：中華書局，2011年），第6卷，頁22。

目的是要人們發揚「悲天憫人之心」，團結起來救國救民，把中國「不好的地方，改變到好的地方；把這種舊世界，改造成新世界。」[13]而要實現理想社會，在孫中山看來需要有為理想而奮鬥的高尚人格，且這種高尚人格的培養是一個人性克服獸性、人道戰勝獸道的過程：「人本來是獸，所以帶有多少獸性，人性很少。我們要人類進步，是在造就高尚人格。要人類有高尚人格，就在於減少獸性，增多人性。……完全是人性，自然道德高尚。」[14]獸性的原則是競爭，人性的原則是互助和人道主義。因此，人性克服獸性，就是充分發揚人道主義精神。

　　李大釗從民主主義者轉變為馬克思主義者後，十分強調用唯物史觀來研究中國的歷史和現狀，以解決「中國向何處去」的問題。根據馬克思主義觀點，他強調要通過階級鬥爭，並經過一個無產階級專政的過渡時期，最終消滅階級，實現世界大同。在此過程中，他把人道主義和社會主義聯繫起來。他認為：「我們主張以人道主義改造人類精神，同時以社會主義改造經濟組織。不改造經濟組織，單求改造人類精神，必致沒有效果。不改造人類精神，單求改造經濟，也怕不能成功。我們主張物心兩面的改造，靈肉一致的改造。」[15]李大釗「物心兩面改造」的理想社會是既有「個性解放」又有「大同團結」的新型社會組織。他說：「現在世界進化的軌道，都是沿著一條線走，這條線就是達到世界大同的通衢，就是人類共同精神聯貫的脈絡。……這條線的淵源，就是個性解放。個性解放，斷不是單求一個分裂就算了事，乃是為完成一切個性，脫離了舊絆鎖，重新改造一個普通廣大

---

13 孫中山：〈對駐廣州湘軍演說〉，《孫中山全集》（北京市：中華書局，2011年），第9卷，頁504。

14 孫中山：〈在廣州全國青年聯合會的演說〉，《孫中山全集》（北京市：中華書局，2011年），第8卷，頁316。

15 李大釗：〈我的馬克思主義觀〉，《李大釗全集》（北京市：人民出版社，2006年），第3卷，頁35。

的新組織。一方面是個性解放，一方面是大同團結。這個性解放運動，同時伴著一個大同團結運動，這兩種運動，似乎是相反，實在是相成。」又說：「方今世界大通，生活關係一天比一天複雜，個性自由與大同團結，都是新生活新秩序所不可少的。」[16]

當然，晚清民初認同、闡發人道主義思想的遠不止上述三位，但康有為、孫中山、李大釗分別作為中國資產階級改良派、資產階級革命派、社會主義者的代表人物，他們人道主義思想的嬗遞也代表著近現代中國改良、革命思想的發展脈絡。從中可以看出，籲求個性解放、個性自由，沖決封建思想的網羅，是近現代人道主義的重要面向。或者說，此一時期的人道主義思想本身就在不斷孕育著個人觀念和個性主義思想，為五四新文化運動的全面展開，以及五四一代知識分子要求擺脫封建束縛、要求人權和個性解放提供了理論武器，在中國近代思想史上具有重大的意義。

二

如上所述，尊重個人的權利和價值是人道主義的核心。五四時期，個人主義思潮風行一時，最早提出以人道精神革新傳統文學的新文學家，就將個人主義納入到了人道主義思想體系中。如周作人申明：「我所說的人道主義」，「乃是一種個人主義的人間本位主義」。[17]這樣的個性解放呼聲，是對人道主義中個性、人性一面的強調，是把個性與自我置於普遍的人性、人類性來觀照，可視為人性論的個性觀。當然，對於這種個性觀念，各家在五四時期對它的認同是各取所需、各有闡釋的。

---

16 李大釗：〈平民主義〉，《李大釗全集》（北京市：人民出版社，2006年），第4卷，頁122、123。

17 周作人：〈人的文學〉，《新青年》第5卷第6號（1918年）。

　　一九二〇年一月，胡適在〈非個人主義的新生活〉一文中，師承和引述杜威的觀點，根據當時中國思想界的實際情況，把個人主義分為三種類型：

　　一、假的個人主義──就是為我主義（Egoism），他的性質是
　　　　自私自利：只顧自己的利益，不管群眾的利益。
　　二、真的個人主義──就是個性主義（Individuality），他的特性
　　　　有兩種：一是獨立思想，不肯把別人的耳朵當耳朵，不肯
　　　　把別人的眼睛當眼睛，不肯把別人的腦力當自己的腦力；
　　　　二是個人對於自己思想信仰的結果要負完全責任，不怕權
　　　　威，不怕監禁殺身，只認得真理，不認得個人的利害。
　　三、獨善的個人主義──他的共同性質是：不滿意於現社會，
　　　　卻又無可奈何，只想跳出這個社會去尋一種超出現社會的
　　　　理想生活。

　　這三種「個人主義」中，胡適追隨杜威「極力反對前一種假的個人主義，主張後一種真的個人主義」，對「獨善的個人主義」則給予否定，認為它「是很受人崇敬的，是格外危險的」。他把「宗教家的極樂園」、「神仙生活」、「山林隱逸的生活」和「近代的新村生活」都視為「獨善的個人主義」，著重批評當時的新村運動，認為新村式的「個人主義的新生活」帶有避世傾向，「不站在這個社會裡來做這種一點一滴的社會改造，卻跳出這個社會去『完全發展自己的個性』，這便是放棄現社會，認為不能改造；這便是獨善的個人主義。」[18]
　　胡適力主「真的個人主義」，接近於他此前所推介的「易卜生主義」。在〈易卜生主義〉一文中，胡適引述易卜生的主張：「我所最期

18　胡適：〈非個人主義的新生活〉，《新潮》第2卷第3號（1920年）。

望於你的是一種真益純粹的為我主義。要使你有時覺得天下只有關於我的事最要緊，其餘的都算不得什麼。……你要想有益於社會，最好的法子莫如把你自己這塊材料鑄造成器。……我真覺得全世界都像海上撞沉了船，最要緊的還是救出自己」，「世上最強有力的人就是那最孤立的人！」這成為五四思想界引用率頗高的個人獨立宣言。胡適還闡發易卜生主義中張揚個性、反抗社會的內涵，認為「救出自己」的「為我主義」「其實是最有價值的利人主義」，力倡「個人須要充分發達自己的天才性，需要充分發展自己的個性」，「發展個人的個性，須要有兩個條件。第一，須使個人有自由意志。第二，須使個人擔干係，負責任。」[19]這與他提倡的「真的個人主義」一脈相通，都是以個人的獨立自主為核心，主張個人的權利與義務、自主與自律、為我與利人相統一，與自私自利和明哲保身的個人主義區別開來。他反對「獨善的個人主義」，提倡「非個人主義的新生活」，即「社會的新生活」，「『淑世』的新生活」，[20]就注重個人的責任擔當和奮鬥精神。所以，在〈不朽——我的宗教〉中，他以「社會的不朽論」來考察個人與社會的關係，進一步提出「小我」和「大我」的新觀念：

> 我這個「小我」不是獨立存在的，是和無量數小我有直接或間接的交互關係的；是和社會的全體和世界的全體都有互為影響的關係的；是和社會世界的過去和未來都有因果關係的。種種從前的因，種種現在無數「小我」和無數他種勢力所造成的因，都成了我這個「小我」的一部分。我這個「小我」，加上了種種從前的因，又加上種種現在的因，傳遞下去，又要造成無數將來的「小我」。這種種過去的「小我」，和種種現在的

---

19 胡適：〈易卜生主義〉，《新青年》第4卷第6號（1918年）。
20 胡適：〈非個人主義的新生活〉，《新潮》第2卷第3號（1920年）。

「小我」，和種種將來無窮的「小我」，一代傳一代，一點加一
滴；一線相傳，連綿不斷；一水奔流，滔滔不絕：──這便是
一個「大我」。「小我」是會消滅的，「大我」是永遠不滅的。
「小我」是有死的，「大我」是永遠不死，永遠不朽的。「小
我」雖然會死，但是每一個「小我」的一切作為，一切功德罪
惡，一切語言行事，無論大小，無論是非，無論善惡，一一都
永遠留存在那個「大我」之中。……這個「大我」是永遠不朽
的，故一切「小我」的事業，人格，一舉一動，一言一笑，一
個念頭，一場功勞，一樁罪過，也都永遠不朽。這便是社會的
不朽，「大我」的不朽。[21]

　　胡適在這裡繼續張揚個人的價值意義，但已把個人視為「小
我」，納入人類社會歷史的「大我」之中加以定位，突出強調個人的
責任擔當，這對「最要緊的還是救出自己」、「世上最強有力的人就是
那最孤立的人」的「易卜生主義」有了進一步提升。他的「小我」與
「大我」觀，與傳統的群己觀念接近，但著眼於「小我」是人類社會
歷史「大我」的一因子，一切都與「大我」和無數「小我」交互關
聯，息息相通，是從個人的人類性、社會性來立論，是理智、健全、
淑世而非自私、獨善的個人觀，代表了五四時代人性論個人觀的普遍
認識，也就是他後來所說的「我們新青年社的一班人公同信仰的『健
全的個人主義』」[22]。

　　對於易卜生的個性主義，魯迅早在〈文化偏至論〉、〈摩羅詩力
說〉中就引介其個人獨戰社會的摩羅精神：「憤世俗之昏迷，悲真理
之匿耀，假《社會之敵》以立言，使醫士斯托克曼為全書主者，死守

21　胡適：〈不朽──我的宗教〉，《新青年》第6卷第2號（1919年）。

22　胡適：〈導言〉《中國新文學大系・建設理論集》，《胡適全集》（合肥市：安徽教育出
　　版社，2003年），第12卷，頁295。

真理，以拒庸愚，終獲群敵之讒。自既見放於地主，其子復受斥於學校，而終奮鬥，不為之搖。末乃曰，吾又見真理矣。地球上至強之人，至獨立者也！其處世之道如是。」[23]又在五四時期寫的〈隨感錄·三十八〉重提易卜生的《國民公敵》，闡發「對庸眾宣戰」的「個人的自大」精神，來針砭「合群的愛國的自大」的國民性痼弊。還在名文〈娜拉走後怎樣〉中提出經濟獨立對個人獨立的重要意義，「為娜拉計，錢，──高雅的說罷，就是經濟，是最要緊的了。自由故不是錢所能買到的，但能夠為錢而賣掉。為補救這缺點起見，為準備不做傀儡起見，在目下的社會裡，經濟權就見得最要緊了。第一，在家應該先獲得男女平均的分配；第二，在社會應該獲得男女相等的勢力。可惜我不知道這權柄如何取得，單知道仍然要戰鬥；或者也許比要求參政權更要用劇烈的戰鬥」[24]。這不僅以清醒獨到的認識深化個性獨立自由的思想主題，還從社會經濟關係和性別關係來探討婦女解放、個性解放的必由之路。由此可見，即便是對易卜生式個性主義的闡釋，五四先驅也是同中有異、各有發揮，這實際上預示著個性思想後來分化發展的不同路徑。魯迅在五四時期還寫了〈我之節烈觀〉、〈我們現在怎樣做父親〉等長文，批判舊禮教舊道德，提倡合理做人、自他兩利的新道德，認為「道德這事，必須普遍，人人應做，人人能行，又於自他兩利，才有普遍的價值」、「人類總有一種理想，一種希望。雖然高下不同，必須有個意義。自他兩利固好，至少也得有益本身。」[25]「我現在心以為然的道理，極其簡單。便是依據生物界的現象，一，要保存生命；二，要延續這生命；三，要發展這生命（就是進化）」，「只能先從覺醒的人開手，各自解放了自己的孩子。

23 魯迅：〈摩羅詩力說〉，《魯迅全集》（北京市：人民文學出版社，1981年），第1卷，頁79。

24 魯迅：〈娜拉走後怎樣〉，《婦女雜誌》第10卷第8號（1924年）。

25 魯迅：〈我之節烈觀〉，《新青年》第5卷第2號（1918年），原署名「唐俟」。

自己背著因襲的重擔，肩住了黑暗的閘門，放他們到寬闊光明的地方去；此後幸福的度日，合理的做人。」[26]他呼喚人的生存發展權利，「一要生存，二要溫飽，三要發展」[27]，呼籲解放婦女和小孩，寧願自己獨戰黑暗也要「解放了後來的人」，充滿著博大的人道主義精神。有人說，「魯迅的個人主義，繼承晚清章太炎『自性的個人』的傳統，以尼采的超人為榜樣，發揮個人的精神意志與創造力，以期養成精神界的摩羅戰士。……而魯迅的意志型個人主義部分來自於意志自主、天命自造的陽明學，部分與魏晉時代嵇康式的抗議傳統密切相關。」[28]確如其言，魯迅的個性思想具有豐富的內涵，但在五四時期根本上還是與人的發現、人本主義、人道主義思潮緊密結合的，其尼采式的超人傲立、拜倫式的「義俠之性」以及「抗議傳統」，都沒有離開對「自他兩利」的健全人性的追求。

　　周作人力主文學革命要從語言變革走向「思想革命」，從而提出思想革命的宣言〈人的文學〉。在新文學史上，這是一篇不亞於〈文學改良芻議〉、〈文學革命論〉的重要文獻，也不亞於〈易卜生主義〉的個性宣言。文中概述歐洲關於「人」的真理的三次發現，從人本主義、個人主義再到十九世紀對於「女人與小兒」的發現，藉以反觀國人「從來未經解決」的「人的問題」，「希望從文學上起首，提倡一點人道主義思想」，重新「發見『人』，去『闢人荒』」。他界說的「人」，「不是世間所謂『天地之性最貴』，或『圓顱方趾』的人。乃是說，『從動物進化的人類』。其中有兩個要點，（一）『從動物』進化的，（二）從動物『進化』的。」[29]這裡運用進化論和人類學理論，還

---

26 魯迅：〈我們現在怎樣做父親〉，《新青年》第6卷第6號（1919年），原署名「唐俟」。

27 魯迅：〈忽然想到〉（六），《京報副刊》1925年第126期。

28 許紀霖：〈個人主義的起源──「五四」時期的自我觀研究〉，《天津社會科學》2008年第6期。

29 周作人：〈人的文學〉，《新青年》第5卷第6號（1918年）。

原人從動物進化而來的真相，提出人性是「獸性與神性」合一、「靈
肉一致」的人學。「所謂從動物進化的人，也便是指這靈肉一致的
人」。由此他進一步申述道：

> 這樣「人」的理想生活，應該怎樣呢？首先便是改良人類的關
> 係。彼此都是人類，卻又各是人類的一個。所以須營一種利己
> 而又利他，利他即是利己的生活。第一，關於物質的生活，應
> 該各盡人力所及，取人事所需。換一句話，便是各人以心力的
> 勞作，換得適當的衣食住與醫藥，能保持健康的生存。第二，
> 關於道德的生活，應該以愛智信勇四事為基本道德，革除一切
> 人道以下或人力以上的因襲的禮法，使人人能享自由真實的幸
> 福生活。這種「人的」理想生活，實行起來，實於世上的人無
> 一不利。富貴的人雖然覺得不免失了他的所謂尊嚴，但他們因
> 此得從非人的生活裡救出，成為完全的人，豈不是絕大的幸福
> 麼？這真可說是二十世紀的新福音了。只可惜知道的人還少，
> 不能立地實行。所以我們要在文學上略略提倡，也稍盡我們愛
> 人類的意思。[30]

　　這裡界定個人與他人和人類的關係，是個人在人群之中既相關又
獨立，從物質到精神都要追求「利己而又利他，利他即是利己」的
「人的」理想生活。這絕非自私自利的利己主義，也不是毫不利己的
超人主義，而是正當健全的人本主義、個人主義和人道主義的綜合，
與胡適「真的個人主義」、魯迅「自他兩利」思想有著明顯的共通之
處。周作人還著重說明：

---

30 周作人：〈人的文學〉，《新青年》第5卷第6號（1918年）。

　　我所說的人道主義，並非世間所謂「悲天憫人」或「博施濟眾」的慈善主義，乃是一種個人主義的人間本位主義。這理由是，第一，人在人類中，正如森林中的一株樹木。森林盛了，各樹也都茂盛。但要森林盛，卻仍非靠各樹各自茂盛不可。第二，人愛人類，就只為人類中有了我，與我相關的緣故。墨子說「兼愛」的理由，因為「己亦在人中」，便是最透徹的話。上文所謂利己而又利他，利他即是利己，正是這個意思。所以我說的人道主義，是從個人做起。要講人道，愛人類，便須先使自己有人的資格，占得人的位置。耶穌說，「愛人如己。」如不先知自愛，怎能「如己」的愛別人呢？至於無我的愛，純粹的利他，我以為是不可能的。人為了所愛的人，或所信的主義，能夠有獻身的行為。若是割肉飼鷹，投身給餓虎吃，那是超人間的道德，不是人所能為的了。

　　用這人道主義為本，對於人生諸問題，加以記錄研究的文字，便謂之人的文學。……簡明說一句，人的文學與非人的文學的區別，便在著作的態度，是以人的生活為是呢，非人的生活為是呢這一點上。[31]

　　之所以較長引用這些原文，是因為周作人在此對「個性主義」與「人道主義」的關係說得再明白不過，後人對他此一時期個性觀念的引申或批判大多有些誤讀或曲解。從這樣的「人學」「個人主義的人間本位主義」、「人道主義」和「人的文學」思想出發，周作人又進一步提倡他的「平民文學」和「個性的文學」。在〈平民文學〉中，他認為平民文學與貴族文學的根本區別在於「文學的精神」是否「普遍與真摯」，「第一，平民文學應以普通的文體，寫普遍的思想與事

31 周作人：〈人的文學〉，《新青年》第5卷第6號（1918年）。

實」,「第二,平民文學應以真摯的文體,記真摯的思想與事實。」[32] 這是其人道主義文學觀的衍化。在〈個性的文學〉中,他有四點結論:「(1) 創作不宜完全沒煞自己去模仿別人,(2) 個性的表現是自然的,(3) 個性是個人唯一的所有,而又與人類有根本上的共通點,(4) 個性就是在可以保存範圍內的國粹,有個性的新文學便是這國民所有的真的國粹的文學。」[33] 他還在〈文藝的統一〉中開始批評某些論者「極端的注重人類共同的感情而輕視自己個人的感情」的觀點,認為「文學是情緒的作品,而著者所能最切迫的感到者又只有自己的情緒,那麼文學以個人自己為本位,正是當然的事。個人既然是人類的一分子,個人的生活即是人生的河流的一滴,個人的感情當然沒有與人類不共同的地方」,「個人所感到的愉快或苦悶,只要是純真切迫的,便是普遍的感情,即使超越群眾的一時的感受以外,也終不損其為普遍。」[34] 這不僅旗幟鮮明地提倡個性文學,把「人的文學」引向創作個性論,還進一步為當時興起的個人抒情、自我表現的創作傾向作出理論辯護,也為他潛心墾殖「自己的園地」「只想表現凡庸的自己的一部分」開闢了道路。較之他提倡的「美文」,這種表現凡庸的也就是平常的真切的自我個性的觀點,不僅充實了那「須用自己的文句與思想,不可去模仿他們」[35] 的名句的意思,而且還是很得蒙田、蘭姆一路隨筆的真髓而切中美文體性的要義,甚至比其「美文」觀念的影響更為內在和深遠。正是在此基礎上,周作人才能對「個性」說作出超越時人的切實而突出的理論貢獻。

　　儘管新文學先驅者對人道主義中的人性和個性有不同的闡釋,但都在「闢人荒」,講「人學」,以個人與人類相通的人性思想來探討個

32　周作人:〈平民文學〉,《每週評論》1919年第5期,原署名「仲密」。

33　周作人:〈個性的文學〉,《新青年》第8卷第5號(1921年),原署名「仲密」。

34　周作人:〈文藝的統一〉,《晨報副刊》1922年7月11日,原署名「仲密」。

35　周作人:〈美文〉,《晨報》1921年6月8日,原署名「子嚴」。

人的權利與責任，強調個人的獨立自主和個性的自由解放，追求利己又利人的理想人生，要求新文學是「人的文學」，「個性的文學」，「這文學是人性的，不是獸性的，也不是神性的」，「這文學是人類的，也是個人的，卻不是種族的，國家的，鄉土及家族的。」[36]這成為五四文學革命提倡新文學新道德的「公同信仰」和主流意識。五四時期的散文理論正是以這一文學觀念為指導，把散文的個性理論與人道主義中的自然人性論、個人自主自律論緊密地銜接在一起。

以人道主義為基礎的個性主義文學思潮，為五四散文衝破載道傳統和古文義法的束縛，走上解放文體、張揚個性的發展道路提供了思想武器和精神動力。五四散文作家自覺地以自己的心靈去感受內外面世界，關懷社會人生，關注「生命」和「愛」的主題，充分表現「自我」的喜怒哀樂，主觀抒情色調空前濃厚，整個文壇呈現著多種風格流派並存共榮的繁富景觀。從雜文隨筆到美文小品，無不突破傳統載道代言散文的藩籬，在個性張揚的自由抒寫中喊出和感通人們心中的喜怒哀樂，折射出時代的精神風采。與創作同步，散文的理論批評也主要針對傳統散文桎梏個性的道統和文統，極力批判載儒家之道和代聖賢立言，抨擊「桐城謬種」「選學妖孽」，突出強調散文的寫實求真，鮮明表現作家的真情實感和個性特徵。

首先，五四散文界注重散文個人情感的健全抒發，將其視為個性解放的重要保障。胡適的〈文學改良芻議〉提出的「文學八事」中，第一事即為「言之有物」，而且特別強調這「所『謂物』，非古人所謂『文以載道』之說也」。而言之有物又首推「情感」，「情感者，文學之靈魂。文學而無情感，如人之無魂，木偶而已。」[37]如果說胡適對文學情感的健全書寫還帶有「芻議」性的話，那麼陳獨秀則是以「革

---

36 周作人：〈新文學的要求〉，《藝術與生活》（石家莊市：河北教育出版社，2002年），頁19。

37 胡適：〈文學改良芻議〉，《新青年》第2卷第5號（1917年）。

命」的姿態，宣揚自我情感表現的必要性和迫切性。他有感於「盤踞
吾人精神界根深蒂固之倫理道德文學藝術諸端，莫不黑幕層張，垢汙
深積」，提出文學革命三大主義：「推倒雕琢的、阿諛的貴族文學，建
設平易的、抒情的國民文學；推倒陳腐的、鋪張的古典文學，建設新
鮮的、立誠的寫實文學；推倒迂晦的、艱澀的山林文學，建設明瞭
的、通俗的社會文學。」這裡，陳獨秀其實是將傳統文學等同於周作
人所說的「非人文學」。他認為唐宋八大家所謂「文以載道」與八股
文的「代聖賢立言」實屬「同一鼻孔出氣」，視「明之前後七子及八
家文派之歸方劉姚」為「十八妖魔輩」，尊古蔑今，咬文嚼字，「雖著
作等身，與其時之社會文明進化絲毫無關係。」而為徹底改變傳統散
文泯滅個性、陳陳相因的弊病，他進而呼籲「目無古人，赤裸裸的抒
情寫世」的「時代之文豪」，「不顧迂儒之毀譽，明目張膽以與十八妖
魔宣戰」。[38]胡、陳二人將有無自然、健康的情感抒寫作為區別包括散
文在內的古今文學的一大標誌，對傳統散文束縛個性自我、虛偽寫情
作出反撥，並揚此抑彼，其思想基礎即為人道主義及其在五四時期所
派生的人性論。因為人性論的一大特徵就在於肯定人的價值和合理存
在，這其中就包括對人的思想情感的尊重。

　　重視文學中個人情感的健全抒寫，其實也代表了五四新文學先驅
在散文理論建設方面的共同心聲。周作人認為美文「可分出敘事與抒
情」，但他又強調「美文」的抒情不能有「衰弱的感傷的口氣」，否則
就「不大有生命了」。葉聖陶對散文作者的要求是：「我不希望你們說
人家說爛了的應酬話，我不希望你們說不曾弄清楚的勉強話，我更不
希望你們全不由己純受暗示而說這樣那樣的話。如其如此，我所領受
的只是話語的公式，是離散的語言文字，是別人家的話語，而不是你

---

38 陳獨秀：〈文學革命論〉，《新青年》第2卷第6號（1917年）。

們的心的獨特的體相。」[39]王統照根據美國文藝理論家韓德的觀點將散文分成歷史、描寫、演說、教訓、時代五類，並指出它們的共同點是「自由說話」「活潑、有力」，有「清顯的想像」。[40]此外，魯迅、胡夢華、朱自清也表達了相似的觀點，都是強調作者個性表現的率真自然和散文創作的不假雕飾。儘管真切自然是所有文學門類創作的基礎，不為散文所獨有，但相對於小說、詩歌、戲劇，散文是一種個性表現最為直接的文體，散文情感的自然真實無疑更具有文體規範意義，特別是對於剛從傳統載道散文的束縛中擺脫出來，急於示範「活的文學」的現代散文創作來說尤為重要。如此也就可以從另一方面說明，胡夢華在《絮語散文》中為何會偏愛蒙田而認為培根不是一個「純粹的絮語散文作家」，就在於後者的情感表現過於「簡約謹嚴」，與五四時期那種「健全的個人主義」不夠合拍。

　　其次，注重散文個性表現的現實擔當意識。在「人的文學」理論的呼籲下，文學與現實社會、人生發生了前所未有的聯繫，「將文藝當做高興時的遊戲或失意時的消遣的時候，現在已經過去了。我們相信文學是一種工作，而且又是於人生很切要的一種工種」[41]，「文學應當反映社會的現象，表現並且討論人生的一般問題。」[42]如前所述，散文是一種關乎日常人生的文類。相對於小說和詩歌，散文因其個性表現的直接性，對現實社會和日常人生的切入更為深入、有力。正是如此，五四散文家大多以一種人道主義情懷，強調散文個性表現的現實指向，顯現出鮮明的社會批評和文明批評訴求，即如魯迅談及《語絲》所說的「任意而談，無所顧忌，要催促新的產生，對於有害於新

---

39 葉聖陶：〈讀者的話〉，余樹森編：《現代作家談散文》（天津市：百花文藝出版社，1986年），頁30-31。

40 王統照：〈散文的分類〉，《文學旬刊》1924年第26、27號。

41 見〈文學研究會宣言〉，《新青年》1921年第8卷第5號。

42 茅盾：〈導言〉《中國新文學大系小說一集》，《茅盾文藝雜論集》（上海市：上海文藝出版社，1981年），上集，頁522。

的舊物，要竭力加以排擊」[43]。因此這一時期散文理論的個性話語，張揚的並非是那種「只知道自己」的極端的個人，也不是那種孜孜於功利性訴求的有限的個人，而是將兩者調和起來，呈示為自然、健全的態勢，既是共謀的，也是共贏的，具有內在的契約性。事實上，以人性論為思想基礎的散文觀念在二十世紀三十年代受到衝擊，也與這一契約關係的失衡有關。

朱自清在總結五四散文的創作成就時說道：「就散文論散文，這三四年的發展確是絢爛極了：有種種的形式，種種的流派，表現著、批評著、解釋著人生的各面，遷流曼衍，日新月異：有中國名士風，有外國紳士風，有隱士，有叛徒，在思想上是如此。或描寫，或諷刺，或委曲，或縝密，或勁健，或綺麗，或洗煉，或流動，或含蓄，在表現上是如此。」[44]這是思想解放、個性解放、文體解放的必然結果，同時也展示著人性發現、個人覺醒後多元探索、分途發展的不同路向。這種分化在二十世紀二十年代中期以後更為明顯，有的徹底淪為「獨善的個人主義」，有的走向社會解放與個性解放兼容的道路，有的則在重審五四個性觀的基礎上，對之作出調整和修正。前兩類「個性」說留待後文專門評述，這裡還是繼續探討以人性論、人道主義為思想基礎的「個性」說，著重考察它在現代中國「新人文主義」者和京派年輕一代作家那裡的變遷蔓延。

三

五四「健全的個人主義」雖為文學創作注入真率、熱情的氣質，但也致使部分作家肆意宣洩個人的喜怒哀樂，出現浮誇濫情的作風。

---

43 魯迅：〈我和《語絲》的始終〉，《萌芽月刊》第1卷第2期（1930年）。
44 朱自清：〈論現代中國的小品散文〉，《文學週報》1928年第345期。

正是在此背景下，新人文主義被引介進來，試圖對這一時期個性表現的偏頗及其負面影響作出糾偏。

「一戰」給西方資本主義世界帶來空前嚴重的社會危機和精神危機，物質主義氾濫，道德淪喪，人性異化，陷於對資本主義懷疑、痛苦和迷惘之中的西方知識界開始迅速分化。以白璧德為代表的一部分保守的知識分子企圖回到歷史和傳統中尋求濟世良方，在日趨功利化、物質化的世風之中實現人類精神的重建。白璧德把造成社會危機的根源歸結為傳統信仰和道德觀念的喪失，希望通過復活古代的人文主義精神，重新建立一種「人的法則」，以此克服現代社會的物欲橫流和道德淪喪。由此，白璧德批判了近代以來以培根和盧梭為代表的兩種不同的人道主義傾向：一種是不斷地宣揚人征服自然的力量的功利主義；一種是不斷地擴張人的自然情感的浪漫主義。他特別指出，正是盧梭「返歸自然」的觀點將文藝復興以來反抗中世紀神性偏向的現代解放運動引入另一歧途，致使物欲橫流、情感氾濫。因此白璧德將盧梭作為首選之敵並以此為基礎對近代西方文明進行反思與批判。在他看來，要糾正、改良近代以來西方的文明問題，需因勢利導，對症下藥：即博採東西，並覽古今，然後折中歸一，「夫西方有柏拉圖、亞里士多德，東方有釋迦及孔子，皆最精於為人之正道而其說又在在不謀而合，且此數賢者，皆本經驗，重事實……今宜取之而加以變化，施之於今日，用作生人之模範。」[45]質言之，在白璧德看來，倡言東西方文明精髓相結合的宗教道德，就能拯救被功利主義、浪漫主義引向歧途的人心，從而達到救人救世的目的。

因此白璧德把孔子、佛陀、蘇格拉底與耶穌並稱為四大聖人，企圖恢復古典文化（儒家文化、佛教文化、古希臘文化和基督教文化）的精神和傳統的秩序，以此來匡救現代西方文明的弊端。他將孔子與

---

45 吳宓：〈白璧德中西人文教育談・按〉，《學衡》1922年第3期。

亞里士多德一起作為人文主義傳統的代表，並借鑒儒家學說闡發自己的新人文主義思想。他的《人文主義界說》就是「以儒家思想為闡釋的根本」，其理論基石人性善惡二元論和理性節制的思想也與儒家的天理人欲觀頗多相合之處。這也是白璧德的新人文主義思想能在當時中國知識界引起共鳴的原因。

所謂的二元人性論就是認為在人身上有一種能夠施加控制的「自我」和另一種需要被控制的「自我」。這兩種「自我」即通常所說的理性與欲望。白璧德認為人性中永遠包含著理性與欲望的衝突，並稱之為「竇穴中的內戰」，社會生活中的善惡之爭即以此為本源。在宗教信仰、傳統道德規範等已經紛紛動搖或崩壞的現代社會中，必須重新確立古代人文主義的原則，也就是個人必須用自己的理性來對衝動和欲望加以「內在的控制」。白璧德反覆強調，這種自我節制就是新人文主義的核心。新人文主義與五四時期的人性論具有共通之處，也有所分歧。兩者都承認人有感性欲望和自然需求，強調健全的人性，並由此衍生出人權、自由、平等等社會政治學說。二者的不同在於，人性論有針對不合理的社會環境的一面，重視個人對外在秩序和既定規範的否定和超越；新人文主義則認為社會的痛苦與紛爭都起源於人的罪惡天性，因此強調的是社會與傳統借助於某種內在的精神力量對個體施加控制。正是如此，白璧德特別強調人文主義者（Humanist）和人道主義者（Humanitarian）的區別，儘管兩者實際上無法完全分開。把物質主義風行、道德倫理敗壞等社會問題歸結於人性中惡的一面的放縱，把挽救社會危機和精神危機寄託在傳統倫理道德的復興和完善上，白璧德顯然把問題簡單化，其所提出的對策也比較抽象，根本上還是一種理想化的設計。因為保守而又脫離現實社會，新人文主義思潮在當時西方國家裡並沒有引起多大的反響，但其對傳統人文精神的張揚，特別是對儒家某些信條的復歸，卻得到了「學衡派」諸子和梁實秋等人的認同，並在新舊文學論爭及對五四文學的反思中被

引入中國。

　　學衡派的主要成員梅光迪、吳宓、湯用彤皆為白璧德門徒，學衡派的其他成員和常為《學衡》雜誌寫稿的作者，如胡先驌、陳寅恪、郭斌龢、張歆海、奚倫、樓光來、範存忠等亦親聆過白璧德的教誨，《學衡》雜誌也譯介了諸多關於白璧德新人文主義思想的文章，如〈白璧德中西人文教育說〉、〈現今西洋人文主義〉、〈白璧德之人文主義〉、〈白璧德論民治與領袖〉、〈白璧德論今後詩之趨向〉、〈白璧德釋人文主義〉、〈白璧德論班達與法國思想〉、〈穆爾論現今美國之新文學〉〈穆爾論自然主義與人文主義之文學〉等。學衡派的文化／文學觀念也對白璧德的新人文主義亦步亦趨。白璧德認為政治、文化之根本在於道德，如果無道德制裁，則凡人會陷入橫行無忌之狀態，因此要求社會永久的安穩，「唯有探源立本之一法，即改善人性，培植道德而已。」[46]受白璧德影響，學衡諸人特別重視道德對於文學的作用及影響。吳芳吉在反駁胡適「八不主義」時指出，「文以載道」的「道」可指「孔孟之道」，但也可以作為「道德之簡稱」；認為「文學自有獨立之價值，不必以道德為本」的說法是「似是而非之言。」[47]胡先驌認為文學有文、質之分，質「總括之不啻一般之人生觀」，即「人性二元」、「理欲之戰」、「以理制欲」、「道德訓練」等。[48]他也如白璧德一樣反對浪漫主義及盧梭式的「非道德」的個性張揚：「近日一切社會罪惡，皆可歸獄於所謂近世文學者，而溯源尋本，皆盧梭以還之浪漫主義有以使之耶。」[49]在他看來，浪漫主義只強調順從人的情感衝動，忽略對情感的節制，故放縱浪漫主義流行，無疑會增加社會上的罪惡。正是如此，學衡派認為五四文學是西方近代浪漫主義思

---

46 吳宓：〈白璧德論民治與領袖〉，《學衡》1924年第32期。

47 吳芳吉：〈再論吾人眼中之新舊文學觀〉，《學衡》1923年第21期。

48 胡先驌：〈文學之標準〉，《學衡》1924年第31期。

49 胡先驌：〈文學之標準〉，《學衡》1924年第31期。

潮的延續,「新文學最近之趨勢」為「浪漫主義代謝之跡」[50]。這實際上是在否定五四文學中失去約束的個性表現精神。

就散文而言,學衡派並不反對文學表現自我和個性自由,他們反對的是無節制的、輕佻浮誇的自我和個性。易峻道:「吾人嘗謂文章降及晚清,殆為八股試帖之風所沉瀯一氣,務於規矩準繩搖曳唱嘆之格調,馴至體例僵腐,氣息卑弱。姚氏所謂神理氣味為文章之精者,殆全為所謂格律聲色所磔琢以靡喪。白話文起,而以活潑自然之道矯之,亦是痛下針砭之法,使勿矯枉過正、跅弛常軌,而惟務於體例氣息之解放革新,求體例氣息之活潑自然,則誰曰不宜?顧新文學之所革新者,既重在文學之調句,又復肆而無制,流而忘返,蕩檢踰閑,漫無理法。」[51]胡適詬病桐城古文規矩謹嚴,「甘心做通順清淡的文章」,胡先驌認為這是「淺識之論」,他認為「豪宕感激之氣」之文易為虛張聲勢,上焉者可成就韓愈蘇軾等人的詩文,但下焉者卻容易流於龔自珍等人的氾濫洋溢,此類文章雖然文筆流利,但卻往往內蘊不足。他進一步指出,韓愈詩文「佳者不在南山而在秋懷」,「蓋閱世深,見道篤,精氣內斂,才逞才思,自然高妙也。桐城文家除三數人外,為文多偏於柔,故外貌枯淡,不易炫人耳目,然『選言有序,不刻畫而足於昭物情。』此正其所長,不足為病也。此正安諾德所謂典雅之文也。」正是出於這一考量,胡先驌並不滿意梁啟超的報章體散文:「至梁啟超之文,則純為報章文字,幾不可語夫文學。其『筆鋒常帶情感』,雖為其文有魔力之原因,亦正其文根本之癥結,如安諾德之論英國批評家之文『目的在感動血與官感,而不在感動精神與智慧』,故喜為浮誇空疏豪宕激越之語,以炫人之耳目,以取悅於一般不學無術之『費列斯頓』,其一時之風行以此,其在文學上無永久之

---

50 胡先驌:〈歐美新文學最近之趨勢〉,《東方雜誌》第17卷第18號（1920年）。

51 易峻:〈評文學革命與文學專制〉,《學衡》1933年第79期。

價值亦以此。其文學之天才，近於陽剛一流，故不喜法度與剪裁，無怪乎自幼不喜桐城文，至以『雜以俚語韻語及外國語法、縱筆所至不檢束』為解放。」因此，他認為章士釗古文「義理綿密，文辭暢達，遠在梁啟超報章文體之上。」[52]顯然，學衡派諸子認為，只有講究內蘊和理性，散文才能有高妙、典雅的格調。雖然其基於道德理性的個性風格觀念與傳統古文的「道」與「義理」有所交集，並因此被新文學作家斥為復古運動，但兩者卻不能相提並論。因為學衡派強調文學的道德律令，並不是為了抹去個性，根本上是為實踐其理想的文學標準：「一為供娛樂之用，一為表現高超卓越之理想、想像與感情。……必求有修養精神、增進人格之能力，而能為人類上進之助者。」[53]如此觀之，他們的散文觀念注重的是「合目的性」的文學功能，是為重建文學的主體性觀念，也與胡適等所抱持的「健全的個人主義」思想有相通之處，非傳統載道文學觀念可比。

　　學衡派對於新文學個人主義氾濫的洞悉，不無可圈可點之處，對於提升新文學的精神品格亦有理論上的警醒意義，然而其失當之處亦不可無視。梁實秋曾指出：「可惜的是，《學衡》是文言的，而且反對白話文，這在當時白話文盛行的時候，很容易被人視為頑固守舊。人文主義的思想，其實並不一定要用文言來表達，用白話一樣可以闡說清楚。人文主義的思想，固有其因指陳時弊而不合時宜處，但其精意所在絕非頑固迂闊。可惜這一套思想被《學衡》的文言主張及其特殊的色彩所拖累，以至於未能發揮其應有的影響，這是很不幸的。」[54]「學衡派」之所以未能發揮「應有的影響」，固然與其反對白話和眷念傳統文化有關，但在更深層次上，則是他們忽視了新文化運動發生

---

52 胡先驌：〈評胡適五十年來中國之文學〉，《學衡》1923年第18期。

53 胡先驌：〈歐美新文學最近之趨勢〉，《東方雜誌》第17卷第18號（1920年）。

54 梁實秋：〈關於白璧德先生及其思想〉，《梁實秋文集》（廈門市：鷺江出版社，2002年），第1卷，頁547。

的歷史必然性和必要性。新文化運動的發起本是為了彌補此前器物變革、制度變革的不足，是晚清以來幾代知識分子為救亡圖存苦苦探索的結果，其方案設計及其實踐過程，免不了有審時度勢的考量，有著明確的目的性和價值取向。而學衡派對新文化運動的期待卻不在於此，他們重在「講究學術，闡明真理」[55]，「故改造固有文化，與吸取他人文化，皆須先有徹底研究，加以至明確之評判……則四五十年後，成效必有可觀也。」[56]所以吳宓在〈評新文化化運動〉中說道：「學問之道，應博極群書，並覽古今，夫然後始能通底徹悟。比較異同，如只見一端，何從辯正。勢必以己意為之，不能言其所以然，而僅新稱，遂不免黨同伐異之見。則其所謂新者，何足重哉，而況又未必新耶？」「吾之不慊於新文化運動者，以其實，非以其名也」，因為「今新文化運動其於西洋之文明之學問，殊未深究，但取一時一家之說，以相號召。故既不免舛誤迷離，而尤不足當新之名也。」[57]這種拒絕實用理性的觀念，更接近於從純學理和抽象性文化的角度來考量新文化運動，目的在於構建一個學術共同體，且帶有理想主義的色彩，明顯脫離了具體的時代語境和現實需求，與五四先驅借助思想革命推動社會革命和民族解放的初衷大不相同。所以他們才會將龔自珍和梁啟超散文的激越恣肆視為炫人耳目，把五四白話散文的活潑自然看成是「肆而無制」。應該說，學衡派引入新人文主義雖然豐富了現代散文理論的「個性」說，但其理論訴求與中國散文的現代性進程並不合拍，整體上並未改變二十年代散文理論建設的走向。

　　梁實秋亦深受白璧德新人文主義的影響。他在介紹白璧德及其新人文主義時道：「人文主義倡導的節制的精神是現代所需要的。……在情感氾濫和物質主義過渡發展的時代，主張紀律和均衡的一種主義

---

55 見〈《學衡》雜誌簡章〉，《學衡》1922年第1期。

56 梅光迪：〈評提倡新文化者〉，《學衡》1922年第1期。

57 吳宓：〈論新文化運動〉，《學衡》1922年第4期。

該是一種對症的良藥」,「人文主義者認定人性是固定的、普遍的,文
學的任務即在於描寫這根本的人性。」[58]圍繞新人文主義的一些基本
原則,梁實秋展開了他對文學的本質、文學的價值尺度和文學的社會
功能等問題的論說。梁實秋認為:「文學發於人性,基於人性,亦止
於人性。人性是很複雜的(誰能說清楚人性包括的是幾樣成分?),
惟因其複雜,所以才是有條理可說,情感想像都要向理性低首。在理
性指導下的人生是健康的常態的普遍的,在這種狀態下所表現出的人
性亦是最標準的,在這標準之下所創作出來的文學才是有永久價值的
文學。」[59]因此,「偉大的文學乃是基於固定的普遍的人性」,「人性是
測量文學的唯一標準。」[60]梁實秋之所以在「人性」之前加上「固
定」、「普遍」、「健康」、「標準」、「純正」等修飾語,就是因為基於新
人文主義的善惡二元人性論,人性是善惡交錯的,需要用理性來加以
引導和控制。因此,在梁實秋的文學批評理論中,「理性」同樣是一
個至關重要的概念。理性,既是梁實秋對文學創作提出的要求,也是
他文學批評所遵循的原則:「創作品是以理性控制情感和想像,具體
的模仿人性;批評乃是純粹的理性的活動,嚴謹地評判一切的價
值。」[61]在他看來,為了保證文學能夠表現普遍的固定不變的人性,
就必須有一種與此相吻合的「理性」規範。他強調文學的紀律,強調
文學批評要以普遍的人性為標準,以節制的理性對文學進行「倫理的
選擇」和「價值的估定」,理性是「最高的節制機關」,文學必須「以
理性駕馭情感,以理性節制想像」。[62]這樣一來,與其師白璧德一樣,
梁實秋也批評人道主義,把人道主義視作情感氾濫的結果:「情感在

---

58 梁實秋:〈白璧德及其人文主義〉,《梁實秋文集》,第1卷,頁293、296。

59 梁實秋:〈文學的紀律〉,《梁實秋文集》第1卷,頁143。

60 梁實秋:〈文學與革命〉,《梁實秋文集》第1卷,頁312。

61 梁實秋:〈王爾德的唯美主義〉,《梁實秋文集》,第1卷,頁171。

62 梁實秋:〈文學的紀律〉,《梁實秋文集》,第1卷,頁139。

量上不加節制，在作者的人生觀上必定附帶著產出『人道主義』的色彩。人道主義的出發點是『同情心』，更確切些應是『普遍的同情心』」，「其根本思想乃是建築於一個極端的假設，這個假設就是『人是平等的』。平等觀念的由來，不是理性的，是情感的。」[63]這也就不難理解他為何會以一種反浪漫主義的姿態面對新文學並對五四以來所普遍張揚的人道主義大加駁斥。有論者指出：「梁實秋的『人性論』並不等同於一般所說的『資產階級人性論』，或者說，不是『正宗』的人道主義人性論，而是比較特殊的新人文主義『二元人性論』。」[64]確如其言，梁實秋的人性論多了一層具有古典主義內涵的新人文主義倫理的限定，這也是其被視為新古典主義批評家之所在。

因此，梁實秋以古典主義的理性標準來衡量新文學，對新文學學習西方，推崇情感、印象主義、自然與獨創等浪漫傾向都有非議，說這些是「浪漫的混亂」、「到處瀰漫著抒情主義」、「流於頹廢主義」、「趨於假理想主義」、「不能不流為人道主義」、「專要尋出個人不同處，勢必將自己的怪僻的變態極力擴展，以為光榮，實則脫離了人性的中心」，這實質上是在否定五四文學的「『從心所欲』而『逾矩』」的個性解放精神。他認為：「古典主義者最尊貴人的頭；浪漫主義者最貴重人的心。頭是理性的機關，裡面藏著智慧；心是情感的泉源，裡面包著熱血。……按照人的常態，換句話說，按照古典主義者的理想，理性是應該占最高的位置。但是浪漫主義者最反對就是常態，他們在心血沸騰的時候，如醉如夢，憑著感情的力量，想像到九霄雲外，理性完全失了統馭的力量。」[65]「情感就如同鐵籠裡猛虎一般，不但把禮教的桎梏重重的打破，把監視情感的理性也撲倒了。」[66]

63　梁實秋：〈現代中國文學之浪漫的趨勢〉，《梁實秋文集》，第1卷，頁44、45。
64　溫儒敏：《中國現代文學批評史》（北京市：北京大學出版社，2003年），頁53。
65　梁實秋：〈現代中國文學之浪漫的趨勢〉，《梁實秋文集》，第1卷，頁41-42。
66　梁實秋：〈現代中國文學之浪漫的趨勢〉，《梁實秋文集》，第1卷，頁42。

「『抒情主義』的自身並無什麼壞處，我們要考察情感的質是否純正，及其量是否有度。從質量兩方面觀察，就覺得我們新文學運動對於情感是推崇過分。」[67]這與學衡派的文學觀念有相通之處，但不一樣的是，梁實秋並不復古，也不反對白話文學，而是想用古典理性來節制新文學個人主義的情感氾濫，以常態人性來矯正個性的病態暴露：「欲救中國文學之弊，最好是採用西洋的健全的理論，而其最健全的中心思想，可以『人本主義』一名詞來包括。人本主義者，一方面注重現實的生活，不涉玄渺神奇的境界；一方面又注重人性的修養，推崇理性與『倫理的想像』，反對過度的自然主義。」[68]梁實秋此處所謂的「人本主義」也即他所信仰的白璧德的新人文主義，實際上與他所反對的「人道主義」很難截然分開，與其說他反對人道主義，毋寧說是反對五四時期人道主義思想在推動個性解放方面的過猶不及。

所以，梁實秋並不反對正常的、自然的個性表現，他一直強調「文學的紀律是內在的節制，並不是外來的權威。」對於那些戕害文學自由精神、桎梏文學形式的「外來權威」，他都主張統統給予革除：「把『外在的權威』打倒，然後文學才有自由」。[69]就散文的個性表現來看，他承認「散文是沒有一定的格式的，是最自由的，同時也是最不容易處置，因為個人的人格思想，在散文裡絕無隱飾的可能，提起筆來便把作者的整個的性格纖毫畢現的表示出來」，「每一個人便有一種散文」，「文調的美純粹是作者的性格的流露，所以有一種不可形容的妙處……散文的妙處真可說是氣象萬千，變化無窮。」[70]正是基於這樣一種通達的態度，梁實秋的散文理論批評有時也顯得較為寬容。梁實秋與魯迅有過多年的論戰，甚至被魯迅稱為「喪家的」、「資

---

67 梁實秋：〈現代中國文學之浪漫的趨勢〉，《梁實秋文集》，第1卷，頁43。

68 梁實秋：〈現代文學論〉，《梁實秋文集》，第1卷，頁399。

69 梁實秋：〈文學的紀律〉，《梁實秋文集》，第1卷，頁139。

70 梁實秋：〈現代文學論〉，《梁實秋文集》，第1卷，頁410、411。

本家的乏走狗」，但他對魯迅的雜文卻採取比較客觀的評價態度：「新文學運動以來，比較能寫優美的散文的，我認為首應推胡適、徐志摩、周作人、魯迅、郭沫若五人。」對於魯迅雜文的諷刺和潑辣筆法，他也不加否定：「魯迅的散文是惡辣，著名的『刀筆』，用於諷刺是很深刻有味的，他的六、七本雜文是他最大的收穫。」[71]「魯迅先生的文章，是不見血的，因為筆鋒太尖了，一直刺到肉裡面去，皮膚上反倒沒有痕跡。我們中國的麻木的社會，真需要這樣的諷刺的文學。諷刺文學的藝術，是極值得研究的。我們細讀《華蓋集續編》可以看出魯迅先生最成功的幾種諷刺的技術。」[72]不因人廢文，不因個人恩怨否定對方的創作實績，這實際上也是在實踐其「理性駕馭情感」的批評理念。另一方面，肯定白話散文在個性美學上的創獲，也可見出梁實秋與學衡派在對待新文學上的不同態度。

在理性節制論的指導下，梁實秋很講究「散文的藝術」，認為「散文的美固重個性，但散文的藝術亦有較為普遍的原則。」[73]也即，他想通過對散文具體藝術技巧和手法的營構，將「文學的紀律」付諸實施。首先，他強調散文的情理相當。梁實秋認為，「散文絕不僅是歷史哲學及一般學識上的工具。在英國文學裡，『感情的散文』（Impassioned prose）雖然是很晚產生的一個類型，而在希臘時代我們該記得那個『高超的郎占諾斯』，這一位古遠的批評家說過，散文的功效不僅是訴於理性，對於讀者是要以情移。感情的滲入，與文調的雅潔，據他說，便是文學的高超性的來由。不過感情的滲入，一方面固然救散文生硬冷酷之弊，在另一方面也足以啟出恣肆粗陋的缺點。」有鑑於此，他提醒道：「高超的文調，一方面是挾著感情的魔

---

71 梁實秋：〈現代文學論〉，《梁實秋文集》，第1卷，頁411。
72 梁實秋：〈華蓋集續編〉，《梁實秋文集》（廈門市：鷺江出版社，2002年），第6卷，頁358。
73 梁實秋：〈現代文學論〉，《梁實秋文集》，第1卷，頁412。

力，另一方面是要避免種種的卑陋的語氣，和粗俗的辭句。」因此，
他對於「嬉笑怒罵，引車賣漿之流的語氣，和村婦罵街的口吻，都成
為散文的正則」，很不以為然，認為「像這樣恣肆的文字，裡面有的
是感情，但是文調，沒有！」[74]這近似於《詩大序》所說的「發乎
情，止乎禮」，也是他再三鼓吹「文學發於人性，基於人性，亦止於
人性」的具體闡釋。

其次，梁實秋認為，凡藝術都是人為的，散文藝術也是如此。他
指出：「散文的文調雖是作者內心的流露，其美妙雖是不可捉摸，而
散文的藝術仍是所不可少的。」何謂「散文的藝術」？梁實秋用「簡
單」二字來概括。在他看來，一般的散文寫作往往違背簡單的原則，
在藝術上的毛病是太多枝節，線索不清楚；太繁冗，在瑣碎處致力太
過，令人生厭；太生硬，乾枯無趣，不能引人入勝；太粗陋，失掉純
潔的精神。這就有待於作者「選擇」與「割愛」，也就是「散文的藝
術便是作者的自覺的選擇。」他引證法國作家福樓拜的話說明選詞擇
句的重要，並指出：「平常人的語言文字只求其能達，藝術的散文要
求其能真實」。「選擇」就是為了達到「作者心中的意念的真實」，「在
萬千的辭字中他要去尋求那一個——只有那一個——合適的字，絕無
一字的敷衍將就。」「選擇」的同時也要求散文作家捨得「割愛」。
「割愛」不僅涉及語言文字，而且關乎內容。梁實秋認為：「散文的
藝術中之最根本的原則，就是『割愛』。一句有趣的俏皮話，若與題
旨無關，只得割愛；一段題外的枝節，與全文不生密切的關係，也只
得割愛；一個美麗的典故，一個漂亮的字眼，凡是與原意不甚洽合
者，都要割愛。散文的美，不在乎你能寫出多少旁徵博引的故事穿
插，亦不在乎多少典麗的辭句，而在能把心中的情思乾乾淨淨直截了
當的表現出來。」因此，「簡單就是經過選擇刪蔓以後的完美狀

---

74 梁實秋：〈論散文〉，《新月》第1卷第8號（1928年）。

態。」[75]在談及浪漫主義者時，梁實秋指出：「浪漫主義者一方面要求文學的自然，一方面要求文學的獨創。其實凡是自然的便不是獨創的，這似乎是浪漫主義者的矛盾。」[76]在這裡，梁實秋指出了作為個性表現重要範疇的「獨創性」的「非自然性」，因為它必須借助「人為」的藝術手段才能實現。所以，梁實秋一面認為「散文是沒有一定的格式的，是最自由的」，又一面主張散文寫作必須有選擇和刪蔓，這並非犯了邏輯矛盾，而是洞悉了散文個性表現的內在辯證之處，說明他對散文乃至文學的創作規律有著深刻的認識。也可發現，他這種散文個性觀念背後的所謂「最健全的」「人本主義」，其實是對五四時期「健的個人主義」的調整和修正，他是想去除後者極端發展的一面給散文創作帶來的消極影響，根本上還是屬以人道主義思想為基礎的人性論「個性」說的譜系。

　　但也必須看到，無論是所謂「標準」「健康」的人性，還是試圖以理節情，梁實秋的文學觀念和批評標準實際上取消了文學創作的繁複性和審美的多樣化，也是「一個極端的假設」。特別是他幾乎將整個五四新文學都視為具有浪漫主義的傾向，不做區別加以批判，既違背了歷史事實，也使他所主張的個性觀念止於新人文主義「二元人性論」的維度，缺乏自然活潑的氣度。比如他認為散文要有「高超的文調」，過度強調簡單和割捨枝蔓，都會抑制主體情感的自由表達，使散文創作少了自然從容之風，某種程度上背離了反封建、張揚個性的五四精神。

四

　　進入二十世紀三十年代以後，雖然救亡壓倒了啟蒙，但五四時期

75　梁實秋：〈論散文〉，《新月》第1卷第8號（1928年）。

76　梁實秋：〈現代中國文學之浪漫的趨勢〉，《梁實秋文集》，第1卷，頁50。

確立起來的「人的文學」的命題仍在繼續。不過，真正以嚴肅的姿態自覺或不自覺地繼承五四文學傳統的是「京派」新一代作家。

　　學界對「京派」的界定向來眾說紛紜，但一般認為「京派」有新、老兩代之分，老「京派」的代表人物有周作人、胡適、廢名、俞平伯等，新「京派」主要以沈從文、朱光潛、李健吾、何其芳、李廣田、李長之、梁宗岱等一批後起作家為代表。[77]儘管「『京派』的文學傾向導源於文學研究會滯留在北方而始終沒有參加『左聯』（包括北平『左聯』）的分子」[78]，「『京派』文學是『人的文學』」[79]，但到了三十年代，作為五四新文學運動發起者和推動者的老「京派」作家大多已沒有五四時期的那種精進和銳氣，反倒是新「京派」作家在不斷地追懷五四精神及其形塑的新傳統。朱光潛認為辛亥革命並沒有成功打破封建勢力，剷除封建社會的諸多積弊，只有到了「五四運動才喚醒民眾，使他們覺悟到封建社會的毒，覺悟到挽救危亡，必須民眾自己努力更生，而努力更生必從思想教育做起。辛亥革命只是政治的革命，五四運動才是思想革命的先聲。」因此，他認為五四運動雖「可以說是過去了。但是就影響言，它還不能說是過去了，目前文化界的動態多少是由它種因」。李長之雖對五四運動多有否定，但也肯定其啟蒙精神和思想解放意義：「假若要用一個名稱以確切說明『五四』精神的話，我覺得應該用啟蒙運動。……我們試看『五四』時代的精神，像陳獨秀對於傳統的文化之開火，像胡適主張要問一個『為什麼』的新生活，像顧頡剛對於古典的懷疑，像魯迅在經書中所看到的吃人禮

77　參見許道明的《京派文學的世界》（上海市：復旦大學出版社，1994年）、劉峰杰的〈論京派批評觀〉（《文學評論》1994年第4期）、高恆文的〈「京派」：備忘與斷想〉（《文藝理論研究》1995年第4期）、楊義的《中國現代小說流派》（北京市：人民出版社，1998年》）、黃健《京派文學批評研究》（上海市：上海三聯書店，2002年）等著述。

78　吳福輝編：〈序言〉《京派小說選》（北京市：人民文學出版社，2011年），頁1。

79　高恆文：〈「京派」：備忘與斷想〉，《文藝理論研究》1995年第4期。

教（《狂人日記》），這都是啟蒙的色彩。」[80]對五四精神念念不忘的沈從文，也在〈文運的重建〉〈「五四」二十一年〉〈五四〉〈紀念五四〉〈五四和五四人〉等多篇文章中，對五四運動的深遠意義給予了多方面的肯定，將其作為時代前進和社會變革的動力：「從民八起始，近二十年中國變化太大了。向這個二十年短短歷史追究變化的原因，我們必承認五四實在是中國大轉變一個樞紐，有學術自由，知識分子中的理性方能抬頭，理性抬了頭，方有對社會一切不良現象懷疑與否認精神，以及改進或修止願望。文學革命把這種精神與願望加以表現，由於真誠，引起了普遍影響，方有五卅，方有三一八，方有北伐，方有統一，方有抗戰。」[81]但從文學的角度來看，從五四文學到「京派」文學，這期間的影響與接受是一個複雜的過程，有人認為：「如果京派文學以及五四以後其他類型的文學與五四新文學運動的關係是一個函數關係，那麼京派文學與其他類型文學分別是『積』，五四新文學運動所提供的則是一個『常量』，『變量』是新吸收或生長的成分。以京派文學為例，五四新文學提供的內容乘以新吸收的生長的成分等於京派文學，京派文學與五四新文學約減也就是京派文學的獨特之處。求『積』是運算的目的，但得先找出『常量』和『變量』。」[82]對於新「京派」作家來說，「常量」與「變量」的關係，不僅指他們對五四精神的回望和堅守，更體現為他們對五四精神的修正和提升。

　　一方面，他們追懷著五四時期「人的文學」的思想命題。沈從文在《窄而黴齋閒話》中寫道：「『京樣』的『人生文學』，提倡自於北京，而支配過一時節國內詩歌的興味，詩人以一個紳士或蕩子的閒暇心情，窺覷寬泛的地上人事，平庸，愚鹵，狡猾，自私，一切現象使

80　李長之：《迎中國的文藝復興》（北京市：商務印書館，2013年），頁33-35。

81　沈從文：〈文運的重建〉，《中央日報》1940年5月4日。

82　查振科：《對話時代的敘事話語——論京派文學》（瀋陽市：春風文藝出版社，2005年），頁58。

詩人生悲憫的心，寫出不公平的抗議，雖文字翻新，形式不同，然而基本的人道觀念，以及抗議所取的手段，仍儼然是一千年來的老派頭，所以老杜的詩歌，在精神上當時還為諸詩人崇拜取法的詩歌。但當前諸人，信心堅固，願力宏偉，棄絕辭藻，力取樸質，故人生文學這名詞，卻使人聯想到一個光明的希望。」他還說要「重新把『人生文學』這個名詞叫出來」，[83]頗有努力承續「五四」文學精神的意圖。

　　但另一方面，他們又企圖以「當代」的眼光重新釋讀「五四」傳統，並在此基礎上對這一傳統進行歷史救贖，以挽救其自我否定式的惡性發展。在周作人〈人的文學〉一文中，人是「從『動物』進化的」，這向我們表明，人的動物性生存本能和凡俗欲望在當時獲得了思想界的正視與肯定，但它對於五四以後文學的政治化、商業化潮流多少起到了推波助瀾的作用，這正是新「京派」作家所厭惡的。為此，他們在相當程度上更加強調人性中對於動物性生存狀態的超越性因素，將寫作看成是將人從純粹自然的動物性存在提升到生命價值層面的一種方式。沈從文道：「從商品與政策推挽中，偉大作品不易產生，寫作的動力，還有待於作者從兩者以外選一條新路，即由人類求生的莊嚴景象出發，因所見甚廣，所知甚多，對人生具有深厚同情與悲憫，對個人生命與工作又看得異常莊嚴，來用宏願與堅信，完成這種艱難工作，活一世，寫一世，到應當死去時，倒下完事，工作的報酬，就是那工作本身；工作的意義，就是他如歷史上一切偉大作者同樣，用文字故事來給人生作一種說明，說明中表現人類向崇高光明的嚮往，以及在努力中必然遭遇的挫折。」[84]所以沈從文常常強調文學是嚴肅的事業，需要「具有獨立思想的作家」[85]，希望「將文學當成

83　沈從文：〈窄而黴齋閒話〉，《文藝月刊》1931年第2卷第8期。

84　沈從文：〈白話文問題——過去當前和未來檢視〉，《戰國策》1940年第2期。

85　沈從文：〈元旦日致《文藝》讀者〉，《沈從文全集》（太原市：北岳文藝出版社，2002年），第17卷，頁204。

一種宗教，自己存心作殉教者，不逃避當前社會做人的責任」[86]。沈從文的觀點也基本代表了新「京派」作家的期待，歸結起來，就是文學要表現人生和排除功利，踐行一種現實、嚴肅的「文學者的態度」。這說到底，體現的正是對五四「人的文學」核心內涵的繼承與發展。眾所周知，周作人首倡「人的文學」時就強調「人的文學」與「非人的文學」最根本的區別「只在著作的態度不同。一個嚴肅，一個遊戲」[87]，這意味著「人的文學」的口號中，不僅規定了文學所描寫和反映的對象，更包含著對於作者的立場與寫作態度的期許。周作人所說的「用這人道主義為本，對於人生諸問題，加以記錄研究的文字，便謂之人的文學」，首要強調的正是「為人生」的立場和態度。在此基礎上再來考察沈從文的「文學者的態度」，分明可以看到二者之間的一致性與連貫性。如果說，「嚴肅」、「現實」的態度是兩個時期文學思想的基本共同點，那麼，「純粹性」則體現了沈從文等人在新的時代環境中的新思考。五四時期作為社會變革先聲的文學重在離析與破壞，必然帶有功利性的訴求。而到了「革命文學」時代，新「京派」作家在延續「人的文學」血脈的基礎上，又特別強調了文學必須拒絕過分的功利性賦予，反對將文學作為宣傳的工具甚或沽名釣譽的投機手段，反對政治和商業對於文學的侵襲。這些新的觀點和內涵，不僅奠定了新「京派」的思想基礎，更體現在新京派文人對「純粹」的審美觀念的追尋，成為這個群體在特定時期中最為獨特的堅持與主張。這正是他們與五四啟蒙主義者的不同之處。換言之，京派作家想通過反抗五四啟蒙傳統中的另一部分——由平民意識與實用理性膨脹而成的當代現實，努力提高與突顯五四傳統中的個性主義，並張揚這一傳統中的精神性與超越性維度。

---

86 沈從文：〈新文人與新文學〉，《大公報》1935年2月3日。

87 周作人：〈人的文學〉，《新青年》第5卷第6號（1918年）。

　　新「京派」作家對五四精神的揚棄態度，在他們對周作人等人散文的評價中很明顯地體現了出來。在〈自己的文章〉中，周作人說道：「有人好意地說我的文章寫得平淡，我聽了很覺喜歡但也很惶恐。」[88]周作人所謂的「有人」中，就包括部分新「京派」作家。一九二六年，朱光潛在評論《雨天的書》時，就對周作人散文中平淡自然的風格和超然冷靜的人生姿態給予了很大的肯定：「我們讀周先生這一番話，固不敢插嘴，但總嫌他過於謙虛，小林一茶的那種閒情逸趣，周先生雖還不能比擬，而在現代中國作者中，周先生而外，很難找得第二個人能夠做得清淡的小品文字。他究竟是有些年紀的人，還能領略閑中情趣。如今天下文人學者都在那兒著書或整理演講集，誰有心思去理會蒼蠅搓手搓腳！然而在讀過裝模作樣的新詩或形容詞堆砌成的小說（應該說『創作』）以後，讓我們同周先生坐在一塊，一口一口的啜著清茗，看著院子裡花條蝦蟆戲水，聽他談『故鄉的野菜』，『北京的茶食』，二十年前的江南水師學堂，和清波門外的楊三姑一類的故事，卻是一大解脫。」[89]很明顯，朱光潛對周作人早期散文清淡雋永的風格很是推崇。沈從文對周作人五四時期的散文也表示了相似的看法：「從五四以來，以清淡樸訥文字、原始的單純，素描的美，支配了一時代一些人的文學趣味，直到現在還有不可動搖的勢力，且儼然成一特殊風格的提倡者與擁護者，是周作人先生。」「無論自己的小品，散文詩，介紹評論，通通把文字發展到『單純的完全』中，徹底地把文字從藻飾空虛上轉到實質言語來，那麼非常切貼人類的情感，就是翻譯日本小品文，及古希臘故事，與其他弱小民族卑微文學，也仍然是用同樣調子介紹與中國年輕讀者晤面。因為文體的美麗，最純粹的散文，時代雖在向前，將仍然不會容易使世人忘卻，而成為歷史

---

88 周作人：〈自己的文章〉，《西北風》1936年第10期。
89 朱光潛：《《雨天的書》》，《一般》1926年11月號，原署名「明石」。

的一種原型，那是無疑的。」[90]不僅朱、沈二人，其他新「京派」作家也時常在不經意間流露出對周作人的傾慕。李長之道：「周作人先生的批評原是很好的，趣味也極高，學識又富，常能根據健全的頭腦和常識，而寫出清淡而雋永的批評文字來，不過他不是專弄批評的，現在則久又不執筆作這種文章了，我自己感覺到這是文壇上的一件大損失。」[91]新「京派」作家對周作人五四時期清新淡遠的小品文風格的推崇，正是基於他們一直提倡的純粹健全的文學觀念，也體現了他們對五四時期以人道主義個性觀為思想基礎的散文精神的追懷。

所以，當二十世紀三十年代的散文創作走向功利化或者個人自娛自樂的時候，他們紛紛對之提出了批評，試圖在堅持藝術獨立性、嚴肅性和純正性等方面進行理論與創作的探索。沈從文在分析五四以後的文學狀況時道：「談及文學運動分析它的得失時，有兩件事值得我們特別注意：第一是民國十五年後，這個運動同上海商業結了緣，作品成為大老闆商品之一種。第二是民國十八年後，這個運動又與國內政治不可分，成為在朝在野政策工具之一部。因此一來，若從表面觀察，必以為活潑熱鬧，實在值得樂觀。可是細加分析，也就看出一點墮落傾向，遠不如『五四』初期勇敢天真，令人敬重。原因是作者的創造力一面既得迎合商人，一面又得傅會政策，目的既集中在商業作用與政治效果兩件事情上，它的墮落是必然，不可避免的。」[92]又說：「人生文學的不能壯實耐久，一面是創造社的興起，也一面是由於人生文學提倡者同時即是『趣味主義』講究者。趣味主義的擁護，幾乎成為地方文學見解的正宗，看看名人雜感集數量之多，以及稍前幾個作家詼諧諷刺作品的流行，即可明白。諷刺與詼諧，在原則上說

---

90 沈從文：〈論馮文炳〉，《沈從文全集》（太原市：北岳文藝出版社，2002年），第16卷，頁145。

91 李長之：〈梁實秋著《偏見集》〉，《國聞周報》第11卷第50期（1934年）。

92 沈從文：〈新的文學運動與新的文學觀〉，《戰國策》1940年第9期。

來，當初原不悖於人生文學，但這趣味使人生文學不能端重，失去嚴
肅，瑣碎小巧，轉入泥裡，從此這名詞也漸漸為人忘掉了。」[93]根據
這一觀察，他對周作人及其追隨者把散文創作引向閒適幽默、自遣把
玩的傾向進行了批評。

在〈論馮文炳〉一文中，沈從文借評廢名之機，委婉地表達了對
周作人、廢名、俞平伯等人「紳士」「趣味」的不滿：「趣味的惡化
（或者這只是我個人的見解），作者（指廢名）方向的轉變，或者與
作者在北平的長時間生活不無關係。在現時，從北平所謂『北方文壇
盟主』周作人、俞平伯等等散文揉雜文言文在文章中，努力使之在此
等作品中趣味化，且從而非意識的或意識的感到寫作的喜悅，這『趣
味的相同』，使馮文炳君以廢名筆名發表了他的新作，在我覺得是可
惜的。這趣味將使中國散文發展到較新情形中，卻離了『樸素的美』
越遠，而同時所謂地方性，因此一來亦完全失去，代替作者過去優美
文體顯示一新型的只是畸形的姿態一事了」，「但在文章方面，馮文炳
君作品，所顯現的趣味，是周先生的趣味。」他認為廢名創作中所顯
露的「衰老厭世意識」、「不康健的病的纖細的美」，除了滿足「個人
寫作的懌悅，以及二三同好者病的嗜好」，對於文學工作來說，是一
種精力的浪費。[94]因此，他認為小品文的倡導者「要人迷信『性靈』，
尊重『袁中郎』，且承認小品文比任何東西還重要。真是一個幽默的
打算。」[95]

對於魯迅的戰鬥性雜文，他也表示了保留意見：「對統治者的不
妥協態度，對紳士的潑辣態度，以及對社會的冷而無情的譏嘲態度，
處處莫不顯示這個人的大膽無畏精神。雖然這大無畏精神，若能詳細
加以解剖，那發動正似乎也仍然只是中國人的『任性』；而屬『名

93　沈從文：〈窄而黴齋閒話〉，《文藝月刊》1931年第2卷第8期。
94　沈從文：〈論馮文炳〉，《沈從文全集》，第16卷，頁146、148、150。
95　沈從文：〈談談上海的刊物〉，《大公報》1935年8月18日。

士』一流的任性，病的頹廢的任性，可尊敬處並不比可嘲弄處為多。並且從另一方面去檢查，也足證明那軟弱不結實；因為那戰鬥是辱罵，是毫無危險的襲擊，是很方便的法術。」之所以得出如此結論，主要在於魯迅雜文較為激烈的情緒而產生的不「純粹性」。有人認為「把『意氣』這樣東西除去，把『趣味』這樣東西除去，把因偏見而孕育的憎惡除去，魯迅就不能寫一篇文章了」。對此沈從文表示贊同：「那年青人說的話，是承認批評這字樣，就完全建築在意氣與趣味兩種理由上而成立的東西。但因為趣味同意氣，即興的與任性的兩樣原因，他以為魯迅雜感與創作對世界所下的那批評，自己過後或許也有感到無聊的一時了。我對於這個估計十分同意。」[96]

　　朱光潛對西方美學深有研究，他反對審美的偏執，講究文學情感的健康及趣味的醇正。他認為：「文藝不一定只有一條路可走。」「讀詩較廣泛者常覺得自己的趣味時時在變遷中，久而久之，有如江湖遊客，尋幽攬勝，風雨晦明，川原海嶽，各有妙境，吾人正不必以此所長，量彼所短，各派都有長短，取長棄短，才無偏蔽。古今的優劣實在不易下定評，古有古的趣味，今也有今的趣味。」因此，「文藝批評不可抹視主觀的私人的趣味，但是始終拘執一家之言者的趣味不足為憑。文藝自有是非標準，但是這個標準不是古典，不是『耐久』和『普及』，而是從極偏走到極不偏，能憑空俯視一切門戶派別者的趣味；換句話說，文藝標準是修養出來的純正的趣味。」[97]在〈詩論〉中，朱光潛提出：「詩和散文的風格不同，也正猶如這首詩和那首詩的風格不同」，「不能憑空立論，說詩在風格上高於散文。詩和散文各有妙境。」況且，「許多小品文是抒情詩。」[98]在這裡，朱光潛從純文

96　沈從文：〈魯迅的戰鬥〉，《沈從文全集》，第16卷，頁165、168-169。

97　朱光潛：〈談趣味〉，《益世報》1935年3月6日。

98　朱光潛：〈詩論〉，《朱光潛全集》（合肥市：安徽教育出版社，1987年），第3卷，頁106、109。

學的角度，把散文和詩歌置於同等的地位，這與周作人所說的讀好的美文「如讀散文詩」的觀點如出一轍。因此，他不滿於有人把散文題材、主題世俗化的說法。對於摩越在《風格論》中所說的「風俗喜劇所表現的心情，須用散文」、「散文是諷刺的最合適的工具」，以及時人所認為的「極好的言情的作品都要在詩裡找，極好的敘事說理的作品都要在散文裡找」，他都認為是「一種的傳統的偏見」。[99]可以說，朱光潛秉持的是一種純散文的觀念，這使他對散文的個性藝術和風格趣味都持一種健全態度，顯示出新「京派」作家特有的文學理念。在〈論小品文〉中，朱光潛提倡小品文創作的獨創性，批判了周作人、林語堂及其一批追隨者提倡晚明小品文的食古不化：「我對於晚明小品文也有同樣的感覺，它自身本很新鮮，經許多人一模仿，就成為一種濫調了。我始終相信在藝術方面，一個人有一個人的獨到，如果自己沒有獨到，專去模仿別人的一種獨到的風格，這在學童時代做練習，固無不可，如果把它當作一種正經事業做，則似乎大可不必。中國人講藝術的通病向來是在創造假古董。揚雄生在漢朝，偏都要學周朝人說話，韓愈生在唐朝，偏要學漢朝人說話，歸有光生在明朝，方苞生在清朝，偏要學漢唐人說話。『古文』為世詬病，就因為它是假古董，我們生在二十世紀，硬要大吹大擂地捧晚明小品文，不是和歸有光，方苞之流講『古文』的人們同是鬧製造假古董的把戲嗎？歸方派古文家和現在晚明小品文的信徒都極為向『雅』字方面做，他們所做到的只是『雅得俗不可耐』。」[100]對於二十世紀三十年代小品文復古傾向的批判，朱光潛的觀點頗為接近胡適「一時代有一時代之文學」的口吻，只是其出發點與落腳點已不再是為打破「載道」文章桎梏，而是在於反撥低級趣味的小品文寫作，為現代散文開闢一方淨

99　朱光潛：〈詩論〉，《朱光潛全集》，第3卷，頁109。

100　朱光潛：〈論小品文〉，《朱光潛全集》，第3卷，頁427。

土：「我並不反對少數人特別嗜好晚明小品文，這是他們的自由。但是我反對這少數人把個人的特殊趣味加以鼓吹宣傳，使它成為瀰漫一世的風氣。無論是個人的性格或是全民族的文化，最健全的理想是多方面的自由的發展。晚明式的小品文聊備一格未嘗不可，但是如果以為『文章正軌』在此，恐怕要誤盡天下蒼生。」[101]可見，朱光潛對晚明式小品的批判與其說是因為周、林等人小品文趣味的偏執，毋寧是針對這一偏執對文學嚴肅性的消解。由此，他繼續批判道：「現在一般文人偏向小品文，小品文又偏向『幽默』一條路走。小品文本身不是一件壞事，幽默本身也不是一件壞事。但是我相信幽默要有一個分寸，把這個分寸辨別恰到好處，卻是一件極難的事。……濫調的小品文和低級的幽默合在一起，你想世間有比這更壞的東西麼？極上品的幽默和最『高度的嚴肅』往往攜手並行；要想一個偉大的文學產生，我們必須有『高度的嚴肅』，我們的小品文的幽默是否伴有這種『高度的嚴肅』呢？」對於小品文趣味錯誤走向的擔憂，他甚至不無偏激地認為小品文寫作對於長篇大制創作的消極影響：「現在一般人特別推尊小品文，也可以說是沿襲中國數千年來的一種舊風尚。這種舊風尚實在暴露中國文學的一個大缺點，就是缺乏偉大藝術所應有的『堅持的努力』。我並非說作品的價值大小完全可以篇幅長短為準。但是拿中國文學和歐洲文學相較，相差最遠的是大部頭的著作，這是無可諱言的。……原因固然很多，我以為其中之一就是太看重小品文。他們的精力大部分在小品文中消磨去了，所以不能作較大的企圖。現在我們的新興文藝剛展開翅膀作高飛遠舉的準備，我們又回到舊風尚去推尊小品文，在區區看來，竊期期以為不可。」[102]李健吾也有類似的不滿：「就藝術的成就而論，一篇完美的小品文也許勝過一部俗濫的

101　朱光潛：〈論小品文〉，《朱光潛全集》，第3卷，頁428。
102　朱光潛：〈論小品文〉，《朱光潛全集》，第3卷，頁428-429。

長篇。然而一部完美的長作大制，豈不勝似一篇完美的小品文？」[103]
可見在新「京派」作家看來，周作人、林語堂等人鼓吹閒適幽默趣
味，不是「發揚性靈」而是「銷鑠性靈」[104]，誤導文壇，已危及散文
的健康發展。

　　與此同時，新「京派」作家也努力為現代散文尋求新的出路，力
圖「為抒情的散文找出一個新的方向」，追求「純粹的柔和，純粹的
美麗」。[105]在創作上，他們也強調自我表現，朱光潛認為：「文章只有
三種，最上乘的是自言自語，其次是向一個人說話，再其次是向許多
人說話。第一種包含詩和大部分文學，它自然也有聽眾，但是作者用
意第一是要發洩自己心中所不能不發洩的，這就是勞倫斯所說的『為
我自己而藝術』。這一類的文章永遠是真誠樸素的。第二種包含書信
和對話，這是向知心的朋友說的話，你知道我，我知道你，用不著客
氣，也用不著裝腔作勢，像法文中一個成語所說的『在咱們倆中
間』。這一類的文章的好處是家常而親切。第三種包含一切公文講義
宣言以至於〈治安策〉〈賈誼論〉之類，作者的用意第一是勸服別
人，甚至於在別人面前賣弄自己。他原來要向一切人說話，結果是向
虛空說話，沒有一個聽者覺得話是向他自己說的。這一類的文章有時
雖然也有它的實用，但是很難使人得到心靈默契的樂趣。」[106]何其芳
當時就主張：「文藝什麼也不為，只為了抒寫自己，抒寫自己的幻
想、感覺和情感」，[107]他在自言自語的獨語中精心「畫夢」，追求著

103　李健吾：《〈魚目集〉》，《咀華集‧咀華二集》（上海市：復旦大學出版社，2005年），
　　　頁66。
104　李健吾：《〈魚目集〉》，《咀華集‧咀華二集》，頁66。
105　何其芳：〈我和散文（代序）〉，《還鄉雜記》（上海市：文化生活出版社，1949年），
　　　頁7。
106　朱光潛：〈論小品文〉，《朱光潛全集》，第3卷，頁425-426。
107　何其芳：〈《夜歌和白天的歌》初版後記〉，《何其芳文集》（北京市：人民文學出版
　　　社，1982年），第2卷，頁253。

「純粹的柔和，純粹的美麗」。這是朱光潛所說的第一種文章的代表，當時京派舉辦的《大公報》文藝獎，就把唯一的散文獎評給何其芳的《畫夢錄》。李廣田也主張：「散文的語言，以清楚，明暢，自然有致為其本來面目，散文的結構，也以平鋪直敘，自然發展為主，其所以如此者，正因為散文以處理主觀的事物為較適宜，或對於客觀的事物亦往往以主觀態度處理之的緣故。寫散文，實在很近於自己在心裡說自家事，或對著自己人說人家的事情一樣，常是隨隨便便，並不怎麼裝模作樣。」[108]從散文特性來把握自我表現的自由自然，頗為接近五四時期眾家關於絮語閒談文風的理論言說。他後來對個性人格的要求，「那最好的，自然是『為己』與『為人』合一，我自己的生命與無數人的生命共鳴，我生命中有人，人生命中有我，一切從自己真實體驗中出發，而這個自己又是一個擴大了的人格」，「人不能沒有自己，也唯有這樣的一個『自己』才是一個完整的個體，從這樣的『自己』中創作出來的藝術，也將是最完整的藝術。」[109]這「為己」與「為人」合一而「擴大了的人格」，正是五四健全個性思想的承傳發展，李健吾認為李廣田散文「內外一致，而這裡的一致，不是人生精湛的提煉，乃是人生全部的赤裸」，「在他的書裡，沒有什麼戲劇的氣氛，卻只使人意識到淳樸的人生，他的文章也沒有什麼雕琢的詞藻，卻有著素樸的詩的靜美」[110]，說的也是這層意思。上述評價看似具有藝術至上的傾向，但卻非狹隘地「為藝術而藝術」。因為這些散文觀念主要是針對實用理性對文學的侵蝕乃至綁架這一現狀而發的，他的內核在於「嚴肅」「純正」，最終是為了散文創作的健康發展，重建五四「人的文學」的主題，尋回被放逐的健全的人性和個性。正是在此意義上，與「學衡派」和梁實秋一樣，新「京派」作家的散文理論也

---

108 李廣田：〈談散文〉，《中學生》1948年第197期。

109 李廣田：〈談文藝創造〉，《中學生》1948年第195期。

110 李健吾：〈《畫廊集》──李廣田先生作〉，《咀華集·咀華二集》，頁80、81-82。

在闡發健全人性、藝術個性上對「個性」說作出了充實、修正和完
善，或者說是對人性論「個性」說的螺旋式提升。

第二節　言志論的「個性」說

　　一九二七年以後，隨著階級矛盾和民族矛盾的進一步激化，以及
政治權力對文化管控的升級，五四以來的個性主義思潮日趨分化，人
性和個性的觀念在不同的陣營裡被賦予不同的內涵和功能。反映到散
文理論批評界，則是圍繞個性與自我，形成言志論和社會論兩種針鋒
相對的理論形態。前者面對政治高壓，發展了五四文學個性觀念中自
主自決的一面，固守個人主義和自由主義立場，逃避個人的社會責任
而強調「性靈」與「閒適」，走向獨善、超然的自我中心主義。而後
者則主張人是「社會關係的總和」，個性具有種族、階層、階級的區
別，要求個性與社會性、階級性相統一。兩種理論形態的對峙在二十
世紀三十年代前半期達到了白熱化的階段，直至抗戰後，隨著民族救
亡全面上升為時代主題，這一對峙才日漸消散。但期間兩者的對抗與
對話卻構成了現代散文理論「個性」說的重要內容，無論論及哪一
方，實際上都要以另一方為參照系來展開。本節首先探討與五四人性
論「個性」說關係較為密切的言志論「個性」說。
　　言志論「個性」說可謂五四人性論「個性」說的變體。它由五四
以後一批固守個性自由園地的自由主義知識分子所主導，始於周作人
及其弟子所提倡的散文言志觀，經以林語堂為首的「論語派」的鼓吹
而風行於二十世紀三十年代文壇。言志論「個性」說調和了五四的散
文個性觀、古代中國的抒情言志傳統和西方的自由主義、表現主義理
論，提倡自我和閒適的散文觀念，具有鮮明的隱遁色彩和超然意趣。
當然，在反對散文個性表現工具理性化的同時，這一派理論也致力於
為現代散文理論建設開拓出本土化、民族化的路徑。特別是在現代散

文文體風格的建構上，提出了一些新的審美範疇，如「澀味」與「簡單味」（周作人）、「隔」與「不隔」（廢名）、「語錄體」（林語堂）等。因此，對於言志論的「個性」說，應一分為二，改變過去一邊倒的否定態度，重估其價值意義。

一

　　周作人是言志論「個性」說的首倡者。如果追根溯源可以發現，他反覆述說散文的自我言志，其實是他在社會理想和文學理想受挫的情況下，對五四時期「健全的個人主義」的調整。推及開來，這一理論形態既延續了五四時代反載道文學的傳統，又是對「人的文學」之「個人主義的人間本位主義」「利己又利他」等理念的偏執發展，最後發展成對個人所偏好的傳統審美趣味的張揚，形成自我言志、獨抒性靈、追求閒適趣味的美學觀念。

　　周作人在〈人的文學〉一文中指出，「人」來自於「動物」，是從「動物」進化；同時「人」又不能等同於「動物」，而是「進化」了的「動物」。據此，人性既包括動物本能，又有其社會（人類）屬性。這樣的人性觀在當時當然驚世駭俗，特別是他把自然本能作為人性的基礎，對於傳統的「神道主義」和封建禮教無疑是一次重大的衝擊。周作人自然人性論的思想基礎就是盛行於五四時期的人道主義，「我所說的人道主義，是從個人做起。要講人道，愛人類，便須先使自己有人的資格，占得人的位置」，他以耶穌的「愛鄰如己」為例，認為「如不先知自愛，怎能『如己』的愛別人呢？」[111]〈人的文學〉可以說是一篇反映周作人五四時期文學思想基本面貌的綱領性文獻，它可見出周作人對文學中個人和個性的重視，但將人性坐實於人類

---

111 周作人：〈人的文學〉，《新青年》第5卷第6期（1918年）。

性，也反映出其「個人」與「個性」觀念的抽象性。這在同一時期他
談論文學的諸多文字中有著更明顯的體現。他在〈新文學的要求〉裡
指出：「這文學是人類的，也是個人的；卻不是種族的，國家的，鄉
土及家族的。」[112]在〈文藝的統一〉中也說：「文學是情緒的作品，
而著者所能最切迫的感到者又只有自己的情緒，那麼文學以個人自己
為本位，正是當然的事。個人既然是人類的一分子，個人的生活即是
人生的河流的一滴，個人的感情當然沒有與人類不共同的地方。……
據我的意見，文藝是人生的，不是為人生的，是個人的，因此也即是
人類的」[113]。將「個人」從種種現實社會關係中抽離出來，而瀰散於
所謂的「人類」中，致使「個人」內涵充滿了形而上的抽象性。循照
這一邏輯，他秉執一種無用之用的文學觀念：「我以為文藝是以表現
個人情思為主；因其情思之純真與表現之精工，引起他人之感激與欣
賞，乃是當然的結果而非第一目的」[114]；「以個人為主人，表現情思
而成藝術，即為其生活之一部，初不為福利他人而作，而他人接觸這
藝術，得到一種共鳴與感興，使其精神生活充實而豐富，又即以為實
生活的基本；這是人生的藝術的要點，有獨立的藝術美與無形的功
利。」[115]而這所謂受到審美共鳴的「他人」根本上也是指整體性意義
上的「人類」，「文藝以自己表現為主體，以感染他人為作用，是個人
的而亦為人類的，所以文藝的條件是自己表現，其餘思想與技術上的
派別都在其次。」[116]可以見出，五四時期周作人的文學個性觀念有著
濃厚的人道主義成分，與其個人、個性相連的並不是具體的現實社
會，而是普泛的、抽象的人性和人類性。但他對現實社會的功利性介

---

112 周作人：〈新文學的要求〉，《晨報》1920年1月8日。
113 周作人：〈文藝的統一〉，《晨報副刊》1922年7月11日，原署名「仲密」。
114 周作人：〈文藝的討論〉，《晨報副刊》1922年1月20日，原署名「仲密」。
115 周作人：〈自己的園地〉，《晨報副刊》1922年1月22日，原署名「仲密」。
116 周作人：〈文藝上的寬容〉，《晨報副刊》1922年2月5日，原署名「仲密」。

入也保持著警惕性：「倘若用了什麼大名義，強迫人犧牲了個性去侍奉白癡的社會，──美其名曰迎合社會心理，──那簡直與借了倫常之名強人忠君，借了國家之名強人戰爭一樣的不合理了。」[117]可以說，這一時期周作人「人的文學」觀念雖然具有將個人從各種社會屬性中解放出來的進步傾向，但也導致其個人理念從一開始就缺乏社會性的規範與制約。他雖然認為文學是「人生」的，也是「人類」的，但此處的「人生」和「人類」是一種基於抽象的理性原則和道德原則的空想，有如他當時所參與的「新村」運動一樣，與現實社會是錯位的。

　　這樣一來，當他面對具體社會現實的時候，特別是五四退潮以後發生的一系列社會政治事件──儘管這一時期他還繼續以「流氓」和「叛徒」的姿態創作了許多揭露時弊、試圖改造國民精神的雜感文，他的社會理想和文學理想都面臨著破滅。在此情況下，他不是以個人的力量積極介入現實社會，而是繼續強調他所重視的個人性，將建基於個人本位、個性自由的個性主義加以闡揚，個性也由「人的文學」的一個因素逐步變為具有獨立意義的理論命題，他也由此逐漸失去對社會事功的興趣，走「與一切生物共同的路」、「只想緩緩的走著，看沿路景色，聽人家的談論，盡量的享受這些應得的苦和樂。至於路線如何……那有什麼關係呢？」[118]文學上則是懷疑其啟蒙的功能：「足供有藝術趣味的人的欣賞，那就盡夠好了。至於期望他們教訓的實現，有如枕邊摸索好夢，不免近於癡人」[119]；又說「我們太要求不朽，想於社會有益，就太抹殺了自己；其實不朽決不是著作的目的，有益社會也並非著者的義務……文藝只是自己的表現」，「只想表現凡庸的自己的一部分，此外並無別的目的。」[120]在這裡，周作人的文藝

---

117 周作人：〈自己的園地〉，《晨報副刊》1922年1月22日，原署名「仲密」。
118 周作人：〈尋路的人〉，《晨報副刊》1923年8月1日，原署名「作人」。
119 周作人：〈教訓之無用〉，《晨報副刊》1924年2月26日，原署名「荊生」。
120 周作人：〈《自己的園地》序〉，《晨報副刊》1923年8月1日。

觀開始從「無形的功利」向「無功利」的審美靠攏，並把它與新的載
道文學對立起來。到了一九二七年以後，周作人「由信仰而歸於懷
疑」的「轉變方向」[121]，使他進一步放棄了早年的啟蒙訴求，倚重資
產階級的自由主義，反對「統一思想的棒喝主義」，「各派社會改革的
志士仁人，我都很表示尊敬，然而我自己是不信仰群眾的……。我知
道人類之不齊，思想之不能與不可統一，這是我所以主張寬容的理
由。」[122]這就背離了社會時代的主潮，以此來談論人性和文學，在複
雜的社會鬥爭中，周作人最終走向獨善的個人主義，「愈益加緊的向
趣味主義的頂點上跑」[123]。所以五四以來周作人文藝思想的變化是從
「個人主義的人間本位主義」到「個人主義」的轉變，前者是以人道
主義為思想基礎，帶有抽象的「利己」和「利他」性質，後者雖然也
帶有自由、平等等人道主義因素，但根本上是以自我為中心、以個人
為目，個人與群體、社會之間有著明顯的界限，這也是轉向後的周作
人把握自我與他人、社會的態度和審視文學價值的標準。周作人的散
文觀念從五四時期的人性論「個性」說到二十世紀二十年代後期逐漸
明朗的言志論「個性」說，正是基於這一思想變化的邏輯而演進，也
即其言志論的「個性」說是從「人性」論的個性說發展而來的。當然，
這種轉變並非徹底的斷裂，在周作人所頻頻談及的個人與自我中，仍
有五四那種人性剖析、人道關懷的意涵。他只是不滿於散文的人道關
懷成為宣傳革命和「主義」的載體，成為另一種形式的載道文學。

　　前文已論及，周作人通過梳理中國文學史上「言志」與「載道」
交互關係為自己的「個性」說尋求歷史依據，但他並沒有從詞源學的

---

121 周作人：〈《藝術與生活》序二〉，《苦雨齋序跋文》（石家莊市：河北教育出版社，
　　2002年），頁47。

122 周作人：〈《談虎集》後記〉，《北新》第2卷第6號（1928年）。

123 阿英：〈《現代十六家小品》序〉，俞元桂主編：《中國現代散文理論》（桂林市：廣
　　西人民出版社，1984年），頁414。

角度詳細考索載道和言志的意涵，而是借題發揮，借古諷今，用自己的文學觀念來解讀甚至不惜誤讀中國古代文學中的這兩種創作傾向，梳理和重估它們背後兩股文學思潮的價值意義。正如陳子展當年所指出的，周作人是在「爭文學上的正統」[124]，可謂一語道破。問題是，周作人是基於何種立場來「爭文統」？在此過程中他與左翼文藝界或顯或隱的論爭和對抗僅僅是散文觀念的差別，還是另有他圖？這些都值得細加辨議。

在周作人的演講錄《中國新文學的源流》問世後不久，魯迅就寫了一篇〈聽說夢〉。該文意在批評《東方雜誌》某一記者所寫的〈新年的夢想〉一文，其中有這樣一段話：

> 但他（按：指《東方雜誌》記者）後來有點「癡」起來，他不知從哪裡拾來了一種學說，將一百多個夢分為兩大類，說那些夢想好社會的都是「載道」之夢，是「異端」，正宗的夢應該「言志」的，硬把「志」弄成一個空洞無物的東西。然而，孔子曰，「盍各言爾志」，而終於贊成曾點者，就因為其「志」合於孔子之「道」的緣故也。

很明顯，魯迅的話是針對周作人而來的。他以周氏兄弟關係破裂後特有的對話方式，指出周作人將中國文學史拆分為兩大部分的荒謬性，進而說明周作人的散文「言志」論也只不過如孔子一樣是為合於自身之「道」。對於周作人言志論的批評，如果說魯迅還隱約其辭的話，那麼伯韓的觀點則直接得多，算是代表了當時左翼文壇的態度：「不錯，小品文是言志的，但言志之中便載了『道』，天下沒有無『道』

---

124 陳子展：〈公安竟陵與小品文〉，陳望道編：《小品文和漫畫》（上海市：生活書店，1935年），頁124。

之『志』，儘管你『道其所道，非吾所謂道』，但總而言之，言志是不知不覺地載了道了。」[125]很顯然，與周作人一樣，左翼作家也不否認「志」與「道」的不可分離。其實，不只是左翼批評家，一些政治派別色彩較淡的文人，也從思想史和學術的角度，撰文辨析「言志」與「載道」的異同，指出兩者並非截然對立。例如錢鍾書認為：「周先生把文學分為『載道』和『言志』。這個分法本來不錯，相當於德昆西所謂 Literature of Knowledge 和 Literature of Power」，但是，「『詩以言志』和『文以載道』在傳統的文學批評上，似乎不是兩個格格不相容的命題」，「它們在傳統的文學批評上，原是並行不背的，無所謂兩『派』。」[126]在錢鍾書看來，即使像韓愈、姚鼐那樣一向被認為載道文學的代表人物也會有「抒寫性靈」、「自我表現」的時候，而自我標榜「獨抒性靈，不拘格套」的公安派也曾推崇「陽明之學」，認可正統的八股文。總之，反對者們都認為言志與載道之間沒有絕對的區別，「志」與「道」的意涵有重疊之處。正如上文所說的，周作人並沒有否定這兩個概念在內涵與外延上的交集，面對各方面的批評，他曾解釋說：「因為詩言志與文以載道的話，彷彿詩文混雜，又志與道的界限也有欠明瞭之處，容易引起纏夾」，所以「我這言志載道的分派本是一時便宜的說法」。[127]話雖如此，在落實到具體的價值判斷時，他還是堅持自己的二分法。在為自己編選的《中國新文學大系‧散文一集》所作的總結性長篇導言中，他大量引述了自己此前提出的言志散文觀，並解釋道：「我看文藝的段落，並不以主義與黨派的盛衰為唯一的依據，只看文人的態度，這是夾雜宗教氣的主張載道的

---

125 伯韓：〈由雅人小品到俗人小品〉，陳望道編：《小品文和漫畫》，頁5。

126 錢鍾書：〈中國新文學的源流〉，《中國新文學的源流》（上海市：華東師範大學出版社，1995年），頁83。

127 周作人：〈導言〉《中國新文學大系‧散文一集》（上海市：上海良友圖書印刷公司，1935年），頁11。

呢，還是純藝術的主張載道的呢，以此來決定文學的轉變。」[128]如此看來，他主言志反載道的散文觀並不因為受到多方批評而改變，反而是在反覆申明中愈加強化自己所賦予的特定含義和現實用意。

前文已指出，把「志」從具有禮教意義的懷抱改造為個人的情志，並非從周作人開始，而是古已有之，實際上志情合一的觀念也為許多現代文人學者所認同。除了前文所說的朱自清，朱光潛也認為：「古代所謂『志』與後代所謂『情』根本是一件事，『言志』也好，『緣情』也好，都是我們近代人所謂『表現』。」[129]也就是「志」與「道」雖然不可明確區分開來，但「志」還是以表現個人主觀情感為主要面向。「志」這一內涵取向在一定範圍內的共識某種程度上造成了對周作人言志論的誤讀。因為當時的大多數批評者僅僅停留於此一概念的具體內涵，而沒有看到周作人「言志」論背後的話語姿態：那就是作為一種非功利的、個人化的自我言說。這一自我言說與周作人的文學和文化理想緊密相連，側重的是一己情感體驗的「寄寓」，是想通過自我的自由言說，表明他對「遵命文學」的拒絕。這才是周作人散文言志論的關鍵所在。所以他為防止「志」與「道」界限「欠明瞭」，「容易引起纏夾」，才特意追加「言他人之志即是載道，載自己的道亦是言志」等說明。很明顯，在周作人那裡，判斷言志與載道的唯一標準要看是否有個人的價值立場。只要「道」來自於自己個人的體悟，不是被動表達社會集團的意志，也是言志；他人的「志」，哪怕是獨具隻眼的情思，對於自我而言也是載道。對此，林語堂曾解釋道：「無論何名辭，總容易被人曲解附會。周作人用『載道』與『言志』，實同此意，但已經有人曲解附會，說『言志派』所言仍就是

---

128 周作人：〈導言〉《中國新文學大系・散文一集》，頁12。
129 朱光潛：〈朱佩弦先生的《詩言志辯》〉，《朱光潛全集》（合肥市：安徽教育出版社，1993年），第9卷，頁497。

『道』，而不知此中關鍵，全在筆調，並非言內容，在表現的方法，並非在表現之對象。」[130]周作人所謂的「志」當然不「全在筆調」，但也確實非全在「表現之對象」，而是更接近於他在二十世紀四十年代所說的「誠」與「不誠」：「現在想起來，還不如直截了當的以誠與不誠分別，更為明瞭。本來文章中原只是思想感情兩種分子，混合而成，個人所特別真切感到的事，愈是真切也就愈見得是人生共同的，到了這裡志與道便無可分了，所可分別的只有誠與不誠一點，即是一個真切的感到，一個是學舌而已。」[131]正是這一點不為當時的理論界所注意，所以他們才反覆糾纏於言志與載道的涵義之辨。概言之，周作人並非不知道「言志」與「載道」的意涵具有內在的相通性，兩者無法截然分開，他主要是立足於自己的文化、文學理想，以一個過渡時代思想者的姿態為自己尋求自由言說的空間，而反對者要麼是從純學術角度給予質疑，要麼是站在政治、階級的立場進行批判和反駁，雙方對「言志」的理解實際上是錯位的。

　　周作人的散文言志論雖坐實在自我言說的層面上，但它卻與五四時期的自我表現觀念不可同日而語。周作人在五四時代就經受了資產階級民主思想的薰陶，傾向於追求自由的生活之境和創作之境。到了二十世紀三十年代，國民黨當局建立了嚴格的出版審查制度，規定了什麼不能談什麼不能寫，而左翼文藝界又號召新文學家應該如何談如何寫。在周作人看來，此時的思想言論已經不能像五四時期那樣無所顧忌、隨意而談，因此只能在左右的夾擊下另求其他方式，「抱住一點固定的東西。沒有一點固定的東西，就無法在流轉變遷的世界中立身處世、評人論世。」[132]整體觀之，周作人對自我言說的堅守，主要通過兩種路徑來展開的。

---

130 林語堂：〈小品文之遺緒〉，《人間世》1935年第22期，原署名「語堂」。
131 周作人：〈漢文學的前途〉，《藝文雜誌》第1卷第3期（1943年），原署名「藥堂」。
132 陳平原：〈林語堂與東西方文化〉，《中國現代文學研究叢刊》1985年第3期。

　　其一是回歸傳統審美情趣。個性自由之於部分現代知識分子，既有積極反抗的一面，也有著消極自守的面向。在五四時期，乘思想解放大潮，他們把個性的反抗和破壞力量發揮得淋漓盡致；到了三十年代，在左右兩股政治力量的夾擊下，他們妥協、避讓，個性訴求開始顯露出消極的一面，並最終以閒適自得的姿態展示於世人面前，這也是他們所要抱住的「固定的東西」。周作人在這方面表現得最為明顯和持久。早在《自己的園地》舊序中，他就說道：「我平常喜歡尋求友人談話，現在也就尋求想像的友人，請他們聽我無聊賴的閒談」，並解釋「想像的友人」為「能夠理解庸人之心的讀者。」[133]在《〈雨天的書〉自序一》裡又說：「常引起一種空想，覺得如在江村小屋裡，靠玻璃窗，烘著白炭火缽，喝清茶，同友人談閒話，那是頗愉快的事。」[134]這說明，周作人在早期的日常生活和創作中，就傾心於閒適的境界，但這時他還是一個「叛徒」，還有「對於一切專斷與卑劣之反抗」的銳氣。到了三十年代，出於對自身人身安全的考慮以及政治文化立場的調整，再加上個人性格的原因，他開始專注於閒適境界的營構，希冀「寄孤憤於幽閒」。他明確表示：「閒適是一種很難得的態度，不問苦樂貧富都可以如此」。而這最終又影響到了他的散文觀念：「自己查看文章，即流年光景且不易得，文章底下的焦躁總要露出頭來，然則閒適亦只是我的一理想而已」。[135]閒適審美在中國古代文學中源遠流長，它常以享樂和餘裕的心境，對人世間的一切作超脫、旁觀、同情的觀照，以尋求暫時的解脫。一旦有相似的政治氣候和社會土壤出現，認同者就很容易從中獲得精神支持並將其激活。周作人所追求的閒談絮語的散文風格在五四時期已經確立，但他那時的

133　周作人：〈《自己的園地》序〉，《晨報副刊》1923年8月1日。

134　周作人：〈《雨天的書》序一〉，見《苦雨齋序跋集》（石家莊市：河北教育出版社，2002年），頁23。

135　周作人：〈自己的文章〉，《西北風》1936年第10期。

散文因受著西方絮語散文和五四健全個性觀念的影響，顯得活潑、自然、親切。而到了三十年代，政治形勢日趨嚴峻，一邊是當權者的「文字獄」，一邊是左翼文壇的「革命文學」，他從對絮語閒談的追求逐漸轉向對傳統「閒適」「性靈」的推崇，其散文個性話語中的隱逸色彩也就越來越明顯。

在回歸傳統閒適審美的過程中，周作人試圖矯正五四以來文藝界對傳統文學全盤否定的激進做法，有選擇性對民族文學血脈裡遺傳下來的活力因素進行吸收和再造，如重釋了古典文學中的情趣、風致、風味等審美範疇，並努力將這些傳統的美學資源應用於現代散文的改造中。他在《陶庵夢憶·序》中說道：「我們讀明清有些名士派的文章，覺得與現代文的情趣幾乎一致。」[136]在《雜拌兒·跋》中又說：「平伯所寫的文章自具有一種獨特的風致。——喔，在這個年頭兒大家都在檢舉反革命之際，說起風致以及趣味之類恐怕很有點違礙，因為這都與『有閑』相近。可是，這也沒有什麼法兒，我要說誠實話，便不得不這麼說。我覺得還應該添一句：這風致是屬中國文學的，是那樣地舊而又這樣地新。」[137]在數月後的《燕知草·跋》中，他又進一步闡述道：「在論文——不，或者不如說小品文，不專說理敘事而以抒情分子為主的，有人稱它為『絮語』過的那種散文上，我想必須有澀味與簡單味，這才耐讀，所以它的文詞還得變化一點。以口語為基本，再加上歐化語，古文，方言等分子，雜糅調和，適宜地或吝嗇地安排起來，有知識與趣味的兩重的統制，才可以造出有雅致的俗語文來。」[138]對於傳統風致情趣的認可，周作人甚至在備受批判的桐城古文身上也能找到有價值的東西。他一面對於桐城古文「所謂『義

---

136 周作人：〈《陶庵夢憶》序〉，《語絲》1926年第110期，原署名「豈明」。

137 周作人：〈《雜拌兒》跋〉，《永日集》（石家莊市：河北教育出版社，2002年），頁75。

138 周作人：〈《燕知草》跋〉，《新中華報副刊》1928年第10號，原署名「豈明」。

法』，卻始終是不能贊成」，一面又說：「他們的文章比較那些假古董為通順，有幾篇還帶些文學意蘊而且平淡簡單，含蓄而有餘味，在這些地方，桐城派的文章，有時比唐宋八大家的還好。」[139]

其二追尋非功利的審美品格。這一時期周作人對散文非功利審美品格的追求，其實是其五四時期所持的文學獨立觀的變體。周作人在五四時代、「語絲」時代都是文學獨立觀的擁護者。他認為文學應該與政治、革命乃至學術等領域保持距離，但在宣導文學獨立的同時，他並不反對文學對於人生、社會的「無用之用」。即使是他開始構思散文言志論的時候，相對更注重的是從純文學的立場發見現代散文與晚明小品之間審美情趣的相似性，並沒有把它提高到反新式「載道文學」的高度。而隨著當局對文學領域控制的加強和左翼革命文學的興起，才使他不斷強調文學的非功利性。他認為身處亂世，不應多談政治，而應「關起門來努力讀書」，以「苟全性命於亂世」[140]；而對於左翼文壇，他鼓吹「文學無用論」，認為「文學即是不革命。能革命就不必需要文學及其他種種藝術或宗教，因為他已有了他的世界了」[141]。因此，周作人的非功利散文個性論很大程度上是在與當時兩股政治勢力的對抗和對話中確立起來的。他不僅要為自己辯解，發掘古代性靈小品的精神流脈，為現代散文尋求歷史依據與合法性，稱現代散文是一條被重新發掘出來的古河[142]；而且還針對政治力量把文學功利化的做法，批評新八股文和新載道文學。如他在〈論八股文〉、〈談策論〉、〈中國新文學的源流〉等文中，都有借否定舊式八股文批評當時各種新式八股文的隱秘意圖。

一九三〇年，周作人發表〈論八股文〉一文，這是一篇隱晦批評

---

139 周作人：《中國新文學的源流》（上海市：華東師範大學出版社，1995年），頁47。

140 周作人：〈閉戶讀書論〉，《新中華報副刊》1928年第10號，原署名「豈明」。

141 周作人：〈《燕知草》跋〉，《新中華報副刊》1928年第10號，原署名「豈明」。

142 周作人：〈《雜拌兒》跋〉，《永日集》，頁77。

當時文藝界左右兩派把文學政治化、功利化的文章。文章一發表，就有讀者感到「豈明先生的態度，真有些好教人悶煞哉」，「〈八股文〉一文，的確有些難於捉摸。」[143]也有批評家疑惑「〈論八股文〉做甚」，進而斥其為「一個復古的廢物老人」所提出的「復古」主張[144]。其實他們只是被周作人的歷史循環論和持續了好幾年的「懷古」情結所迷惑，只要結合時代語境，該文的用意還是很清楚的。周作人突如其來地論起八股文，是想通過對載道散文歷史淵源的追溯，批評當時文學政治化的急功近利。他說中國人「自己沒有思想，沒有話說，非等候上頭的吩咐不能有所行動」，其實是暗指黨派文學大量生搬各種理論術語，並借此黨同伐異的現象。所以，他又說八股文「就是在今日也還完全支配著中國的人心」，堪稱「中國文學史上承前啟後的一個大關鍵」；八股精神甚至「在那些不曾見過八股的人們心裡還是活著」，中國的土八股、洋八股、黨八股也「奪舍投胎地復活著」。[145]這實際上是在梳理載道文學的精神遺產。兩年後，在〈中國新文學的源流〉這一演講中，周作人又再次為載道散文進行探源。他把八股文和桐城派古文作為清代學術的反動，也是以講史為契機，批評功利的文學觀。在他看來，文學的政治化、功利化，與歷史上任何一次載道文學的興起一樣，僅僅是一時的興盛，「以後也仍然要有變化」，隨時都會被言志文學所淹沒，不值得矚目與追捧。

雖說周作人這時的散文言志論包含著個人抒情、藝術獨立、非功利、反道統等複雜內涵，在堅持散文的個性表現精神和美文特性方面也傳承了五四的散文傳統，但卻少了早年的啟蒙熱情及社會批評與文明批評的鋒芒。在自編文論集〈藝術與生活〉的序文中，他說：「一個人在某一時期大抵要成為理想派，對於文藝與人生抱著一種什麼主

143　見《駱駝草》1930年第5期「郵筒」專欄署名「廖翰庠」的來信。
144　譚丕模：〈談「駱駝草」上的幾篇東西〉，《新晨報副刊》1930年第621期。
145　周作人：〈論八股文〉，《駱駝草》1930年第2期，原署名「豈明」。

義。我以前是夢想過烏托邦的，對於新村有極大的憧憬，在文學上也就有些相當的主張。我至今還是尊敬日本新村的朋友，但覺得這種生活在滿足自己的趣味之外恐怕沒有多大的覺世的效力，人道主義的文學也正是如此，雖然滿足自己的趣味，這便已盡有意思，足為經營這些生活或藝術的理由。以前我所愛好的藝術與生活之某種相，現在我大抵仍是愛好，不過目的稍有轉移，以前我似乎多喜歡那邊所隱現的主義，現在所愛的乃是在那藝術與生活自身罷了。」[146]又在該文集的另一序文中說：「我本來是無信仰的，不過以前還憑了少年的客氣，有時候要高談闊論地講話，亦無非是自騙自罷了，近幾年來卻有了進步，知道自己的真相，由信仰而歸於懷疑，這是我的『轉變方向』了。」[147]這兩篇序文分別寫於一九二六年和一九三〇年，可謂對他自己思想觀念轉變的記錄和回顧，說明他已從早年帶有「薔薇色的夢」的人道主義理想中走了出來，認清自己所主張的文學觀念和所寫的啟蒙文章並沒有「多大的覺世的效力」，開始玩味「藝術與生活自身」的趣味。他在「苟全性命於亂世」中，提倡「閉戶讀書論」、「翻開故紙，與活人對照，死書就變成活書」[148]，切身感受「不能麻醉，還是清醒地看見聽見，又無力高聲大喊」的「凡人之悲哀」[149]，又提倡「文學無用論」，「我們凡人所可以文字表現者只是某一種情意，固然不很粗淺但也不很深切的部分，換句話說，實在是可有可無不關緊急的東西，表現出來聊以自寬慰消遣罷了」，「老實說，禪的文學做不出，咒的文學不想做，普通的文學克復不下文字的糾纏的可做可不做，總結起來與『無一可言』這句話豈不很有同意麼？……知道了世間無一可言，自己更無做出真文學來之可能，隨後隨便找來一個題

---

146 周作人：〈《藝術與生活》序一〉，《苦雨齋序跋文》，頁45。
147 周作人：〈《藝術與生活》序二〉，《苦雨齋序跋文》，頁46-47。
148 周作人：〈閉戶讀書論〉，《新中華報副刊》1928年第10號，原署名「豈明」。
149 周作人：〈麻醉禮贊〉，《益世報副刊》1929年第20期，原署名「豈明」。

目，認真去寫一篇文章，卻也未始不可，到那時候或者簡直說世間無
一不可言，也很可以罷」，「我在此刻還覺得有許多事不想說，或者不
好說，只可挑選一下再說，現在便姑且擇定了草木蟲魚……萬一講草
木蟲魚還有不行的時候，那麼這也不是沒有辦法，我們可以講講天氣
罷」，[150]一再宣稱「以後應當努力，用心寫好文章，莫管人家鳥事，
且談草木蟲魚，要緊要緊。」[151]他把這種處世作文的態度視為自知之
明，寫下〈知堂說〉並反覆引述道：「孔子曰，知之為知之，不知為
不知，是知也。荀子曰，言而當，知也；默而當，亦知也。此言甚
妙，以名吾堂。」[152]他認為：「現今的時代正是頹廢時代，總體分
裂，個體解放，自然應有獨創甚或偏至的文藝發生」，「這樣新文學必
須是非傳統的，絕不是向來文人的牢騷與風流的變相。換一句話說，
便是真正個人主義的文學才行」，「總之現代的新文學，第一重要的是
反抗傳統，與總體分離的個人主義的色彩」，因而「頹廢派」文學比
「革命文學」「或要占更大的勢力」[153]。他又辯稱：「現在中國情形又
似乎正是明季的樣子，手拿不動竹竿的文人只好避難到藝術世界裡
去，這原是無足怪的」。[154]上述言論較為曲折地透露了周作人在二十
世紀二十、三十年代之交的複雜心態，總的說來是看透了亂世的把
戲，認清了自我的處境，轉向超然獨善的個人主義，把藝術作為避難
所，從而把「志」去「道」化，把「志」自我化、閒適化和超然化，
將性靈小品認定為文學的正宗和現代散文的祖宗，也將自己一派的散
文小品抬高到「言志」正宗的地位上。他堅持認為「小品文是文學發
達的極致，他的興盛必須在王綱解紐的時代」，小品文是「個人的文

150 周作人：〈《草木蟲魚》小引〉，《駱駝草》1930年第23期，原署名「豈明」。

151 周作人：〈《苦茶隨筆》後記〉，《益世報》（天津版）1935年7月24日，原署名「知堂」。

152 周作人：〈知堂說〉，《知堂文集》（石家莊市：河北教育出版社，2002年），頁3。

153 周作人：〈新文學的二大潮流〉，《綺紅》第1卷第1期（1929年）。

154 周作人：〈《燕知草》跋〉，《新中華報副刊》1928年第10號，原署名「豈明」。

學之尖端」,「是近代文學的一個潮頭」[155]。這固然堅守著思想解放、個性解放與文體解放相統一的五四立場,但這樣的個性觀卻是他面對時代變幻妥協與避讓的產物,最終只能以「苟全性命於亂世」自嘲,以「知堂」自詡,以「平淡」「閒適」為個人生活與藝術追求的「理想」,「我的意見實實在在以我所知為基本,故自與他人不能苟同。至於文章自己承認未能寫得好,朋友們稱之曰平淡或閒適而賜以稱許或嘲罵,原是隨意,但都不很對,蓋不佞以為自己的文章的好處或不好處全不在此也」,「看自己的文章,假如這裡邊有一點好處,我想只可以說在於未能平淡閒適處,即其文字多是道德的。」[156]雖然他還很在意自己文章的「未能平淡閒適處」,但這樣的個性表現已無五四時代「談龍談虎」的銳氣鋒芒,誠如郁達夫所評說的:「近幾年來,一變而為枯澀蒼老,爐火純青,歸入古雅遒勁的一途了。」[157]緣於相似的處境和心態,周作人這一明哲保身、超然獨善的個人自由主義思想,吸引了一批追隨者,在散文創作和理論批評上引領著言志化、性靈化、趣味化的潮流。

二

　　周作人的散文言志論能夠引起廣泛的關注和影響,首先與他在當時文壇的重要地位有著密切關係;但也必須看到,聚集在他周圍的一批弟子對其散文理論的附和、闡發也是一個重要因素。事實上,無論在當時還是後來,文藝界談論周作人的散文言志論及其閒適、性靈、趣味等審美範疇時,也常涉及其弟子的散文個性觀念,並將他們與周

---

155 周作人:〈《近代散文抄》序〉,《苦雨齋序跋文》,頁127。

156 周作人:〈自己的文章〉,《西北風》1936年第10期。

157 郁達夫:〈導言〉《中國新文學大系‧散文二集》,《郁達夫全集》(廣州市:花城出版社,1983年),第6卷,頁272。

作人視為一個相對固定的群體加以觀照。這裡以俞平伯、廢名這兩位
與周作人關係密切的弟子的散文個性觀念為例，考察他們與周作人散
文言志論的互動共生關係。

　　在周作人所謂四大弟子中，交往最早的是俞平伯。據錢理群考
證，早在一九一九年十二月，他們在出席「新潮」社的會議上就有過
一面之緣，一九二〇年十月開始第一次通信，一九二二年初，他們就
新詩問題公開探討過，彼此之間的關係又進了一步。[158]而到了一九二
五年秋，俞平伯入教燕大，成為周作人的同事，此後的接觸當然更為
頻繁。但他們在散文上的交集，見諸於文字的，大概始於一九二三
年。一九四五年，周作人回憶道：「十一年夏天承胡適之先生的介
紹，叫我到燕京大學去教書，所擔任的是中國文學系的新文學
組。……那時教師只是我一個人，助教是許地山，到第二年才添了一
位講師，便是俞平伯[159]。……我最初的教案便是如此，從現代起手，
先講胡適之的〈建設的文學革命論〉，其次是俞平伯的〈西湖六月十
八夜〉。……接下去是金冬心的〈畫竹題記〉等，鄭板橋的題記和家
書數通，李笠翁的〈閒情偶寄〉抄，金聖歎的〈水滸傳序〉。明朝的
有張宗子、王季重、劉同人，以至李卓吾，不久隨即加入了三袁，及
倪元璐、譚友夏、李開先、屠隆、沈承、祁彪佳、陳繼儒諸人，這些
改變的前後年月現今也不大記得清楚了。大概在這三數年內，資料逐
漸收集，意見亦由假定而漸確實，後來因沈兼士先生招赴輔仁大學講
演，便約略說一過，也別無什麼新鮮意思，只是看出所謂新文學在中
國的土裡原有他的根，只要著力培養，自然會長出新芽來。」[160]由此

---

158 錢理群：《周作人論》（上海市：上海人民出版社，1991年），頁391-394。

159 據考證，俞平伯進入燕大並非是一九二三年，而是一九二五年。見高恆文的《周
　　作人與周門弟子》（鄭州市：大象出版社，2014年），頁86。

160 周作人：〈關於近代散文〉，《知堂乙酉文編》（石家莊市：河北教育出版社，2002
　　年），頁56-57。

可以推斷，燕京大學的授課是周作人將現代散文追溯到晚明小品這一
觀念的最初發端。而周作人在此將俞平伯的〈西湖六月十八夜〉納入
教學計劃，將其與明清散文並談，也意味著周作人與俞平伯在散文審
美趣味上的共鳴。這也是後來周、俞能夠在同一文學陣線上互相聲援
並成為師生的原因之一。一九二五年五月，俞平伯致信周作人，稱張
岱的《琅嬛文集》「行文非絕無毛病，然中絕無一俗筆；此明人丰姿
卓越處。」[161]而周作人在回信中則指出：「現今的散文小品並非五四
以後的新出產品，實在是『古已有之』，不過現今重新發達起來罷
了」，「現在的小文與宋明諸人之作在文字上固然有點不同，但風致實
是一致。」[162]很顯然，周作人後來一再宣揚的散文復興論就是這些論
斷的進一步發展，他後來追慕晚明小品及鼓吹言志、閒適、性靈等審
美範疇，實際上在此已呼之欲出。

　　在周作人散文言志論的建構過程中，許多重要觀點都是在為俞平
伯等弟子散文集所作的序跋文中提出來的。一九二六年，周作人在為
俞平伯點校的《陶庵夢憶》寫的序言中就明確指出，現在散文受外國
文學的影響最少，是文藝復興的產物，特別是明清有些名士派的文章
與現代散文在「思想上固然難免有若干距離」，但所表現出來的「對
於禮法的反動則又很有現代的氣息」。[163]在這裡，周作人還只是泛泛
而談地指出兩者在氣度上的相似，至於如何相似，他沒有進一步說
明。但兩年後，在為俞平伯的散文集《雜拌兒》作跋的時候，他顯然
找到了例證，將這一集子裡的文章與晚明散文勾連了起來。他先是指
出「平伯所寫的文章自具有一種獨特的風致」，然後結合自己此前提
出的「文藝復興」說，進一步宣揚公安派的散文是「真實的個性的表
現」，其「對於著作的態度」是一元的，與現代散文的寫作態度一

---

161 見《俞平伯全集》（石家莊市：花山文藝出版社，1997年），第9卷，頁207。

162 見《周作人書信》（石家莊市：河北教育出版社，2002年），頁86。

163 周作人：〈《陶庵夢憶》序〉，《語絲》1926年第110期，原署名「豈明」。

致，最終總結這是他「讀平伯的文章，常想起這些話來」。[164]這明顯是夫子自道。因為周作人此前自編的《雨天的書》、《澤瀉集》等散文集裡的文章很明顯已有晚明小品的「風致」，他卻不以己為例，現身說法，而是在為他人所作的跋文中借題發揮。這種話語策略跟他後來的「文抄公」做法具有異曲同工之妙。

接下來，他從現代散文中發現的許多與古代言志散文相近的審美範疇，也多是在為俞平伯等人所作的序跋文中提出來的，儘管時人多認為這些審美範疇更適合於周作人自己的散文。一九二八年，在〈《燕知草》跋〉一文中，他又指出，「我平常稱平伯為近來的一派新散文的代表，是最有文學意味的一種」，而這種「文學意味」並不是「純粹口語體」的細膩流麗，而是還必須有「澀味」和「簡單味」，即「以口語為基本，再加上歐化語，古文，方言等分子，雜揉調和」。他總結道：「平伯的文章便多有這些雅致，這又就是他近於明朝人的地方。」[165]然後又把話題引向非功利的文學觀以及現代散文與晚明小品在個性表現精神上的相似性。這看似老生常談，實際上是從審美趣味上豐富他的散文言志論，也是進一步彰顯自己的文學觀念和文化姿態。他借〈《雜拌兒之二》序〉提出散文的「氣味」，認為在「文詞與思想」之外，還應「添上一種氣味」，「氣味這個字彷彿有點曖昧而且神秘，其實不然。氣味是很實在的東西，譬如一個人身上羊膻味，大蒜氣，或者說是有點油滑氣，也都是大家所能辨別出來的。」在周作人看來，「氣味」之所以值得提倡，在於「盡各言爾志。我們生在這年頭兒，能夠於文字中去找到古今中外的人聽他言志，這實在已是一個快樂，原不該再去挑剔好醜。但是話雖如此，我們固然也要聽野老的話桑麻，市繪的說行市，然而友朋間氣味相投的閒話，上自

164 周作人：〈《雜拌兒》跋〉，《永日集》，頁75-77。
165 周作人：〈《燕知草》跋〉，《新中華報副刊》1928年第10號，原署名「豈明」。

生死興衰，下至蟲魚神鬼，無不可談，無不可聽，則其樂益大，而以此例彼，人境又復不能無所偏向耳。」又說俞平伯這一文集裡「文詞氣味的雅致」兼有「思想之美」，「以此為志，言志固佳，以此為道，載道亦復何礙。」[166]這又聯繫上了他的「言志」與「載道」之辨。

　　如上可見，周作人散文言志論裡的一些重要觀點多出現在他與俞平伯有關的文字交往中。從這一理論體系的提出到進一步完善成熟，上述序跋文可謂起到了穿針引線的作用。一九三五年，周作人在《中國新文學大系·散文一集》的〈導言〉中說道：「我對於新文學的散文之考察，陸續發表在序跋中間，所以只是斷片，但是意思大抵還是一貫，近十年中也不曾有多大的變更。」事實上，該文中周作人所引用的「序跋」，除去為沈啟無寫的〈《近代散文鈔》序〉，其他的都是為俞平伯寫的。箇中緣由，主要在於他與俞平伯散文觀念的相近及親密的師徒關係。

　　而在俞平伯這方面，他雖然沒有像周作人那樣鼓吹晚明小品，宣揚自我、閒適和性靈，但偶有關於散文的片言斷語卻顯示出他與周作人的同聲相應。早年的俞平伯也是「人的文學」的支持者。一九二二年三月三十一日，俞平伯在寫給周作人的信中說道：「我底大意，以為文學是人生底（of life），不是為人生（for life），文學不該為什麼，一無所為，便非文學了。這層意思，我與先生極表同情。」[167]然而俞平伯畢竟是一個具有家學淵源、舊學功底深厚、深受傳統文化影響的知識分子，在他身上具有一種揮之不去的士大夫氣質。這種經歷和氣質使他最終還是向著傳統審美旨趣靠攏，與周作人的散文言志論產生共鳴。一九二三年，他在重印清代沈復的《浮生六記》時道：「文章事業的圓成本有一個通例，就是『求之不必得，不求可自得』。這個

---

166 周作人：〈《雜拌兒之二》序〉，《苦雨齋序跋文》，頁120-121。

167 見《周作人俞平伯往來通信集》（上海市：上海譯文出版社，2013年），頁4。

通例，於小品文字的創作尤為顯明。我們莫妙於學行雲流水，莫妙於學春鳥秋蟲，固不是有所為，卻也未必就是無所為。這兩種說法同傷於武斷。古人論文每每標一『機』字，概念的詮表雖病含混，我卻賞其談言微中。陸機〈文賦〉說：『故徒撫空懷而自惋，吾未識夫開塞之所由。』這是絕妙的文思描寫。我們與一切外物相遇，不可著意，著意則滯；不可絕緣，絕緣則離。」[168]儘管在這裡俞平伯沒有否認文學與人生的關係，但顯然也沒否認傳統文學中「香象渡河」、「羚羊掛角」等可遇不可求的美學意境，至少不再單一強調文學的「有所為」。到了一九二五年初，俞平伯的文學觀念更有明顯變化：「我總信文學的力是有限制的，很有限制的，不論說它是描畫外物，或抒寫內心，或者在那邊表現內心映現中的外物，它這三種機能都不圓滿，故它非內心之影，非外物之影，亦非心物交錯之影，所僅有的只是薄薄的殘影。影的來源雖不外乎『心』『物』諸因子的醞釀；只是影子既這麼淡薄，差不多可以說影子是它自己的了。文學所投射的影子如此的朦朧，這是所謂游離；影子淡薄到了不類任何原形而幾自成一物，這是所謂獨在。」又進一步說：「若你們要我解釋那游離和獨在的光景……我只說創作的直接因是作者當時的欲念、情緒和技巧；間接因是心物錯綜著的、啟發創作欲的誘惑性外緣。」「我故認游離於獨在是文學的真實且主要的法相。」[169]這明顯與他此前的文學觀念大不相同。儘管不能說俞平伯此時的文學觀念受到了周作人的影響，但明顯與此一時期周作人所持的非功利的文學觀是一致的。所以才有上文所述的他去信與周作人探討張岱的《琅嬛文集》。

　　到了二十世紀三十年代，俞平伯與周作人的關係已相當密切，成為「苦雨齋」的座上賓。儘管他沒有像林語堂那樣亦步亦趨緊跟著周

---

168 俞平伯：〈重刊《浮生六記》序〉，《俞平伯全集》（石家莊市：花山文藝出版社，1997年），第2卷，頁98。

169 俞平伯：〈文學的游離與其獨在〉，《俞平伯全集》，第2卷，頁5、6、7。

作人的散文觀念，甚至很少專門談散文，但在為沈啟無的《近代散文鈔》所作的跋文中，我們仍然可以發現他對周作人散文言志論的深切認同。他認為小品文是「旁行斜出之文」，「都說著自己的話」，而「正統文豪」所作之文則「什麼都是，總不是自己」。又指出：「就文體上舉些例罷，最初的『楚辭』是屈宋說自己的話，漢以後的『楚辭』是打著屈宋的腔調來說話。魏晉以前的駢文，有時還說說自己的話的，以後的四六文呢，都是官樣文章了。韓柳倡為古文，本來想打倒四六文的濫調的，結果造出『桐城謬種』來，和『選學妖孽』配對。最好的例是八股，專為聖賢立言，一點不許瞎說，其實《論語》多半記載孔子的私房話。」這種兩兩分立的思維明顯可見出周作人在《中國新文學的源流》中關於「載道」與「言志」論說的影響。而談及當時的小品文創作，他也與周作人站在同一立場，指出小品文「在很古很古的年頭早已觸犯了天地君親師這五位大人，現在更加多了，恐怕正有得來呢。正統的種子，那裡會斷呢。……小品文的不幸，無異是中國文壇上的一種不幸，這似乎有點發誇大狂，且大有爭奪正統的嫌疑，然而沒有故意迴避的必要。因為事實總是如此的：把表現自我的作家作物壓下去，使它們成為旁岔伏流，同時卻把謹遵功令的抬起來，有了它們，身前則身名俱泰，身後則垂範後人，天下才智之士何去何從，還有問題嗎！中國文壇上的黯淡空氣，多半是從這裡來的。」[170]這實際上是在附和周作人，回擊左翼作家的批評，梳理他們的精神流脈，斥責他們在散文寫作上的政治化、功利化。這一不迴避「爭正統的嫌疑」，明顯有著門派意識。因此，俞平伯看似不熱心周作人的散文言志論，實卻以隱秘、迂迴的方式聲援著其師。此前的研究多側重於二者在散文創作上的師徒承繼關係，卻少有關注他們在散文理論上不動聲色的互動。而這種互動，其實也是他們閒適的文化姿

---

170 俞平伯：〈《近代散文鈔》跋〉，《俞平伯全集》，第2卷，頁252、253。

態在文學理論批評上的表現，這是一個可以繼續深入的話題。

廢名是周作人的另一入室弟子，周作人不但為他諸多作品集寫了序言，甚至還請他為自己的散文集《周作人散文鈔》作序，可見其與周作人的關係非同小可。不同於俞平伯，廢名多次立場鮮明地支持周作人所提出的散文言志論，對其師為人與為文有著深入的闡說。

周作人曾說自己身上住著「紳士鬼」和「流氓鬼」，廢名也是如此，而且早年的「流氓鬼」鋒芒畢露。年輕時候的廢名曾經幻想著做黃興那樣的辛亥革命英雄。[171]一九二五年，他在評價魯迅小說集《吶喊》中說道：「我崇拜『殺身成仁，捨生取義』的文天祥，我尤眷念那忠實地自白著『本圖宦達，不矜名節』的李密」，可見這一時期的廢名是一個激進的、有進取心的五四青年，所以魯迅的戰鬥精神才能得到他的共鳴：「魯迅先生近來時常講些『不乾淨』的話，我們看見的當然是他的乾淨的心」，「魯迅先生，你知道嗎？在這裡有一個人時常念你！」[172]他還表達了繼續五四思想革命的激情：「我覺得中國現在的情形非常可怕，而我所說的可怕，不在惡勢力，在我們智識階級自身！一般所謂學者們，在我看來，只是一群胖紳士，至於青年，則幾乎都是沒有辮子的文童！所以目下最要緊的，實在是要把腦筋還未凝固，血管還在發熱的少數人們聯合起來繼續從前《新青年》的工作。」[173]此後，在〈狗記者〉中對段祺瑞在「三·一八慘案」中槍殺請願民眾的激烈鞭撻，〈俄款與國立九校〉對教育部的聲討，〈共產黨的光榮〉對革命運動的支持，都說明廢名對現實焦點問題的熱切關注，具有積極入世和道義擔當的精神。當然，這一時期，他也很崇拜周作人。他也跟周作人一樣，開闢「自己的園地」，寫充滿牧歌情調

---

171 廢名：〈作戰〉，《京報副刊》1925年第373號，原署名「馮文炳」。

172 廢名：〈從牙齒念到鬍鬚〉，《京報副刊》1925年第357號，原署名「馮文炳」。

173 見廢名與徐炳的「通訊」，《猛進》1925年第4期。

的《竹林的故事》，並坦陳「我自己的園地，是由周先生的走來。」[174]
一九二五年十二月，當周作人與「現代評論派」論爭的時候，他在
〈「偏見」〉一文中明確表達對周作人的支持：「凡為周作人先生所恭
維的一切都是行，反之，凡為他所斥駁的一切都是不行。」[175]這或許
就是廢名「紳士鬼」的一面。儘管周作人此時已在默默耕耘「自己的
園地」，其思想中的「紳士鬼」逐漸走向前臺，且與魯迅基本形同陌
路，但在堅持「社會批評」和「文明批評」的上，他們基本上還是在
同一陣線，這也是廢名能夠同時成為周氏兄弟戰友的緣由。但無論如
何，這一時期廢名思想中的「雙頭政治」明顯與周作人更加靠近，這
也是他們日後能夠成為穩固的亦師亦友的關係之所在。

　　一九二六年以後，隨著新文學中心的南移，文人、學者們紛紛南
下，但周作人和他的幾個學生仍堅守在故都，廢名和周作人的交往也
因此更加密切。這種密切交往的結果，廢名自然是隨著對周作人理解
的深入而日漸向後者的思想及其人生選擇靠攏。[176]特別是一九二七
年，張作霖下令解散北大，改組京師大學堂，廢名憤而退學，卜居西
山，基本是在實踐周作人所指出的隱逸根本上就是反抗的觀點。這前
後發生的事情明顯引起了他思想觀念的變化。一九二七年，他在〈忘
了的日記〉中寫道：「昨天讀了《語絲》八十七期魯迅的〈馬上支日
記〉，實在覺得他笑得苦。尤其使得我苦而痛的，我日來所寫的都是
太平天下的故事，而他玩笑似的赤著腳在這荊棘道上踏。又莫明其妙
的這樣想：倘若他槍斃了，我一定去看護他的屍首而槍斃。」又說：
「有些事我還不敢寫出來，『不潔淨』的事，彷彿覺得寫出來不大
美，但我自己知道，而且可憐我，這是我做過的。我也原恕我這個不

---

174 廢名：〈序〉《竹林的故事》（北京市：北新書局，1925年），頁1。

175 廢名：〈「偏見」〉，《廢名集》（北京市：北京大學出版社，2009年），第3卷，頁1177。

176 高恆文：《周作人與周門弟子》，頁120。

寫出來的心情。」[177]在閃爍其詞中，相對於此前的激進姿態，其思想
明顯有了變化。因此，對於此前自己的所作所為，他已有了一種憶夢
般的隔膜和離散：「我當初的天地是很狹隘的，在這狹隘的一角卻似
乎比現在看得深。那樣勤苦的讀人家的作品的歡喜，自己勤苦的創作
的歡喜，現在覺得是想像不到的事了。但我現在依然有我的歡喜，此
時要我進獻於人，我還是高興進獻我現在的歡喜。不過我怕敢斷
定──斷定我是進步了。我曾經為了《吶喊》寫了一篇小文，現在我
幾乎害怕想到這篇小文，因為他是那樣的不確實。我曾經以為他是怎
樣的確實呵，以自己的夢去說人家的夢。」「著作者當他動筆的時
候，是不能料想到他將成功一個什麼。字與字，句與句，互相生長，
有如夢之不可捉摸。然而一個人只能做他自己的夢，所以雖是無心，
而是有因。結果，我們面著他，不免是夢夢。但依然是真實。」[178]當
然，這種變化，與其師周作人一樣，也是一種面對險惡環境的無奈退
卻。他的「說夢」本質上也還是「苦而痛」，在淡然中流露出的是未
必淡然的現實處境及焦慮與憂憤，與周作人的「閒適」一樣只是裝飾
內心不安的托詞和逃避現實的藉口。或許這些還不夠足以說明廢名在
二十年代中後期如何走向周作人的世界，及至一九三〇年他為《駱駝
草》撰寫發刊詞，他已經以一個保守主義者的面目示人：「我們開張
這個刊物，倒也沒有什麼新的旗鼓可以整得起來，反正一晌都是於有
閑之暇，多少做點事兒，現在有這一張紙，七天一回，更不容偷懶罷
了。不談國事。既然立志做『秀才』，談幹什麼呢？此刻現在，或者
這個『不』也不蒙允許的，那也就沒有法兒了。……文藝方面，思想
方面，或而至於講閒話，玩古董，都是料不到的，笑罵由你笑罵，好
文章我自為之，不好亦知其醜，如斯而已，如斯而已。」[179]這樣的論

---

177 廢名：〈忘了的日記〉，《語絲》1927年第128期。

178 廢名：〈說夢〉，《語絲》1927年第133期。

179 見《駱駝草》1930年第1期。

調，已看不到幾年前那種「聯合起來繼續從事《新青年》的工作」的
峻急姿態，而是與周作人的「閉戶讀書」、專談「草木蟲魚」的觀念
如出一轍。或者說，從這個時候開始，廢名的「紳士鬼」徹底追上了
周作人，師徒從此攜手共進退。

　　正是在這一點上，當周作人在三十年代從歷史循環論的角度闡發
新文學及現代散文的源流的時候，廢名就認為「豈明先生一向所取的
一個歷史態度是科學態度，一切都是事實」[180]。他指出中國文學從古
至今是一脈相承的，不能像胡適那樣認為一個時代有一個時代之文
學，從而把各個時代的文學截斷了來看：「豈明先生到了今日認定民
國的文學革命是一個文藝復興，即是四百年前公安派新文學運動的復
興，我以為這是事實，本來在文學發達的途程上復興就是一種革命。
有人或者要問，新文學運動明明是受了歐洲文學的鼓動，何以說是明
朝新文學運動的復興呢？我可以拿一個比喻來回答，在某一地勢之下
才有某一條河流，而這河流可以在某種障礙之下成為伏流，而又可以
因開浚而興再流之勢，中國文學發達的歷史好比一條河，它必然的隨
時流成一種樣子，隨時可以受到障礙，八股算得它的障礙，雖然這個
障礙也正與漢文有其因果，西方思想給了我們撥去障礙之功，我們只
受了他的一個『煙士披裡純』，若我們要找來源還得從這一條河流本
身上去找，我們的新文學運動正好上承公安派的新文學運動，由他們
的文體再一變化自然的要走到我們今日的『國語的文學』，這是一個
必然的趨勢，我們自己就不意識著，它也必然的漸漸在那裡形成，至
於公安派人物當時鼓吹文學運動的思想與言論是怎樣的與我們今日的
新文學運動者完全一致，在這裡我還可以不提，我只是就文學變化上
一個必然性來說。我還補說一句，中國的近代文學必然的是在散文方
面發達，詩則因發達之極致而走入窮途，因了散文的發達，必然的擴

---

180 廢名：〈《周作人散文鈔》序〉，《廢名集》，頁1276。

充到口語。」[181]儘管廢名並沒有像周作人那樣對中國文學史的變遷作出全面的梳理，而只是述說公安派與新文學及散文的內在承襲關係，但在立論的角度、思維上卻與周作人的觀點基本一致，甚至「中國文學發達的歷史好比一條河」這樣的比喻也脫胎於周作人那裡。而且，他還洞見周作人不厭其煩地談論散文言志的品格，是因為「普羅文學運動鬧得煞有介事的時候，一般人都彷彿一個新的東西來了，倉皇失措，豈明先生卻承認它是載道派」[182]。這相比當時學界對周作人盲目地推崇或批判，顯然有著更為清醒、深刻的認知。

但必須指出的是，廢名對晚明散文其實並沒有多大興趣，他並沒有像周作人、俞平伯、林語堂那樣有專門論述晚明小品的文章；他談及晚明文學，或許跟周作人一樣，只是借其反載道的姿態來為現代文學／散文的「言志」精神正名。相反，他把現代散文的源流追溯至六朝詩文。他曾說：「中國文章，以六朝人文章最不可及。」「六朝文是亂寫的，所謂生香真色人難學也。」[183]因此，他常常以六朝文人文章的氣度評價師友及其文章。在為好友梁遇春的小品文集《淚與笑》作序時，他不無別出心裁地指出：「我說秋心的散文是我們新文學當中的六朝文，這是一個自然的生長，我們所欣羨不來學不來的，在他寫給朋友的書簡裡，或者更見他的特色，玲瓏多態，繁華足媚，其蕪雜亦相當，其深厚也正是六朝文章所特有，秋心年齡尚青，所以容易有喜巧之處，幼稚亦自所不免」[184]。如此溯源是偏見還是洞見，這是一個見仁見智的問題，但在他諸多談及六朝文與人的文章中，還有一個目的，那就是回應其師周作人的散文言志論。

在〈知堂先生〉一文中，他評價周作人時道：「我們從知堂先生

---

181 廢名：〈《周作人散文鈔》序〉，《廢名集》，頁1277-1278。
182 廢名：〈《周作人散文鈔》序〉，《廢名集》，頁1279。
183 廢名：〈三竿兩竿〉，《廢名集》，第3卷，頁1355。
184 廢名：〈秋心遺著序〉，《現代》第2卷第5期（1933年）。

可以學得一些道理，日常生活之間我們卻學不到他的那個藝術的態度。……『漸近自然』四個字大約能以形容知堂先生，然而這裡一點神秘沒有，他好像拿了一本《自然教科書》做參考。……我常常從知堂先生的一聲不響之中，不知不覺的想起了這許多事……知堂先生之修身齊家，直是以自然為懷，雖欲讚嘆之而不可得也。」所謂的「漸近自然」，是指廢名認為周作人身上有溫良恭儉的氣度：「我們常不免是抒情的，知堂先生總是合禮，這個態度在以前我尚不懂得。十年以來，他寫給我輩的信札，從未有一句教訓的調子，未有一句情熱的話」。緊接著，他又指出周作人散文也有「漸近自然」的境界：「知堂先生待人接物，同他平常作文的習慣，一樣的令我感興趣，他作文向來不打稿子，一遍寫起來了，看一看有錯字沒有，便不再看，算是完卷，因為據他說起稿便不免於重抄，重抄便覺得多無是處，想修改也修改不好，不如一遍寫起倒也算了。他對於自己是這樣的寬容，對於自己外的一切都是這樣的寬容，但這其間的威儀呢，恐怕一點也叫人感覺不到，反而感覺到他的謙虛。然而文章畢竟是天下之事，中國現代的散文，待開始以迄現在，據好些人的閒談，知堂先生是最能耐讀的了。」[185]在這段常為人摘引的文字中，以往的研究者多只看到廢名對周作人散文「隨性自然」的讚賞，而沒有注意到廢名同時還在回應周作人的散文理論。有論者指出，「漸近自然」一詞出典於陶淵明〈晉故征西大將軍長史孟府君〉[186]，廢名在此將周作人比作他所傾心的陶淵明，以示敬仰之情，正如他在〈關於派別〉中所說的：「知堂先生的散文行於今世，其『派別』也只好說是孤立，與陶詩是一個相似的情形」[187]。儘管這一類比有些誇大，但也不是沒有道理，因為周作人自己也很推崇陶淵明：「古代文人中我最喜諸葛孔明與陶淵明」，

185　廢名：〈知堂先生〉，《人間世》1934年第13期。
186　高恆文：《周作人與周門弟子》，頁153。
187　廢名：〈關於派別〉，《人間世》1935年第26期。

因為他們「一個還要為，一個不想再為」[188]。在周作人看來，陶淵明當然屬「不想再為」，他意在借此向世人說明，他之所以大談閒適、言志，就在於他有諸葛亮「還要為」之志，卻最終只落得個陶淵明的「不想再為」的結局。陶淵明〈擬挽歌辭〉之三云：「向來相送人，各自還其家，親戚或餘悲，他人亦已歌。」周作人認為「這樣的死人的態度真可以說是閒適極了」，因為生死人之常情，是無法改變的事情，「唯其無奈何所以也就不必多自擾擾，只以婉而趣的態度對付之」。[189]於是他借陶淵明的隱居夫子自道：「中國的隱逸都是社會或政治的，他有一肚子理想，卻看得社會渾濁無可實施，便只安分去做個農工，不再來多管」[190]。顯然，周作人意在說明，他對中國的社會或政治已徹底絕望，「閒適」只是他「無奈何」的一種選擇，而且他已將其當作自己安身立命之所在，「安分去做」，「不再來多管」。這不是消極，只是認為空言無補於事，故少說話甚至不說話，一切順其自然，以平和沖淡的態度處之。對於這一點，曹聚仁說道：「朱晦庵謂『隱者多是帶性負氣之人』，陶淵明淡然物外，而所嚮往的是田子泰、荊軻一流人物，心頭的火雖在冷灰底下，仍是炎炎燃燒著。周先生自新文學運動前線退而在苦雨齋談狐說鬼，其果厭世冷觀了嗎？想必炎炎之火仍在冷灰底下燃燒著。」[191]曹聚仁的這一結論看似來自周作人的自白，但其實並未切中周作人「隱逸」及「閒適」的意旨。我們更傾向於認同這種觀點：周作人關於「隱逸」的說法，和朱熹所謂的「隱者多是帶性負氣之人」，是不大一樣的。朱熹看重的是「多是帶性負氣之人」的「多是」之中那一部分「隱者」，他們的「心頭的火」還在燃燒著。而周作人雖也看到「隱者」曾經「有一肚子理

188　周作人：〈論語小記〉，《水星》第1卷第4期（1935年），原署名「知堂」。

189　周作人：〈自己的文章〉，《西北風》1936年第10期。

190　周作人：〈論語小記〉，《水星》第1卷第4期（1935年），原署名「知堂」。

191　曹聚仁：〈周作人先生的自壽詩——從孔融到陶淵明的路〉，《申報》1934年4月24日。

想」，但他更強調「隱者」在「隱逸」之後「便只安分去做個農工，不再來多管」。既然「安分」，自然就不再是「帶性負氣之人」，也就沒有炎炎之火，而是如陶淵明或者廢名所說的「漸近自然」了。[192]周作人能夠將陶淵明引為知音，恐怕也在於此。而正是在這方面，廢名與周作人同氣相求，他不滿於別人把周作人當成一個「帶性負氣」的隱者。在〈關於派別〉一文中，他站出來為周作人辯解道：「今之人每每說知堂先生是隱逸，因之舉出陶淵明來，連陶淵明一齊抹殺，據我的意見陶淵明其實已不是隱逸，已如上述，夫隱逸者應是此人他能做的事情而他不做，如自己會導河，而躲在沙灘上釣魚，或者跑到城裡來售買黃災獎券，再不然就是此人消極，自己固然不吃飯去求長生不老，而讓小孩子也在家裡餓死，縱然大家不責備這些人，這些人亦自可恥矣。」言下之意，周作人的「言志」和「閒適」並非負氣的逆反行為或者是消極對待人生，乃是一種源自於他的「漸近自然」，所以他才說：「我是愛好知堂先生心境的和平」[193]。先不論廢名的這一辯解是否符合事實，但在當時，至少在某種程度上契合了周作人所願見之於他人的意願。或者說，師徒兩人在為散文言志論的辯護上達成了某種默契。所以，針對上述廢名為周作人的辯解，林語堂在為該文發表時所寫的跋語中道：「知人論世，本來不易，識得知堂先生面目更非私淑先生而心地湛然者莫辦，廢名可謂識先生矣。」[194]

周作人弟子眾多，附和周作人散文言志論的不止俞平伯和廢名兩人，但他們要麼只是重複周作人的觀點，要麼偶有提及，構不成與言志論的對話和發揮，因此本節只選取俞平伯和廢名二人涉及周作人及其散文理論的相關言說，考察言志論「個性」說在周作人及其弟子之間的對話與互動。當然，正如前文所述，散文的言志觀念在周作人那

192　高恆文：《周作人與周門弟子》，頁159。

193　廢名：〈關於派別〉，《人間世》1935年第26期。

194　見《人間世》1935年第26期。

裡只是一種姿態，而大肆鼓吹散文言志論的也並非周門弟子，而是以
林語堂為首的「論語派」同人。正是在林語堂及其追隨者那裡，現代
散文言志論「個性」說的內涵建設才全面展開。

三

　　林語堂在二十世紀二十年代末「由草澤而逃入大荒」，「在大荒中
孤遊」之後，[195]先後創辦了《論語》、《人間世》、《宇宙風》等刊物，
提倡幽默閒適小品，在附和周作人散文言志論的同時又對其作了進一
步的發揮。

　　如前文所述，林語堂對於周作人言志論的認同在於「言志」之
「筆調」，而非「言志」之「內容」，重在「言志」的表現方式而非表
現對象。林語堂所謂的「筆調」是指一種極具個人性的言說方式，為
他眼中的小品散文所特有的，即他一直所強調的「個人筆調」。關於
「個人筆調」，林語堂所談甚多，不僅駁雜，甚至有前後矛盾之處，
但大體不外乎追求散文個性表現的自主性和自由性，追求一種在「意
中著想」而非在「文中著想」的境界[196]。此種筆調「係主觀的，個人
的，所言係個人感思」，「凡此種小品文，可以說理，可以抒情，可以
描繪人物，可以評論時事，凡方寸中一種心境，一點佳意，一股牢
騷，一把幽情，皆可聽其由筆端流露出來」。[197]很顯然，題材處理輕
鬆閒散，無論說理議論抒情皆不莊嚴、不拘泥、不端架子，這是「個
人筆調」的要義。林語堂甚至想把「個人筆調」推廣到更大的範圍裡
去使用：「此種筆調已侵入社會及通常時論範圍，尺牘，演講，日
記，更無論矣。除政社宣言，商人合同，及科學考據論文之外，幾無

---

195 林語堂：〈《大荒集》序〉，見《大荒集》（北京市：生活書店，1934年），頁1、2。
196 林語堂：〈說個人筆調〉，《新語林》1934年第1期，原署名「語堂」。
197 林語堂：〈論小品文筆調〉，《人間世》1934年第6期，原署名「語堂」。

不夾入個人筆調，而凡是稱為『文學』之作品，亦大都用個人娓語筆調。故可謂個人筆調，即係西洋現代文學之散文筆調。」[198]如果林語堂僅僅是將「個人筆調」視為散文創作的一個基本原則，那麼這一概念範疇的提出，不過是在重複五四時期文藝界關於「美文」、「絮語散文」等審美規範的言說，並無多大特色，無非是反傳統桎梏，追求個性表現的自主自由，如此一來，他圍繞這一概念所建構的一套散文個性表現理論也不失為中規中矩，亦不會在當時招致那麼多的非議。然而，林語堂卻站在自由主義的文化立場，將古今中外諸多抒情言志理論勾連起來，納入「個人筆調」的審美範疇裡，這雖然進一步推進了五四以來反道統和反文統的新文學建設，但其將「個人筆調」定於一尊而忽略散文個性表現其他面向的做法，顯然多了一份工具性的期許，所謂的個性表現也就免不了是偏狹的。

　　具體來看，林語堂主張小品文應「以自我為中心，以閒適為格調」，但這裡的「自我」卻不能等同於五四時期健全的自我表現，而是他在融通了西方表現主義和中國傳統性靈學說的基礎上調配出來的另一種「自我」。一九二九年，林語堂出版譯文集《新的文評》一書，內有意大利表現主義美學家克羅齊的《美學：表現的科學》的節譯，他在序言中介紹表現主義的文藝觀：「Spingarn 所代表的是表現主義的批評，就文論文，不加以任何外來的標準紀律，也不拿他與性質宗旨作者目的及發生時地皆不同的他種藝術作品作評衡的比較。這是根本承認各作品有活的個性，只問他對於自身所要表現的目的達否，其餘盡與藝術之瞭解無關。藝術只是在某時某地某作家具某種藝術宗旨的一種心境的表現」，「『表現』二字之所以能超過一切主觀見解，而成為純粹美學的理論，就是因為表現派攫住文學創造的神秘，認為一種純屬美學上的程序，且就文論文，就作文論作文，以作者的

---

198 林語堂：〈論小品文筆調〉，《人間世》1934年第6期，原署名「語堂」。

境地命意及表現的成功為唯一美惡的標準，除表現本性之成功，無所
謂美，除表現之失敗，無所謂惡；且認任何作品，為單純的藝術的創
造動作，不但與道德功用無關，且與前後古今同體裁的作品無涉」，
「表現派所以能打破一切桎梏，推翻一切典型，因為表現派認為文章
（及一切美術作品）不能脫離個性，只是個性自然不可抑制的表現，
個性既然不能強同，千古不易的抽象典型，也就無從成立」，「我們須
明白一切的作品，是由個性表現出來的，少了個性千變萬化的衝動，
是不會有美術的，這千變萬化的個性的衝動，是無從納入什麼正宗軌
範，及無從在美學上（非實際上）分門別類的。」[199]事實上，表現主
義在西方從來不是一個完全統一的流派，其成員的哲學觀點和審美理
念之間存在著很大的差異。個性表現只是某些成員的審美訴求，有些
成員甚至是反個性表現的。林語堂在此將表現主義等同於個性表現，
明顯是一種誤讀或曲解，有急於為其散文「個性」說提供理論支撐的
意圖。在〈論文〉、〈論小品文筆調〉、〈論個人筆調〉等系列論及散文
個性觀念的文章中，儘管林語堂以極具個人化的語言對散文的個性
與自我表現之關係作了深入淺出的論述，但我們仍可清晰見到內置
於其中的表現主義思維。比如，在〈論文〉中，他把散文寫作比成是
十月懷胎，好的散文都是個性不可抑制的衝動表現：「文人作文，如
婦人育子，必先受精，懷胎十月，至肚中劇痛，忍無可忍，然後出
之。」[200]立足於文學的自律性，從散文內部來闡發個性表現精神，這
明顯是脫胎於林氏所改造過的表現主義理論。這也在提示我們，林語
堂在各種場合提到個性或個人主義的時候，雖然並不一定同時提及表
現主義，但他是將後者默認為前者的思想基礎的一部分。因此下文論
及林語堂「個性」說的西方資源，也是基於此一邏輯展開。

---

199 林語堂：〈《新的文評》序言〉，《語絲》第5卷第30期（1929年）。
200 林語堂：〈論文〉（下），《論語》1933年第28期，原署名「語堂」。

　　另一方面，林語堂又追隨周作人，賦予散文個性表現以「性靈」意涵，力圖將傳統的「性靈」學說與西方的表現主義個性論融為一起。當沈啟無在周作人影響下編選的公安竟陵派散文集《近代散文鈔》出版後，林語堂給予了很高的評價，並將公安竟陵諸家稱為「性靈派」，並指出：「我們在這集中，於清新可喜的遊記外，發現了最豐富、最精彩的文學理論，最能見到文學創作的中心問題。又證之以西方表現派文評，真如異曲同工，不覺驚喜。大凡此派主性靈，就是西方歌德以下近代文學普通立場；性靈派之排斥學古，正也如西方浪漫文學之反對新古典主義；性靈派以個人性靈為立場，也如一切近代文學之個人主義。」[201]這就明確把「性靈」界定為作家自我的個性表現，同時又把它與西方個人主義聯結起來。但對於何為「性靈」，「性靈」的內涵和外延是什麼，林語堂並沒有給出具體的答案，甚至為其塗上了一層神秘主義的色彩，認為「性靈之為物，惟我知之，生我之父母不知，同床之妻亦不知。」賦予「性靈」獨一無二、與人無關乃至神秘莫測的品性，林語堂的「個性」說顯然比周作人的更加極端和隨意，而內在理路的脆弱和紊亂，未嘗不是導致他這一套理論話語迅速引來各界批判並在三十年代中期以後逐漸被拋棄的重要因素。

　　與周作人一樣，林語堂這一聯結著西方表現主義和傳統性靈理論的散文「言志論」，帶有鮮明的自由主義色彩和超然意趣，無論林語堂如何為之辯解，它根本上還是一種明哲保身的個人主義哲學。其中，首先值得注意的是他的散文閒適觀。「閒適」可謂是林語堂散文個性理論的核心範疇，即他所說的小品文寫作應以「以自我為中心，以閒適為格調」。換言之，林語堂所說的「自我」與「個性」是以「閒適」為主要內涵的。自十八世紀末至十九世紀初，隨著浪漫主義的勃興，古典莊嚴的禮儀傳統和道德律令日漸消散，追求閒適不再被

---

201 林語堂：〈論文〉，《論語》1933年第15期，原署名「語堂」。

看作是不道德的行為，人們的日常生活日趨休閒化。此種社會風氣影響到文學寫作，便有閒適格調應運而生。正如鶴見輔所說的：「沒有閒談的世間，是難住的世間；不知閒談之可貴的社會，是局促的社會。而不知道尊重閒談的妙手的國民，是不在文化發達的路上的國民。」[202]林語堂的閒適筆調論也源於他對西方文體的體認和把握上：

> 惟另有一分法，即以筆調為主，如西人在散文中所分小品文（Familiar Essay）與學理文（Treatise）是也。古人亦有「文」「筆」之分，然實與此不同。大體上，小品文閒適，學理文莊嚴；小品文不妨夾入遐想及常談瑣碎，學理文則為體裁所限，不敢越雷池一步。此中分別，在中文可謂之「言志派」與「載道派」，亦可謂之「赤也派」與「點也派」。言志文係主觀的，個人的，所謂係個人思感，載道文係客觀的，非個人的，所述係「天經地義」。故西人稱小品筆調為「個人筆調」（Personal style），又稱之為 Familiar Essay。後者頗不易譯，余前譯為「閒適筆調」，約略得之，亦可譯為「閒談體」，「娓語體」。蓋此種文字，認讀者為「親愛的」（familiar）故交，作文時略如良朋話舊，私房娓語。此種筆調，筆墨上極輕鬆，真情易於吐露，或者談得暢快忘形，出辭乖戾，達到如西文所謂「衣不鈕扣之心境」（Unbuttoned moods）。[203]

由上可知，林語堂在解釋「個人筆調」時雖然有些夾纏不清，但「閒」或者「閒適」最為其所重。無論是「下筆隨意」，還是內容「不妨夾入遐想及常談瑣碎」，還是作文態度「衣不鈕扣之心境」等

---

202 鶴見祐輔著，魯迅譯：《閒談》，《魯迅全集》（北京市：人民文學出版社，1973年），第13卷，頁572。

203 林語堂：〈論小品文筆調〉，《人間世》1934年第6期，原署名「語堂」。

等，都能說明他確實能從英文「Familiar Essay」獲得個性表現的真髓神韻，是方家的眼光和識見。而且，這些概括不僅談到外在的筆調，還觸及文學的本體，指認小品文具有個人、言志、自由、非正式的閒適屬性，這就把新老「八股」的載道散文乃至以培根、瓊生等為代表的西方莊重、嚴肅的隨筆（Formal Essay）都排斥在外。應該說，閒適作為現代知識分子的一種言說方式，對於打破載道文學的桎梏，解放個性表現不無意義，就此而言，提倡「閒適」筆調無可厚非。對於左翼文壇的批判，林語堂也辯解道：「閒適筆調便是娓語筆調，著重筆調之親切自在。左派看定『閒適』二字定其消閒之罪，猶四川軍閥認〈馬氏文通〉為馬克思遺著。」[204]而且，林語堂推崇個人性、娓語性的小品文閒適筆調，不僅僅在於提倡一種新的散文話語方式，還有為此提升整個白話文學文體藝術的深遠考慮，他堅信「談話（娓語）筆調可以發展而未發展之前途甚為遠大，並且衷心相信，將來有一天中國文體必比今日通行文較近談話意味，以此筆調可以寫傳記，述軼事，撰社論，作自傳，此則專在當代散文家有此眼光者之努力。」[205]或許當時的批評者囿於時事，浮躁於事功，未必都能看清這一點。但從當下的眼光來看，林語堂的努力不無益處和必要，至少二十世紀九十年代以來他和周作人、梁實秋等人閒適小品的藝術價值能夠得到重估並受到追捧就是最有力的證明。因此，無論在當時還是現在，關於「閒適」筆調的論爭其實涉及到的是對其社會價值與藝術價值評價的分歧。

幽默也是林語堂「個人筆調」下的一個審美範疇。幽默本來指的是一種生活態度和社交藝術，但在林語堂最初的介紹裡，首先突出的是它對於寫作方式的革新意義。一九二四年五、六月間，林語堂相繼

---

204 林語堂：〈煙屑〉（五），《宇宙風》1935年第7期，原署名「語堂」。
205 林語堂：〈與又文先生論《逸經》〉，《逸經》1936年第1期，原署名「語堂」。

發表〈徵譯散文並提倡「幽默」〉和〈幽默雜話〉兩文，開始提倡
「幽默」藝術及「幽默」筆調的散文。他認為中國舊文學是禮教束縛
下的「板面孔文學」，一旦扯下面孔便失去了「身格的尊嚴」，所以總
是以莊重、嚴正的筆調喋喋不休地述說著仁義道德或「天經地義」的
道理，令人有寒氣逼人之感。新文學雖然去除了道學氣，但因其帶有
啟蒙的功能，作家往往站在「廣場上」呼喚民眾，傳播真理，習慣了
充當大眾導師的角色，文章寫著寫著就要憂國憂民，臉孔也不由自主
地「板」起來了，行文中「板面孔」訓話式的筆調也就並不鮮見。於
是，他開出了「幽默」這一藥方，試圖通過寓莊於諧，打破莊諧界
限，以「會心的微笑」，變訓話式筆調為談話式筆調。他批評陳獨秀
的文章「大肆其銳利之筆鋒痛詆幾個老先生們，從一方面看起來，我
也以為是他欠幽默。我們只須笑，何必焦急？」傾向的是「以堂堂北
大教授周先生來替社會開點雅致的玩笑。」[206]顯然，林語堂提出「幽
默」，主要出於對五四啟蒙文學話語方式的反思，而這也是後來革命
文學運動和大眾文學運動所要解決的問題。但殊途可否同歸？「幽
默」散文在那個時代是否行得通？這還是要回到閱讀接受的問題上
來。一九三二年起，林語堂創辦《論語》雜誌，以「幽默」文學相號
召。在解釋《論語》創刊的「緣起」中，林語堂提出了《論語》要以
「提倡幽默為目標，而雜以諧謔」，「在中國已有各種嚴肅大雜誌之
外，加一種不甚嚴肅之小刊物，調劑調劑空氣而已。」在林語堂看
來：「中國新文化雖經提倡，卻未經過幾十年浪漫潮流之陶煉。人之
心靈仍是苦悶，人之思想仍是乾燥。」因此，他才出來提倡幽默小
品：「倘使我提倡幽默提倡小品，而竟出意外，提倡有效，又竟出意
外，在中國哼哼唧唧派及杭唷杭唷派之文學外，又加一幽默派，小品

---

206 林語堂：〈徵譯散文並提倡「幽默」〉，《晨報副刊》1924年5月23日，原署名「林玉
　　堂」。

派，而間接增加中國文學內容體裁或格調上之豐富，甚至增加中國人心靈生活上之豐富，使接近西方文化，雖然自身不免詫異，如洋博士被人認為西洋文學專家一樣，也可聽天由命去吧。」[207]可見，林語堂創辦《論語》，仍不離多年前〈徵譯散文並提倡「幽默」〉中的宗旨，就是要給當時單調、枯燥的文壇吹進一股輕鬆、閒適、幽默的風氣，為日益走向僵化、狹隘的散文創作注入新鮮的血液，在嚴肅、壓抑的言論界開闢一塊自由無拘、可談天說地的園地。不同的是，林語堂此時已告別「語絲」時代，「從前那種勇氣……現在實在良心上不敢再有同樣的主張。」[208]「幽默」也因此與性靈、閒適融為一爐：「提倡幽默，必先提倡解脫性靈，蓋欲由性靈之解脫，由道理之參透，而求得幽默也」[209]，「幽默只是一種從容不迫達觀態度」，「有了超脫派，幽默自然出現」，「欲求幽默，必先有深遠之心境，而帶一點我佛慈悲之念頭，然後文章火氣不太盛，讀者得淡然之味。幽默只是一位冷靜超遠的旁觀者，常於笑中帶淚，淚中帶笑」，「最上乘的幽默，自然是表示『心靈的光輝與智慧的豐富』，如麥烈蒂斯氏所說，是屬於『會心的微笑』一類的」，「不過中國人未明幽默之義，認為幽默必是諷刺，故特表明閒適的幽默，以示其範圍而已。」[210]要達到內涵如此駁雜而又高蹈的「幽默」境界已非易事，要想通過它革新現代白話散文的寫作方式更是令人懷疑。此外，當時的文壇是否如林語堂所說充滿了苦悶、枯燥和道學氣，這也是值得疑問的。左翼作家的文章固然有模式化和功利化的傾向，但這畢竟不是主流，何況魯迅、茅盾、郭沫若等老作家和阿英、徐懋庸、唐弢等青年作家的散文小品皆有較高的思想性和藝術價值，「幽默」並非如此重要，甚至不需要「幽默」。

---

207 林語堂：〈方巾氣研究〉（二），《申報》1934年4月30日。
208 林語堂：〈《剪拂集》序〉，《語絲》第4卷第41期（1928年），原署名「語堂」。
209 林語堂：〈論文〉（下），《論語》1933年第28期，原署名「語堂」。
210 林語堂：〈論幽默〉，《論語》1934年第33期，原署名「語堂」。

　　林語堂的「個人筆調」，當然適宜於「獨抒性靈」，但並不能真正做到「不拘格套」，因為他劃出了「以自我為中心，以閒適為格調」的界限，而「自我」的層次和維度是如此地豐富，「閒適」又非輕易獲得，「他底『自我』是上接著封建才人底『自我』，他底『閒適』是多少和莊園生活底『閒遊』保有相通的血統的。」[211] 換言之，林語堂所鼓吹的「個人筆調」不能等同於個性表現的自在性和自由性，他將「個人筆調」與性靈和表現主義相勾連，追尋閒適、幽默等審美情趣，實際上只能代表部分「論語派」同人的散文個性理論，何況還有迴避現實、「化屠夫的凶殘為一笑」的消極影響。

　　這就涉及到另一個問題，那就是受不同的思想文化背景和文學理想的影響，同為提倡散文的自我言志，林語堂和周作人的出發點和落腳點並不盡一致。

　　對於周作人來說，他主要是借個人言志和非功利審美在散文領域裡尋求一塊精神的庇護所。五四落潮以後，部分知識分子對現實和人生都有一種無奈的幻滅感，伴隨著悲哀和失望的情緒，他們的人格立場開始由「英雄」向「平民」回歸，思想上逐漸由宏觀的人文關懷轉向關注個人自我。周作人於此表現得尤為突出，他知道空喊革命是無益的，開始反省「人的文學」及「平民文學」中所蘊藏的功利因素，倡揚散文的言志和自我，走進十字街頭的塔裡裝聾作啞、喝喝苦茶。在〈十字街頭的塔〉中，周作人說道：「別人離了象牙的塔走往十字街頭，我卻在十字街頭造起塔來住，未免似乎取巧罷？我本不是任何藝術家，沒有象牙或牛角的塔，自然是站在街頭的了，然而又有點怕累，怕擠，於是只好住在臨街的塔裡，這是自然不過的事。」[212] 到了後來，「談談兒童或婦女身上的事情，也難免不被看出反動的痕跡」。

---

211 胡風：〈林語堂論〉，茅盾等著：《作家論》（上海市：文學出版社，1936年），頁153。

212 周作人：〈十字街頭的塔〉，《語絲》1925年第15期，原署名「開明」。

因此周作人決定「閉戶讀書」、寫作，不管是對左翼還是右派，也無論是對政治還是藝術，他已感到倦怠和悲觀，只有偶爾出來發發牢騷的雅興，再無五四時期那種衝鋒陷陣的熱情和志趣，個人言志的散文儼然成了他個人精神的安放地和庇護所。所以周作人講個性主要是為了隔絕功利性，保持個人生活和心態的寧靜，保持個人的完滿和精神自由，追求「『忙裡偷閒，苦中作樂』，在不完全的現世享樂一點美與和諧，在剎那間體會永久」。這種境界有如他所說的：「文章的理想境我想應該是禪，是個不立文字，以心傳心的境界，有如世尊拈花，迦葉微笑，或者一聲『且道』，如棒敲頭，夯地一下頓然明瞭，才是正理，此外都不是路。」[213]而這文學之「禪」原是與隱遁式的個性文學聯結在一起的。這既是對正統文學的拒斥及被他認為具有「方巾氣」的左翼文學的回擊，同時也是一個特殊時代的知識分子明哲保身的策略。

　　不可否認，林語堂也追求閒適、趣味，堅持文學的非功利觀，追求一種逝去的士大夫情趣；但我們也必須看到，林語堂孜孜不倦於言志性靈理論的建構，有他之於散文本身的另一重目的，那就是通過散文言志觀的倡揚，去除散文創作的「方巾氣」，尋求一種能夠輕鬆表達自我和日常人生的散文文體，為現代散文的個人言志尋找出路和前途。就以他與周作人所共同推崇的晚明性靈小品為例，正如前文所述，周作人首先肯定的是其「一元」「不拘一格」的反抗禮教的姿態，林語堂雖也欣賞晚明文人及其散文小品的反抗姿態，但其最終落足點不在於此，他更加注重的是在反叛、爭自由的精神旗幟下晚明小品所突顯的文體風格及藝術價值。林語堂對公安性靈散文幾乎到了頂禮膜拜的地步，「近來識得袁宏道，喜從中來亂狂呼。」[214]他不僅首肯公安派的作文法則，而且還具體入微地分析了公安派文體風格和作

---

213 周作人：〈志摩紀念〉，《新月》第4卷第1期（1932年）。

214 林語堂：〈四十自敘〉，《論語》1934年第49期。

文技巧的得失，這在周作人那裡是很少看到的。在〈論文〉中，林語堂不僅大段摘錄「性靈派的立論」，而且還「意猶未盡」，連作上下兩篇，對這一派別作文的「法無定法」給予系統的論述。即使是他歷來讚賞有加的金聖歎，他一方面肯定其「放足之文」的灑脫，一方面又對其文學批評上「始終纏綿困倒於章法句話之中」耿耿於懷。甚至對於有著「文言白話」之稱的語錄體，林語堂認為也要向公安派學習，認為「此後編書，文言文必先錄此種文字，取中郎，宗子，聖歎」，「蓋此種文字，不僅有現成風格足為模範，且能標舉性靈，甚有實質，不如白話文學招牌之空泛也。」[215]因此，林語堂對於晚明文人及其小品創作的認同，是從文學精神到創作法則再到文體藝術的全面認可。同為現代散文尋根，相對於周作人，林語堂對於傳統言志散文的推崇更具有「古為今用」的意味，也即他所說的「在提倡小品文筆調時，不應專談西洋散文，也須尋出中國祖宗來，此文體才會生根」[216]。也正是如此，他才會從自我和個人筆調出發，把幽默、性靈、「語錄體」以及與此相關的閒適、絮語、閒話融為一起，由傳統而現代，力求為現代散文的個人言志尋出切實可行之路。如果說周作人重性靈言志之「道」，以「道」明「志」的話，那麼林語堂則在此基礎上兼顧到了性靈言志之「術」，是一種從內到外的全面認同。正如廢名在〈關於派別〉一文中所說的：「林語堂先生在《人間世》二十二期〈小品文之遺緒〉一文裡說知堂先生是今日之公安，私見竊不能與林先生同。據我想，知堂先生恐不是辭章一派，還當於別處求之。」又進一步說：「我覺得知堂先生的文章同公安諸人不是一個筆調，知堂先生沒有那些文采」。[217]應該說，廢名的這一評價是深得周作人散文言志論意旨的。時過境遷，到了二十世紀四十年代，周作人回首這段歷史

---

215 林語堂：〈語錄體舉例〉，《論語》1934年第40期，原署名「語堂」。
216 林語堂：〈小品文之遺緒〉，《人間世》1935年第22期，原署名「語堂」。
217 廢名：〈關於派別〉，《人間世》1935年第26期。

時也說道：「這裡我不能不怪林語堂君在上海辦半月刊時標榜小品文之稍欠斟酌也。我曾說我們寫國語文，並無什麼別的大理由，只因寫文章必須求誠與達」。[218]這大概也是對林語堂鼓吹幽默、閒適的小品文時，那種似乎找到了文學出路與前途的興奮和狂熱的批評吧。

可以說，單純從文學理想來看，林語堂的言志性靈論有著很大的建設性。但正如上文一再申述的，由於理論言說上的駁雜、夾纏和無根的超然，在他企圖用個人性的言志和筆調瓦解一切載道、莊嚴、「方巾氣」時，就顯得力不從心。此外，他的小品文創作也與其理論初衷有著一定的差距，他的一些小品文雖然有性靈、幽默、閒適，但有時卻顯得無聊、低級，其追隨者和模仿者更是如此，這無疑更加容易遭到各方的批評與抵制。

散文作為一種主體性很強的文類，不管是言志還是載道，是說理議論還是敘事抒情，都帶有個人的情感姿態和價值取向。言志論的「個性」說把「志」闡釋為個人的情志，並把「志」落實到自我、性靈、閒適的範疇裡，走的是從個性表現到獨抒性靈、從人性人道到超然獨善的路子，這從現代散文的理論建設來看確實獨標一幟，在當時和後來都有消解道學氣、八股氣、方巾氣的意義，但在精神品性上，卻與五四時期的個性表現觀念大為不同。五四時期的個性論，帶有反禮教、反專制的勃勃生氣，開創了現代散文自由創新、多樣發展的廣闊天地。周作人、俞平伯、廢名、林語堂等人在當年也是意氣風發，可是五四過後，他們雄風不再，退縮至個人趣味的一方園地自娛自樂，自我個性發生了很大的變異。換言之，言志論的「個性」說，已由積極的個性變為消極的個性，是隱遁的個性，閒適的個性，趣味的個性。有人認為周作人和林語堂一派「在中國最危急最黑暗的時代，宣傳一種對人生對文藝的倦怠和遊戲的態度，這是一切悲觀主義中最壞

218　周作人：〈國語文的三類〉，《讀書》第1卷第3期（1945年），原署名「十堂」。

的一種。」[219]這說法也許有些過頭，但不可否認，周作人後來的墮落是他思想個性蛻變的一種結果；林語堂的優游終身倒還保持著個人自由主義的風采，但由於「個人筆調」精神源泉的日漸乾枯，他後來的散文創作在個人文體的創新和藝術風格的豐厚上很難超越他二、三十代的成就，反而是在越出個人性靈的小說天地中取得了獨異的成就。

第三節　社會論的「個性」說

個性的生成和衍化是一個複雜的過程，是多種因素合力促成的結果。尤其是在社會風雲變幻不定的現代中國，啟蒙與救亡主題的二重變奏，既有不同的重點和路徑，也有相通的理念和目標，它們的交織起伏，促成了個人意識與民族意識、國民意識、社會意識和階級意識的錯綜交融。這對於文學中的個性話語尤其是對散文這種主體性與現實性密切相關的文類有著深刻的制衡和影響。就此而言，現代散文理論的「個性」說不是一個封閉的體系，而是開放的、動態的、具體的，與社會性、時代性、民族性、階級性息息相通。

一

現代散文理論的「個性」說被賦予「社會」和「階級」的內涵，與二十世紀二十年代中期以後文學觀念從個人主義到集體主義的轉變密切相關。前文已述及，五四時期對個人擔當精神的強調，就意味著個人性與社會性的不可分割，但真正使社會性及由此發展而來的階級性壓倒個人性，則是始於二十年代後期革命文學的興起及其對「個人主義」的批判。

---

219 舒蕪：《周作人概觀》（長沙市：湖南人民出版社，1986年），頁72。

　　早在二十年代前期革命文學初步醞釀的時候，其提倡者就對新文學作家所奉行的個人主義觀提出了批評：「他們把自己分成兩半個，一個物質的我儘管吃飯、穿衣、睡覺，天天與現實為緣，在現實之中，沉陷於他們所不滿意的所謂物質生活裡；而另一個精神的我則游心於八表之外，鴻飛冥冥，固執而且誠懇地自欺著，把假的當做真的。他們自己固然是在幻覺中快活了，別人就只好永遠坐在地獄裡。這，不更見其是自私，是唯我，是自私唯我的個人主義了麼？所以我們在這樣的道德上，對於那所謂『為藝術而藝術』的朋友，已經是不能不極力地為了社會而反對他們了！」[220]這當然是一種偏激的看法，但卻也揭示出了當時部分躲在象牙塔裡的知識分子和現實的脫節，以至於文學創作成為一種自言自語、自娛自樂的方式，「他們幾乎是『不知有漢，遑論魏晉』，不明白自己所處的是什麼樣的一個時代和環境。他們對於社會全部的狀況是模糊的，對於民間的真實疾苦是淡視的；他們的作品，上等的不是怡性陶情的快樂主義，便是怨天尤人的頹廢主義，總歸一句話，是不問社會的個人主義」[221]。到了二十年代後期，隨著革命文學的興起，個人主義在太陽社等一批青年理論家那裡更是成為「擁護罪惡」的代名詞。蔣光慈在〈關於革命文學〉一文中明確提出「革命文學就是反個人主義的文學」，他認為：「說文學是超社會的，說文學只是作者個人生活或個性的表現……這種理論顯然是很謬誤的，實沒有多批駁的必要。固然，在某一部作品裡，可以看出作者的個性或個人生活來，但是同時我們要知道，一個作家一定脫離不了社會的關係，在這一種社會的關係之中，他一定有他的經濟的，階級的，政治的地位──在無形之中，他受這一種地位的關係之

220　蕭楚女：〈藝術與生活〉，《中國青年》第2卷第38期（1924年），原署名「楚女」。

221　鄧中夏：〈貢獻於新詩人之前〉，《中國青年》第1卷第10期（1923年），原署名「中夏」。

支配，而養成一種階級的心理。」[222]特別是「我們的社會生活之中心，漸由個人主義趨向到集體主義。個人主義到了資本社會的現在，算是已經發展到了極度，然而同時集體主義也就開始了萌芽。無政府式的個人主義之發展的結果，只是不平等，爭奪，混亂，無秩序，殘忍，獸性的行為……現代革命的傾向，就是要打破以個人主義為中心的社會制度，而創造一個比較光明的，平等的，以集體主義為中心的社會制度，革命的傾向是如此，同時在思想界方面，個人主義的理論也就很顯然地消沉了。」就文學來說，「舊式的作家因為受了舊思想的支配，成為了個人主義者，因之他們所寫出來的作品，也就充分地表現出個人主義的傾向。他們以個人為創作的中心，以個人生活為描寫的目標，而忽視了群眾的生活。他們心目中只知道有英雄，而不知道有群眾，只知道有個人，而不知道有集體。」而「革命文學應當是反個人主義的文學，它的主人翁應當是群眾，而不是個人；它的傾向應當是集體主義，而不是個人主義。所謂個人只是群眾的一分子，若這個個人的行動是為著群眾的利益的，那麼當然是有意義的，否則，也便是革命的障礙。革命文學的任務，是要在此鬥爭的生活中，表現出群眾的力量，暗示人們以集體主義的傾向。頹廢的，市儈的享樂主義的，以及什麼唯美主義的作品，固然不能算在革命文學的之列。就是以英雄主義為中心的作品，也不能算做革命文學。在革命的作品中，當然也有英雄，也有很可貴的個性，但他們只是群眾的服務者，而不是社會生活的中心。」[223]反對個人英雄主義或英雄式的個人主義，本質上是對五四啟蒙語境中的個人和個性解放的修正，或者說是對五四時期以「人」為中心的啟蒙運動的反思，而這一修正和反思又牽連著新老作家的代際衝突以及話語權的爭奪，正如阿英所說的：

---

222 蔣光慈：〈關於革命文學〉，《太陽月刊》1928年2月號。
223 蔣光慈：〈關於革命文學〉，《太陽月刊》1928年2月號。

「這個時期的思潮，個人主義已經變成了可詛咒的名辭，社會的職任已被青年認為切身的職責，引起了青年的對於一切的懷疑，懷疑社會，懷疑家庭，懷疑社會上的一切舊勢力，舊制度，大家都站起身來走向社會，去做社會改革的偉業。所以真能代表這個時期的作家，他的創作是塗滿了懷疑的色調，對於社會是整個的不信任，個人主義的精神是死亡了的。」[224]這背後的潛臺詞其實關涉著新一代「青年」的出場及其訴求。在社會進化論思維的慣性引導下，「青年」在現代中國一直被視為一個具有革新精神的群體，代表著活力、進步、正義，是時代的代言人和推動者。「革命文學」的發起與當時一批青年作家和批評家的奔走呼號不無關係，儘管他們對個人主義命運的判定顯示出偏執和盲目自信的傾向，但在無盡的「革命」語境中，當時相當一部分從五四走來的老作家也都在自我批評中跟進了「革命」的步伐，有人認為是「他們太把時代看得透徹了，老怕落在時代後，所以盡力地嘶嚷，好讓人們恭維他們是時代的先驅」[225]。這雖有以偏概全之嫌，但他們確實存在著緊跟時代的焦慮意識，以至於「革命文學成為了一個時髦的名詞，不但一般急激的文學青年，口口聲聲地呼喊革命文學，就是一般舊式的作家，無論在思想方面，他們是否是革命的同情者，也沒有一個敢起來公然反對。並且有的不但不表示反對，而且倡言革命文學的需要，大做其關於提倡革命文學的論文。」[226]在此背景下，五四以來的個性話語不可避免地向社會學說位移。

　　創造社的轉向極具代表性。從早期「為藝術而藝術」的自我表現到對個人主義的批判，創造社諸作家的分分合合幾乎見證了現代個人主義文學發展的曲折過程。在〈革命與文學〉中，郭沫若全面回顧了

---

224 錢杏邨：〈死去了的阿Q時代〉，《文學運動史料選》（上海市：上海教育出版社，1979年），第2冊，頁47。

225 侍桁：〈評《從文學革命到革命文學》〉，《語絲》第4卷第19期（1928年）。

226 蔣光慈：〈關於革命文學〉，《太陽月刊》1928年2月號。

歐洲文學的發展進程，並以否定個人主義發見革命文學的先進性。他
認為：「然而第三階級抬頭之後，以個人主義自由主義為核心的資本
主義逐漸猖獗起來，使社會上新生出一個被壓迫的階級，便是第四階
級的無產者。在歐洲的今日已經達到第四階級與第三階級的鬥爭時代
了。浪漫主義的文學早已成為反革命的文學，一時的自然主義雖是反
對浪漫主義而起的文學，但在精神上仍未脫盡個人主義與自由主義的
色彩。自然主義之末流與象徵主義神秘主義唯美主義等浪漫派之後裔
均只是過渡時代的文藝，她們對於階級鬥爭之意義尚未十分覺醒，只
在游移於兩端而未確定方向。而在歐洲今日的新興文藝，在精神上是
徹底表同情於無產階級的社會主義的文藝，在形式上是徹底反對浪漫
主義的寫實主義的文藝。這種文藝，在我們現代要算是最新最進步的
革命文學了。」「所以我們對於個人主義的自由主義要根本剷除，我
們對於浪漫主義的文藝也要取一種徹底反抗的態度。」[227]在寫於一九
二六年的〈文藝家的覺悟〉中，郭沫若先是指出「一個人生在世間
上，只要他不是離群索居，不是像魯濱孫之漂流到無人的孤島，那他
的種種的精神活動，無論如何是不能不受社會的影響的」，接著認為
「我們所處的時代是第四階級革命的時代」，「我們現在所需要的文藝
是站在第四階級說話的文藝」，「除此之外的文藝都已經是過去的了。
包含帝王思想宗教思想的古典主義，主張個人主義自由主義的浪漫主
義，都已過去了。過去了的自然有它歷史上的價值，但是和我們現代
不生關係」，最後論斷說：「在現代的社會沒有什麼個性，沒有什麼自
由好講。講什麼個性，講什麼自由的人，可以說就是在替第三階級說
話。你假如要說『不許我有個性，不許我有自由時，那我就要反抗』。
那麼剛好，我們正可以說是同走這一條路的人。你要主張你的個性，
你要主張你的自由，那請你先把阻礙你的個性、阻礙你的自由的人打

227　郭沫若：〈革命與文學〉，《創造月刊》第1卷第3期（1926年）。

倒。而且你同時也要不阻礙別人的個性、不阻礙別人的自由，不然你就要被人打倒。像這樣要人人能夠徹底主張自己的個性、人人能夠徹底主張自己的自由，這在有產的社會裡面是不能辦到的。那麼，朋友，你既是有反抗精神的人，那自然會和我走在一道。我們只得暫時犧牲了自己的個性和自由去為大眾人的個性和自由請命了。」[228]在這裡，郭沫若並沒有徹底否定個性和自由，前提是要先去除「有產社會」對個性和自由的阻礙。而這一過程實際上是兩個階級的對抗，因此主張個性和自由不再限於個人的層面，而是指向整個「第四階級」的解放。成仿吾也認為：「我們維持自我意識的時候，我們還須維持團體意識；我們維持個人感情的時候，我們還須維持團體感情。要這樣才能產生革命文學而有永遠性。」[229]因此，他極力反對中國文人的個人主義「趣味」：「我們還應當特別舉出我們中國人——尤其是中國文人的頑惡的個人主義。我們中國人的個人主義大概是很著名的罷，你若不信，你只要想想為什麼在這樣內憂外患交逼的今日，我們中國人還是一盤散沙，沒有團結的可能性。對於我們中國人，個人超越一切之上，個人為了自己的利益是不妨危害他人以及社會的利益的。就是對於文藝，他們也不過獻他們的一部分的忠誠，大多數把它當做了實用的或消遣的工具。」「我們現在的許多新舊的文人們是墮落到了什麼樣的地步，親眼看見的我們大概不用多費文字來指證。約言之，在舊的破壞了而新的沒有建設起來的過渡時代，個人主義益發伸著翅膀，在縱橫地馳騁，轉瞬間我們已經發覺我們在一個無政府的狀態中。新文學運動的當初，暫時之間，我們也曾有過覺悟的表現。純粹表現的要求，國語文學的創造，這些在當時確曾有過一番蓬蓬勃勃的朝氣，縱然有許多專以出出風頭為事的浮誇之徒，不久就證實了他們

228 郭沫若：〈文藝家的覺悟〉，《洪水》第2卷第16期（1926年），原署名「沫若」。
229 成仿吾：〈革命文學與他的永遠性〉，《創造月刊》第1卷第4期（1926年）。

不是文藝的忠實的使者。但是現在呢？當年的朝氣已經霧散冰消，剩下來的已經只是些斜陽暮靄！文學革命的精神已經不再存在，淺薄的趣味與無聊的消遣瀰漫了整個的文學界。有許多不成器的東西竟在舊文人的隊伍間搖頭擺尾地狂跳，轉瞬之間也成了一些小文妖，真不知天地間有羞恥事。」由是，他大聲疾呼：「我們為什麼不能稍微偉大一點？為什麼不能以赤裸裸的心靈相見？忠實的文藝的使徒，勇敢的革命的戰士，我們齊來把這個人主義的魔宮推倒！」[230]應該說，轉向後的創造社諸家仍充滿著個性自由的呼聲和反抗專制剝削制度的革命吶喊，但又有傳統群己觀念、代言觀念和為第四階級請命等新舊觀念的混合，把大眾的個性自由視為自我個性自由的基礎前提，要求犧牲自己的個性自由去爭取人民的個性自由，也就是說只有本階級的解放才有自己的個性解放。這也導致了在言說、闡釋個性上出現簡單化、片面化和極端化的弊端。

　　結合上述太陽社、創造社諸家的言論，可以發現，這些弊端的出現，與他們沒有在概念上分清「個性」和「個人主義」的差別也有關係。因為前者存在於一切文學創作中，而後者極端的一面則是前者的畸形發展。在「革命文學」論爭中，他們把魯迅、茅盾、郁達夫、冰心等五四知名作家獨有的創作個性都當成是落後於時代、具有小資產階級趣味的「個人主義」加以鞭撻，這顯然是錯誤的。比如他們認為葉聖陶對「灰色人生」的冷靜觀察和客觀描寫「只是描寫個人（──當然是很寂寞的有教養的一個知識階級）和守舊的封建社會，他方面和新興的資產階級的社會的『隔膜』。」[231]認為魯迅文學創作的出發點「不是集體，而是個人，他的反抗，只是為他個人的反抗。雖然有時也為著別人說幾句話。我們若果細細的考察起來，究竟是拋不開

230　成仿吾：〈文學家與個人主義〉，《洪水》第3卷第34期（1927年），原署名「仿吾」。
231　馮乃超：〈藝術與社會生活〉，《文化批判》1928年創刊號。

『我』的成分的。他始終是一個個人主義者。」[232]當然，魯迅、茅盾等五四作家轉變思想立場後，也都接受馬克思主義的思想和方法論來考察文藝問題，把人性、個性置於社會關係中加以觀照。

　　魯迅早年「尊個性而張精神」，呼籲「精神界戰士」，堪稱近現代個性主義的思想先驅。他的個性觀念受到主觀意志論的影響而帶有「摩羅派」的意味，在深入解剖國民性的同時也在操刀自剖，在張揚個性精神的同時也在充實完善自己的精神個性，從而對個性內涵有著獨特的闡發。在〈隨感錄〉二十五、四十、四十九和〈我之節烈觀〉、〈我們現在怎樣做父親〉、〈娜拉走後怎樣〉等文中，他就開始「鬧人荒」，對小孩、婦女和青年的「人」的問題頗有新見，提出切實而崇高的救人主張：「從我們做起，解放了後來的人」，「只能先從覺醒的人開手，各自解放了自己的孩子。自己背著因襲的重擔，肩住了黑暗的閘門，放他們到寬闊光明的地方去」。[233]這種崇高的人道精神和人格擔當，可說是「摩羅」精神的踐行，貫通著魯迅的一生。在〈隨感錄‧四十三〉中，他認為：「美術家固然須有精熟的技工，但尤須有進步的思想與高尚的人格。他的製作，表面上是一張畫或一個雕像，其實是他的思想與人格的表現」，「我們所要求的美術家，是能引路的先覺，不是『公民團』的首領。我們所要求的美術品，是表記中國民族知能最高點的標本，不是水平線以下的思想的平均分數。」[234]在〈論睜了眼看〉中繼續強調「文藝是國民精神所發的火光，同時也是引導國民精神的前途的燈火」，因而疾呼「世界日日改變，我們的作家取下假面，真誠地，深入地，大膽地看取人生並且寫出他的血和肉來的時候早到了；早就應該有一片嶄新的文場，早就應該有幾個凶猛

---

232 錢杏邨：〈死去了的阿Q時代〉，《文學運動史料選》，第2冊，頁62。

233 魯迅：〈我們現在怎樣做父親〉，《新青年》第6卷第6號（1919年），原署名「唐俟」。

234 魯迅：〈隨感錄‧四十三〉，《魯迅全集》，第1卷，頁330。

的闖將！」[235]魯迅的創作主張，既高揚著文藝家的個性人格精神，又具有思想啟蒙時代的新要求。儘管他當時對人的覺醒、國民精神、進步思想、高尚人格的說法還較抽象，但體現了一個啟蒙思想家和人道主義者對作家個性人格高標準的嚴格要求，亦即他的個性觀念與時代、民族、社會和人生具有內在的血肉聯繫。他說「自有悲苦憤激」，「這病痛的根柢就在我活在人間」，所以一再回絕別人的勸告或攻擊，始終堅持雜文寫作，「要做這樣的東西的時候，恐怕也還要做這樣的東西，我以為如果藝術之宮有這麼麻煩的禁令，倒不如不進去；還是站在沙漠上，看看飛沙走石，樂則大笑，悲則大叫，憤則大罵，即使被沙礫打得遍身粗糙，頭破血流，而時時撫摩自己的凝血，覺得若有花紋，也未必不及跟著中國的文士們去陪莎士比亞吃黃油麵包之有趣」，[236]直到晚年還強調：「現在是多麼切迫的時候，作者的任務，是在對於有害的事物，立刻給以反響或抗爭，是感應的神經，是攻守的手足。潛心於他的鴻篇巨制，為未來的文化設想，固然是很好的，但為現在抗爭，卻也正是為現在和未來的戰鬥的作者，因為失掉了現在，也就沒有了未來。」[237]魯迅反對進入「藝術之宮」，提倡通俗的大眾文學，堅持寫時代性極強的戰鬥性的雜感，並非是他不重視文學個性藝術的審美價值；相反，他對文學有著深沉的熱愛，〈野草〉的面向自我以及在取象、造境、構思上的獨創性，〈朝花夕拾〉穿行於過去之「我」與現代之「我」的溫馨回憶，都在說明，他即使不是有意地創作為「我」的「不朽之作」，也是在不自覺地走向這一境界。他之所以堅持寫「覺世之文」，主要是怕「失掉了現在」，是「為別人的設想」[238]。所以，從小我走向大我，魯迅也經歷了一個艱

235　魯迅：〈論睜了眼看〉，《語絲》1925年第38期。

236　魯迅：〈《華蓋集》題記〉，《莽原》第1卷第2期（1926年）。

237　魯迅：〈序言〉《且介亭雜文》（上海市：上海三閒書屋，1937年），頁2。

238　魯迅：〈兩地書・二四〉，《魯迅全集》（北京市：人民文學出版社，1981年），第11卷，頁78。

難選擇的過程。他曾坦言:「我的意見原也一時不容易了然,因為其中本含有許多矛盾,教我自己說,或者是人道主義與個性主義這兩種思想的消長起伏罷。」[239]但在這矛盾糾結中,人道主義終究占了上風,對勞苦大眾抱有「哀其不幸,怒其不爭」的博大愛心,並且「更無情面地解剖我自己」。[240]他後來自剖說:「我時時說些自己的事情,怎樣地在『碰壁』,怎樣地在做蝸牛,好像全世界的苦惱,萃於一身,在替大眾受罪似的:也正是中產的智識階級分子的壞脾氣。只是原先是憎惡這熟識的本階級,毫不可惜它的潰滅,後來又由於事實的教訓,以為惟新興的無產者才有將來,卻是的確的。」[241]也就是說,他的人學和個性思想並沒有因為思想基礎和階級立場的轉變而丟失,而是融入新的思想體系,轉化為辯證唯物論和階級論的人性與個性觀念。這在二十年代末的革命文學論爭和三十年代的小品文論爭中有著明顯的表現。

　　一九二七年以後,魯迅「已經診察明白」自己的「恐怖」因由有兩點:一是「我的一種妄想破滅了」,即進化論思想轟毀了,原「以為壓迫,殺戮青年的,大概是老人。這種老人漸漸死去,中國總可比較地有生氣。現在我知道不然了,殺戮青年的,似乎倒大概是青年,而且對於別個的不能再造的生命和青春,更無顧惜」;二是發見了「我自己也幫助著排筵宴」,「我就是做這醉蝦的幫手,弄清了老實而不幸的青年的腦子和弄敏了他的感覺,使他萬一遭災時來嘗加倍的痛苦,同時給憎惡他的人們賞玩這較靈的苦痛,得到格外的享樂。」[242]這「恐怖感」是對自己而言的,是內在的反思和思想的飛躍,使他的思想信仰從進化論轉向辯證法和階級論,並更自覺地認定文藝不能

239　魯迅:〈兩地書・二四〉,《魯迅全集》,第11卷,頁77。
240　魯迅:〈寫在《墳》後面〉,《語絲》1926年第108期。
241　魯迅:〈序言〉《二心集》(上海市:合眾書店1932年),頁5。
242　魯迅:〈答有恆先生〉,《北新》1927年第49期。

「幫忙」和「幫閒」，而更要發揮抗爭和戰鬥的作用。所以，在當時
「革命文學」興起和爭論之際，魯迅認為「根本問題是在作者可是一
個『革命人』，倘是的，則無論寫的是什麼事件，用的是什麼材料，
即都是『革命文學』。從噴泉裡出來的都是水，從血管裡出來的都是
血。『賦得革命，五言八韻』，是只能騙騙盲試官的。」[243]這涉及作家
身分的本質定性，作家自身的革命性才是衡量革命文學的根本標準，
這個觀點貫穿於魯迅後來的文藝評論之中。在與梁實秋為代表的人性
論的論戰中，魯迅接連寫了〈盧梭和胃口〉、〈文學和出汗〉、〈文學的
階級性〉、〈「硬譯」與「文學的階級性」〉等。他對人性問題進行階級
分析和社會歷史分析，提出「人性是永久不變的麼」的問題，「類人
猿，類猿人，原人，古人，今人，未來的人……如果生物真會進化，
人性就不能永久不變」，首先從生物進化論和人類進化史的科學觀點
反駁永恆的「人性論」[244]；接著進一步運用歷史唯物論的分析方法，
認為「若據性格感情等，都受『支配於經濟』（也可以說根據於經濟
組織或依存於經濟組織）之說，則這些就一定都帶著階級性。但是
『都帶』，而非『只有』。」[245]由此推論到文藝批評，他指出：「文學
不借人，也無以表示『性』，一用人，而且還在階級社會裡，即斷不
能免掉所屬的階級性，無需加以『束縛』，實乃出於必然。自然，『喜
怒哀樂，人之情也』，然而窮人決無開交易所折本的懊惱，煤油大王
那會知道北京撿煤渣老婆子身受的酸辛，饑區的災民，大約總不去種
蘭花，像闊人的老太爺一樣，賈府上的焦大，也不愛林妹妹的。」[246]
魯迅對人性、個性及其階級性的闡發，深化了對人性、個性的理論探
索，也切中了問題的要害。他並沒有否定人性、個性的客觀而多樣的

243　魯迅：〈革命文學〉，《民眾旬刊》1927年第5期。

244　魯迅：〈文學和出汗〉，《語絲》第4卷第5期（1928年）。

245　魯迅：〈通信・其二〉，《語絲》第4卷第34期（1928年）。

246　魯迅：〈「硬譯」與「文學的階級性」〉，《萌芽月刊》第1卷第3期（1930年）。

存在，只是對不願正視、有意遮蔽階級性的抽象人性論者，或簡單理解階級性的機械論者，提出尖銳的批評，他那「都帶」而非「只有」階級性的論斷，是對個性、人性和階級性辯證關係的科學表述。

憑藉辯證的思維方法，魯迅對文學現象包括文學的個性風格等問題，就有了高屋建瓴、洞察內裡的發現。這在〈魏晉風度及文章與藥及酒之關係〉、〈革命時代的文學〉、〈文藝與政治的歧途〉、〈對於左翼作家聯盟的意見〉、〈上海文藝之一瞥〉、〈門外文談〉、〈「題未定」草〉等名文中運用自如，創見迭出。特別是他提出「知人論世」的批評要求：「我總以為倘要論文，最好是顧及全篇，並且顧及作者的全人，以及他所處的社會狀態，這才較為確鑿。要不然，是很容易近乎說夢的。」[247]這顯然是在批評當年片面吹捧陶淵明、袁中郎等名士的隱逸風和盛行的選本摘句風，對於文學批評特別是評析作家作品的個性風格具有方法論的啟示意義。

與魯迅一樣，茅盾也是以辯證的眼光來看待文學的個性與社會性的關係。在文學研究會時期，茅盾對於文學與人生關係問題的闡釋就明顯帶有社會學批評模式的特點。在〈文學和人的關係及中國古來對於文學者身分的誤認〉一文中，茅盾不無偏激地提出：「文學屬於人（即著作家）的觀念，現在是成過去的了；文學不是作者主觀的東西，不是一個人的，不是高興時的遊戲或失意時的消遣。……文學者表現的人生應該是全人類的生活，用藝術的手段表現出來，沒有一毫私心不存一些主觀。自然，文學作品中的人也有思想，也有情感，但這些思想和情感一定確是屬於民眾的，屬於全人類的，而不是作者個人的。這樣的文學，不管它浪漫也好，寫實也好，表像神秘都也好；一言以蔽之，這總是人的文學——真的文學。」[248]稍後，在〈新文學

---

247 魯迅：〈「題未定」草（七）〉，《魯迅全集》（北京市：人民文學出版社，1981年），第6卷，頁430。

248 茅盾：〈文學和人的關係及中國古來對於文學者身分的誤認〉，《小說月報》第12卷第1期（1921年），原署名「沈雁冰」。

研究者的責任與努力〉一文中，他又進一步提出：「創作須有個性，這是很要緊的條件，不用再說的了；但要使創作確是民族的文學，則於個性之外更須有國民性。」[249]這似乎是對前一個觀點的修正，但仍然將作家的個性表現置於社會性範疇之下。對於新興的「無產階級文學」，茅盾在批評其提倡者的某些錯誤觀念後，也提出了自己的看法，其中對於個人主義和集體主義的辨析令人深思。茅盾認為必須區分無產階級藝術和舊有的農民藝術，「無產階級的精神是集體主義的，反家族主義的，非宗教的。然而農民的思想則正相反。農民中的佃戶雖然也是無產階級，而最大多數的自耕農也是被壓迫者，過的生活極困難，但是實際上農民的思想多傾向於個人主義，家族主義，宗教迷信的。所以然之故，半因農民的經濟條件與勞工不同，半亦因落後的農業生產方法使他們不懂得合作，沒有階級意識。舊有的農民藝術裡便充滿了農民的此等個人主義的家族主義的和宗教迷信的思想。」[250]農民不等於無產階級，在於農民的個人主義與無產階級的集體主義格格不入，茅盾的敏銳覺察，說明他對「無產階級文學」有著深刻的認識，而非像創造性和太陽社一批年輕作家那樣停留於口號的反覆述說上。如果聯繫上文茅盾「創作須有個性」的說法，這也說明茅盾是有意識地把文學中的「個性」與「個人主義」區別開來的。在「革命文學」論爭中，他嚴守著這種區別，並沒有把個性解放思潮中成長起來的五四文學全盤否定，而是重點批評五四時期的個人主義文學，肯定「五卅」以後文學的革命化轉向：

> 試看當時「資產階級文藝的玩意兒」把文壇推進了一個怎樣的局面。想來大家還記得，感情主義，個人主義，享樂主義，唯

249　茅盾：〈新文學研究者的責任與努力〉，《小說月報》第12卷第2期（1921年），原署名「郎損」。

250　茅盾：〈論無產階級藝術〉（二），《文學週報》1925年第173期，原署名「沈雁冰」。

美主義的「即興小說」，充滿了出版界；這些作品所反映的，只是個人的極狹小的環境，官能的刺激，浮動的感情。而「非集團主義」的《少年維特的煩惱》也成為彷徨苦悶的青年的玩意兒，麻醉劑。在這灰色的迷霧中，文藝沒有時代性，更談不到社會化。直到地下工作的第一次果實的「五卅」運動爆發時，這種迷霧還是使人窒息。

他並以創造社轉向為例證實「五卅」以後個人主義如何轉向集體主義，他略帶嘲諷地說道：

但想來大家也不曾忘記今日之革命的文學批評家在五六年前卻就是出死力反對過文學的時代性和社會化的「要人」。這就是當時的創造社諸君。……在當時，創造社的主張是「為藝術而藝術」；說過「毒草雖有毒而美，詩人只鑒賞其美，俗人才記得有毒」這一類的話。感情主義和個人主義的調子，充滿在他們那時候的作品。去年成仿吾所痛罵的一切，差不多全是當初他自己的過犯，是一種很有意味的新式的懺悔。當時創造社的主張頗有些從者。何以故？因為那時期正是「彷徨苦悶」的時期，因為那時候「五卅」時代尚未到臨，因為那時期創造社諸君是住在象牙塔裡！因為「彷徨苦悶」的青年的變態心理是需要一些感情主義，個人主義，享樂主義，唯美主義，權當一醉。「五卅」時代的尚未來臨，創造社諸君之尚住在象牙塔裡，也說明了當時宣傳著感情主義，個人主義，享樂主義，唯美主義的創造社諸君實在也是分有了當時的普遍的「彷徨苦悶」的心情。……我這一番話，並非是翻舊帳簿，不過借此說明了時代對於人心的影響是如何之大，從而也指出了何以六年前板著面孔把守了「藝術的藝術之宮」的成仿吾會在六年後同樣地板

起了面孔來把守「革命的藝術之宮」，正自有其必然律，未必象
有些人的不客氣的猜度所說的竟是投機，是出風頭。[251]

　　作為時代的親歷者和見證人，茅盾對個人主義走向集體主義的過
程及內在邏輯的審視顯然更具思辨性和說服力，這與他對個性、個人
主義與時代、社會的關係的深入認知無疑是密切相關的。其實在此之
前，他已精準地概括出了「革命文藝」提倡者在觀念上的共通性：
「（1）反對小資產階級的閒暇態度，個人主義；（2）集體主義；（3）
反抗的精神；（4）技術上有傾向於新寫實主義的模樣。」[252]但他對於
將小資產階級等同於「個人主義」從而一概抹殺，以及去個性化的
「新寫實主義」並不贊同，根本上也在於他能夠清醒地認識到個性與
個人主義的差別，辯證看待個人性與社會性的關係。
　　整體而言，個性表現作為五四文學革命的基本動力和活力因素並
未被現代作家所否認，只不過，現實主義文學思潮的驅動，使現代作
家不再拘泥於作家自我的個性表現，而是力圖將個性與社會性結合起
來，繼續發揮文學啟蒙救亡的功能，從而就有「大我」與「小我」、
「集體」與「個人」、「社會性」「階級性」與「個人性」等主從或對
立關係的一系列觀念的生成與流行。當然，在此過程中，部分作家偏
激地把個性表現與極端個人主義等同起來，並視之為社會性或集體主
義的對立面，這和魯迅、茅盾等人的人性、個性觀念是有區別的。

二

　　在散文領域裡，「個性」同樣被賦予全新的內涵和功能。「個性」

251　茅盾：〈讀〈倪煥之〉〉，《文學週報》第8卷第20號（1929年）。
252　茅盾：〈從牯嶺到東京〉，《小說月報》第19卷第10號（1928年）。

不再是封閉的、自足的審美範疇，而是密切關聯著自我之外的「社會性」，乃至主動接受「社會性」的過濾和阻隔，這一話語形態可視為社會論的「個性」說。與言志論「個性」說一樣，社會論的「個性」說也是在特定的時代語境下對五四時期人性論「個性」說的進一步發展。五四時期的人性論「個性」說以人道主義為思想基礎，是為了打破傳統載道散文對人性和個性的層層桎梏，追求自然、健全的個性表現精神，而這種個性觀之所以是理性的、健全的，在於它不僅是「利己」的，能夠解放作家的創作個性，還是「利人」的，具有現實的擔當意識，試圖借由散文的個性精神和文體解放，推動現代中國的思想革命。五四時期對於絮語文風的重視就是來自於這樣的理論預設。或者說，五四時期的人性論「個性」說同樣不是封閉的，它要求散文以人道主義的情懷，對人類性、現實人生、社會公共問題作出關注和言說。相較而言，社會論的「個性」說雖繼承了五四時期人性論「個性」說的精神，堅持個性與社會性的相通和共生，但它所強調的散文寫作的社會性內涵，不只是一種普泛的人道主義關懷，更多的是指向現代中國種種社會政治問題，與階級、革命、救亡、解放等話語糾纏在一起。在此意義上，散文的個性藝術既是「藝術的武器」更是「武器的藝術」，個性精神既來自於作者的人格力量，也有待於外在社會現實的召喚和激活，散文中的個性與社會性的關係相對於人性論的「個性」說多了一層實用理性和工具理性。

社會論的「個性」說在二十世紀三十年代的小品文論爭中體現得尤為明顯。這一時期，面對周作人、林語堂等人的散文言志論，左翼文藝界運用社會學和階級論給予辯駁和批判，其初衷雖無意於專門建構系統的散文理論，但在不斷往復的論爭中，一種獨具本土特徵和時代色彩的散文個性觀念卻逐漸清晰起來。整體觀之，在對周作人、林語堂等人散文觀念的批判中，左翼作家大多沒有否定散文需要個性、重在自我表現這一基本原則，這是對五四個性解放精神的守護，或者

說是人性論「個性」說在某種程度上的延續。他們反對的是將個性與自我絕對化，將其圍於一己的審美趣味，從而否定「個人」的社會性屬性，使散文創作走上偏執的個人主義道路。茅盾在自敘散文寫作經驗時道：「我也曾嘗試找找『性靈』這微妙的東西，不幸『性靈』始終不肯和我打交道；但我卻也以為『個人筆調』是有的，而且大概不能不有的，只是此所謂『個人筆調』倒和『性靈』無關，而為各個人的環境教養所形成，所產生」[253]。這一觀點與他在革命文學論爭中，與魯迅一道反對毫無根基的未來的「黃金世界」如出一轍。在林語堂那裡，小品散文的「個人筆調」與「性靈」是密切相關的，而茅盾則將二者剝離，指出前者是文學創作規律的應然體現，具有社會性的內涵，而後者在現時代則是臆想的空中樓閣，是神秘而虛幻的極端個人主義理念。因此，茅盾並沒有籠統地否定個性，而是反對將個性去「社會」化乃至神秘化，這在他談及林語堂創辦的小品文刊物《人間世》時說得更為明白：「在下並不反對『小品文』，尤不反對有專登『小品文』的定期刊；也不主張『小品文』一定非有『世道人心』的大議論不可。在下也覺得如果每篇『小品文』而一定要有關於『世道人心』的大議論，那就是給『小品文』帶上一副腳鐐。在下以為『小品文』中倘使發著議論，只要不把那文章弄成了呆板板的『制藝體』，例如《人間世》第二期所載老向作的〈吾民其為毛人乎〉，就很好；反之，一篇『小品文』記遊山，記看花，只要情趣盎然，不像那〈跋落葉樹〉似的看來看去莫明其妙，也是很好。不過有一點意見貢獻給《人間世》：倘使要把『閒適』『自我中心』之類給『小品文』定起唯一的軌範來，那卻恐怕要成為前門拒退了『方巾氣』，後門卻進來了『圓巾氣』了！我以為『小品文』的更加豐富更加發展是有賴於大家自由地去寫（不過不要叫人看不懂），各體各式，或『宇宙』，或

---

253 茅盾：〈《速寫與隨筆》前記〉，俞元桂主編：《中國現代散文理論》，頁87。

『蒼蠅』，都好！至於終極是何者最暢盛，時代先生冥冥中有它的決定的力量。」[254]茅盾在此強調了小品文個人情趣和自由抒寫的必要性，但他所說的「情趣」和「自由」更多是基於小品散文自身的本體特性而言，且只是將其當作小品文的基本特性之一，他反對作者個人審美偏愛的任意賦值，以至於最後成為小品文唯一的審美規範。所以，他引入「社會性」的維度，使之與「個性」共同構築起小品文的審美品格。當然，作為一名左翼作家和批評家，茅盾顯然是更加注重於散文的社會性關懷，而「個性」則是「社會性」的折射，必須接受「社會性」的調控。因此他進一步說明：「我不相信『小品文』應該以自我中心，個人筆調，性靈，閒適為主」，「一個時代的『小品文』也有以自我中心，個人筆調，性靈，閒適為主的，但這只說明了『小品文』有時被弄成了畸形，並不能證明『小品文』生來本是畸形或應該畸形」，「這還是社會氣運的反映。明人小品之特別被中意，就因為兩者的社會氣運有若干類同。但是也因為『類同』之中仍有重要的根本不同在，所以現在的『小品文』園地裡就有非性靈非自我中心的針鋒相對的活動。」[255]這既是對林語堂散文個性觀的糾偏，也是立足於現實重新觀照個人與社會的關係。

茅盾的散文個性觀基本上代表了左翼文藝界的觀點，是一種典型的社會學批評思維。在許多左翼作家看來，個人只是社會的一分子，專注於個人而忽視其社會屬性有悖於散文寫作的倫理：「我們固然不否認小品文的『自由抒寫』，不必『勞精疲神於藝術的技巧』這些特質，但我們卻不主張因此便自由地，荒誕地走到那玄學的，神秘的迷魂陣裡去。我們要利用它那自由抒寫的特質，去向社會著眼，並且還要依據著科學的世界觀和宇宙觀，那麼，我們的筆頭，才不會歪曲，

---

254 茅盾：〈小品文半月刊《人間世》〉，《文學》第3卷第1號（1934年），原署名「仲子」。

255 茅盾：〈小品文和氣運〉，陳望道編：《小品文和漫畫》，頁1-2。

我們的腦子，才不會再為那神秘的科學鬼所迷。」[256]因此，他們都將局限於個人之小與「蒼蠅之微」的散文寫作視為不良傾向，並站在時代的角度來加以批評。方非甚至認為隨筆寫作中，那種「即對於現狀雖然不滿，然而只取冷嘲熱諷的態度，旁敲側擊的方法，既不敢面對現實的醜惡加以直描，更不敢取單刀直入的方法或迎頭痛擊的態度」也是不允許的，因為這體現了創作者個人在「社會」面前的妥協，無法徹底進擊現實問題，「這從客觀方面言，是因恐觸怒當道，或者因文獄森嚴，故不得不採取這種雖然無聊而實不得已的方法；然而從主觀方面言，也未嘗不因為『世紀末』的悲哀，深中人心，作者大無畏精神，早已消磨淨盡，人類心理畏怯而微弱，不敢直面現實了。」他從階級分析的角度指出，這是一種「小布爾臭味」，「談天說地，茫無涯際的知識，恰巧又是小布爾將近沒落之象徵。舉例來說，魏晉時代的縉紳先生眼看著宗邦不振，戎馬將已渡河，自身命運已趨於沒落，他們自問不能挽回狂瀾於既倒，於是，便群起傾向於清談一途。所謂清談，大抵也是茫無涯際之談天說地。這種情形，和現在我國之小布爾，似無異致。他們也是清談，他們無所通而又無所不通，無所讀而又無所不讀。又一般人的求學治事，處己待人，均取浮一樣的態度。隨時勢之所之，不宗一家，不主一說，凡百皆疑，無所信仰，這確是小布爾之通性。今日小品文或隨筆之內容氾濫，無所不談，其為時代之反映，更為清晰了。」[257]這種刨根究底的追溯，就是要從階級根性上否定消極的個人主義的自足性和合法性，建構一種新的「個人」與「社會」的關係，即「社會」處於第一性的位置，「個人」必須主動去擁抱「社會」乃至接受「社會」的裁制。南父指出：「小品文以抒寫性靈為主的說法，是被時代否定了。就算小品文裡面不曾排斥『性

---

256 陳以德：〈小品文的路向──從玄學的到科學的〉，陳望道編：《小品文和漫畫》頁205。

257 方非：〈散文隨筆之產生〉，《文學》第2卷第1號（1934年）。

靈』，也該不是從前那『性靈』了」，「性靈，是思想和情感的總和吧？它必然要受社會條件的制約的。社會上有各種人生，便有各種性靈，小品文的作者，把哪一種性靈感染讀者呢？感染具有哪一種性靈的讀者呢？」[258] 這看似在辯證地看待「社會」與「性靈」的關係，但其實是在指責林語堂性靈論的無根性，主張「社會」的第一性。許杰在〈小品文的社會的風格〉中則從「文如其人」的視角指出，「最能看出『人』來的，卻只是小品文」，只有小品文「把作者自己的形象，完全顯露在紙上的」；但他進一步道：「一個人，是活著的；一個人，是有骨有肉的；同時，一個人，也須得在現代社會中，取得了衣穿，取得了飯吃，他不僅是自己的一個孤立的荒島上的人，而是多少總要受得一些社會的陶溶，多少又有些影響到整個的社會的。一個人，是一個活著的，有骨有肉的，現代的社會人呵！」據此樸素的社會人、現代人觀念，他批評「紳士們，卻要在古人的隊伍中生活，或者要到山林裡面去生活『不食人間煙火』，這便是他們自認是過去的幽靈的招供，無怪乎要在城市山林的街頭上，見神見鬼的談狐說鬼了。你想，這能算是人嗎，能算是現代人嗎？」他強調「做小品文，我想，也應該同做人一樣，第一要活著，第二要有骨有肉，第三要有現代的社會意味」，從為人與為文、個人與社會的互通性方面提倡散文的「社會風格」。[259] 周木齋也說小品文的「自我不是憑空存在的，它必然有社會的聯繫，離開社會，單管自我，勢必至於標新立異，否則便不自我。但一意的這樣，又勢必至於矯揉造作，裝腔作勢，說保全了自我，其實已喪失了自我，——原來要求真，結果卻是假。」[260] 對於林語堂所鼓吹的幽默散文，魯迅並沒有一棍子打死，而是帶有辯證的寬容：「幽默和小品的開初，人們何嘗有貳話。然而轟的一聲，

---

258 南父：〈「小品文」〉，陳望道編：《小品文和漫畫》，頁215。

259 許杰：〈小品文的社會的風格〉，陳望道編：《小品文和漫畫》，頁119-122。

260 周木齋：〈小品文雜說〉，陳望道編：《小品文和漫畫》，頁21。

天下無不幽默和小品……於是轟然一聲，天下又無不罵幽默和小品」，他認為，「只要並不是靠這來解決國政，布置戰爭，在朋友之間，說幾句幽默，彼此莞爾而笑，我看是無關大體的。就是革命家，有時也要負手散步；理學先生總不免有兒女，在證明著他並非日日夜夜，道貌永遠的儼然。小品文大約在將來也還可以存在於文壇，只是以『閒適』為主，卻稍嫌不夠。」[261] 相對於當時很多人對「幽默」、「閒適」的全盤否定，魯迅的這一觀點無疑更具辯證和公允。他既看到了「幽默」和「閒適」作為一種個人化的情感表達方式的合理性，也指出了它們之於解決現實問題的蒼白和無力。總之，當時的左翼理論界還是比較理性地看待散文中「個人」與「社會」的關係，「個人」具有「社會」的屬性，「社會」的力量又來自於「個人」賦予，兩者都有存在的必要，缺一不可，這是他們共同觀點。只是，無論是在理論的闡述上，還是具體的批評實踐中，他們都更重視散文中「社會」之於「個人」的優先性，都從社會人的角度，強調個人的社會屬性和社會責任，提倡散文要反映現實生活和時代精神，在探索個人性與社會性、現實性與時代性相結合的過程中，面向外部世界擴展思想內涵和藝術視野，增強寫實批判意識。

　　除了對小品文言志論「個性」說的批判，社會論的「個性」說還體現在左翼文藝界的報告文學理論建構上。中國現代報告文學產生於二十世紀二十年代，如瞿秋白的〈赤都心史〉和〈餓鄉紀程〉、葉聖陶的〈五月卅一日急雨中〉、鄭振鐸的〈街血洗去後〉、朱自清的〈執政府大屠殺記〉等，雖以旅行記和紀實散文的面目出現，但其實都具有了報告文學的某些質素。但現代報告文學的崛起則始於三十年代「左聯」成立以後的理論倡導。當時進步文藝界成立「左聯」的一個重要原因就是因為「中國新興階級文藝運動，在過去都是由小集團或

---

261 魯迅：〈一思而行〉，《申報・自由談》1934年5月17日，原署名「曼雪」。

個人的散漫活動，因此運動無大進展，且犯各種錯誤」，所以他們明確提出要反對「小集團主義乃至個人主義」[262]，「從事產生新興階級文學作品」[263]。這所謂的「新興階級文學作品」就包括報告文學：

> 我們號召「左聯」全體聯盟員到工廠到農村到戰線到社會的地下層中去。那邊鬱積著要爆發的感情，那邊展開著迫切需要革命的非人的苦痛生活，那邊橫互著火山的動脈，那邊埋藏著要點火的火藥庫。那麼，我們怎樣把這些感情，把這些生活匯合組織到最進步的解放鬥爭來，這就是我們應該堅決開始的工農兵通信運動工作。因這些不是單純的通信工作而是組織工農士兵生活，提高他們文化水準、政治教育，使他們起來為蘇維埃政權而鬥爭的一種廣大教化運動。從猛烈的階級鬥爭當中，自兵戰的罷工鬥爭當中，如火如荼的鄉村鬥爭當中，經過平民夜校，經過工廠小報，壁報，經過種種煽動宣傳的工作，創造我們的報告文學（Reportage）吧！這樣，我們的文學才能夠從少數特權者的手中解放出來，真正成為大眾的所有。這樣，才能夠使文學運動密切的和革命鬥爭一道的發展，也只有這樣，我們作家的生活才有切實的改變；我們的作品內容才能夠充滿了無產階級鬥爭意識。因此，通信員運動的發展過程，毫無疑義的是無產階級文學運動的發展過程。[264]

---

262 「左聯」成立前夕，在一九三〇年二月二十六日召開的「上海新文學運動者底討論會」上，與會者指出了過去文學運動的四個方面的錯誤，其中首要解決的便是「小集團主義乃至個人主義」。見〈上海新文學運動者底討論會〉，《萌芽月刊》第1卷第3期（1930年）。

263 見〈中國左翼作家聯盟的成立〉，《拓荒者》第1卷第3期（1930年）。

264 見〈無產階級文學運動新的情勢及我們的任務〉，《文化鬥爭》第1卷第1期（1930年）。

　　報告文學是運用文學藝術，真實、及時地反映社會人事的一種散
文，兼有新聞和文學的特點。這就決定了報告文學作者在如實反映現
實社會和人物活動的時候，必須調動文學技巧，包括展示自己的個性
藝術，換言之，報告文學要發揮「種種煽動宣傳」的功能，作品中個
性與社會性也必須有機地結合在一起。在當時的左翼作家看來，有些
散文已「落到有閒的文學者的時候，它只是變成了發抒個人情感，諷
詠花月的支配物了。將這失去了的散文的精神重新復活，就是『報告
文學』。」[265]所以，倡導報告文學某種程度上也是左翼文藝界針對言
志論「個性」說的一種理論宣示。在他們看來，報告文學作家應發揮
主觀能動性，積極深入現實社會，「報告文學者，當一件事情發生
後，需要直接地滲入事變的動態中去，將事實時時發生的變動報告給
讀者。因此他應直接在事變的動態中去觀察，做歷史事實的見證人，
檢查官，要『身陷其境』地去考察。」但另一方面，作家也不是被動
地反映現實，「有聞必錄」，而是應有個人化的取捨，「他的報導任務
應是獨立的，不是被動的。他的報導任務應當是和他們所屬的被壓迫
階層的戰鬥任務聯在一起，他是為戰鬥而報導。因此他可以把那日常
發生的平常事件忽略掉，而選取富有鬥爭性的，為大眾所關心的事件
來報導。」[266]也就是說，報告文學作家的創作主體性既來自於他介入
現實的意願，也來自於他把握現實的能力，作家個人在此是無法自足
的，他必須積極擁抱現實社會才有力量，這種合二而一的觀念有如胡
風對報告文學寫作中作者情感表達的要求：「沒有情緒，作者將不能
突入對象裡面，沒有情緒，作者更不能把他所要傳達的對象在形象
上、在感覺上、在主觀與客觀的溶合上表現出來。……我們所要求的
情緒，一定是附著在對象上面的，也就是『和』對象『一同』放射的

---

265 袁殊：〈報告文學論〉，《文藝新聞》1931年第18期。
266 周鋼鳴：〈報告文學者的任務〉，《文藝》第1卷第1期（1938年）。

東西。作者可以哭泣，可以狂叫，可以有任何種類的情緒激動，不但
可以，而且還是應該的，但他卻不能把他的哭泣他的狂叫照直地吐在
紙上，而是要壓縮在、凝結在那使他哭泣使他狂叫的對象裡面。這
樣，既令讀者在字面上看不見他的哭泣他的狂叫，但能夠從作者所表
現的對象上，從那表現過程底顫動上感受到不能不哭泣，不能不狂叫
的力量。」[267]胡風的這一觀點主要基於他的「主觀戰鬥精神」理論，
他反對在報告文學創作中「照直」地書寫個人情緒，而是要把這種情
緒化為個人的體驗，個人融入社會，而所反映出來的社會現實也以其
個人化的渲染充滿了感染力，兩者相互支撐、相互成全。胡風的這一
觀點也是對當時報告文學寫作公式化的一種回應，對於糾正後來的
「抗戰八股」弊病具有一定的理論意義。

　　抗戰爆發後，面對民族危亡，廣大作家積極投入抗戰救國的洪流
中，他們「繼承和發展現代散文反帝愛國的精神傳統，自覺適應新時
代的需要而調整自己的歌調，唱出新的戰歌。」[268]但另一方面，戰爭
也帶來了巨大的傷害，一些因戰爭失去家園和親人或者到各地漂泊
的文人知識分子，因「對部分現實的缺點與弱點的不滿，而又因於個
己力量的不夠加以改善、改進，於是悲觀意識便乘機攻占了他的心
靈」[269]。這種心態反映到散文創作上，便產生了如楊剛所指摘的「新
式風花雪月」的風格，她認為這類作品多為小「我」統率下所寫的抒
情散文，主題不外乎故鄉、「爸爸、媽媽、愛人、姐姐」等，充滿了
懷鄉病的嘆息和悲情，內容空洞不著邊際，充其量只是風花雪月式的
自娛自樂。[270]「新式風花雪月」可視為特定時代條件下文學中個人主

---

267 胡風：〈論戰爭期的一個戰鬥的文藝形式〉，《七月》1937年第5期。

268 汪文頂：〈戰時散文縱橫談〉，《無聲的河流──現代散文論集》（上海市：上海三聯
　　書店，2003年），頁70。

269 鄭淬：〈論「新式風花雪月」及其克服〉，《江西青年》第3卷第1期（1941年）。

270 轉引自俞元桂等：《中國現代散文史》（北京市：人民文學出版社，2019年），頁329。

義抒情的回潮，雖然其背後的創作心態值得理解和同情，但卻與抗戰時期漫天烽火、悲壯偉烈的時代基調不協調，也背離了當時文藝界「以筆為武器」，「以最深切的體驗，最嚴肅的態度，發為和平與人道的呼聲」的號召[271]。經楊剛等人批評，這一散文創作傾向很快引起了一場「反新式的風花雪月」的討論，參與的諸家觀點基本上都比較一致，他們不反對個人的抒情，而是反對將個人與抗戰的大時代相分離，認為那種拘囿一己之私的抒情是不健康的，「然而，抒情決不是病！我們決不能因為有『新式風花雪月』的存在，便武斷地說應該放逐一切抒情。但是，思慕家鄉，嘆息苦難，孤身顦卷，含淚入夢，這是純然個人的游際現實的病的感情，是一種對現實的逃避的結果。」[272]所以在他們看來，「風花雪月的吟詠，它是被躲在象牙之塔裡的文藝工作者作為寫作素材，同時也是最與人生的各面隔離的」，「都是填滿著濃厚的傷感和憂鬱，這差不多在每一篇作品裡都可以發現的，這種抒述個人情感的東西，是萎靡消沉的，萬萬行不通而要不得的。」[273]針對這些問題，他們提出了種種應對方案，比如要澄清現實上的醜惡對作家的壓迫，刊物也盡量不發表類似的作品，當然更重要的是對作家的要求，他們要努力提升自己把握、書寫現實的能力：「在主體方面，『新式風花雪月』的作者們應增加自身的認識的能力與水準，並充實自己的生活，只有認識的正確才能放棄錯誤的悲觀意識。」[274]而要做到這一點，則需要作家積極主動地融入抗戰大潮中：「走出你感傷的狹小的。世界，去面對到現實，迎向雷雨吧。只要你一投身於抗戰的激流之中，你所抒發的感情就會是非個人的，健康的了。因為在那時候，你所見到的，將是民族生死的戰爭，熱烈的生產，可怕的黑暗；

271　見〈中華全國文藝界抗敵協會宣言〉，《文藝月刊》1938年第9期。
272　俞磬：〈關於新式風花雪月〉，《現代文藝（永安）》第2卷第4期（1941年）。
273　沈東美：〈新式風花雪月〉，《松江新報》1941年第616期。
274　鄭淬：〈論「新式風花雪月」及其克服〉，《江西青年》第3卷第1期（1941年）。

而你所吟詠的，也將是對戰鬥的歌唱，對生產的讚頌，對黑暗的吆喝與詛咒了。」[275]以上諸家對「新式風花雪月」的指責，無論是反對情感內容上個人與社會的脫節，還是主張散文作家應積極介入現實、走進抗戰的大時代中去，都強調了個人與自我的社會屬性，辯證地分析了個性抒情內在的社會性內涵。應該說，他們的這一個性觀念既體現了對散文創作的學理性分析，也是對抗戰這一時代主題的呼應。這一點也是後來者分析文學個性藝術所應引以為鑒的。

　　不同於言志論的「個性」說，「個性」在持社會學理論模式的現代文人那裡不是一個封閉、靜止、抽象的概念，而是開放、動態、具體的，其內涵隨著「社會性」的變化而變化，這與他們多抱持辯證唯物主義和歷史唯物主義的思想方法有關。一九三三年，在《現代十六家小品》的序文中，阿英把五四以後散文的發展分成三個階段，並梳理了其中「個人」與「社會」的交互關係。他認為五四初期的散文主要以「隨感」為主，是「充分的反映了戰鬥的精神」，但五四中後期以後，隨著帝國主義勢力的捲土重來和反動軍閥政府高壓統治的加劇，以及新思潮的輸入和國內思想界的急劇分化，「一部分人固然百折不屈的繼續奮鬥，而另外一部分，卻不能不停滯著腳步，或者轉向消沉，談風月，說身邊瑣事了。所謂〈笑〉，所謂〈蒼蠅〉，就可以算做這一傾向的最初的代表，雖然這種小品文的產生，也還有其他的根源。」而「五卅」以後，「第二期的小品文是和第一期一樣，仍不免是個人主義的，一方面是更進一步的風花雪月，一方面卻轉向革命。在前一期的積極傾向的小品，只是反封建，反一切社會的黑暗面，到了這一期，是更進一步的反對帝國主義，產生了積極的對於革命的要求。這很明白是由於帝國主義舊軍閥壓迫的更加緊急的原因，由於革命運動更加發展的原因。……從五四到五卅，在這幾年的過程中，中

---

275 俞馨：〈關於新式風花雪月〉，《現代文藝（永安）》第2卷第4期（1941年）。

國社會的現狀發展到怎樣的程度，於此可以想見。而落後的，風花雪月一派，雖偶爾也發一兩聲對於社會現狀的呻吟，大部分的時間，卻依舊耗在趣味的消閒上，大概為社會鬥爭而淤積的血愈多，他們愈益加緊的向趣味主義的頂點上跑，雖然他們也有『不得已的苦衷』。」「九・一八」事變以後為第三階段，「小品文作者進一步的有了非常明確的社會觀點，反對帝國主義與封建勢力的要求更熱烈，而它的短小精悍的體制也更有力量。這當然是因為在這緊急的時期，是隨時需要強有力的短小的明快的文學作品，來幫助作戰的。從那時起，小品文是更加強悍，更加有力，在質量雙方，都有很大的開展……另一部分作家也就更得著機會，發展他們的風花雪月，身邊瑣事了。忙者自忙，閒者自閒；你可以看到天空翱翔的爆炸機，而另一種作家，是可以把它詩化的作為壯志淩雲，呼吸大自然空氣的飛鳥。你感到一肚子的悶氣，拿起筆來寫小品作戰，而另一種作家，卻閒對美人花草，作畫彈琴，遣此有涯之生。是這樣的一種對立，一方面是發展，一方面是沒落。這樣的小品文的發生，雖有它的必然，但向沒落方面走，是明明白白地」。[276] 作為左翼文壇重要的理論批評家，阿英的社會學批評模式堪為標杆。他從二元對立的角度，把五四以後的散文創作分為具有戰鬥性革命性和描寫個人風花雪月兩種，又指出這兩種風格的散文都與現實密切相關，且隨著時代的變化逐次遞進。在他看來，個人的風花雪月並非無源之水，而是由社會時代的反向力所催生，是逆時代潮流而動，而且隨著社會風雲的變幻，它的封閉性和落後性也愈發明顯，最終只能走向沒落。這種充滿辯證思維和進化論色彩的觀點，相比言志論的「個性」說，顯然更具力量和煙火味，但在形而下的運思邏輯裡，它把散文的個性表現納入了一個固定的框架中，預設了其品格及命運，也犯下了機械唯物主義之嫌。此外，以群在〈抗戰以來

---

276 阿英：〈序〉《現代十六家小品》，俞元桂主編：《中國現代散文理論》，頁413-415。

的報告文學〉中也指出，隨著「戰爭的延長和戰時經驗的豐富」，以及「作者的觀察方法底改進和對於現實的逼近」，從「抗戰初期」到「抗戰深入期」，報告文學的風格發生了五個方面的變化，試圖總結抗戰時期「社會現實的激變」對報告文學作家創作個性和作品藝術風格的「熔煉」。[277]方菲的〈散文隨筆之產生〉、林慧文的〈現代散文的道路〉等文，也都以動態的把握方式對不同時期的散文風格進行了梳理，這裡就不詳細展開。

　　抱持社會論「個性」說的理論家和作家，既有五四新文學的先驅，如魯迅、茅盾、郭沫若等，也有五四精神薰染下成長起來的新一代作家，如阿英、馮雪峰、許杰、胡風、周木齋、唐弢、徐懋庸等，他們的文學觀念無不是對五四時期那種既注重個性解放又不放棄社會責任的人性論「個性」說的繼承和發展。因此，在強調散文的社會時代功能時，他們並沒有忽視個人化審美的合理存在，在他們的個性話語中，作家的創作個性與時代潮流密切相關，散文的個人性和社會性也是有機統一、辯證發展的。郁達夫明確說道：現代散文的「作者處處不忘自我，也處處不忘自然與社會。就是最純粹的詩人的抒情散文裡，寫到了風花雪月，也總要點出人與人的關係，或人與社會的關係來，以抒懷抱；一粒沙裡見世界，半瓣花上說人情，就是現代的散文的特徵之一。從哲理的說來，這原是智與情的合致，但時代的潮流與社會的影響，卻是使現代散文不得不趨向到此的兩重客觀的條件」；因為「個人終不能遺世而獨立，不能餐露以養生，人與社會，原有連帶的關係，人與人類，也有休戚的因依的」。[278]這既是對創作實踐的總結，也是社會論「個性」說的一種思維方法和價值取向。但另一方面，過於激切的現實介入意願及其背後的意識形態規訓，致使他們有

277　以群：〈抗戰以來的報告文學〉，俞元桂主編：《中國現代散文理論》，頁493-496。
278　郁達夫：〈導言〉《中國新文學大系・散文二集》，《郁達夫文集》（廣州市：花城出版社1983年），第6卷，頁266-267。

時過於強調事功價值，而忽略了對散文主體內在精神世界的注視和發掘，甚至切斷了個人與社會的相通性，對於書寫正常個人情感的散文也給予否認和批判，這種簡單粗暴的理論宣導也影響了當時及後來的散文創作。

三

　　現代中國從個人的覺醒到階級的覺醒，既標示著一個新的時代的到來，還意味著一種新的觀察、思考社會的方式的出場。在階級意識覺醒的時代，人、個人、個性進一步去抽象化，而隸屬到各自的階級裡，個人與社會時代的關係具體化為個人與階級的關係，作為一種思想觀念的「個性」的內涵與外延也隨之作出調整。因此，我們還需進一步探析現代散文個性觀念與階級意識的關係，考察基於階級立場和視角的社會論「個性」說。

　　前文已述及，在二十世紀二十年代前期，「階級」已經成為「革命文學」首倡者們思考文學與社會時代關係的一個重要關鍵詞。在接下來的革命文學論爭和左翼文學運動中，階級與文學的關係再次被頻頻提起，「階級」逐漸成為一個核心的關鍵詞：「文藝是階級的勇猛的鬥士之一員，而且是先鋒」[279]，「因為目前的時代是『革命與戰爭』的時代，國際無產階級及殖民地民族的革命鬥爭日益加緊，文化問題就是文化領域上的階級鬥爭問題，無產階級文學運動，中國無產階級文學運動也就是廣大工農鬥爭的全部的一分野。它在文化的領域中有它嚴重的特殊任務。」[280]這也是三十年代左翼文藝界從階級的立場和視角看取散文個性表現的理論背景。比如，對於魯迅思想個性的發展

---

[279] 麥克昂：〈桌子的跳舞〉，《創造月刊》第1卷第11期（1928年）。
[280] 馮乃超：〈中國無產階級文學運動及左聯產生之歷史的意義〉，《萌芽月刊》第1卷第6期（1930年）。

變化，瞿秋白曾在名文〈《魯迅雜感選集》序言〉中運用階級分析方法做出精到的論析。他認為魯迅早年雖然「背著士大夫階級和宗法社會的過去」，但他「很早就研究過自然科學和當時科學上的最高發展階段。而且他和農民群眾有比較鞏固的聯繫。他的士大夫家庭的敗落，使他在兒童時代就混進了野孩子的群裡，呼吸著小百姓的空氣。這使得他真像吃了狼的奶汁似的，得到了那種『野獸性』。……他從紳士階級出來，他深刻地感覺到一切種種士大夫的卑劣，醜惡和虛偽。他不慚愧自己是私生子，他詛咒自己的過去，他竭力的要肅清這個骯髒的舊茅廁。」科學的洗禮和坎坷的成長經歷，造就了魯迅不同尋常的精神人格，使他成為封建宗法社會的逆子和紳士階級的貳臣。在這裡，瞿秋白試圖說明魯迅創作個性的緣起與其階級出身和階級活動密切相關。所以他整體上肯定「魯迅當時的傾向尼采主義，卻反映著別一種社會關係。固然，這種個性主義，是一般的智識分子的資產階級性的幻想。然而在當時的中國……這種發展個性，思想自由，打破傳統的呼聲，客觀上在當時還有相當的革命意義」，他又總結道：「魯迅在『五四』前的思想，進化論和個性主義還是他的基本。他熱烈的希望著青年，他勇猛的襲擊著宗法社會的僵屍統治，要求個性的解放。可是，不久他就漸漸的瞭解到封建的等級制度和中國社會裡的層層壓榨。」可以見出，瞿秋白在這裡小心翼翼地區分了「個性」和「個性主義」兩個概念。「個性」代表了一種精神訴求，而「個性主義」除此之外，還蘊含著「智識分子」落後的階級根性。魯迅在五四之前的寂寞和彷徨，都與這種階級根性有關。所以，在此基礎上，他指出大革命失敗後魯迅「從進化論最終的走到了階級論」根本上是「從進取的爭求解放的個性主義進到了戰鬥的改造世界的集體主義」，因為「貧民小資產階級和革命的智識階層，終於發見了他們反對剝削制度的朦朧的理想，只有同著新興的社會主義的先進階級前進，才能夠實現，才能夠在偉大的鬥爭的集體之中達到真正的『個性

解放』。」上述分析無論是針對一個時代的個性解放思潮還是魯迅個人的精神個性，瞿秋白都是從階級的角度加以立論。有意思的是，瞿秋白雖然肯定了魯迅拋棄進化論的重要意義，但他關於魯迅精神個性轉變的分析，採取的卻是進化論的思維，其目的在於說明魯迅確立階級論的必要性和正確性。這實際上也是很多左翼批評家從階級角度分析作家作品個性風格的基本模式。他最終所概括出的魯迅雜文風格，也是基於魯迅與舊有階級身分斷離、確立新的階級認同而得出的，主要有四個方面：「第一，是最清醒的現實主義」；「第二，是『韌』的戰鬥」；「第三，是反自由主義」；「第四，是反虛偽的精神」。[281]瞿秋白對魯迅的思想個性和雜文風格的分析評價，不僅批駁了許多論敵對魯迅及其雜文的攻擊，而且矯正了太陽社、後期創造社和左聯內部對魯迅的誤解，還樹立了階級論個性分析的樣板。他在歷史的邏輯演進中，梳理魯迅從進化論到階級論的思想變遷與時代社會變革的關係，辯證看待進化論和個性主義的積極作用，充分肯定魯迅的精神個性和雜文傳統在現代思想鬥爭史上的重要地位。儘管現在看來這樣的分析還未能充分揭示魯迅思想個性和雜文精神的豐富內涵，但也不能不承認這是魯迅研究的第一座豐碑。

　　瞿秋白此文寫於一九三三年，此時他正在上海養病，積極參與左翼文化運動，他從階級的角度分析散文作家作品的個性風格，基本上代表了左翼文藝界階級論的個性觀念。茅盾、阿英、胡風等人的散文理論批評也常採用相似的階級分析方法，這在前文已有所論及，此處不再重複。整體來看，在左翼文藝界的散文理論話語中，個人與個性的階級分析皆有很強的工具理性，雖有片面突出階級性先於個人性的傾向，但總體上能夠立足於散文體性，追求個性風格與階級意識的多

---

281 瞿秋白：〈《魯迅雜感選集》序言〉，俞元桂主編：《中國現代散文理論》，頁182、
　　184、188、192-193、198-200。

樣統一。左翼文藝界階級論的「個性」說隨著「左聯」的解散和全面抗戰的到來被逐漸沖淡，但它的理論批評模式卻在共產黨領導下的邊區及各抗日根據地發揚光大。特別是一九四二年以後，隨著文藝整風的全面展開，文學與政治的關係得到了重新闡釋，文學中的個性不僅關聯著階級性，還與黨性密切相關。

　　邊區文藝界對文藝個性的重釋是與紅色政權對作家的思想改造同步展開的。延安成為革命中心後，幾乎所有前來投奔的知識分子都受到革命思想的洗禮，在參與建設新型社會的同時，也逐漸改造著自己的思想觀念。而在改造過程中，文藝思想上的矛盾鬥爭和作家個體「新我」與「舊我」的內在搏鬥也隨之出現，帶來了文學觀念和個性話語的變化，在散文領域主要表現在有關「魯迅式」雜文的論爭上。

　　一九四一年前後，丁玲、蕭軍、羅烽等著文倡導在延安寫作「魯迅式」雜文。他們在肯定革命根據地新風貌的前提下，不同程度地批評了革命隊伍內部的不足和缺陷，要求繼承魯迅雜文的獨立批判精神，純化邊區的精神風氣。丁玲在〈我們需要雜文〉裡認為應該學習魯迅，發揚雜文暴露黑暗、針砭現實的功能，不僅要揭露國民黨政權「貪污腐化、黑暗、壓迫屠殺進步分子」、剝奪人民「保衛自己抗戰的自由」的倒行逆施，同時也要敢於正視遺留在邊區及各敵後抗日根據地的「封建惡習」，「所謂進步的地方，又非從天而降，它與中國的舊社會是相連結著的。而我們卻只說在這裡是不宜於寫雜文的，這裡只應反映民主的生活，偉大的建設」，所以她指出：「我們這時代還需要雜文，我們不要放棄這一武器。舉起它，雜文是不會死的。」[282]羅烽和蕭軍積極響應丁玲的主張。羅烽在〈還是雜文時代〉裡認為在「光明的邊區」裡，「經年陰濕的角落還是容易找到」，「想到此，常常憶起魯迅先生。劃破黑暗，指示一路去的短劍已經埋在地下了，鏽

---

282 丁玲：〈我們需要雜文〉，俞元桂主編：《中國現代散文理論》，頁270。

了，現在能啟用這種武器的，實在不多。然而如今還是雜文的時代。」[283]在〈雜文還廢不得說〉一文裡，蕭軍雖然沒有指陳邊區的缺點，但他也認為：「『我們現在還需要雜文嗎？』『雜文時代過去了嗎？』這是常常有人提出來的一些疑問。我的回答，對於前者是肯定的；後者是否定的。我們不獨需要雜文，而且很迫切。」他認為「雜文是思想戰鬥中最犀利的武器」，它猶如一把劍，「劍是有兩面刃口的：一面是斬擊敵人，一面卻應該是割離自己的瘡瘤而使用」，「保護美的，消滅醜的；保護自己以及自己的戰友；消滅敵人。」[284]此外，王實味在〈政治家・藝術家〉一文中也說邊區也有「骯髒和黑暗」的角落，「魯迅先生戰鬥了一生，但稍微深刻瞭解先生的人，一定能感覺到他在戰鬥中心裡是頗為寂寞的。……他寂寞，是由於他看到自己戰侶底靈魂中，同樣有著不少的骯髒和黑暗。」因此他要求藝術家「自由地走入人底靈魂深處，改造它——改造自己以加強自己，改造敵人以瓦解敵人」，「大膽地但適當地揭破一切骯髒和黑暗，清洗它們，這與歌頌光明同樣重要，甚至更重要。」[285]以上諸家的雜文觀念及其對魯迅式雜文的推崇，既宣示著「啟蒙者」的姿態，也在張揚著一種獨立思考、敢於直面現實的文學精神。這種姿態和精神，顯然與邊區政府樹立工農兵為歷史主體的做法和歌頌光明面的整體基調格格不入，也給國民黨反動派和日本侵略者攻擊邊區政府提供了口實，很快引起邊區黨政高層的重視，先後找丁玲、艾青、羅烽談話，要求他們站穩立場，用馬克思主義思想處理「歌頌與暴露」的問題。[286]

---

283 羅烽：〈還是雜文的時代〉，俞元桂主編：《中國現代散文理論》，頁272。

284 蕭軍：〈雜文還廢不得說〉，《穀雨》第1卷第5期（1942年）。

285 王實味：〈政治家・藝術家〉，《文學運動史料選》（上海市：教育出版社，1979年），第4冊，頁595-596。

286 見江震龍在《解放區散文研究》一書中的考證。江震龍：《解放區散文研究》（上海市：上海三聯書店，2005年），頁92-93。

　　當然，更為重要的是毛澤東〈在延安文藝座談會上的講話〉[287]的指導和規訓意義。〈講話〉目的在於指導整個邊區的文學創作，但其中的某些準則卻深刻地影響了邊區的個人觀念與散文理論的闡發。毛澤東在〈講話〉中首先要求文藝工作者「站在無產階級的和人民大眾的立場，共產黨員還要站在黨的立場，站在黨性和黨的政策的立場」，確立文學的黨性原則和為工農兵服務的政治方向。為此，知識分子「就得把自己的思想感情來一個變化，來一番改造」，「自己的思想情緒應與工農兵大眾的思想情緒打成一片」，「由一個階級變到另一個階級」。這就規定和引導了知識分子思想改造的途徑和目標，從階級立場和思想感情的徹底改變來重塑知識分子的主體性，確立個性改造的階級性和黨性導向。他批評「有許多同志比較地注重研究知識分子，分析他們的心理，著重地去表現他們，原諒並辯護他們的缺點」，認為「他們是站在小資產階級立場，他們是把自己的作品當作小資產階級的自我表現來創作的」，「這些同志的屁股還是坐在小資產階級方面，或者換句文雅的話說，他們的靈魂深處還是一個小資產階級的王國」，甚至認為「小資產階級出身的人們總是經過種種方法，也經過文學藝術的方法，頑強地表現他們自己，宣傳他們自己的主張，要求人們按照小資產階級知識分子的面貌來改造黨，改造世界。在這種情形下，我們的工作，就是要向他們大喝一聲，說：『同志』們，你們那一套是不行的，無產階級和人民大眾是不能遷就你們的，依了你們，實際上就是依了大地主大資產階級，就有亡黨亡國亡頭的危險。只能依誰呢？只能依照無產階級及其先鋒隊的面貌改造黨，改造世界。」這裡把「小資產階級的自我表現」視為知識分子的階級根性，將其提到「亡黨亡國亡頭」的政治高度上加以批判，個性表達不

---

287 毛澤東：〈在延安文藝座談會上的講話〉，《毛澤東選集》（北京市：人民出版社，1991年），第3卷。下文相關引文均據此版本。

再僅僅是文學審美的問題，而是關乎著革命政權的建設和穩固。如此高位的價值判斷，也體現在毛澤東對延安文藝界「各種糊塗觀念」的批評上，其中涉及到了如何正確看待人性、個性和魯迅雜文的問題：

> 「人性論」。有沒有人性這種東西？當然有的。但是只有具體的人性，沒有抽象的人性。在階級社會裡就是只有帶著階級性的人性，而沒有什麼超階級的人性。我們主張無產階級的人性，人民大眾的人性，而地主階級資產階級則主張地主階級資產階級的人性，不過他們口頭上不這樣說，卻說成為唯一的人性。有些小資產階級知識分子所鼓吹的人性，也是脫離人民大眾或者反對人民大眾的，他們的所謂人性實質上不過是資產階級的個人主義，因此在他們眼中，無產階級的人性就不合於人性。現在延安有些人們所主張的作為所謂文藝理論基礎的「人性論」，就是這樣講，這是完全錯誤的。[288]
>
> 「還是雜文時代，還要魯迅筆法。」魯迅處在黑暗勢力統治下面，沒有言論自由，所以用冷嘲熱諷的雜文形式作戰，魯迅是完全正確的。我們也需要尖銳地嘲笑法西斯主義、中國的反動派和一切危害人民的事物，但在給革命文藝家以充分民主自由、僅僅不給反革命分子以民主自由的陝甘寧邊區和敵後的各抗日根據地，雜文形式就不應該簡單地和魯迅的一樣。我們可以大聲疾呼，而不要隱晦曲折，使人民大眾不易看懂。如果不是對於人民的敵人，而是對於人民自己，那末，「雜文時代」的魯迅，也不曾嘲笑和攻擊革命人民和革命政黨，雜文的寫法也和對於敵人的完全兩樣。對於人民的缺點是需要批評的，我們在前面已經說過了，但必須是真正站在人民的立場上，用保

288　毛澤東：〈在延安文藝座談會上的講話〉，《毛澤東選集》，第3卷，頁870。

護人民、教育人民的滿腔熱情來說話。如果把同志當作敵人來
對待，就是使自己站在敵人的立場上去了。我們是否廢除諷
刺？不是的，諷刺是永遠需要的。但是有幾種諷刺：有對付敵
人的，有對付同盟者的，有對付自己隊伍的，態度各有不同。
我們並不一般地反對諷刺，但是必須廢除諷刺的亂用。[289]

　　關於人性、個性與階級性、黨性的關係，陳伯達在〈人性、黨
性、個性——在延安整風時的筆記〉一文中，根據〈講話〉精神給予
了進一步闡述。他說：「人性是具體的東西，抽象的人性在歷史上是
沒有的」，「人性並不是先天帶來的東西，而是一定的社會生產關係的
產物」，「在階級社會中，人性的根本問題是階級性的問題；在各種社
會集團中，存在著人性和階級性的一致性」；「無產階級的人性，就是
有史以來最善良、最優美的人性，因為，無產階級是有史以來代表歷
史最前進的最革命的階級」。「黨性和階級性是一致的東西，同時黨性
又是階級性集中的東西。黨性是集中的階級性」，「黨性也是歷史的東
西、社會的東西」。那麼如何去處理個性與階級性、黨性的關係呢？
他進一步指出：「任何人的個性，在階級社會中，都帶有一定階級性
的烙印」，「人們個性的活動服從一定階級的利益，不是服從這一個階
級的利益，便是服從那一個階級的利益」。「共產黨的黨性是黨員的一
切優美個性的統一。作為一個共產黨員的個性，只能以黨性為基礎，
雖則在單個共產黨員與單個共產黨員之間，他們的個性是會有差別
的。對於我們共產黨員，如果離開黨性來孤立地談所謂個性，就會喪
失自己共產主義的德性」。[290]將人性、個性具體化為階級性、黨性，
並不是將前者讓位於後者，而是試圖指出人性、個性只有在階級性、

---

289 毛澤東：〈在延安文藝座談會上的講話〉，《毛澤東選集》，第3卷，頁872。
290 陳伯達：〈人性、黨性、個性——在延安整風時的筆記〉，《解放日報》1943年3月27
　　日。

黨性的框架內才能得到理解，強調集體性並不意味著去個人性，相反
兩者在一定的條件下可以共存。正如劉少奇在〈論共產黨員的修養〉
中所指出的，黨員「要根據他的個性和特長來發展他自己」，「黨允許
黨員在不違背黨的利益的範圍內，去建立他個人的以至家庭的生活，
去發展他個人的個性和特長。同時，黨在一切可能條件下還要幫助黨
員根據黨的利益的要求，去發展他的個性的特長，給他以適當的工作
和條件，以至加以獎勵等。」[291]在不違背黨的政治倫理下解放和發展
黨員的個性，某種程度上是黨對二十世紀三十年代革命實踐中主觀主
義和教條主義無差別地壓抑個性的反撥。當然前提是要講究實事求
是，具體問題具體分析，個性訴求不能不分對象、時機和原則，這也
是〈講話〉所要解決的問題。

　　毛澤東對魯迅雜文的辨析和取捨，實際上是根據上述邏輯展開
的。在他看來，丁玲、蕭軍、艾青、王實味等人提倡魯迅式的雜文，
要求揭露落後面，實際上是無視解放區和國統區的本質區別，缺乏具
體分析和階級辯證，其背後的思想基礎正是抽象的人性論和個性論。
另外，批判意識、隱晦迂迴的文風、諷刺手法，是魯迅雜文最鮮明的
藝術個性，也是現代中國雜文最主要的文體特徵。毛澤東雖然肯定魯
迅式雜文對敵鬥爭的積極意義，但他對魯迅雜文的批判意識持保留態
度，特別是要變魯迅雜文的「隱晦曲折」為「大聲疾呼」，要求分清
敵我友，不要亂用諷刺，這顯然是對雜文的重新定性，也是對魯迅式
雜文的一次大改造，雜文的創作主體性和文體功能也隨之受到影響，
或者以另一種面目呈現。

　　座談會結束後，延安文藝界隨即對魯迅式雜文提出了嚴正的批
評，要求雜文家要站穩階級立場，分清敵我友，不能「亂用」諷刺，
實質上是反對把魯迅雜文風格不加辯證地移植到邊區來，其中對王實

---

291 劉少奇：〈論共產黨員的修養〉，《劉少奇選集》（北京市：人民出版社，1981年），
　　上卷，頁135。

味的批評最為激烈。范文瀾認為「〈野百合花〉的錯誤，首先是批評立場的問題，其次是具體的意見，再次才是寫作的技術。」[292]艾青則一改此前的態度，批評王實味的雜文「充滿著陰森氣，當我讀它的時候，就像是走進城隍廟一樣。王實味文章的風格是卑下的。……他把延安描寫成一團黑暗，他把政治家與藝術家、老幹部與新幹部對立起來，挑撥他們之間的關係，這種立場是反動的，這種手段是毒辣的。」[293]丁玲也改變了自己的觀點，既批判王實味又進行自我批評。她認為王實味的問題「是一個動機的問題，是反黨的思想和反黨的行為，已經是政治問題，因此文藝界比對一切事都更需要有明確而肯定的態度，不是贊成便是反對，不准許有含糊或中立的態度」。她又指出整個邊區文藝界面對王實味文章的失職，認為「這充分證明了我們對政治的鈍感和濃厚的自由主義」。她還反省自己〈「三八」節有感〉一文：「那篇文章主要不對的地方是立場和思想方法。這是與我主觀的立場不相干的。儘管我貫注了血淚在那篇文章中，安置了我多年的苦痛和寄予了熱切的希望，但那文章本身仍舊表示了我只站在一部分人身上說話而沒有站在全黨的立場說話。那文章裡只說到一些並不占主要的缺點，又是片面的看問題；那裡只指出了某些黑點，而忘記肯定光明的前途。」[294]

　　經過文藝整風，延安文藝界從創作主體到藝術個性對魯迅式雜文進行了全面的改造，提倡一種不同於魯迅式雜文的「新雜文」。金燦然在〈論雜文〉中說道：「立場是其神髓，是其靈魂」，「決定雜文的特質的，並不在於它是不是揭發黑暗，揭發世人嘔心的惡毒的濃瘡，而在於它是為著什麼人而揭發，站在怎樣的立場上來揭發」，「只有立

292 范文瀾：〈在中央研究院六月十一日座談會上的發言〉，《解放日報》1942年6月29日。

293 溫濟澤：〈鬥爭日記──中央研究院座談會的日記〉，轉引自江震龍：《解放區散文研究》，頁100。

294 丁玲：〈文藝界對王實味應有的態度及反省〉，《解放日報》1942年6月16日。

場站得穩了，才能明確的分別敵我，不至於把光明誤認作黑暗，把革
命隊伍中的太陽下的黑點看成了不起的膿瘡，筆鋒才不至於錯殺了
人，揭發與讚揚，才能實事求是，恰到好處。」他「要求我們的雜文
作家接觸新的生活，只有與我們眼前躍進著的新的生活取得一致的步
調，緊緊地抓住它，與它溶化在一起，那麼我們的雜文的材料的來源
才廣泛，表現才能生動活潑，雜文也才能走出文化人的狹小的圈子，
與廣大的工農兵相結合，為他們所愛好，從他們中取得無限的生命
力。」這實際上也是要求把個人與社會時代相結合，只不過這種結合
是在同一個階級裡的結合。所以，他特別推崇謝覺哉的〈一得書〉，
稱讚〈一得書〉所反映的正是典型環境裡的典型事，稱讚它是雜文的
「新格」，為雜文開拓了「一條廣闊的新途徑」。而對於最能體現雜文
藝術個性的「諷刺」手法，艾思奇在〈談諷刺〉一文中給予了詳細的
闡述，他認為魯迅的話「一般的說諷刺必是出於善意」是不完全妥當
的，對敵人不該有善意，諷刺的立場決不是「愛人類」，諷刺是「服
從於階級的、民族的鬥爭任務」，「諷刺並不一定是冷嘲」，對敵人時
可以轉化為冷嘲狀態，但在自我批評和同志教育上，不應該亂用諷
刺，更不能使用冷嘲的諷刺。[295]「新雜文」的倡導，對於打擊針對解
放區的惡意的負面宣傳，提升廣大軍民的戰鬥意志顯然有著重要的意
義，但它也影響了延安雜文作家直面現實的態度，「小我」成為了
「大我」，「自我」則可能成為「非我」，削弱了雜文作家創作的能動
性。這對解放區的雜文創作產生了不良影響，並深刻地影響到了當代
雜文的發展。

　　還應順帶提及的是，時任國民黨文化運動委員會主任委員張道
藩在一九四二年發表了〈我們所需要的文藝政策〉[296]。該文提出「三

---

295 金燦然：〈論雜文〉，《解放日報》1942年7月25日。
296 張道藩：〈我們所需要的文藝政策〉，《文化先鋒》1942年9月創刊號。

民主義文藝政策」，共有「四條基本原則」，其中「第四，國族至上，
私產社會產生個人主義，共產社會產生階級觀念，而三民主義社會則
產生國族至上的意識。個人主義者時時以『我』的權利，『我』的義
務，以『我』為衡量一切的標準，甚而有時因與我的權利衝突，置國
家民族於不顧。殊不知國亡族滅，身將焉附！有些人又偏偏以階級為
立論的出發點」，「國族至上，這是三民主義第四種基本意識」。他還
提出「六不政策」和「五要政策」，其中「要以民族的立場來寫作」
一節認為：「以個人的立場而寫作，以文藝作品為個性的表現，或以
作品為作者之個人的商品與榮耀之門第等觀念，都是錯誤。其次，以
階級為寫作立場，也不正確」。他進一步指出：「可做今天寫作立場者
唯有民族」，「民族為最自然的結合，民族的需要，也就是個人的需
要，尤其像現在我們民族正在危險的時候，更應該以民族的生存為前
提」，「個人主義，個人自由，思想自由等等個人主義社會的特質，自
可消滅，而民族自由，民族意志始可顯現」。僅就摘引的這些觀點來
看，張道藩及其代表的國民黨的文藝政策既反階級性，又反個人性，
只要求有民族主義的立場，這實際上也是把個人、個性具體化，但這
種立場其實背靠著國民黨的專制統治，有著鮮明的黨派色彩和反動性
質。張道藩的文章發表後，梁實秋寫了〈關於「文藝政策」〉一文給
予附和：「如果我們把文藝當做達到某種政治經濟的目的的工具（用
普羅的術語說則是『武器』），而且『政府』想來用這個工具，則文藝
政策的建立是有其必要的」，「文藝政策則在某一國家某一時代僅能有
一種存在，而且多少總應該帶有一些強迫性」。[297]之所以提及國民黨
文藝政策關於個人、階級與民族性的論述，是想說明在那個特殊的年
代，文學介入社會現實，與政治聯姻，既有背後政治力量的較量，也
有許多知識分子的參與，因此，社會論「個性」說的提出有其歷史的

---

297 梁實秋：〈關於「文藝政策」〉，《文化先鋒》第1卷第8期（1942年）。

必要性和必然性。不管後來者怎麼評價它，都不能否認它對於一個時代文學發展的推動作用。

第三章
「個性」話語的聚焦和共識

　　圍繞散文的「個性」話題，現代散文理論界雖從各自的立場和角度提出不同的觀念，但在眾說紛紜的議論和辯難中，也有相輔相成的聚焦和共識。就前文所述的三種「個性」說來看，言志論的「個性」說和社會論的「個性」說實際上都是從人性論的「個性」說裡演變而來的，而言志論的「個性」說和社會論的「個性」說也有內在的互動和對話。它們雖互為差異，但其中每一種個性觀念的建構，都是以其他兩種為參照系，同時也因著社會景深和意識形態的牽掣，在某種程度上互相化合著對方。這就需要我們求同存異，從眾聲喧嘩中尋繹現代散文理論「個性」說的共性內涵和基本問題。

第一節　文類對話與散文的個性表現

　　儘管「詩」（韻文）與「文」（散體文）向來被認為是中國古代文學的正宗，但這只是個大概的文類區分。五四以來確立了文學的「四分法」，小說、戲劇開始與詩歌、散文相提並論，論者多以為這跟晚清以來小說、戲劇地位的提高有很大的關係，但問題並非那麼簡單。日本學者齋藤希史在〈近代文學觀念形成期的梁啟超〉一文中指出：

　　　　小說能夠順理成章地與詩文同列於「文學」這一名稱之下，只
　　　　是近代以後的事情。不過如果把直到近代才發生的這一變化，
　　　　概括成因小說地位的上升從而自然而然地加入了文學的行列，
　　　　卻是不確切的。實際上是文學這一概念本身發生了極大的變

化，paradigm 的變化，波及到的 écriture 的各個布局。現今我們
稱之為「小說」的這一文學形式自身，也是因為這布局的重建
才得以成立的⋯⋯在此之前，對文言的筆記和白話章回小說雖
也曾與其他形式一起作為一個整體來看待，但是卻不曾注意到
其異於其他的特性，從未把它作為一個獨立的文體來考慮。[1]

雖然這是針對現代小說而論，但現代詩歌、散文、戲劇文類地位的升
降亦是如此。這實際上指出了一個問題，即：現代文學「四分法」的
確立，主要不是緣於四種文類自身在文學版圖上的功能和地位，而是
與近代以來「文學」觀念的變遷密切相關。或者說，正是新的「文
學」概念的提出，重新規劃了四種文類的功能和地位，進而才有了
「四分法」這一新型文學格局的確立。如此，我們至少需要注意兩
點：一是這四個文類雖然有著不同的話語方式和體裁形式，但它們在
共享「文學」這一概念的前提下，有著可化約的「本體性」質素。二
是四個文類是互為建構的，它們的外延與內涵也是相對的，特別是隨
著「文學」觀念的遷移，它們之間的位置及邊界也會相應發生改變。
這兩個方面實際上是互為關聯的，因此百年來文藝理論界常在文類的
對話視野中，根據它們之間可化約的質素，界定某一文類乃至子文類
的概念及其審美範疇。

　　散文寫作在中國有著悠久的歷史，五四以來「散文小品的成功」
更是「幾乎在小說戲曲和詩歌之上」[2]。現代散文雖然躋身於四大文
類，在創作上也取得較大的成就，但理論界關於其內涵與外延的界定
一直是聚訟紛紜，莫衷一是。在無法完成概念界定及範疇體系建設的

1　〔日〕齋藤希史：〈近代文學觀念形成期的梁啟超〉，〔日〕狹間直樹編：《梁啟超・
　　明治日本・西方：日本京都大學人文科學研究所共同研究報告》（北京市：社會科
　　學文獻出版社，2012年），頁264-265。
2　魯迅：〈小品文的危機〉，《現代》第3卷第6期（1933年）。

情況下，理論界就常常以文類的互為建構思維，通過散文與詩歌、小說、戲劇的文類對話，尋繹散文本體的獨特性。「個性」作為現代散文最為核心的審美範疇，也成為當時眾多散文家關注的焦點。

一

在四大文類中，散文和詩歌都是主觀性較強的文類，二者的區別與聯繫也最為理論界所關注。關於詩與散文的關係，西方文論史上已作了較為深入的探討。亞里士多德認為，詩是一種比歷史更富哲學性、更嚴肅的藝術，因為詩傾向於表現帶普遍性的事，而歷史卻傾向於記載具體事件。[3]在西方文論裡，「散文」是一種與韻文（詩）相對的文類，「歷史」屬於「散文」的範疇，因此亞里士多德的這一論斷實際上也是在辨析詩與散文的區別。在這裡，他從哲學的高度，發現了詩歌和散文兩種文類在形而上與形而下層面上的差異。對此，黑格爾有進一步的闡釋，他認為「詩只為提供內心觀照而工作。……所以在全部事物之中，只有那些可以向精神活動提供動力或材料的才可以出現在詩裡。例如作為人的環境或外在世界的那些外在事物本身並沒有什麼意義，只有在和人的意識中精神因素發生聯繫時，它們才有重要的意義，才成為詩所特有的對象」。而散文的思維方式是一種單憑「知解力」的日常意識，「日常的（散文的）意識完全不能深入事物的內在聯繫和本質以及它們的理由，原因，目的等等」，它只是「按照外在有限世界的關係去看待。」[4]黑格爾的觀點雖然有崇詩抑文之嫌，但也更加清晰地指出詩歌與散文在本體上的某些差異，即同樣是

3　〔古希臘〕亞里士多德著，陳中梅譯注：《詩學》（北京市：商務印書館，1996年），頁81。

4　〔德〕黑格爾著，朱光潛譯：《美學》（北京市：商務印書館，1981年），第3卷，下冊，頁19、22、23頁。

側重自我表現的文類，散文充滿了日常意識和相對感性的表達，而詩歌寫作則是面向生命本真敞開，是對日常和庸俗的反抗或昇華。

亞里士多德和黑格爾等人關於詩與散文不同掌握方式的分辨，在西方文論界具有深遠的影響，也為五四以後的中國文論界所引介。尤其彬援引了亞里士多德的觀點，指出「在詩裡，詩人創造一個超現實的美的境界」，「散文則不是『創造的』而是『記實的』。散文只是將現實的情形或概念記述出來的文學作品。」[5]姚遠則將詩與散文的這一區別指認為兩個不同的哲學世界，認為散文屬「現象界，即是亞里士多德底世界」，而詩歌「屬空想界，是柏拉圖底世界」。[6]曾沛霖則進一步深入，將詩與散文的自我表現提高至兩個不同的境界，他認為：「詩與散文的分野，就看作者讀者與境界所發生的關聯怎樣，當作者經受一種特殊境界的時候，由於情緒的高漲，感到自我的消失，因而沉入朦朧狀態，所寫出的東西就是詩」，「至於散文，就與詩完全不同，作者在寫的時候，不必將自我完全沉入境界中的，也就是說：散文容許作者加入客觀的成分，同樣，讀者在讀散文的時候，不管怎樣的受感動，終能意識到自己在意境之外」，因此「散文的情緒類乎輕快。」[7]對於散文與詩歌在本體上的差異，朱光潛有著更深入全面的思考：「就大體論，散文的功用偏於敘事說理，詩的功用偏於抒情遣興。事理直截了當，一往無餘，情趣則低徊往復，纏綿不盡。」[8]敘事說理為日常之需要，主體只能將其意見、觀念直截了當地表達出來，而詩歌的抒情遣興顯然不僅僅是外在的情感形式，還背靠著詩人內在的精神世界、情感結構，是深邃而潛藏的，優秀的詩歌不能、也

5　尤其彬：〈詩與散文在本質上的區別〉，《青年界》1935年第5期。

6　姚遠：〈詩的散文化與散文的詩化〉，《中國詩壇》1939年第3期。

7　曾沛霖：〈詩與散文〉，《育英週刊》1933年第9期。

8　朱光潛：〈詩論〉，《朱光潛全集》（合肥市：安徽教育出版社，1987年），第3卷，頁112。

可不能將其直接出之，而是必須採用一種「低徊往復，纏綿不盡」的修辭策略。因此，朱光潛認為詩與散文的區別不在於題材的選擇，也不在於有無韻律，而在於敘事說理與抒情遣興功能的差異，這更能揭示兩者在本體上的不同，也為突顯散文個性表現的獨特性提供了理論基礎。

　　儘管中西方的「散文」概念不盡一致，但以上諸家借用西方資源展開的「詩」「文」之辨，明顯是從詩歌形而上的超越性與散文形而下的日常性來看待兩者關係的。正如前文所述，這一時期諸家對於散文日常性的觀照，還有著一個不言自明的前提，那就是在五四個性解放文學思潮的推動下，現代散文不再像古代散文那樣被道統和文統所束縛，散文作家既是社會的一分子，也是一個自主、自由的俗世個體，他可以自己的眼光和立場關注現實人生和身邊瑣事，言說異質於以往「經世文章」的「日常性」主題，這就坐實了自五四以來提出的「人的文學」、「平民文學」、「寫實文學」等觀念，散文中的自我與個性表現也就顯得直接而親切。所以，在寫於一九二五年的〈詩論〉中，郁達夫引用了當時美國加州大學文學教授蓋利（C. M. Gayley）的觀點指出，散文是作家日常交換意見的器具，而詩的實質則是高尚集中的想像和情感的表現。[9]李素伯也認同蓋利的觀點道：「我們可以說，詩歌有獨自的理想主義，而小品散文則較為近人情。換句話說，詩歌有神秘的不可理解的幻想境地，而小品散文大都是日常人生抓住現實的記錄，最多在表現上幽默或深刻些。」[10]此外，胡夢華提出「絮語散文」，周作人、林語堂推崇「以自我為中心」的閒適小品，實際上也是這一散文個性觀念的變體。

　　整體觀之，現代散文理論界關於散文與詩歌個性表現的闡述，既

9　轉引自郁達夫：〈詩論〉，《郁達夫文集》（廣州市：花城出版社，1982年），第5卷，頁202。

10　李素伯：《小品文研究》（北京市：新中國書局，1932年），頁12。

基於兩者的本體性差異，也圍繞著具體的歷史語境而展開。正是在文類對話中，散文個性表現的方式和功能才被照亮。通過文類對話，當時的理論界以圖確立散文個性表現的特性：相對於詩歌個性表現超脫於日常生活、主體詩意化、詩體塑形化的特徵，散文則擅長抒寫個人日常感興，自我表現也更為親切和自由。這在很大程度上完成了散文領域裡「為人生的文學」話語的建構，開啟了散文理論話語的現代性進程。

　　不同於將詩歌與散文區隔為兩種不同的審美境界，現代散文理論界分辨散文與小說、戲劇的個性表現意涵，更多的是從它們的敘事形式展開，涉及文學創作的具體操作層面。

　　在西方文論裡，有與中國四大文類大體對應的英文概念，如「Poetry」（詩歌）、「Theatre」（戲劇）、「Novel」（小說）、「Prose」（散文）。但是，西方的「Prose」一直是個廣義的散文概念，泛指除韻文以外的一切散體文：「Prose 散文常用來指所有口頭的和文字的敘說。」[11]這樣一來，西方理論界所謂的「散文」（Prose）就包括了小說等敘事文體，在維·什克洛夫斯基的《散文理論》、韋勒克的《文學理論》、弗萊的《批評的解剖》等論著中，「散文」這一概念甚至主要是指小說。當然，西方文論界有從「Prose」中離析出「Nonfictional Prose」（非小說性散文）這一概念，它是指除小說以外的一切散體文。[12]相比「Prose」，「Nonfictional Prose」與現代中國的「散文」概念有更大的交集，但由於把眾多非文學性的寫作（應用文）也納入其中，它仍無法與後者等同，反而是更加接近於中國古代的「散文」（散

---

11 〔美〕M·H·艾布拉姆斯著，朱金鵬等譯：《歐美文學術語詞典》（北京市：北京大學出版社，1990年），頁271。

12 「Nonfictional Prose」（非小說性散文）基本上是一個包羅萬象的概念，政論、辯論、歷史、傳記、自傳、書信、日記、格言、懺悔錄、新聞報道、宗教經典、哲學論著都被納入其中。見編輯部編：《簡明不列顛百科全書》（北京市：中國大百科全書出版社，1985年），第3卷，頁167。

體文總稱）概念。現在的問題是，五四以來的中國文學觀念深受西方
文學的影響，卻為何沒有接受西方的「三分法」，而是在西方意義上
的敘事性文類裡拆分出散文與小說兩種不同的文類？這或許是傳統文
類觀念的殘留所致。因為小說在古代中國是一種地位不高的文類，而
散文則是與詩歌並稱的文學正宗，儘管近代以來中國的文學觀念發生
了較大的變化，但它們仍然分而治之，呈現出與西方不一樣的文類劃
分法。但也必須看到，當時的理論界雖然對散文與小說的疆界有著清
晰的認識，卻並沒有因此自設壁壘，無視文類本體互通的可能性，諸
多論者在闡述散文個性或主體性的問題時，也常從散文與小說的文類
比較視野中，提出了一些值得重視的觀念，這某種程度上也是在隱秘
地回應西方的文類觀念。由於戲劇與小說皆被當時的理論界視為敘事
性文類，因此戲劇有時也成為他們觀照散文個性表現的一個參照面。

　　一九二一年，周作人在〈美文〉中將「美文」視為「論文」
（Essay）的一種，並指出：「文章的外形與內容，的確有點關係，有
許多思想，既不能作為小說，又不適於做詩，（此只就體裁上說，若
論性質則美文也是小說，小說也就是詩，《新青年》上庫普林作的
《晚間的來客》，可為一例）便可以用論文式去表他」。在這篇具有開
拓性的散文理論文字中，周作人基於「外形與內容」關係的考慮，有
意識地將散文的性質置於小說等文類中加以甄別。這也說明現代散文
理論界從一開始就具有文類的分辨意識。如果再結合他進一步指出
的，美文「須用自己的文句與思想」，不可模仿外國創作，便可發
現，他有意將散文與小說、詩歌等區別開來，主要還是出於個性表現
向度的考慮。[13]當然周作人在此文中沒有繼續展開，但後來者卻對這
一問題給予了充分關注。

　　一九二七年，朱自清在梳理五四散文的創作成績時認為，散文與

---

13 周作人：〈美文〉，《晨報》1921年6月8日，原署名「子嚴」。

小說、戲劇相比，「我們可以說，前者是自由些，後者是謹嚴些……小說的描寫，結構，戲劇的剪裁與對話，都有種種規律（廣義的，不限於古典派的），必須精心結撰，方能有成。散文就不同了，選材與表現，比較可隨便些」。[14]這一論斷初步涉及到了不同文體對作家個性表達的預期，即小說、戲劇主要通過虛構的人物、情節或矛盾衝突間接表達作家的創作個性，而散文的個性表現則去除了虛構的帷幕，顯得更為直接和自由。

　　關於散文在個性表現方面與小說、戲劇的差異，一九三五年，許欽文在〈小品文與個性〉中有過詳細的闡述。他認為，「在一般的小說和劇本裡，所謂『個性的表現』，有著兩種意義：其一是『人物』的個性的表現，就是把『故事』中的人物的姿態和性情寫得透達……其二是作者自己的個性的表現」，「不過在一般的小說和劇本上……對於人物的個性的表現，可以故意的努力做到；作者的個性，須於無意中流露，出於自然，是可致不可求的。」而「小品文不必有一定的『結構』，無須遵守『三一律』，不妨憑著主觀的興感，隨彎倒彎的寫去。……由於自然的流露，無以做作，不容虛偽，才是作者的真面目。所以小品文，雖然是短短的，在『人格的表現』這文學的基本原則上，倒是占著重大地位的。」[15]許欽文在這裡所說的「兩種意義」其實是密切相關的。「『人物』的個性」，是指小說、戲劇中典型人物的塑造問題，這背後當然與「作者自己的個性」密切相關。但小說、戲劇裡「作者自己的個性」必須借助虛構的人物和故事來實現，是間接的、潛隱的，有如艾布拉姆斯評價莎士比亞的戲劇時所說的「上帝之手」[16]，無處不在但又無跡可尋。而散文就不同，散文雖然也有些

14　朱自清：〈論現代中國的小品散文〉，《文學週報》1928年第345期。

15　許欽文：〈小品文與個性〉，《申報‧自由談》1935年4月26日，原署名「欽文」。

16　〔美〕M‧H‧艾布拉姆斯著，酈稚牛等譯：《鏡與燈：浪漫主義文論及批評傳統》（北京市：北京大學出版社，2004年），頁301。

虛構成分，但這一虛構最終還是服務於寫實求真的需要，是為了達到周作人所說的「真實簡明」藝術效果，因此散文的個性表現必須是直接的、顯在的。正如許杰所說的：「一些文學體裁，如同小說與戲劇等，卻畢竟要轉了一個彎，作者自己的面目，以及他的性格與個性，每每是要躲到作品的後面去的；只有小品文，卻把作者自己的形象，完全顯露在紙上的。」[17]對此，葛琴也指出散文個性表現的優勢：「在一篇散文中間，是比在一篇小說或速寫、報告中間，更容易顯出作者的性格，思想和人生觀的。」[18]小說、戲劇的創作是一個複雜的系統工程，理論界將它們與散文並置而談，很多時候是在化繁為簡，以突顯散文個性表現的獨特性。

　　作為一種主體性較強的文類，寫實的散文在敏銳感應世態人生變化方面顯然比虛構的小說和戲劇更具優勢。所以，強調散文的個性表現相對小說、戲劇更為直接、明快，也與當時理論界發出文學積極介入現實的號召相關。魯迅一一九二六年以後基本停止小說創作而集中於寫作批判性的雜文，很大程度上也是在回應這一召喚。一九三五年，郁達夫在為「新文學大系」的散文集寫導言時說道：「藝術家是善感的動物，凡世上將到而未到的變動，或已發而未至極頂的趨勢，總會先在藝術家的心靈裡投下一個淡淡的影子……這一種預言者的使命，在小說裡原負得獨多，但散文的作者，卻要比小說家更普遍更容易來挑起這一肩重擔。近年來散文小品的流行，大鑼大鼓的小說戲劇的少作，以及散文中間帶著社會性的言辭的增加等等，就是這一種傾向的指示。」[19]正是如此，二十世紀三十年代的散文創作一直保持著

---

17 許杰：〈小品文的社會風格〉，陳望道編：《小品文和漫畫》（上海市：生活書店，1935年），頁120。

18 葛琴：〈略談散文〉，《文學批評》1942年9月創刊號。

19 郁達夫：〈導言〉《中國新文學大系・散文二集》，《郁達夫文集》（廣州市：花城出版社，1983年），第6卷，頁267。

強勁的風頭，以至於有「小品文年」的說法，甚至有人懷疑小品散文的「寫作」影響了小說、戲劇的「創作」。

二

　　郁達夫上述言論雖是在確證散文的個性表現觀念，但也無意中觸及了散文特別是三十年代小品文創作興盛的原因，即：散文個性表現相對直接、親切和自由，少了各種成規和形式的束縛，對於作家特別是初步踏入文壇的年輕作家的寫作具有天然的便利性，從而促進了散文創作的繁榮。徐仲年在分析三十年代初期「時下最流行的文藝作品，乃是小品文」時指出：「作者們愛做小品文，原來可以省時間，貪懶！長篇的創作需要想像，觀察，修辭等等；巨幅的理論文需要研究，考證，整理，批評等等；都非提筆就可寫的！至於詩歌，全賴inspiration，更不能勉強！寫小品文，在一般人的眼光裡，不必下這樣大的功夫；事實上也局部的是如此。」[20]而在左翼文藝界看來，散文創作的繁榮，還得益於其自在自由的本體特性與當時中國社會歷史情態的遭遇。方非在談及「散文隨筆之產生」時道：「隨筆文短小精悍，無論怎樣說法，其描寫之用力必比詩歌小說戲劇──濫調者自然不論──為少，其結構，其布局，均比別種文學作品較為容易」，「我們現在已處於資本主義社會之爛熟時期，人們無不感覺煩忙、苦悶、憔悴，因之，無一不灰心、喪志、乏勇氣，無朝氣、無恆心、無耐性，其作品便必然以短小精悍見長而又能即物言志之隨筆為文壇上之一主要形式了。」[21]也就是說，在特殊的時代背景下，散文自身形式體制的獨特性及其直接明快的個性表現精神與作家的創作心境得以充

---

20 徐仲年：〈論小品文〉，《文藝茶話》第2卷第3期（1933年）。
21 方非：〈散文隨筆之產生〉，《文學》第2卷第1號（1934年）。

分應合，進而推進了散文隨筆一時的風行。上述徐、方關於散文繁榮的原因分析基本上代表了當時文論界的主流觀點。當然，現代散文創作興盛的原因還不僅於此，作家群的擴大、刊物的增多、印刷業的發達、接受群體審美趣味的轉變等，都在某種程度上刺激了散文的創作；但從現有的資料來看，幾乎所有的作家和批評家都把散文隨意自由的創作特性當成其風行文壇的首要原因。

也正是如此，散文寫作被現代作家當成是一種自由不拘的文學行為，無須過多文學技巧的徵用。這樣一來，散文的藝術價值在他們看來就無法與小說、詩歌、戲劇平起平坐，而是有高低之分。朱自清指出，散文「不能算作純藝術品，與詩，小說，戲劇，有高下之別。但對於『懶惰』與『欲速』的人，它確是一種較為相宜的體制。這便是它的發達的另一原因了。我以為真正的文學發展，還當從純文學下手，單有散文學是不夠的。」[22]朱自清是散文大家，有著豐富的散文創作經驗，這一觀點顯然很大程度上來自於他本人散文創作的心得體會。但若將其置於中外散文史的視野中加以審視，很明顯是一種片面的論斷，畢竟像某些西方思想性隨筆，中國的先秦諸子散文、司馬遷的史傳、唐宋八大家古文，以及現代周氏兄弟散文等，皆不乏精心營構之作，非朱自清的一己之見可以涵蓋。但如果就當時白話散文的創作實踐來看，朱自清的觀點也不無道理，因為當時白話散文創作還處於探索、上升期，藝術成就整體上比較有限。因此，與朱自清的論斷不謀而合的還不少。許欽文就進一步指出，「小品文同小說、劇本和童話比較起來，於議論的直接表達以外，是非『三一律』的，就是時間、地方和作意，都無所謂『一致』，所以總脫不了一個『雜』字。直接表達議論，所以在另一方面說，是不重『暗示』。因為簡單明瞭，所以初次接近文學的人，容易瞭解。可是功效，不能夠像小說、

---

22 朱自清：〈論現代中國的小品散文〉，《文學週報》1928年第345期。

劇本的來得強大，因為沒有結構，得不到技巧的幫助，不容易發生
『淨化作用』，就是不能夠進展到『藝術三昧』的深處。雖然好的隨
筆，也多描寫，尚暗示，容易使得讀者表同情，也會引起淨化作用
來；可是篇幅短，總不會是深刻濃厚的。」[23]這已非僅僅從選材及其
表現的隨意性來看取散文與其他文類的高下之別，而是認為散文個性
表現的直接和鮮明，容易使其失去嚴謹的品格而流於「雜」，在思想
含量上也不如小說、戲劇等文類。從這個角度來看，三十年代周作
人、林語堂鼓吹閒適的小品散文之所以遭到理論界的普遍抵制，除其
不合時宜地游離於「現實」之外，還應與這類散文被視為先天缺乏厚
重的思想性有關。朱光潛就指出：「我反對這少數人把個人的特殊趣
味加以鼓吹宣傳，使它成為浪漫一世的風氣」，「現在一般人特別推尊
小品文……就是缺乏偉大藝術所應有的『堅持的努力』。我並非說作
品的價值大小，完全可以篇幅長短為準。但是拿中國文學和歐洲文學
相較，相差最遠的是大部頭的著作，這是無可諱言的。……中國文人
沒有多創造類似《紅樓夢》、《西遊記》之類的長篇大作，原因固然很
多，我以為其中之一就是太看重小品文，他們的精力大部分在小品文
中銷磨去了，所以不能作較大的企圖。現在我們的新興文藝剛展開翅
膀作高飛遠舉的準備，我們又回到舊風尚去推尊小品文，在區區看
來，竊期期以為不可。」[24]朱光潛這些話是針對當時的閒適、幽默小
品而論的，言下之意，還是從「體性」的角度，把這類散文當成一種
言說個人趣味的文體，而賦予長篇小說深宏的精神品質。整體觀之，
在與小說、戲劇的比較中，散文的本體特性雖進一步彰顯，但理論界
關於散文個性表現的自由性與其形式體制、思想含量乃至審美趣味之
間內在邏輯關係的述說，明顯將散文置於相對次要的地位，並固化為

---

23 許欽文：〈關於小品文〉，陳望道編：《小品文和漫畫》，頁67。
24 朱光潛：〈論小品文〉，《朱光潛全集》，第3卷，頁428-429。

一種文類觀念影響了後來者，多年來散文研究未能得到足夠的重視與此不無關係。

　　由此，我們發現了一個學界鮮有注意到的問題，那就是當時的理論界很流行這樣一種看法：散文寫作可以成為其他文學品類創作的門檻和準備。比如何谷天認為：「說到寫作小說的技術（結構之類除外），我以為多寫小品文也是一種最好的鍛煉。大概初初寫作的人，當剛剛構思好一個頭緒的時候，便馬上覺得一股熱氣直沖腦頂，拿起筆來好像非一口氣寫它個一萬兩萬不可。盡情揮灑，總覺得這一句也好，那一句也好，全都寫上去，但過一些時，冷眼地看幾遍，就會臉上熱熱地覺出許多重複和不必要的句子來。所以我覺得一方面在不斷地努力寫小說的時候，同時應該一方面多寫小品文。這樣，便會一天天地容易覺到自己的筆漸漸磨尖，句子簡練，即是說技術進步起來了。」他之所以如此看待小品文，主要是因為它「單刀直入，有時較之小說戲劇之類更易獨來獨往。不要以為它是『小』品，它伸展的領域很廣闊呢。」[25]夏征農說得更為直接：「小品文，一方面是文藝另一樣式的發展；一方面卻是青年作家提高文學修養的手段。小品文的取材和形式均比較是自由的，我們看到任何一種事件發生，便可以提起筆來照實寫，既無須使故事展開，也無須特別注意結構，因為它是片段的，而且常用的第一人稱，用第一人稱無疑的是最便於發揮。作者能從這裡練習處理材料，練習描寫技巧，練習布局，造句，但卻絲毫不受這一切的束縛。」[26]換言之，小品文寫作自由不拘，不必顧忌過多條律，使它被視為創作前的操練，而非創作本身。與此相關的是，隨著散文小品創作的興盛，三十年代的文學出版市場上出現了諸多關於散文小品的「作法」和「講義」，對散文的寫作技術進行拆解，以

---

25 何谷天：〈小品文對於我〉，陳望道編：《小品文和漫畫》，頁84、86-87。

26 夏征農：〈論小品文——答姜蕭君〉，李寧編：《小品文藝術談》（北京市：中國廣播電視出版社，1990年），頁109-110。

期提升文學的創作能力。比如馮三昧認為「從事小品文，不但使小品
文自身易於進步，同時還可增長各種的作文力。」這所謂的「各種作
文力」包括六個方面：「可為作長文的基礎」、「能使文字簡潔」、「能
啟發作文的興趣」、「可養成敏銳的觀察力」、「能增加生活的吟味
力」、「能救文字的僵化」[27]。類似寫作技術的講解，雖緣於繁榮的散
文出版市場的刺激，但將其認定為一種技術性工作，也說明時人在潛
意識裡並沒有將散文與其他三種文類等同對待。而將散文與詩歌、小
說、戲劇的藝術價值區別對待，實際又回到了前文所述的關於如何理
解「文學」的問題，即散文在與其他三種文類分享「文學」的共同質
素時，其所具備的文學功能是不及後者的。所以，散文在現代文學史
乃至百年來文學史上的尷尬地位是與這種輕視分不開的。

　　由上可知，現代文論界圍繞「個性」範疇的文類辨析，既有基於
純學理的立場，也有依據現實的種種考量；既重新定義了散文的個性
表現，也重新定義了散文這一文類本身，而這種定義又被廣闊的社會
歷史景深所牽掣，前文論及的三種「個性」說的生成與此也有很大關
係。而且，文類的對話，不僅為現代散文個性觀念的澆築和散文文類
地位的確立提供了必不可少的理論支撐，自五十年代以來，每當散文
是否可以單獨成為一種文類而遭到質疑時，學界也常常通過文類對
話，對散文的個性表現藝術加以釐析和提煉，從而作出辯護和正名。

第二節　散文的「體性」問題

　　文學上的「體性」指的是作品風格（「體」）與作家個性（「性」）
的關係。劉勰的《文心雕龍》對此有過闡說。他指出創作是作者有了
某種情感的衝動，才發而為文的。所以作者的才、氣、學、習等，都

27　馮三昧：《小品文作法》（香港：大江書鋪，1932年），頁28-32。

和作品所表現出來的風格特徵有著密切的關係。五四以來，創作主體的思想個性和藝術才能獲得解放，在個性抒寫中自由驅遣筆墨，自主創造自己的個人文體和藝術風格，從而有創新、獨創、文體家、個人筆調、個人風格等散文觀念的闡發和倡導。在散文「體性」的探討中，當時的理論界不僅追求散文創作個性的獨特面目，也重視文體風格的多樣化，從而推進了現代散文理論「個性」說的深化和充實。

一

　　散文中的「體性」亦即人們常說的「文如其人」、「風格即人」。人與文的關係複雜多樣，大多是文如其人，也有人文分離的，但即使文不盡如其人，其人在文中也會或多或少或顯或隱地在文本中留下某些印痕。現代散文理論界較多關注文如其人問題，強調散文的個性表現和個人創造，這是散文的體性使然，因為散文本是個人「心聲」的流露，更便於創作主體的自由發揮和自主創造，也更能見出作者的真實情形和藝術風采。

　　這首先得從創作主體性談起。文學理論中關於創作主體性有狹義和廣義之分。前者指文學創作過程及文本中作家的主體性，屬藝術層面的；後者除了涵蓋前者，還包括現實生活中作家作為社會實踐主體的主體性。本節主要從廣義的角度考察現代散文理論「個性」說關於創作主體性的闡述。劉再復在〈論文學的主體性〉中說道：「文藝創作強調主體性，包括兩層基本內涵：一是文藝創作要把人放到歷史運動中的實踐主體的地位上，即把實踐的人看作歷史運動的軸心，看作歷史的主人，而不是把人看作物，看作政治或經濟機器中的齒輪和螺絲釘。也不是把人看作階級鏈條中的任人揉捏的一環。也就是說，要把人看作目的，而不是手段。或者說我們要把人看作目的王國的成員，而不是看作工具王國的成員。二是文藝創作要高度重視人的精神

的主體性，這就是要重視人在歷史運動中的能動性、自主性和創造性。」[28]這一觀點亦適用於文學生產過程。現代散文理論「個性」說對於創作主體性的追求，首先是從實踐主體性的層面致力於解除散文作家外在的桎梏，把作家看作一個具有獨立人格的人，一個具有自由靈魂的人，使他們作為一個具體的「人」而存在，創作出「人」的散文；其次是在發現「人」精神力量和創造才能的基礎上充分發揮散文作家的主觀能動性和自主創造性，創造出具有思想藝術個性的散文作品。這樣的個性，正如郁達夫所說的：「我的所謂個性，原是指 Individuality（個人性）與 Personality（人格）的兩者合一性而言。」[29]

　　現代散文理論「個性」說關於作家實踐主體性的建構得益於五四時期「人」的發現和個性的覺醒。古代文人受制於禮教羅網而難以獨立自持，近代文人雖有「立人」之思以圖喚醒國民意識，但個人、個性意識還不流行，甚至受到誤解和排斥。五四運動的發軔，即以「民主」、「科學」、「自由」、「人道」、「個性」為關鍵詞，極力倡導獨立自主的個性人格。在《青年雜誌》的發刊詞〈敬告青年〉一文中，陳獨秀「謹陳六義」，其中位列第一的就是「自主的而非奴隸的」，要求有「獨立自主之人格」，「一切操行，一切權利，一切信仰，唯有聽命各自固有之智能，斷無盲從隸屬他人之理。」[30]至於五四初期的「人的文學」觀念，首要的也是「講人的意義，從新要發見『人』，去『闢人荒』」，[31]亦即承認人的合法權利和人格平等。對於散文作家來說，就是要為個性的自由發展和充分實現創造條件，去除思想桎梏，堅持獨立思考、自由創作，完成實踐主體性和精神主體性的統一。「語絲派」提倡「自由思想，獨立判斷，和美的生活」[32]，堅持「不用別人

---

28 劉再復：〈論文學的主體性〉，《文學評論》1985年第6期。

29 郁達夫：〈導言〉《中國新文學大系・散文二集》，《郁達夫文集》，頁263。

30 陳獨秀：〈敬告青年〉，《青年雜誌》第1卷第1期（1915年）。

31 周作人：〈人的文學〉，《新青年》1918年第5卷第6期。

32 見〈《語絲》發刊詞〉，《語絲》1924年第1期。

的錢，不說別人的話」，以保持「自由言論之資格」。[33]錢歌川認為現代小品文的發達很大的一個原因是現代散文作家「不像在專制時代那樣受著束縛」，而是「已經從奴役中解放出來，各人都想表現自己的個性，愛為自己寫照，行文都帶點自傳的色彩。」[34]郁達夫認為「五四運動最大的成功，第一要算『個人』的發見。從前的人，是為君而存在，為道而存在，為父母而存在，現在的人才曉得為自我而存在了。我若無何有乎君，道之不適於我者還算什麼道，父母是我的父母；若沒有我，則社會，國家，宗族等那會有？以這一種覺醒的思想為中心，更以打破了械梏之後的文字為體用，現代的散文，就滋長起來了。」[35]作為對現代散文第一個十年創作成果的總結，郁達夫可謂形象地指出了散文作家實踐主體性的解放對於散文個性藝術的發揮和成長起到的決定性作用。

現代散文理論「個性」說不僅要求實踐主體性的解放，還深入到創作主體的精神內部，強調創作主體的自我能動修習。此一能動性是作家憑藉先天稟賦和氣質，經過後天的生活實踐和藝術修養而形成的獨特的生活經驗、思想識見、個人性格、審美理念以及藝術才能的結晶。[36]

整體來看，自覺、能動發揮散文作家的創作個性幾乎是當時理論界的共識，從立意選材、謀篇布局和藝術傳達都要求作家的自主創造和個性精神的貫注。胡夢華認為絮語散文需要有「散文家天生的擴大的意志，還要有抒情詩人的纏綿的情感，自然派小說家的敏銳的觀察力；更要有卓絕的藝術手段把這些意志的、情感的、觀察力的結晶融

---

33 周作人：〈答伏園論「《語絲》的文體」〉，《語絲》1924年第54期，原署名「豈明」。

34 錢歌川：〈談小品文〉，《論語》1948年第144期，原署名「味橄」。

35 郁達夫：〈導言〉《中國新文學大系·散文二集》，《郁達夫文集》，第6卷，頁261。

36 參見王朝聞主編的《美學概論》（北京市：人民出版社，2002年）和童慶炳的《藝術創作與審美心理》（天津市：百花文藝出版社，1999年）。

會貫通。」[37]現代散文理論界多認為散文有即興創作的便利，但李輝英卻提出了不一樣的看法：「小品文隨你興之所至，稍事揮毫，就成了。這話是不正確的。小品文，惟其因為小，——短小，有時還要談大品所要談的，所以無論在題材方面或是文學方面，都要經過仔細的採擇，運用的。」[38]在二十世紀三十、四十年代諸多關於散文小品的「作法」或「講義」中，作家的藝術能動性常常作為一項重要能力被提出來。如李素伯的《小品文研究》一書專節論述「作者的修養與準備」，提出小品文作者「要有生活的吟味力」、「要有深入的觀察力」「要有豐富的想像力」、「要有適當的表現工具」。馮三昧的《小品文研究》以「小品文作家的資格」一節討論小品文作家的思想藝術儲備。他認為：「小品文作家比諸一般作家，尤其需要敏感與機智。同一人生自然，一般作家都可在無拘限的空白的原稿紙上，作周詳的記述和細密的描寫；小品文作家卻就不然，他非深入自然的核心，窺破人生的奧秘，便不足以出奇制勝。」[39]由於散文一向被視為隨意、自由的文體，在當時和後來的理論界，關於散文作家的審美能力和創作能力的自我培育常被忽視，對上述觀念的發掘無疑可以完善現代散文的「體性」理論。

文學的「體性」講求作家創作個性和文體風格緊密、自然的結合，「作家的創作個性按照由隱以至顯和因內而符外的藝術規律，就形成了筆區雲譎、文苑波詭的無限多樣化的不同藝術風格。」[40]散文的寫作素材一向以零散、片段為主，現代散文理論界無論是致力於實踐主體性的解放，還是強調創作主體內在的能動修習，都不是片面突出自我的意志，強行黏合破碎的素材，而是為了將雜亂無章但又充滿生機

---

37 胡夢華：〈絮語散文〉，《小說月報》第17卷第3號（1926年）。。

38 李輝英：〈寫點小品文罷〉，陳望道編：《小品文和漫畫》，頁80。

39 馮三昧：《小品文研究》（上海市：世界書局，1933年），頁65。

40 王元化：《文心雕龍講疏》（上海市：華東師範大學出版社，2017年），頁84。

和多樣色彩的日常生活素材以一種自然的結構和情調給予凝聚起來，既纖毫畢露地表現自我，又讓風格真切自然地流露出來。蒙田在其小品文集的寄語中說道：「若是為了嘩眾取寵，我就會更好地裝飾自己，就會酌字斟句，矯揉造作。我寧願以一種樸實、自然和平平常常的姿態出現在讀者面前，而不作任何人為的努力，因為我描繪的是我自己。」[41]蒙田的這一理念指引了西方近代以來散文隨筆的創作，被引介到中國以後，得到了現代散文理論界的認同和創化。在他們看來，作者不做作、不虛偽，行文上自然天成、不事雕琢，自我的個性表現就能達到本色的境地，也即作家的個性和作品的風格必須表裡相符。

　　洪深別出心裁地把小品散文作家的個性人格比作滷汁，把散文作品比作滷料，並指出兩者的緊密關係和互為表裡：「小品文的可愛，就是那每篇所表示的作者個人底人格。不論什麼材料，非經通過作者個人底情緒，是不會『夠味兒』的。粗糙一點的說，作者底人格，他的哲學，他的見解，他的對於一切事物的『情緒的態度』，不就很像滷汁麼！如果這個好，隨便什麼在這裡滲浸過的材料，出來沒有不是美品珍品。反之，如果一個作者，沒有適當的生活經驗，沒有交到有益的活人或書本朋友，那末，從他的滷汁裡提出來的小品，只是一個隘狹的無聊的荒謬的糊塗的人底私見偏見，怎樣會得『夠味兒』呢！小品文，是最富於個人成分的。每一個作家，各有他的一鍋滷汁。這個滷汁，必須是有滋味，能滋養，再一點不含毒素，而後作者才可以『從心所欲，不逾矩』地寫小品文！」[42]李素伯在談到歐陽修、蘇東坡等古代散文家的小品文創作時說道：「他們具有詩人的天才，充溢著生命的力而無處發洩，便在人以為小道的小品裡不經意的偶然流露，而後世的我們，反可從這些斷編零簡裡窺出他們的真面目，這正

41　〔法〕蒙田著，潘麗珍等譯：〈致讀者〉：《蒙田隨筆全集》（北京市：譯林出版社，1996年），上卷，頁31。

42　洪深：〈滷〉，陳望道編：《小品文和漫畫》，頁96-97。

是非常可喜的事。」[43]就此而言，當時散文理論界經常談及的即興之筆，也是試圖以輕鬆自然的創作態度構建起自然確切的體性關係。如上文一再提及的被廣為認同的廚川白村論 Essay，他認為散文是作家「興之所至」，「想到什麼就縱談什麼，而托於即興之筆」，其實也是在談論散文「體性」自在自為的確立。現代散文理論界甚至在此基礎上引入「靈感」的概念，來看待「體性」由隱至顯、因內符外的生成。林語堂將「隨興所之」作為「作文六訣」之一，又說：「由精神可進而言神感（烟士波利鈍），由神感可進而言性靈。精神到時，不但意到筆隨，抑且筆意先，欲罷不能，一若佳句之來，胸中作不得主宰，得之無意之中，腕下有鬼自驅馳之。胸中作不得主宰，得之無意之中，故托為『神感』之說」。[44]徐懋庸也認為「小品文的材料，可不能預先計劃，全靠靈感觸發。靈感未至之時，縱然萬象森羅於目前，亦只如窮漢行經食品之肆，眼看著這香甜可口之物，而不能染指。靈感既發，則便如煉就魔術之指，點石亦能成金。」[45]

　　如果進一步深究，上述諸家對「即興」和「靈感」的關注，與二十、三十年代現代文學界汲納精神分析學說及其無意識理論不無關係；儘管我們無法明確證實精神分析學派對現代散文理論「個性」說的理論影響，後者也沒有前者那樣對作家的無意識進行深入、系統的闡述，但是它們之間卻明顯地存在著共通性。當然，即興與靈感不完全等同於無意識，後人對於這些理論話語也多從自然天成的角度去評價，但它們確實豐富了傳統文學的「體性」理論，其間所蘊含的非理性因素也是我們查探「個性」說現代性內涵的重要依據。

---

43 李素伯：《小品文研究》，頁6-7。

44 林語堂：〈記性靈〉，《宇宙風》1935年第1期，原署名「語堂」。

45 徐懋庸：〈金聖歎的極微論──小品文作法講義第一章〉，《人間世》1934年第1期。

二

　　前文所論及的三種形態的「個性」說，雖有各自的思想立場和價值取向，但它們在個性與人性、人生的基本關係上還有交叉互動的一面。人性論「個性」說自不待言，言志論「個性」說本是從人性論「個性」說發展而來。作為言志論「個性」說的代表人物，周作人的「人的文學」觀可視為人性論「個性」說的思想綱領。周作人是從思想文化前沿退守個人精神小天地之後，才有意突出「言志」中屬於個人化的情趣意涵，大力鼓吹公安派的閒情逸致，其實他本身更看重魏晉文章，也注重人情物理、常識和生物，「由草木蟲魚，窺知人類之事」[46]，又著重發揮個性獨立和自由所蘊含的反道統、反政治和文化專制的意義。這些表明周作人的散文言志論是他「人的文學」觀的變種。林語堂追隨周作人的散文理論，把散文的個性表現等同於他一再宣揚的「性靈」，賦予其神秘主義色彩，但他還是承認：「若謂性靈玄奧，則心理學之所謂『個性』，本來玄奧，而個性之確有，固不容疑惑也。凡所謂個性，包括一人之體格、神經、理智、情感、學問、見解、經驗、閱歷、好惡、癖嗜，極其錯綜複雜。」[47]先不問其理論是否具有周延性，但將「性靈」與作家個人的經驗、閱歷、學問等因素合而談之，至少也展示了「性靈」中「人間世」的一面。所以，他進一步指出，性靈「卓大堅實，非一朝一夕可致，必經長期孕育。世事既通，道理既澈，見解愈深，則愈卓大堅實。性靈未加培養，事理不求甚解，人云亦云，及既舒紙濡墨，然後苦索饑腸以應付之，斯流為萎靡纖弱」[48]，他所說的性靈小品文，則「可以發揮議論，可以暢泄

---

46 周作人：〈《秉燭後談》序〉，見《立春以前》（石家莊市：河北教育出版社，2002年），頁174。

47 林語堂：〈記性靈〉，《宇宙風》1935年第1期，原署名「語堂」。

48 林語堂：〈論文〉（下），《論語》1933年第28期，原署名「語堂」。

衷情，可以摹繪人情，可以形容世故，可以札記瑣屑，可以談天說地」[49]。如此觀之，他的「性靈」理論只是極端強調個人所特有、心靈所秘藏的一面，根本上還是離不開社會性的涵養和功能指涉。至於社會論的「個性」說，它固然有淡化或異化主體個性的弊病，但其強調個人的社會擔當和歷史使命、充實和拓展主體心懷的積極面，本質上又和五四時期的人道關懷、民主訴求一脈相通，亦可說是五四精神另一向度的傳承。總而言之，如果求同存異，三種形態的「個性」說在創作主體性的人道關懷和人性發掘上是殊途同歸的，在守護個性自由、自主創造的訴求上也是異口同聲。

但現代散文理論界關於散文作家創作主體性的論說，整體上還是有兩種不同的傾向。一是注重現實人生關懷和社會文化批評的創作主體的外向化；一是關注自身精神現象、堅持獨抒個人情懷的創作主體的內向化。在時代形勢的催化下，前者既強化著創作主體的社會性又弱化著個體的自我性，並持續抑制著內傾化意識。後者則在高壓時勢下不斷分化，或逐漸外向擴展，或愈加內斂自閉，走向獨善自娛，但在固守個人方寸心田方面有新的開墾，對前者也有競爭性的挑戰和互補性的互動。當然，這兩種指向都有不足之處。前者注重創作主體和散文藝術的社會性、現實性和戰鬥性，也充滿胡風所說的一種主觀戰鬥精神和能動創造精神，但如果作家的生活經驗、思想修養和藝術魄力尚不相稱，又簡單接受文學社會學理論，那就會寫出一些為人詬病的標語口號式的新八股，既沒有藝術性，也沒有主體個性，這是外向化容易產生的消極影響。這與後者的自戀自閉、自我收束一樣，也是自我個性和創作主體的蛻化和異化，都從反面警醒著散文作家的文體選擇和自我表現。以往學界多只關注不同散文流派身處這兩種傾向時所持的極端化態度，卻較少注意到作家個在這兩種理論模式中切換對

---

49 林語堂：〈《人間世》發刊詞〉，《人間世》1934年第1期。

於散文體性關係的影響。在這方面,「何其芳現象」可謂是一典型的例子。

何其芳散文從《畫夢錄》到《星火集》,體現的是創作主體從內向外、從「小我」走向「大我」的心路歷程。起初,他認為「文藝什麼也不為,只為了抒寫自己,抒寫自己的幻想、感覺、情感」[50],「覺得在中國新文學的部門中,散文的生長不能說很荒蕪,很孱弱,但除去那些說理的,諷刺的,或者說偏重智慧的之外,抒情的多半流入身邊雜事的敘述和感傷的個人遭遇的告白。」因此他「願意以微薄的努力來證明每篇散文應該是一種純粹的獨立的創作,不是一段未完篇的小說,也不是一首短詩的放大」,立意「為抒情的散文找出一個新的方向」。[51]他抱著自我表現的藝術觀和藝術創新的散文觀,在長達兩年的精雕細琢中,完成了《畫夢錄》的十七篇散文作品,以藝術上的獨創性獲得了《大公報》一九三六年度的文藝獎,為抒情散文開創了追求形式美的新風氣。他吟詠著「溫柔的獨語」、「悲哀的獨語」、「狂暴的獨語」,自我意識相當強烈,抒寫自己的幻想、感覺和情緒極為細緻、深切。他把自己青春期的哀樂得失寫得楚楚動人:「我曾有一些帶傷感之黃色的快樂,如同三月的夜晚的微風飄進我夢裡,又飄去了。我醒來,看見第一顆亮著純潔的愛情的朝露無聲地墮地。我又曾有一些寂寞的光陰,在幽暗的窗子下,在長夜的爐火邊,我緊閉著門而它們仍然遁逸了。我能忘掉憂鬱如忘掉歡樂一樣容易嗎?」(《黃昏》)他還把孤獨感拿來細細玩味:「設想獨步在荒涼的夜街上,一種枯寂的聲響固執的追隨著你,如昏黃的燈光下的黑色影子,你不知該對它珍愛抑是不能忍耐了:那是你腳步的獨語」;「黑色的門緊閉著:一個永遠期待的靈魂死在門內,一個永遠找尋的靈魂死在門外。每一

50　何其芳:〈談自己的詩──《夜歌》後記〉,《詩文集》1945年第1期。

51　何其芳:〈我和散文(代序)〉,《還鄉雜記》(上海市:文化生活出版社,1949年),頁3、7。

個靈魂是一個世界，沒有窗戶。而可愛的靈魂都是倔強的獨語者。」
（《獨語》）這種孤獨者的內心獨語，精微幽玄，耐人尋味，也是他在
象牙塔裡生活和思考的結果。然而，當他走出學校，接觸到現實社會
生活以後，「再也不能繼續做著一些美麗的溫柔的夢，而且安靜的用
心的描畫它們」，開始「厭棄我自己的精緻」，自責「為什麼這樣枯
窘」，為什麼「獨自摸索的經歷的是這樣一條迷離的道路」？這種反
思標誌著刻意畫夢階段的結束，「因為看著無數的人都輾轉於饑寒死
亡之中，我忘記了個人的哀樂」，「現在我最關心的是人間的事情」。[52]
於是，他從個人的苦悶深淵自拔出來，從夢境回到現實，由自我中心
主義轉到人道主義的立場上，開始「要使自己的歌唱變成鞭子還擊到
這不合理的社會的背上」，[53]從而寫出了具有現實批判精神的《還鄉雜
記》，並認為文學的「根株必須深深的植在人間，植在這充滿了不幸
的黑壓壓的大地上。把它從這豐饒的土地裡拔出來一定要枯死的，因
為它並不是如一些幻想家或逃避現實者所假定的，一棵可以托根，生
長，並繁榮於空中的樹。」[54]抗戰爆發後，他奔赴延安，「從環境，從
人，從工作學習了許多許多」，特別是參加延安文藝座談會以後，經
過痛苦的脫胎換骨的思想鬥爭，他完全拋掉了舊我，實現了從小資產
階級到無產階級的徹底轉變。他抒寫舊我與新我、小我與大我的矛盾
糾葛，還帶有個性表現及其更新變化的心靈軌跡，但在努力反映新生
活新人物的時候，由於體驗不深，未能將其轉化為自己切身的獨到的
感受，所表達的內容和採用的形式就不僅沒有原先刻意畫夢時代的異
彩，也未能充分表現出新生活新人物的底色和精神。

　　這種「何其芳現象」，一般認為是思想進步、藝術退步的代表。
何其芳後來也承認這個事實：「當我的生活或我的思想發生了大的變

---

52 何其芳：〈我的散文（代序）〉，《還鄉雜記》，頁5、8、11、12。

53 何其芳：〈序〉《刻意集》（上海市：文化生活出版社，1938年），頁8。

54 何其芳：〈序〉《刻意集》，頁8。

化，而且是一種向前邁進的變化的時候，我寫的所謂散文或雜文都好像在藝術上並沒有什麼進步，而且有時甚至還有些退步的樣子……由於否定了過去的風格而新的風格又還沒有形成，由於否定了過去的藝術見解而新的藝術見解又還比較簡單，只是強調為當前的需要服務，只是強調內容正確和寫得樸素，容易理解……現在看來，只講求藝術的完美和不講求藝術的完美，都是不行的。」[55]這種思想和藝術的發展不平衡的矛盾現象，在新文學史上並不少見，學界一般認為是作家對新的內容和新的形式還不適應，需要一段學習和實踐的時間。何其芳的藝術探索說明這確是一個艱難曲折的過程，但問題遠非這樣簡單，還有更為直接的個人因素和更為複雜的社會原因值得反思。這一時期的何其芳從個人主義、唯美主義的審美傾向中走了出來，確立起為時代和人民而藝術的新觀念，但也由此走向另一個極端，即基本拋棄過去的藝術經驗，忽視散文的藝術性，忌諱犯唯美主義舊病，從而妨礙了自己散文創作藝術的進展。與此相關，他在否定為個人而藝術的舊傾向、樹立為新現實新讀者服務的新觀念的同時，把作家追求自己的思想藝術個性與當時急於避開的小資產階級的自我表現等同起來，這樣一來也就抑制了正常、健康的個性表現。作者當時處於新我克服舊我的過程中，恐怕舊我殘餘會夾雜在新的思想感受中頑強表現出來，擔心個人的思想感受不正確，與人民群眾有距離，給讀者帶來不好的影響，因此不敢大膽抒情，連個人的切身感受也盡量迴避。這種心境顯然有礙於創作主體對生活素材的主觀熔鑄和開掘生發，束縛了自身想像力和創造力的充分發揮，最終損害散文藝術的提高和完善，影響散文體性關係的健康發展。忽視藝術性，迴避正常的個性表現，這種偏頗的藝術觀念不僅存在於何其芳身上，解放區其他作家也

---

55 何其芳：《散文選集・序》，《何其芳研究專集》（成都市：四川文藝出版社，1986年），頁290。

犯有類似的錯誤，有其複雜的政治文化語境。解放區文學在反映新的世界上，在創造新的藝術形式和藝術語言上，在追求大眾化和民族化上，給新文學開拓了一個嶄新局面。但另一方面，文學批評的政治化傾向，籠統地批判「自我表現」，沒有分清政治問題與藝術問題、講究藝術形式美與形式主義、追求創作個性和小資產階級自我表現等界限，如此總總，造成不少作家只注意內容正確，及時為當前需要服務，而不敢充分表現自己的獨到體會，不敢執意追求藝術的完美豐富，以免招來非議。這種氣氛導致了作家個性和創作心態的拘束，創作主體的主觀能動性和自由創造精神當然就難以得到充分發揮和實現。[56]總之，「何其芳現象」是創作主體性由內轉外的代表，當他苦於找不到光明出路、只好把自己局限在狹小天地時，他憑藉靈敏的藝術感覺和鮮明的個性風格，在藝術上慘淡經營，刻意求工，為現代散文抒情藝術的發展作出了獨特的貢獻，但視野狹窄，文思容易枯窘；而當他認清前進方向、開闊生活視野後，本該努力使藝術與思想和生活同步前進，卻由於藝術觀的矯枉過正，而放棄原先的藝術追求，到頭來吃了「不講求藝術的完美」的虧，失卻了個性藝術的光彩。如此處理散文的體性關係和體性觀念值得一再反思。

三

　　現代散文雖然「有種種的樣式，種種的流派」，打破了「『美文不能用白話』的迷信」，然而正如前文所論及的，散文作家激進的反傳統態度，有時也會造成以激情代替理性，導致個人主義的氾濫，使得部分散文作品顯得稚嫩粗糙。其次，現代散文在很長一段時間內並沒

---

56 汪文頂：〈何其芳散文的流變〉，《無聲的河流》（上海市：上海遠東出版社，2003年），頁200-201。

有理論上的自覺，許多作家甚至不把它當成文學的一個部門，而是視為「偉大創作」前的「練筆」，缺少了一種嚴肅的創作態度。再次，現代散文的成長、成熟期，也是社會風雲變幻不定的年代，「缺少安定的環境與心境，至為明顯，所以作家們，也不免被迫著放棄長篇著作的企求，而改寫簡短的小品文。何況還有許多處境困難的知識分子，想藉筆墨來維持生活，自然是短小的易於動手。」環境的惡劣和生活的壓力，導致某些作家把散文的「創作」降格為換取稿費的「寫作」，同時「大量生產的結果，自不免粗製濫造，勉強塞責。」[57]因此，五四以來，儘管文學中的自我與個性受到了廣泛認同，但卻由於上述的原因，散文的個性表現仍存在著主觀任意性的情況，導致徒有「作風」而缺乏真正的藝術個性。

在西方文論中，「作風」又稱「矯飾作風」，一般指作家脫離表現對象，任由癖好、積習隨意發揮，導致文體風格的失調，帶有貶義性。黑格爾在《美學》中曾嚴格區分過「作風」與「獨創性」問題，他指出：「單純的作風必須和獨創性分別開來。因為作風只是藝術家的個別的因而也是偶然的特點，這些特點並不是主題本身及其理想的表現所要求的，而是在創作過程中流露出來的。」在他看來，「作風則是特屬某一藝術家的構思和完成作品時所現出的偶然的特點，它走到極端，可以與真正的理想概念直接相矛盾。就這個意義來說，藝術家有了作風，就是揀取了一種最壞的東西，因為有了作風，它就只是在聽他個人的單純的狹隘的主體性的擺布。」在此基礎上，黑格爾提出了藝術的獨創性，他認為：「獨創性是和真正的客觀性統一的，它把藝術表現裡的主體和對象兩方面融合在一起，使得這兩方面不再互相外在和對立。從一方面看，這種獨創性揭示出藝術家的最親切的內心生活；從另一方面看，它所給的卻又只是對象的性質，因而獨創性

---

57 陳醉雲：〈小品文往哪兒走〉，陳望道編：《小品文和漫畫》，頁54。

的特徵顯得只是對象本身的特徵，我們可以說獨特性是從對象的特徵
來的，而對象的特徵又是從創造者的主體性來的。」[58]黑格爾所說的
「作風」是指藝術家創作個性的任性發揮，失去對創作對象本質特性
的精確把握，因而是「一種很壞的個別性」。對此，歌德也有類似的
看法，他把藝術品分成三種等級：「自然的單純模仿」、「作風」、「風
格」。他認為：「作風是用靈巧而精力充沛的氣質去攫取現象；風格則
奠基於最深刻的知識原則上面，奠基在事物的本性上面，而這種事物
的本性應該是我們可以在看得見觸得到的形體中認識到的。」[59]歌德
雖然沒有明確貶抑「作風」，但在他看來，「作風」主要指藝術家偏於
單純的主觀性，在審美主客體關係的處理上，以他自己個人的思想感
情去支配、駕馭作為客體的自然現象，這與黑格爾所定義的「作風」
的涵義相近。而「風格」在歌德看來則是藝術所能達到的最高境界，
它奠基於主體所遵循的「最深刻的知識原則」與作為客體的「事物的
本性」之上，是主客體的和諧一致，從而達到物我交融的境界。在此，
歌德的「風格」與被黑格爾推崇的「獨創性」也是相通的，指主體積
極擁抱客體而產生的一種創造性，這種創造性貫通於創作主體的所有
作品，成為作家獨創性的深刻印記。這種界分是必要的，它進一步完
善了獨創性風格作為文學「體性」的理想境界所代表的美學內涵。

　　現代散文理論界雖沒有明確討論過「作風」與「風格」或「獨創
性」的問題，但在他們的散文體性觀念中，卻常常暗合著對「作風」
的拒斥和對獨創性風格的推崇。如梁實秋認為散文要避免「太多枝
節」、「太繁冗」、「太生硬」、「太粗陋」，[60]實際上就是要去除黑格爾所

58　〔德〕黑格爾：《黑格爾經典文存》（上海市：上海大學出版社，2001年），頁43-44、
　　47。

59　〔德〕歌德：〈自然的單純模仿・作風・風格〉，歌德等著，王元化譯：《文學風格
　　論》（上海市：上海譯文出版社，1982年），頁4。

60　梁實秋：〈論散文〉，《新月》第1卷第8號（1928年）。

說的那種「狹隘的主體性」所造成的「偶然的特點」。值得注意的是，現代散文理論界強調作家要以自由不拘的心態創作，營造一種「絮語閒談」的文風，這首先是相對於正統廟廊文學的莊重矜持、凝滯呆板而言的，是針對「古文義法」等藝術教條提出來的一種語體策略，並不等同於散文作者可以隨意塗鴉，不求藝術匠心。廚川白村就要求讀者從隨筆作家「裝著隨便的塗鴉模樣」中，領會到「其實卻是用了雕心刻骨的苦心的文章」。[61]對於隨筆體性的這一辯證關係，諸家也給予了足夠的重視。胡夢華發揮了廚川白村的觀點道：「表面看來雖然平常，精細的考察一下，卻有驚人的奇思，苦心雕刻的妙筆。」[62]周作人在談到清代郝蘭皋的文章時道：「措辭質樸，善能達意，隨便說來彷彿滿不在乎，卻很深切地顯出愛惜惆悵之情，此等文字正是不佞所想望而寫不出者也。」[63]對此，郁達夫在二十世紀三十年代的總結說得更為明確：「至於個人文體的另一面的說法，就是英國各散文大家所慣用的那一種不拘形式家常閒話似的體裁『Informal or Familiar Essays』的話，看來卻似很容易，像是一種不正經的偷懶的寫法，其實在這容易的表面下的作者的努力與苦心，批評家又那裡能夠理會？」[64]這在認同個性自由表現的理論基礎上，深化了對散文「體性」的認識，辯證地指出了自主自由並非沒有限度，而是隱藏著作者藝術個性的潛心創造。事實上，現代散文史上有關個性表現的論爭，各派揚己之長，攻敵之短，也是在斥責對方個性觀念建基於偶然性和非理性之上，而宣稱己方個性觀之於散文實誠、深刻、獨樹一幟地表達自我的正確性和必要性。比如左翼作家攻擊自由派文人的散文理論

---

61 〔日〕廚川白村著，魯迅譯：《出了象牙之塔》，收於《魯迅全集》（北京市：人民文學出版社，1973年），第13卷，頁169。

62 胡夢華：〈絮語散文〉，《小說月報》第17卷第3號（1926年）。

63 周作人：〈模糊〉，《大公報》1935年11月15日，原署名「知堂」。

64 郁達夫：〈導言〉《中國新文學大系‧散文二集》，《郁達夫文集》，第6卷，頁263。

及其創作對個人趣味的無限誇大，自由派文人批評左翼散文理論的功
利性及其散文創作個性的枯萎，皆可見出他們對那種不及物的散文個
性表現的否定，對忠於自我和現實、能和「真正的客觀性統一」的獨
創性的認同與堅守。

　　可見，要真正具有個人風格，作家不能僅僅停留於「攫取現
象」，而是要深入到創作對象的內部。理論界諸家對此很為重視。他
們注重依託創作者自身素質的修養和人格力量，以主體的心靈智慧與
客體的碰撞成就散文的理性精神。石葦說小品文作家：「要不拘泥於
因襲的成見，不執著於現實的功利，而對世間的一切，作清新的觀照
和重新的估價。」[65]李素伯強調小品文作家要培養自己的深刻的觀察
力，從平凡的生活中發現真知：「小品文形既短小，不能如小說戲劇
等作品可以容納繁雜的材料；所以，對於人生各樣的現象，要以我們
奇警銳敏的透察力，去接觸一切，感覺一切，體會一切，抓住自然和
人生的生命」[66]。周作人與其兄魯迅雖有過很深的誤會和矛盾，但在
評價魯迅的散文時，卻能夠公正地說：「魯迅寫小說散文又有一特
點，為別人所不能及者，即對於中國民族的深刻的觀察。大約現代文
人對於中國民族抱著那樣一片黑暗的悲觀的難得有第二個人吧。」之
所以如此，在周作人看來是因為魯迅「在書本裡得來的知識上面，又
加上親自從社會裡得來的經驗，結果便看見一種充滿苦痛與黑暗的人
生。」[67]其實也是從另一方面說明，散文作家要善於深刻體認創作對
象，以期獲取「獨創性」的藝術境界。

---

65 石葦：《小品文講話》（上海市：上海光明書局，1933年），頁16。
66 李素伯：《小品文研究》，頁42。
67 周作人：〈關於魯迅〉，《宇宙風》1936年第29期，原署名「知堂」。

第三節　「個性」的真實性

　　在相當長的時間裡，理論界傾向於認為散文必須描寫真人、真事、真情，並將其視為散文創作最基本的要求和不容偏離的審美原則。但何為「真」，散文寫作如何做到「真」，卻很難說得清楚。中國古代的文學理論批評大多重直覺感悟，帶有具象思維的特點，無法對「真」的內涵作出邏輯性的分析，西方文論對「真」的理解又往往與哲學思辨相結合，陷入從概念到概念的推演之中。現代散文理論界雖常常強調個性之「真」的重要性，但面對這一理論難題，他們似乎無力也無意對其進行深入的探索。因此個性表現的真實性既是現代散文理論「個性」說繞不開的話題，又是一個讓人難於勘探的理論區域。我們所能做的是從現代散文理論界的片言隻語中，對其作一番梳理。

一

　　人是一種有複雜情感的動物，情感維繫著人的自然屬性和社會屬性。因此，人的解放最為重要的是要尋求人的精神的解放，人的情感的自由表達。不管是近代的維新改良，還是五四時期轟轟烈烈的思想解放運動，都是要從根本上改變幾千年來個人的情感受到禮教制約的不自由狀態，也就是要讓人的真情實感有一個自由表達的空間。「真情實感」之於散文創作雖然有著悠久的詩學傳統，但到了近代，由於社會時代環境的使然，以及語言工具從文言到白話的轉變，它被理論界賦予了新的內涵，且對其衡量的標準也一直在變化。

　　自近代以來，文學創作上真情近性的訴求逐漸匯成了一股潮流。從龔自珍的「尊情」說，到王國維「能寫真景物、真感情者，謂之有境界」[68]，無不致力於情感的解放。五四時期「人」的覺醒和個性的

---

68 施議對：《人間詞話譯注》（長沙市：岳麓書社，2003年），頁13。

解放，對於真情實感的訴求要比此前任何時候都來得強烈。胡適在
〈文學改良芻議〉中把「須言之有物」排在文學改良「八事」之首，
他認為言之有物「約有二事」，即「（一）情感」和「（二）思想」，
「情感」居第一重要位置，並說：「近世文人沾沾於聲調字句之間，
既無高遠之思想，又無真摯之情感，文學之衰微，此其大因矣。」[69]
可見真情實感在胡適看來對於新文學有著首要的作用。陳獨秀則把
「立誠的寫實文學」作為文學革命的三大主義之一，在他看來，「求
夫目無古人，赤裸裸的抒情寫世，所謂代表時代之文豪者，不獨全國
無其人，而且舉世無此想。」[70]錢玄同在為胡適的《嘗試集》所作的
序文中，痛斥「毫無真實的情感」的「文妖」，提出「做文章是直寫
自己腦筋裡的思想」。[71]儘管五四初期新文學先驅把「立誠的寫實」、
「真實的情感」作為新文學的標準，但這主要還是為了突破道統思想
對於主體情感的外在束縛，強調人作為時代的主體和文學的主體本身
所應該具有的表達真情實感的權利，重點不在於開拓散文作家的內心
世界，追求內在情感之真。首先，五四初期新文學的主要任務是打倒
舊文學的「文以載道」和「代聖賢立言」，而代之於盡情盡興地說自
己的話。從當時的散文雜感創作實踐上來看，「那時候的白話是出自
政治方面的需求，只是戊戌變法的餘波之一」[72]，正如某些論者所指
出的，其所謂的情感的「真實」，更多的是作者面對當時中國各個領
域的種種弊端，自由地、尖銳地發表自己的意見，本質上是對社會問
題所作的真實的反映和批判。[73]換言之，這一時期新文學先驅對於白
話散文創作中情感「真實」的要求，主要不在於抒發個人內心世界的

69　胡適：〈文學改良芻議〉，《新青年》第2卷第5號（1917年）。

70　陳獨秀：〈文學革命論〉，《新青年》第2卷第6號（1917年）。

71　錢玄同：〈《嘗試集》序〉，《新青年》第4卷第2號（1918年）。

72　周作人：《中國新文學的源流》（上海市：華東師範大學出版社，1995年），頁56。

73　佘樹森：〈現代散文理論鳥瞰〉，《現代作家談散文》（天津市：百花文藝出版社，1986年），頁5。

真情實感，而是重點強調時代潮流在作家心靈的「鏡面鐘身」上留下「影」與「響」的「真實」。[74]其次，現代散文的興起首先得益於白話文運動的展開。從文言文到白話文，這不僅是語言工具的解放，更重要的是語言工具的更新所帶來的思想情感的解放。白話散文的第一要義就是「話怎麼說就怎麼寫」，也就是要把作家情感完整流暢地表達出來，改變道統與文統對創作主體的桎梏。新文學初期幾篇有影響的論文，如〈文學改良芻議〉、〈文學革命論〉、〈我之文學改良觀〉、〈建設的文學革命論〉、〈怎麼樣做白話文〉等都無不針對「怎麼說」和「怎麼寫」等形式問題進行重點闡說。對於那些僵化、陳陳相因的古文，陳獨秀指出：「歸方劉姚之文，或希榮慕譽，或無病而呻，滿紙之乎者也矣焉戰。每有長篇大作，搖頭擺尾，說來說去，不知道說些甚麼。」[75]劉半農在談到「散文之當改良」時說：「非將古人作文之死格式推翻，新文學決不能脫離老文學之窠臼。古人所作論文大都死守『起承轉合』四字，與八股家『烏龜頭』『蝴蝶夾』等名詞，同一牢不可破」，所以「當處處不忘有一個我」、「吾輩心靈所至，盡可隨意發揮。萬不宜以至靈活之一物，受此至無謂之死格式之束縛。」[76]在這裡，他們將文體解放和個體情感的自由表達聯繫起來思考，把個性的解放寄寓於「真情實感」上，目的在於通過破除「溫柔敦厚」、「止乎禮義」等古典戒條，擺脫文言語法系統對於個性的束縛。或者說，在這一時期，散文理論界是從擺脫古文「義法」的角度提出真情實感論，倡揚一種健全、流暢的情感表達方式。

當然，並不是說新文學初期的理論界沒有從內在的精神層面關注散文真情實感的意願，只是在還沒有打倒古文「義法」，完成散文反

---

74 瞿秋白：〈《赤都心史》序〉，蕭斌如編：《中國現代文學序跋叢書・散文卷》（海南市：海南人民出版社，1988年），頁12。

75 陳獨秀：〈文學革命論〉，《新青年》第2卷第6號（1917年）。

76 劉半農：〈我之文學改良觀〉，《新青年》第3卷第3號（1917年）。

「載道」的任務，獲得情感的人道主義解放之前，就直接訴諸於精神層面的自主自由，顯然是不太可能的。而另一方面，當散文創作逐漸走向成熟並獲得理論上的自覺以後，把真情實感僅僅坐實於「放達」之真，也是不可行的。因為每一個從傳統創作模式中擺脫出來的散文作家，在創作現代白話散文時都會有自然情感的流露，而新文學初期所強調的真情實感主要是針對具有普泛意義的「人」的自由而言的，正如傅斯年所說的：「我們所以不滿意於舊文學，只為他是不合人性，不近人情的偽文學，缺少『人化』的文學」，「我們對於將來的白話文，只希望他是『人』的文學」[77]，這自然就較少從作為個體的「人」的角度來看待情感表達的真實性，個人化的情感訴求也因讓位於「類」的情感解放而被忽視。然而人的情感又是豐富的，特別是社會時代的召喚和白話散文藝術手法的日趨成熟，豐富多樣的個人化情感必然要尋求新的表達方式。

　　五四落潮以後，隨著新文學陣營的分化和重新組合，散文創作整體上由面向社會時代的「吶喊」走向面向自我的「省思」，同時「以自我表現為中心」的「Essay」理論的輸入和影響，作者的人格、個性更被認為是構成散文「美質」的重要因素之一，再加上白話散文藝術手法的完善和成熟，打破了「美文不能用白話的迷信」。這種種因素使得散文理論界對於個性自由的倡揚開始從「類」轉向「個」，對於散文真情實感的要求則從面向外在的「立誠的寫實」拓展到了面向內在的「自我的真實」。這一內在的「真實」除了強調情感自然健康流淌，不裝腔作勢、無病呻吟，還要求作者進一步深入，以整個的生命，以赤裸誠摯的心靈去感知事物、擁抱世界，以期窺見人的本質，探索人的靈魂，感悟人的本己存在的可能，從而由內而外地建構起詩學的「真實」。冰心說：「能表現自己的文學，就是『真』的文學」，

77　傅斯年：〈怎樣做白話文〉，《新潮》第1卷第2號（1919年）。

「能表現自己的文學是創造的，個性的，自然的，是未經人道的，是充滿了特別的感情和趣味的，是心靈裡的笑語和淚珠」[78]。她在談及《寄小讀者》一書的創作時進一步說道：「我就以我的靈肉來探索人生。以往的試驗探索的結果，使我寫寄了小朋友這些書信。這書中有幼稚的歡樂，也有天真的眼淚！」[79]郁達夫雖然在書寫頹廢感傷上缺乏節制，但他一向主張散文中自我的本真呈現，他在談及遊記散文時說：「到了地曠人稀的地方，你更可以高歌低唱，袒裼裸裎，把社會上的虛偽的禮節、謹嚴的態度，一齊洗去。人與自然，合而為一，大地高天，形成屋宇，蟣蝨蟻虱，不覺其微，五嶽崑崙，也不見其大。偶或遇見些茅篷泥壁的人家，遇見些性情純樸的農牧，聽他們談些極不相干的私事，更可以和他們一道的悲，一道的喜。」[80]朱光潛則稱散文「是由心裡來的」，「心裡怎麼想，手裡便怎麼寫」，因此他把自己的文章稱為「單純的精神方面的自傳」。李健吾這樣理解散文：「它要求內外一致，而這裡的一致，不是人生精湛的提煉，乃是人生全部的赤裸。」[81]這在林語堂提倡的「性靈」說中揭示的最為明白，他認為性靈主「真」字，做性靈之文猶如生命的孕育：「吾嘗謂文人作文，如婦人育子，必先受精，懷胎十月，至肚中腹痛，忍無可忍，然後出之。……既受精矣，見月有感，或見怪有感，思想胚胎矣，乃出吾性靈以授之，出吾血液以育之，務使此兒之面目，為吾之面目」[82]。

　　對於自我情感表達的內在之真，有些散文家甚至將其比喻為「夢」。孫俍工認為一切藝術創作的情感表達要像藝術家在夢中的創作一樣，如此發自心底的自我表現才能來得真切自然，「夢底心象雖

78　冰心：〈文藝叢談〉，《小說月報》第12卷第4號（1921年）。

79　冰心：〈《寄小讀者》四版自序〉，《北新週刊》1927年第36期。

80　郁達夫：〈住所的話〉，《文學》第5卷第1號（1935年）。

81　李健吾：〈《畫廊集》——李廣田先生作〉，《咀華集‧咀華二集》（上海市：復旦大學出版社，2005年），頁80。

82　林語堂：〈論文〉（下），《論語》1933年第28期，原署名「語堂」。

是假的，是虛的，然夢底感情卻是真的，夢底意識卻是實在的」，他進一步指出小品文創作「最帶有夢底性質」，「心象無論怎樣虛假，然其感情無論怎樣是真實的」，好的小品文「必是能使讀者閱者陷於催眠狀況，如到了做夢一樣地境地」，小品文「所表現的愈近於夢，其作品就愈有價值，愈能感動人呀！」[83]此一新奇譬喻在於指出小品散文的情感要得到真實的表達和釋放，就需要作者如在夢中一樣把自己置於自然、擬真的情境中，將靈魂深處的自我展示出來，這既是創作經驗的總結，也是對散文作者的期待和要求。所以，許多現代散文家為了說明自我表現的內在真實性，常將自己的散文創作比作夢的記錄。沈從文在談到他的散文創作時表明：「我要寫我自己的心和夢的歷史」。何其芳說：「我很珍惜著我的夢，並且想把它們細細地描畫出來」，因此他用「畫夢」來命名自己的散文集。梁遇春稱自己所作的隨筆小品是「偷飲了春醪」以後，「醉夢的生涯所留下惟一的影子。」[84]深受佛教文化影響的許地山在其《空山靈雨》的弁言中說自己的創作動機：「生本不樂」，「自入世以來，屢遭變難，四方流離，未嘗寬懷就枕。在睡不著時，將心中似憶似想的事，隨感隨記；在睡著時，偶得趾離過愛，引領我到回憶之鄉，過那游離的日子，更不得不隨醒隨記。積時累月，成此小冊。以其雜沓紛紜，毫無線索，故名《空山靈雨》。」[85]按照精神分析學派的觀點，夢本身就是一種內在精神意識的幻化，是被壓抑的深層的「本我」對表層「自我」控制的「突圍」，儘管現代散文家所謂的「夢」大多是一種象徵所指，但他們從「夢」的角度來解析自己的散文創作，無疑是以此來喻指自我的本真展示。

　　把情感的真實從新文學初期率性自由、修辭立誠的書寫，拓展到

---

83 孫俍工：〈夢與小品文和漫畫〉，陳望道編：《小品文和漫畫》，頁57、58。

84 梁遇春：〈序〉《春醪集》（北京市：北新書局，1930年），頁2、3。

85 許地山：〈《空山靈雨》弁言〉，《小說月報》第13卷第4號（1922年）。

呈現個人內在的情感體驗，這是現代散文理論建設的一大發展，也為現代散文創作發掘內在精神世界提供了理論準備。

二

　　出於對傳統載道文學的反撥，新文學運動先驅者從一開始就試圖重建文學的思想價值體系，要求「不作無病之呻吟」，「務去濫調套語」，而且「須言之有物」，也就是要去流俗和虛浮，在自由言說的基礎上，以「真言」和「箴言」獲取現代性批判的深度和力度。散文在很大程度上更是依靠著熠熠生輝的思想性而存在。有人認為，「散文作為文學種類中最自然樸素的『存在』，它不僅要求散文作家在他作品中體現出精神性的傾向，而且要求這種精神必須是獨特的。因為散文不似小說那樣有人物、情節可以依傍，也不像詩歌那樣以跳躍的節奏、奇特的意象組合來打動讀者。散文是以自然的形態呈現生活的『片斷』，以『零散』的方式對抗現實世界的集中性和完整性，以『邊緣』的姿態表達對社會和歷史的臧否。」[86]散文的這一特徵使它只能以深邃的思想性來展示其藝術魅力，因此現代散文理論界一向注重於散文思想性的獲取。對此，鍾敬文說得很明確：「我以為做小品文，有兩個主要的要素，便是情緒與智慧。平常的感情和知識，有時很可用以寫小說做議論文的，移到小品文，則要病其不純粹，不深刻。它需要湛醇的情緒，它需要超越的智慧」[87]梁遇春說：「國人因為厭惡策論文章，做小品文時常是偏於情調，以為談思想總免不了儼然，其實自 Montaigne 一直到當代，思想在小品文裡面一向是占很重要的位置，未可忽視的。」[88]林語堂也指出，幽默小品是「有思想寄

---

86 陳劍暉：〈論散文作家的人格主體性〉，《文藝理論研究》2003年第5期。
87 鍾敬文：〈試談小品文〉，《文學週報》1928年第349期。
88 梁遇春：〈序〉《小品文續選》（北京市：北新書局，1935年），頁1。

託」[89]的，因此可以「啟迪靈知」、「助長思想」[90]。而散文思想內容的充實則是與真實性密切相關的。郁達夫認為：「有些文學如散文、史傳、論文之類，是偏重在智的方面的」，而文學上「智的價值」就是「所謂的獨創性，不過是當那一瞬時的一種感覺，以那一個特殊的形式來表現，而使成為這作家自己特有的一種思想或作品而已」，而且它是與「真理真實」不可分離的，「含真實性愈多，內容也愈充實而健全的一句話，卻是千真萬確的。」[91]但現代散文的篇幅往往都比較短小，這就決定了它不能以長篇大論取勝，雖有「自己的文句和思想」，卻可能無法具備與之相匹配的智性價值：「正在於來得自由，大家都可以隨便做得，非有獨到之處，難以使人注意。」[92]這種情況下，僅有真實性是不夠的，更重要的是在真實中見真知，因此「真知灼見」成了現代散文理論界評估自我表現及其思想價值的一條重要審美法則。林語堂說：「凡出於個人之真知灼見，親感至誠，皆可傳不朽。」[93]李素伯也說對於社會時代的刻畫，「短小精悍無所不包的小品文自然是最適宜的工具，以之描寫社會的剪影，描寫集團的生活，描寫機械的偉力，描寫現代化的一切；如果這些是從你自己的觀察或經驗得來，而確具有真知灼見，那當然是時代所需要的。」[94]正是在這個意義上，「真知灼見」成為了自發機杼的保證，它既能夠保證個性的伸張，同時深刻獨到思想性又讓散文的個性魅力持久長青。

　　在當時的理論界看來，「真知灼見」主要體現在兩個方面：一是作者對於社會時代要有深刻的把握，二是從日常人生中見真知。就前

---

89 林語堂：〈論幽默〉（下篇），《論語》1934年第35期，原署名「語堂」。

90 林語堂：〈與又文先生論《逸經》〉，《逸經》1936年第1期，原署名「語堂」。

91 郁達夫：〈文學上的智的價值〉，《現代學生》第2卷第9期（1933年）。

92 許欽文：〈小品文與個性〉，《申報·自由談》1935年4月26日，原署名「欽文」。

93 林語堂：〈論文〉，《論語》1933年第15期，原署名「語堂」。

94 李素伯：〈「自己的話」：關於散文·小品之三〉，《文藝茶話》第2卷第6期（1934年），原署名「所北」。

者而言，散文創作要具有強烈的社會時代意識，作者要以一雙慧眼攫取社會的本質，並從根本上給以深刻地揭示出來，以起到文學改良社會的作用。正如何谷天所說：「小品文，看起來好象很容易；實際上，用千把兩三千字來表現一種事物，要真真明確而鋒利地雕刻出那思想和感情，要真真做到每句話每個字都象釘子釘在木頭上那樣準確鐵硬，確是很難的。從前曾有一些反對者罵某人的小品文為『尖刻』，其實我們閉目一想，這『尖刻』兩字倒是頌揚，不，或者說是確切的評語。倘不是『針針見膿』，怎會使他失聲地喊出『呵呀』？我想，小品文所忌的，倒是不能『尖刻』。」[95]魯迅在〈兩地書・一○〉中指出，「辯論之文」要有「劇毒」，「正對『論敵』之要害，僅以一擊給與致命的重傷」，魯迅強調雜文的「劇毒」，就是強調真知灼見的深刻性和破壞性。李廣田談及魯迅的雜文時也說：「內容是現實的，多方面的，文字的深刻老練，潑辣有力，別的作家實在不易企及。」[96]這不僅是對魯迅雜文貼切的評價，也是對雜文保有真知灼見的價值認同。對於後者來說，散文中人性和人生的關懷既是具體可感的，也是一種最高的抽象存在，既要有「平民的精神」的人道主義，也要有「貴族式」的超越性以對抗迫切的功利觀，那就是「以平民的精神為基調，再加以貴族的洗禮，這才能夠造成真正的人的文學」[97]。在此情況下，真知灼見成了理論界上揚散文精神品格的重要保障，亦即強調從日常人生的細微處見真知，憑藉智慧的理性讓「有限的平凡存在」向「無限的超越發展」。周作人說好的散文隨筆「要在文詞可觀之外再加思想寬大，見識明達，趣味淵雅，懂得人情物理」[98]。梁實秋說：「能夠沉靜的觀察人生，透徹的表現人性的一部，這就是文學家」[99]，因此以

---

95 何谷天：〈小品文對於我〉，陳望道編：《小品文和漫畫》，頁85。

96 李廣田：〈談散文〉，《中學生》1948年第197期。

97 周作人：〈貴族的與平民的〉，《晨報副刊》1922年2月19日，原署名「仲密」。

98 周作人：〈談筆記〉，《文學雜誌》1937年創刊號，原署名「知堂」。

99 梁實秋：〈論第三種人〉，《偏見集》（南京市：正中書局，1934年），頁90。

「先有高超的思想，然後再配上高超的文調」[100]，是散文獲得智性價值的兩個重要方面。李素伯援引廚川白村的理論說明小品文的意義和特質是「作者最真實的自我表現與生命力的發揮，有著作者內心的獨特的體相」，「只是不經意的抒寫著自己所經驗感受的一切」，「卻能出其不意的，找得到人生裡隨處都散布著的每顆沙礫的閃光，使你驚嘆，使你驚喜」[101]。亦即，從平凡中見真知，化腐朽為神奇。這有如本森在《隨筆作家的藝術》中所說的，散文家應是人生的熱心者，「把人生道路上看來單調乏味的空間、平平無奇的地段轉化為華麗、新奇的東西」[102]。

三

　　當然，將現代散文理論界關於個性之真的言說分為「真情實感」和「真知灼見」，只是就其側重面而言，兩者並未有嚴格的區分，無論是真情還是真知，根本上都是理論界對個性表現之真的可能性的期許。林語堂認為理想的小品文須是「輕鬆自然，發自天籟，宛如天地間本有此一句話，只是被你說出而已。」[103]這實際上是在追求本真本色的個性表現。本真高於自然之真，本真本色的藝術追求，就相當於「悟道」，天地萬物正是以其「道」開啟人的愚冥，讓人體驗、感悟、超脫，進入無拘無束的境界。王國維在《人間詞話》中把境界分為「有我之境」和「無我之境」，認為「有我之境，以我觀物，故物皆著我之色彩。無我之境，以物觀物，故不知何者為我，何者為

---

100 梁實秋：〈論散文〉，《新月》第1卷第8號（1928年）。

101 李素伯：《小品文研究》，頁6、13。

102 〔英〕亞瑟‧克里斯托夫‧本森：〈隨筆作家的藝術〉，收於阿狄生等著，劉炳善譯：《倫敦的叫賣聲》（北京市：生活‧讀書‧新知三聯書店，2013年），頁279。

103 林語堂：〈小品文之遺緒〉，《人間世》1935年第22期，原署名「語堂」。

物。」[104]現代散文理論界對本真本色的追求其實是對「無我」境界的
嚮往，相對於真情實感和真知灼見，它是一種境界之真。但「無我」
並不是要去我，相反「我」無處不在，本真本色並不會消解主體個
性，而是讓個性的表達臻於極境。柯勒律治在闡述莎士比亞集主體性
與上帝般的非人格化於一身的悖論時道：「使自己激射而出，刺入了
人性和人類情感的所有形式之中……莎士比亞成了一切，然而又永遠
是他自己」[105]。卡萊爾在談及歌德時也說道：「很難通過其作品來發
現……他的精神構成是什麼樣的，他的脾性、他的情感、他的個人特
性又是怎樣。凡此種種在他身上都自由存在……他看上去不是這個
人，也不是那個人，而就是一個人。我們認為，這是任何一門藝術的
大師才具有的特徵；尤其是所有偉大詩人的特徵。」在這些理論批評
家看來，正是創作主體像無處不在的「上帝」一樣，以一種本真本色
的面目出現，才把生命精神的個體特質與普遍性很好地結合起來，創
作出偉大的藝術作品。

　　現代散文理論界對於本真之個性的追求，具有相似的理論期許。
在他們看來，只有更真才是更為自己的，才能夠更顯示出個性色彩。
李廣田在其《〈銀狐集〉題記》中說道：「在這些文字中已很少有個人
的傷感，或身邊的瑣事，從表面上看來，彷彿這裡已經沒有我自己的
存在，或者說這已是變得客觀了的東西。……儘管這些文字中沒有一
個『我』字存在，然而我不能不承認我永在裡邊。」[106]孫席珍在談到
周作人的散文時說：「雖說是『忘情忘我』，從另一方面看，周先生的
散文卻正是句句含有他自己的氣分的。」[107]在忘我與本我之間，個性

---

104 王國維：《人間詞話譯注》（長沙市：岳麓書社，2003年），頁7。

105 轉引自〔美〕M・H・艾布拉姆斯著，酈稚牛等譯：《鏡與燈：浪漫主義文論及批
　　評傳統》（北京市：北京大學出版社，2004年），頁301。

106 李廣田：〈《銀狐集》題記〉，《大公報》1936年8月10日。

107 孫席珍：〈論現代中國散文〉，收於俞元桂主編：《中國現代散文理論》（桂林市：
　　廣西人民出版社，1984年），頁420。

達到了本真本色的極致，這也是現代散文理論「個性」說的最高理想
和最高境界。

　　但從文學的創作規律來，個性之「真」是有限度的，極「真」之
個性表現只能說是一種境界追求。現代白話散文雖然打破了文言文的
桎梏，開創了一種能夠自由言說的語體，但語言作為一種工具，它永
遠有著自己不能克服的缺點，那就是言不能完全表達心聲。這既是語
言與思想情感的互為異質所致，也是因為人的思想情感往往被先在的
語言所引導、規範和限制，特別是語言表達通常具有公共性，它在為
一個人思想情感敞開的同時，必然也要遮蔽其中最具個人化的部分。
相對於虛構性文類，散文語言對思想情感的呈現較為直接有力，但也
無法擺脫這一規律的制約。此外，文體自身的規範性也限制了「真」
的絕對性，「沒有一種文學形式能夠全面地把人的一切真情實感，全
面地、徹底地表現出來。一種特殊文體之所以能夠存在，僅僅是因為
它能夠表現人的一個側面，人的『真情』『實感』（還有智性和理性）
在文體中的分化，不僅僅是形式的，而且是內容的」，「文學形式的規
範不但可以預期內容，而且可以強迫內容（『真情』『實感』）就
範。」[108]這種情況同樣困擾著現代散文理論界諸家，他們不僅要面臨
著「言」不能絕對為「心聲」的缺憾，也要面臨著散文自身體制對真
情真知的規範。因此，他們常常在困惑中反省「個性」之「真」的有
限性。周作人在〈再談文〉中說道：「情動於中而形於言，這自是定
理，但是言往往不足以達情，有言短情長之感。佛教裡的禪宗不立文
字，就是儒家也有相似的意思」[109]。在〈《草木蟲魚》小引〉又說：
「我平常很懷疑心裡的『情』是否可以用了『言』全表了出來，更不
相信隨隨便便地就表得出來。什麼嗟嘆啦，詠歌啦，手舞足蹈啦的把

---

108 孫紹振：〈「真情實感」論在理論上的十大漏洞〉，《江漢論壇》2010年第1期。

109 周作人：〈再談文〉，《苦竹雜記》（石家莊市：河北教育出版社，2002年），頁206。

戲，多少可以發表自己的情意，但是到了成為藝術再給人家去看的時候，恐怕就要發生了好些的變動與間隔，所留存的也就是很微末了。死生之悲哀，愛戀之喜悅，人生最深切的悲歡甘苦，絕對地不能以言語形容，更無論我文字，至少在我是這樣感想，世間或有天才自然也可以有例外，那麼我們凡人所可以文字表現者只是某一種情意，固然不很粗淺但也不很深切的部分，換句話來說，實在是可有可無不關緊急的東西，表現出來聊以自慰消遣罷了。」[110]魯迅在〈《野草》題辭〉中也說道：「當我沉默著的時候，我覺得充實；我將開口，同時感到空虛。」[111]這也是魯迅先生對複雜的內心世界與自我表達之間矛盾的深刻省思。現代散文史上兩大宗師的意見可謂如出一轍。

第四節　在個人性與公共性之間

散文中的「個性」首先是指「個人性」的審美表達，即在散文創作中，作者以個人的方式立意、選材、布局、行文的過程。與此相對的是散文的「公共性」指涉，它是指散文面向現實發聲的公共關懷，這是由其善於直面現實社會的本體特性所決定的。個人性與公共性是散文創作規律使然，它們既對立又有對話，構成了散文個性藝術的一體兩面，現代散文理論的諸種個性話語實際上都本源於此。或者說，個人性與公共性的關係也是現代散文理論「個性」說的一部分，無論理論界內部有多少分歧，在這兩者關係的言說上卻有著異口同聲的共識。本節主要從文章學和社會學的角度來考察現代散文理論界關於個人性與公共性依存關係的闡述。

---

110 周作人：〈《草木蟲魚》小引〉，《駱駝草》1930年第23期，原署名「豈明」。
111 魯迅：〈《野草》題辭〉，《語絲》1927年第138期。

一

　　前文我們把現代散文理論的「個性」說分為三種形態，然而，這只是相對意義上的區隔。從個性的內涵上來看，三種「個性」說中的個人性與公共性都有著相聯繫相統一的一面。社會論的「個性」說把個人置於社會關係中考察個人性與公共性相互依存、互動發展的辯證關係。人性論的「個性」說在追求健全個性的同時充滿著對現實人生的人道關懷，即使是新「京派」作家，他們對小品散文急功近利的政治化和商業化的批評，也飽含著用文學重建民族精神的公共關懷。至於一向被認為具有逃避傾向和隱遁色彩的言志論「個性」說，其鼓吹者對於個性的自守本意上是不想重蹈傳統載道散文的老路，讓散文成為政治的傳聲筒或社會時代的注腳，但從周作人的閒適觀到林語堂的幽默論，其實都沒有完全離開對社會人生等公共性問題的關注，像周作人所說的「紳士鬼」和「流氓鬼」的糾纏，在這一派散文家的理論言說上都有或多或少的存在。

　　現代散文中的個人性與公共性之所以能夠並存不悖，首先源於兩者的不可分割性。人作為一個獨立的個體，必須具有自身的特殊性，特別是人作為一種有意識的、會思考的動物，更是強化了自我的指涉性；但人作為社會的一分子又具有鮮明的公共屬性，人的個體特殊性從來就不能脫離其社會屬性而存在，自我、個性也從來都不是絕對化的。文學是人學，在從人到文的轉化中，這種對立統一的關係仍然存在，只是不同的文類有不同的呈現形式。就兩者的統一性而言，在小說中，它往往隱藏於情節和結構的背後；在詩歌中，又常為意象和象徵所掩蓋。散文是一種主體性較強且又自由書寫現實社會和日常人生的文類，因而也是個人性與公共性互動共生表現得較為明顯的一個文類，這種關係形式幾乎滲透到散文創作的各個環節，在題材內容、精神品格、表達方式等方面，我們都可以發現兩者之間的相通性。現代

散文的興起既是思想解放的成果，也得益於從文言到白話的解放，人與文的銜接達到了前所未有的緊密，個人性與公共性之間的統一關係也得到了充分突顯。現代散文理論界在闡釋散文的個性內涵上無疑不能忽略這一問題，亦即散文中個人性話語與公共性話語的內在統一是他們無法迴避的論域。

　　理論界重視散文中個人性與公共性的融合，還與社會時代的感召密切相關。現代中國時局動盪不安，團結禦侮、發奮圖強是迫切的現實問題，啟蒙、救亡、革命等重大事件構成了歷史行進的基本環節，集體主義的力量和國家民族的重建也成為一代知識分子的精神訴求和行動指南，客觀上為文學的公共關懷留下了表達和闡釋的空間。在此情況下，文學中的個性與自我顯然是無法自足的，其生成與發展離不開歷史與主體的合謀。因此，有良知的現代作家大多處在這樣的矛盾狀態中：要發展文學須給予個人充分的自由，包括身體的和精神的，而文學的創作又不能無視國家民族的共同體利益。這使得他們對於個性自由和自我表現多少有點戒備心理，他們所謂的個性解放都是有一定限度的。即使是個性解放的積極倡導者，他們的文學觀念也常常在公共性與個人性之間游移。郭沫若早期曾極端地喊出「為藝術而藝術」口號，他一面說「文藝也如春日之花草，乃藝術家內心之智慧的表現」，一面又說「文藝乃社會現象之一，故必發生影響於全社會」，具有「統一人類的感情」的功能。[112]看似在個人主義觀念內部埋置了否定性的因素，實際上正體現出了那個時代作家在處理個人性與公共性關係上的融通姿態。創造社後期某些成員突變到對自己原有主張的批判，看起來有些可笑，其實有其必然性。而一些持社會學模式的理論家對於文學中的個性也表現出了寬容的態度。比如，茅盾在提倡「為人生的藝術」時，也不反對文學的個性審美。他說道：「新文學

---

112 郭沫若：〈文藝之社會的使命〉，《文學》1925年第4期。

中也有主張表現個性，但和名士派的絕對不同，名士派只是些假情感
或是無病呻吟，新文學是普遍的真情感，和社會同情不悖的。」[113]也
就是說，文學表現個性並不排斥作家介入現實、書寫人生的使命感和
責任感，兩者是可以攜手並進的。

　　就現代散文而言，從其雛形「隨感錄」開始，新文學先驅就基於
獨立自由的精神進行寫作，但另一方面，他們又通過社會批評和文明
批評，圍繞各種社會問題展開討論，積極參與思想文化價值體系的重
建。個人性與公共性在「隨感錄」上的兼容作為一種新的審美規範，
滋養了之後散文理論中的個性話語。譬如，五四落潮後，「語絲」以
獨標一格的姿態出現於現代文壇，一方面是「姑且發表自己所要說的
話」，另一方面則是「想衝破一點中國的生活和思想界的昏濁停滯的
空氣。」[114]至於二十世紀三十年代的小品文論爭，論爭的雙方事實上
都沒有否認兩者並行不悖的可能性和必要性，只是在小品文表現個人
和發揮公共性功能的認知上存在著差異而已。總而言之，要現代作家
完全脫離現實人生，脫離時代和政治，讓個人墜入虛空或凌駕於國家
民族之上，顯然是不可能的。創作實踐如此，理論言說亦是如此。

二

　　現代散文理論界對於中國古代載道散文的批評不外乎從三個方面
展開。一是道之所載的題材的狹隘性。二是所載之道在思想內容上的
功利性。三是僵化古板的載道方式，亦即載道之文的語法系統。深受
載道文統影響的古代散文就是在這三個方面把個人性與公共性截然分
開，「寫個人便專寫個人，一議論到天下國家，就只說古今治亂，國

113　茅盾：〈什麼是文學〉，《茅盾文藝雜論集》（上海市：上海文藝出版社，1981年），
　　　頁151。

114　見《語絲》週刊1924年創刊號。

計民生」[115]。現代散文要充分表現個性，就必須破除清規戒律，當時的理論界主要從以下三方面著手：擴大散文的題材，宇宙之大蒼蠅之微無所不包；解放散文的思想內容，「處處不忘自我，也處處不忘自然與社會」；提倡獨標一格的藝術手法，同時又看重其穿透現實社會的能力。這三個方面都涉及到了個人性與公共性的兼容並包。

　　現代散文理論界一直有著較強的題材意識。在諸家看來，散文題材範圍廣泛且種類繁多，天上與人間、自然與社會、歷史與現實，幾乎無不可取材。周作人說：「上自生死興衰，下至蟲魚神鬼，無可不談，無可不聽」[116]。郁達夫也說：「散記清淡易為，並且包含很廣，人間天上，草木蟲魚，無不可談」[117]。儘管如此，在這些無所不包的題材中，我們大概仍可將他們分為兩種類型。一是宏大的、嚴肅的，主要是觀照社會現實、國計民生的；一是日常的、輕鬆的，主要涉及個人身邊瑣事和所謂「草木蟲魚」等平凡的話題，注重展示個人生活、人情小調。對於當時的散文理論界來說，題材是中立的，題材的大小本身並無價值上的高下之分。就如廚川白村所說的：「所談的題目，天下國家的大事不待言，還有市井的瑣事，書籍的批評，相識者的消息，以及自己過去的追懷，想到什麼就縱談什麼」[118]，這已為理論界所普遍認同。這種價值判斷，也意味著個人性題材與公共性題材可兼而用之，無論敘寫何種題材，不管是個人的日常瑣事，還是社會熱點問題，都是等值的。胡夢華說絮語散文「內容雖不限於個人經歷、情感、家常掌故、社會瑣事，然而這種經歷、情感、掌故、瑣事確是它最得意的題材」，至於「國家政聞、社會輿論不大說的，有時也許討

115　郁達夫：〈導言〉《中國新文學大系・散文二集》，《郁達夫文集》，第6卷，頁266。

116　周作人：〈《雜拌兒之二》序〉，《苦雨齋序跋文》（石家莊市：河北教育出版社，2002年），頁120。

117　郁達夫：〈序〉《達夫自選集》（上海市：天馬書店，1933年），頁4。

118　〔日〕廚川白村著，魯迅譯：《出了象牙之塔・Essay》，收於《魯迅全集》，第13卷，頁164-165。

論得著」。[119]李素伯認為：「自個人生活的記錄至天下國家的大事，這是內容材料選擇的自由。」[120]葛琴指出：「凡是引起我們一種較深的印象或激發起悲哀、憤怒、欣悅、讚美的感情底東西，都可以是散文的題材，自然，歷史的重大事件，有時也可以作為散文題材」[121]。當然，個人性題材與公共性題材的並置展開不是簡單的疊加，而是有機的交互、融合，這既是文學創作的基本規律，也是散文寫作展開過程中必須面對的問題。

現代散文的主要品類，如小品、隨筆、雜文等，整體來看篇幅都比較短小。對於這種短小的形式體制如何處理題材，當時的理論界主要有兩種設計：小題大做和大題小做。小題大做就是微中見著，小中寓大。對於雜文，魯迅指出：「比起高大的天文臺來，『雜文』有時確很像一種小小的顯微鏡的工作，也照穢水，也看膿汁，有時研究淋菌，有時解剖蒼蠅。從高超的學者看來，是渺小，污穢，甚而至於可惡的，但在勞作者自己，卻也是一種『嚴肅的工作』，和人生有關，並且也不十分容易做。」[122]臧克家說小品散文應該是「小器物倒有個大用處」，能讓人從「一篇小文章裡觸發到遠大處，而對於社會的光明和黑暗兩面得到正確的認識。」[123]孫席珍認為：「純正的小品文，除了形式較短以外，內容雖然是大至宇宙小至微塵可以無所不談，但在這無所不談之中，要能談得出新意義來——所謂要能從一粒砂裡看出世界，也能從世界裡看出一粒砂。」[124]陳叔華說娓語體小品文「表面似乎小，但內容卻很大。篇幅雖然簡短，但所包的東西亦很

---

119 胡夢華：〈絮語散文〉，《小說月報》第17卷第3號（1926年）。

120 李素伯：〈什麼是小品文〉，《小品文研究》，頁4。

121 葛琴：〈略談散文〉，《文學批評》1942年創刊號。

122 魯迅：〈做「雜文」也不易〉，《文學》第3卷第4號（1934年）。

123 臧克家：〈我的胃口〉，陳望道編：《小品文和漫畫》，頁63。

124 孫席珍：〈關於小品文和漫畫〉，陳望道：《小品文與漫畫》，頁195。

豐富。所寫誠然是小事，但這些小事裡總有蘊藏著的較大方面。」[125]
徐懋庸認為：「小品文雖寫蒼蠅之微，但那不是孤立的蒼蠅，那是存
在於宇宙的體系中而和整個體系相聯繫的蒼蠅，因此，小品文雖從小
處落筆，卻是著眼在大處的」，「小品文雖小，但必須有和寫大作品一
樣的思想的體系，智識的基礎，技術的程度。獅子搏兔，牛刀割雞，
小品文的作法有如是者。」[126]可見所謂的小題大做，就是憑藉較為短
小的體制，從個人見聞的小事、瑣事中推及廣泛的社會人生，這也是
理論界諸家根據散文自身的形式特徵所進行的理論探索。

　　與「小題大做」相反的是「大題小做」。提倡「大題小做」與當
時嚴苛的言論審查制度有關。也就是，當一些敏感的公共話題無法詳
實展開時，作家就將其寄寓於個人小事之中，再迂迴曲折地指向這些
話題。茅盾〈《茅盾散文集》自序〉裡說道：「在這時代，『大題目』
多得很。也有些人常在那裡『大題小做』，把天大的事說得稀鬆平
常，叫大家放下一百廿四個心靜靜地去『等候五十年』。我的所謂
『大題小做』不是這麼一種作法。我的意思是：大題不許大做，就只
好小做了。」[127]茅盾沒有明確指出「大題小做」的展開機制，但我們
從魯迅先生以下的話中可以得出答案：「自從中華民國建國二十有二
年五月二十五日《自由談》的編者刊出了『籲請海內文豪，從茲多談
風月』的啟事以來，很使老牌風月文豪搖頭晃腦的高興了一大陣，講
冷話的也有，說俏皮話的也有，連只會做『文探』的叭兒們也翹起了
它尊貴的尾巴。但有趣的是談風雲的人，風月也談得，談風月就談風
月罷，雖然仍舊不能正如尊意。」「『月白風清，如此良夜何？』好
的，風雅之至，舉手贊成。但同是涉及風月的『月黑殺人夜，風高放

---

125 陳叔華：〈娓語體小品文釋例──小大辯〉（上），《人間世》1935年第28期。

126 徐懋庸：〈大處入手〉，陳望道編：《小品文與漫畫》，頁94。

127 茅盾：〈《茅盾散文集》自序〉，見《茅盾散文集》，頁1。

火天』呢，這不明明是一聯古詩麼？」[128]如果結合茅盾、魯迅等人散文的創作特色，可以推斷所謂的「大題小做」就是迫于現實的壓力，把敏感的社會政治題材下沉到與自己有關的小事上，或者是把重大的、嚴肅的題材以輕鬆、戲謔的手法表現出來。這樣一來，既可以免去文章的空洞乏力，達到獨出機杼、匠心獨運的效果，又可以實現取材上「風月」（個人性）和「風雲」（公共性）的自由切換，避免由此招來的政治迫害。

　　以中立的態度看待小品文的題材範圍，現代散文理論界在解決「寫什麼」這個問題上打破了傳統散文觀念的束縛，試圖為創作主體的解放和個性的發揮掃清障礙。固然，「新的創作對象，新的生活素材，在它們激起作家的創作想像之前，似乎始終是『中立的』。當它們進入作家的藝術思維範圍的時候，它們就會對創作過程發生積極有效的影響。」[129]同樣，儘管理論上允許散文創作可以自由選擇題材，但真正進入創作實踐的時候，出於現實因素的考量或受作者文學觀念的影響，很有可能「一個不留神，就要弄到遺卻『宇宙之大』而惟有『蒼蠅之微』，僅僅是『吟風弄月』而實際『流為玩物喪志』了。」[130]二十世紀三十代那場關於「宇宙與蒼蠅」題材的論爭就是由此引發的。

　　「宇宙之大」、「蒼蠅之微」是林語堂關於小品散文題材的一種形象說法，它既可以指題材的大小，也可以引申為題材的個人性與公共性面向。整體觀之，這次爭論並沒有否定題材大小的等值性，也沒有否定個人性題材與公共性題材融為一起的可行性，論爭的緣起某種程度上是這一理論與創作實踐的背離所導致的。埜容在〈人間何世？〉

---

128 魯迅：〈《准風月談》前記〉，《准風月談》（上海市：上海聯華書局，1936年），頁1、2。

129 〔蘇聯〕赫拉普欽科著，滿濤譯：《作家的創作個性和文學的發展》（上海市：上海譯文出版社，1982年），頁123。

130 茅盾：〈小品文半月刊《人間世》〉，《文學》第3卷第1號（1934年），原署名「仲子」。

一文中批判《人間世》道：「逐篇讀下去，卻始終只見『蒼蠅』，不見『宇宙』。莫非又和近來的《論語》相似，俏皮埋煞了正經，肉麻當作有趣；壓根兒語堂先生要提倡的是『蒼蠅之微』，而不是『宇宙之大』麼？」[131]聶紺弩也說：「他們說『宇宙之大蒼蠅之微』，無所不談，好像他們底視野真是廣闊，題材真是豐富了，其實不然。他們是把眼光注視在人類社會的現實生活以外的大或微，卻剛剛對不大不微的人類社會的現實生活閉上了眼睛」。[132]從林語堂的角度來看，他雖然偏向於書寫「蒼蠅」，但他也反感「吟花弄草」[133]的無聊之作，只是他更反對「正經文章之廓大虛空題目」[134]，從而走向只有「宇宙」而無「蒼蠅」的極端。然而由於受到閒適文學觀念的影響，再加上當時一些二三流文人不成功的跟風，致使以林語堂為首的「論語派」的創作實踐脫離了最初的理論設計，陷入了只有「蒼蠅」而無「宇宙」的另一種極端。對此，郁達夫曾有過持平之論：「當《人間世》發刊的時候，發刊詞裡曾有過『宇宙之大，蒼蠅之微，無不可談』的一句話，後來許多攻擊《人間世》的人，每每引這一句話來挖苦《人間世》編者的林語堂先生，說『只見蒼蠅，不見宇宙』。其實林先生的這一句話並不曾說錯，不過文中若只見蒼蠅的時候，那只是那一篇文字的作者之故，與散文的範圍之可以擴大到無窮盡的一點，卻是無關無礙的。」[135]當然，林語堂自己的某些作品，如〈我怎樣買牙刷〉、〈論躺在床上〉〈論西裝〉等文，確實也是話題瑣屑、無聊，專注於把玩個人趣味，並無多少現實意義，這免不了為左翼文藝界所痛斥。概言之，這場論爭與其說討論的是「宇宙」與「蒼蠅」孰優孰劣的問

---

131 廖沫沙：〈人間何世？〉，《廖沫沙文集》（北京市：北京出版社，1986年），第1卷，頁53。

132 聶紺弩：〈我對於小品文的意見〉，陳望道編：《小品文和漫畫》，頁158。

133 見《人世間》1934年第5期的「投稿注意」。

134 林語堂：〈論小品文筆調〉，《人間世》1934年第6期，原署名「語堂」。

135 郁達夫：〈導言〉《中國新文學大系・散文二集》，《郁達夫文集》，第6卷，頁265。

題，毋寧說是圍繞「宇宙」與「蒼蠅」題材分配的失衡而展開的。只是，由於雙方政治立場和文學觀念的不同，這場論爭的範圍最終溢出了小品散文的題材問題，成為兩種派別、兩種文學觀念之爭，而且意氣用事，給後來的研究者設置了重重迷障。

從「新青年」時代的「雜感」開始，散文就一直充當思想革命的先鋒，魯迅說散文小品是「萌芽於『文學革命』以至『思想革命』的」[136]。在現代中國特殊的社會歷史語境中，散文思想性的指認主要是以其介入具體現實的廣度和深度為依據的，這從魯迅的雜文受到普遍的尊崇，周作人、林語堂等人的性靈閒適散文受到持續批判可以得到證明。這也說明，現代散文的思想性是與其現實的公共關懷密切相關的，而在當時的散文理論界看來，這種公共關懷不是與現實的簡單對接，而是與作者的經驗、學識、思想等個人性涵養密切相關的。李廣田特別強調了散文作家改造自我之於溝通「世界」的重要性，他說：「從身邊瑣事到血雨腥風，這一創作領域之擴大應當先從生活領域之擴大作為開始」，「最要緊的是改造自己的生活。要打破自己的小圈子，看見、認識，並經驗那個大圈子的生活，要使自己和世界相通，要深知那血雨腥風和深知身邊瑣事一樣，要使身邊瑣事和血雨腥風不能分開」，如此才能寫出有時代精神氣息的作品。[137]葛琴則把這種從個人之小到社會之大的變通，歸結為「思想力」的培育和提升：「這種感情是和作者的思想力相關聯的。一個藝術作者對於宇宙與人生的問題，對於歷史與社會的問題，常常是在思考著、探索著，因此日常一切具體的事物，往往會特別敏銳地引起他的情感的激發，一個作家的思想力愈強，他的情感愈崇高、優美、真實，於是文章的感召力愈強烈」。因此她要求作家「應該站在時代的前面，應該是有更廣

---

136 魯迅：〈小品文的危機〉，《現代》第3卷第6期（1933年）。

137 李廣田：〈論身邊瑣事與血雨腥風〉，俞元桂主編：《中國現代散文理論》，頁146。

闊的心胸和更高遠的遙望的」,「更努力地從實際生活戰鬥中,去培養我們的情感和思想力。」[138]這類論述扣緊散文小品以個人視角能動反映廣泛社會人生的特性,觸及作家生活經驗、思想視野和藝術修養等創作主體因素的優化問題,即使拋開其背後的意識形態觀念,無論是對當時還是今天的散文寫作,都具有借鏡意義。

當然,散文作家的公共關懷僅靠主觀意願是不夠的,還需要有足夠公共空間的支撐。特別是現代中國知識分子的言論常遭各種外部因素的干擾和堵截,如何突圍和「發聲」,是他們必須積極面對的問題。散文作為一種直面現實的文體,為此更為當時的理論界所重視。比如作為現代文學史上第一個主要刊發散文的《語絲》週刊,其發刊詞就說道:「我們只覺得現在中國的生活太是枯燥,思想界太是沉悶,感到一種不愉快,想說幾句話,所以創刊這張小報,作自由發表的地方。」又說「我們所想做的只是想衝破一點中國的生活和思想界的昏濁停滯的空氣。我們個人的思想盡自不同,但對於一切專斷與卑劣之反抗則沒有差異。我們這個週刊的主張是提倡自由思想,獨立判斷,和美的生活。」[139]顯然,在語絲社同人看來,個性表現的自由性、散文思想的深刻性及其公共空間的建構是三位一體、互相成全的。現代散文界的歷次論爭,如小品文論爭、「孤島」魯迅風雜文論爭、重振雜文論爭,也基本上與此一問題密切相關,或者說,這也是現代散文理論界的一個共識。

有論者指出,現代隨筆是中國現代知識分子重要的言說載體[140]。其實,不光是隨筆,在現代散文的諸多子文類中,記敘小品、抒情美文、雜文乃至具有私密色彩的書信日記等都可以看作是現代文人立言

---

138 葛琴:〈略談散文〉,《文學批評》1942年創刊號。

139 見《語絲》1924年創刊號。

140 黃科安:《知識者的探求與言說──中國現代隨筆研究》,北京市:中國社會科學出版社,2004年。

的載體。理論界諸家能夠對個人性題材和公共性題材一視同仁，很大程度上是因為題材在他們看來只是一種材料而已，他們重視的是如何借助散文來言說自我，以個人的視角觀察、思考、表述外部世界。這就涉及到現代散文的藝術表達問題。

　　傳統散文的形式體制有各種各樣的成規，陳陳相因，新文學初期對於「桐城謬種」和「選學妖孽」的批判，其中一個重要步驟就是要廢除「古文義法」，確立白話散文自己的表達方式。作為一種新的言說方式，在新文學運動初期，它的內涵建設相對比較簡單，那就是胡適所說的「話怎麼說就怎麼寫」，就是用明白清楚的語言真切自然地表達自己的思想。因此，白話文運動除了是一種語言工具的變革，還促進了文學表達方式的解放。這也促使現代散文的藝術技巧和風格走向了多元化：「或描寫，或諷刺，或委曲，或縝密，或勁健，或綺麗，或洗練，或流動，或含蓄，在表現上是如此。」[141]正如我們在前文反覆申明的，散文是一種善於書寫現實的文類，而現實又是如此的錯綜複雜、變動不居，它反過來又催使散文不斷地改變自己予以回應。就此而言，現代散文風格形式的多樣化既是文類成熟的標誌，也說明散文在不斷地發展出新的藝術手法以應對現實的變化。而藝術手法的翻新，又離不開五四以來個性解放思潮的影響，因為正是它使散文作者有了自由言說的可能與空間。概而言之，現代散文異彩紛呈的藝術風格，既緣於主體的個性解放，也來自於其深切的現實關懷。或者說，與題材擇取、思想品格的確立一樣，現代散文言說藝術的形成與發展，也蘊含著個人性與公共性的統一。正是如此，對於那種既深受作者人格精神的涵養，又能作為一種話語工具真切有力地介入、把握現實的表現手法和藝術風格，當時的散文理論界一直推崇有加。

　　例如，對於諷刺，魯迅是這樣下定義的：「一個作者，用了精煉

---

141 朱自清：〈論現代中國的小品散文〉，《文學週報》1928年第345期。

的，或者簡直有些誇張的筆墨——但自然也必須是藝術的地——寫出或一群人的或一面的真實來，這被寫的一群人，就稱這作品為『諷刺』。」[142]因此，「非寫實決不能成為所謂『諷刺』」[143]。又有人指出：「熱中，情熱於某一現象，某一人生側面，希望妨礙社會的強化和發展的現象歸於消滅，從而加速社會的發展——站在這一立場上於是文壇就有了所謂諷刺。」[144]顯然他們肯定了諷刺作為一種藝術手法的現實指涉性。又如，受自由派文人青睞的「閒適」、「幽默」等手法，其實並非像左翼文人所貶低的那樣，毫無社會內涵可言。周作人說道：「有些閒適的表示實際上也是一種憤懣，即尚寐無吡的意思。外國的隱逸多是宗教的，在大漠或深山裡積極的修他的勝業，中國的隱逸卻是政治的，他們在山林或在城市一樣的消極的度世。」[145]這其實是夫子自道。在談到自己的文章時，周作人又說：「拙文貌似閒適，往往誤人，唯一二舊友知其苦味」[146]。這「苦味」主要來源於對這個時代的不滿和反抗。對於幽默，林語堂一直將其置於廣泛的人生中加以看待。他說：「幽默到底是一種人生觀，一種對人生的批評」，「是一種從容不迫達觀態度」。[147]面對文藝界對幽默的批評，林語堂曾沉痛地說道：「在國亡無日之際，武人操政，文人賣身，即欲高談闊論，何補實際？退而優孟衣冠，打諢笑謔，知我者謂我心憂，不知我者謂我胡求，強顏歡笑，泄我悲酸。」[148]雖不無辯解之意，但卻也道出了其所倡導的幽默筆調，決不僅僅是個人趣味的偏好，它還力圖

---

142 魯迅：〈什麼是「諷刺」〉，《雜文》1935年第3期。

143 魯迅：〈論諷刺〉，《文學》第4卷第4號（1935年），原署名「敖」。

144 沈任重：〈論諷刺雜文〉，《前線日報》1941年3月28日。

145 周作人：〈重刊《袁中郎集》序〉，《苦茶隨筆》（石家莊市：河北教育出版社，2002年），頁59-60。

146 周作人：〈序〉《藥味集》（石家莊市：河北教育出版社，2002年），頁2。

147 林語堂：〈論幽默〉，《論語》1934年第33期，原署名「語堂」。

148 林語堂：〈編輯滋味〉，《論語》1933年第15期。

指向深廣的現實社會。阿英曾中肯地說道:「打硬仗既沒有這樣的勇敢,實行逃避又心所不甘,諷刺未免露骨,說無意思的笑話會感到無聊,其結果,就走向了『幽默』一途。」[149]沈從文在論及三十年代幽默小品的盛行時也說道:「這方面幽默一下,那方面幽默一下,且就證實了這也是反抗,這也是否認,落伍不用擔心了。另一面又有意無意主張把注意點與當前實際社會拖開一點,或是給青年人翻印些小品文籍,或作點與這事相差不多的工作,便又顯得並不完全與傳統觀念分道揚鑣(這些人若覺得俗氣對於他有好處,當然不逃避這種俗氣,若看準確風雅對於他也有方便處,那個方便自然也就不輕易放手!)因此一來,作者既常常是個有志之士,同時也就是個風流瀟灑的文人。誰不樂意作個既風雅又前進的文人?」因此他又認為「中國近兩年來產生了約二十種幽默小品文刊物,就反映作家間情感觀念種種的矛盾。」[150]如此看來,不管是閒適還是幽默,它們作為一種言說的方式,既透露出個人化的趣味,又常常在廣泛的社會人生邊緣徘徊。只是由於它們的曖昧性,又不能直接服務於現實,這才引起了反對者的不滿和批判。

三

如上所述,散文的個人性與公共性的價值判斷在理論界存在著雙重標準,而且這雙重的標準因著社會時代語境的變遷和散文家身分的轉換而互為消長。

從形而上的層面說,個人性和公共性只是表示著主體寫作視域可能的涉指以及寫作價值的某種取向,並沒有存在孰是孰非或價值高低

---

149 阿英:〈林語堂小品序〉,蕭斌如編:《中國現代文學序跋叢書‧散文卷》(海南市:海南人民出版社,1988年),頁798。

150 沈從文:〈風雅與俗氣〉,《水星》第1卷第6期(1935年)。

的問題。這在新文學的第一個十年表現得最為明顯。在這一時期，為著共同的反道統任務，當時的散文理論界主要致力於為一種新的文類的確立進行理論上的探索，話題更多集中於散文的概念、範疇、體制、特質以及文本的組織結構上，少了外來的功利性因素的干擾，因此對於散文的個人性和公共性多能持公平之論。即使五四以後，雖然受特定的時代語境的影響，理論界諸家對個人性和公共性的價值定位存在著較大的差異，但當他們以一位普通作家或學者的身分來討論散文的個人性和公共性時，就顯得相當寬容。比如李素伯的《小品文研究》，馮三昧的《小品文研究》和《小品文講話》，夏丏尊、劉薰宇的〈小品文作法上的注意〉等，這些著作和文章一般主要是從文學本體的角度探討小品文，不大涉及社會意識形態，因此在處理散文小品的個人性與公共性的關係上顯得較為靈活，不刻意拔高一方或者打壓一方。

　　而當公共性和個人性進入形而下的操作層面時，即何謂公共、何謂個人成為一種實然，公共或個人的內置及其文學存在方式可以被具體感知時，價值判斷就開始形成。特別是五四以後，散文外向化和內傾性的分歧日益明顯，這兩種不同的使命開始為不同的散文創作所承擔，一方面是要讓散文成為時代的「匕首」和「投槍」，另一方則是追求藝術的獨立，確立起散文抒發性靈、表達自我的精神品格。自此，散文的個人性與公共性有了實實在在的內容，並比附於不同的文學觀念，兩者也就開始接受不同價值標準的評判。不過也必須注意到，雖然兩者的對立多於對話，但理論界仍為它們的內在溝通設置兩種路徑：即公共性的取材，作者當基於自立自由的精神，並以具有個人風格的語言加以表現；而個人性題材的敘寫，則應蘊含世道人情的公共關懷。[151]

---

151 丁曉原：〈論現代散文的公共性與個人性〉，《江海學刊》2008年第1期。

第四章
個性風格的批評實踐

　　五四以後，現代散文創作之所以能夠繁榮發展起來，除了理論的倡導和滋養，還得益於批評實踐的持續跟進。從散文作品的傳播流通，到新的散文作家的崛起，再到散文社團流派的形成，都與散文批評的推動密不可分。其中，關於散文作家作品個性風格的品鑒也成為了現代散文理論「個性」說的重要組成部分。前面幾章主要從理論言說的角度考察「個性」說的淵源、形態及內涵，本章則從批評實踐的角度探究「個性」說在作家作品個性風格評鑒上的運用和發揮，涉及個性風格的主觀因素和客觀因素，以及批評思維和批評文體。

第一節　個性風格的主觀因素

　　現代散文的批評主體和批評對象大多同屬一個文學時代，文學交互關係比較密切，因此前者常常從個人經歷、思想觀念、學識和素養、稟賦和氣質等方面，把捉後者作品中人與文的互照。但另一方面，批評主體也充分審視了現代中國社會政治的複雜性及其孕育出的知識分子人格的豐富性，並據此指出散文中人與文的錯位關係。在此基礎上，現代散文批評進一步考察了散文作家對文體的選擇和利用，同時也觀照散文文體對散文作家的預期和反作用。另外，批評主體並沒有滿足於人與文的表層關係，而是在某種程度上引入傳統批評美學的境界觀念，看取現代散文中的人格與文境。

一

　　文學風格產生於作品的內容與形式的特定融合，是作家的創作個
性在其作品中所表現出來的審美屬性和審美特徵。因此，在艾布拉姆
斯所謂的作家、作品、讀者、世界的四要素中，作家與作品的關係最
為密切，從知人論世的角度探究一個作家與其作品的關係無疑更符合
文學創作的規律，「文如其人」也由此成為一條古老而又有實效的審
美批評原則。早在先秦時期，孟子就提出了「養氣說」，主張「養吾
浩然之氣」「塞於天地之間」。[1]「養氣說」對作家氣質的重視深刻地
影響了中國古代的文學批評。到了漢代，揚雄提出「言，心聲也；
書，心畫也。聲畫形，君子小人見矣」[2]的觀點，後代論者多沿著這
一觀念發揮。劉勰說道：「故辭理庸俊，莫能翻其才；風趣剛柔，寧
或改其氣；事義淺深，未聞乖其學；體式雅鄭，鮮有反其習：各師成
心，其異如面。」[3]晚清文人何紹基認為，若要詩文卓然成家，必須
先學為人：「詩文不成家，不如其已也，先學為人而已矣。……人與
文一，是為人成，是為詩文之家成。」[4]對於人與文的關係，西方文
論家也有類似的看法。朗加納斯在〈論崇高〉中說道：「雄偉的風格
乃是重大的思想之自然結果，崇高的談吐往往出自胸襟曠達、志氣遠
大的人。」[5]布封說文學作品的「知識、事實與發現都很容易脫離作

1　孟軻：《孟子》（節選），王筱雲等主編：《中國古典文學名著分類集成‧文論卷》
　　（天津市：百花文藝出版社，1994年），第1冊，頁4。

2　揚雄：《法言》（濟南市：山東友誼出版社，2001年），頁78。

3　劉勰著，陸侃如、牟世金譯注：《文心雕龍》（濟南市：齊魯書社，1995年），頁
　　368。

4　何紹基：〈使黔草自序〉，郭紹虞主編：《中國歷代文論選》（中華書局，1963年），
　　下冊，頁308。

5　〔古羅馬〕朗加納斯著，錢學熙譯，郭斌和校：〈論崇高〉，《文藝理論譯叢》第2期
　　（北京市：人民文學出版社，1958年）。

品而轉入到別人手中，它們經更巧妙的手筆一寫，甚至於會比原作還要出色些哩。這些東西都是身外物，文筆卻是人的本身。」[6]馬克思在〈評普魯斯最近的書報檢查令〉中也提出了類似的觀點：「真理是普遍的，它不屬我一個人，而為大家所有；真理占有我，而不是我占有真理。我只有構成我的精神個體性的形式。『風格就是人』。」總之，「文如其人」是古今中外文論家津津樂道的一個命題，有著悠久的理論傳統。

　　前文已說明，現代散文理論界雖然對散文創作該如何表達個性與自我的理解存在著差異，但對於作品中須突顯個性氣質和人格精神卻有一致的認同，由人而文也因此成為當時理論批評界品鑒作品個性風格的一種重要方式。特別是現代散文的批評主體和批評客體大多屬同一個時代，相互之間比較瞭解，前者往往能夠憑藉這一優勢，準確地把捉住後者的個性、人格、氣質、胸襟，並由此進入作品風格的評價中，得出令人信服的結論。楊振聲說及朱自清的散文風格時道：「我覺得朱先生的性情造成他散文的風格。你同他談話處事或讀他的文章，印象都是那末誠懇、謙虛、溫厚、樸素而並不缺乏風趣。對人對事對文章，他一切處理的那末公允，妥當，恰到好處。他文如其人，風華是從樸素出來，幽默是從忠厚出來，腴厚是從平淡出來。」[7]楊振聲曾是朱自清多年的同事，這樣恰切的評價顯然來自於他對朱自清為人為文有著較為全面深入的瞭解，看似簡要的描述，實則揭示了朱自清散文的人格依據。徐蔚南在讀了劉大白的散文集《白屋文話》後指出：「劉先生是一位散文家。他的文不僅寫得周到精詳，不僅寫得痛快淋漓，而且寫到極端地明曉暢，簡直明白到太明白了，不准旁人

6　〔法〕布封著，任典譯：〈論文筆〉，《布封文鈔》（北京市：人民文學出版社，1958年），頁10。

7　楊振聲：〈朱自清先生與現代散文〉，原載《中建》（北平版）第1卷第4期（1948年），見朱金順編：《朱自清研究資料》（北京市：北京師範大學出版社，1981年），頁10。

有插嘴餘地的樣子。」他把劉氏散文的藝術風格與他「這個人」聯繫起來：「他散文能寫到這個地步，原因很簡單。如果看見過他的人，一定就可猜想得到的。高高的前額，額頂上稀少的頭髮，從眼鏡邊緣望出來三角形眼睛的眼光，常常閉緊著嘴似在凝集思想的習慣，一望而知是個富於理智與意志的人。他最初又是研究算學的，早成了一副善於分析與綜合的頭腦。他的散文所以能寫成這樣的格整，當然就靠他的理智與意志的作用咯。」[8]郁達夫向來認為一切作品都是「作家的自敘傳」，他常常從「人」的身上尋繹「文」之風格的成因，他說豐子愷「以李叔同（現在的弘一法師）為師，弘一剃度之後，那一種佛學的思想，自然也影響到了他的作品。人家只曉得他的漫畫入神，殊不知他的散文，清幽玄妙，靈達處反遠出在他的畫筆之上。」[9]在談到葉紹鈞時，郁達夫又道：「葉紹鈞風格謹嚴，思想每把握得住現實，所以他所寫的，不問是小說，是散文，都令人有腳踏實地，造次不苟的感觸。」[10]上述諸家從作家的性格氣質、思想觀念乃至職業身分等方面透析他們散文作品的風格特性，都出自於他們作為批評對象同時代人的細緻觀察和切身體會，雖然整體上顯得較為籠統，也存在絕對化之嫌，但圍繞具體的文學現場評人論文，顯然有較大的說服力。

　　人心不同，其異如面，即使生活環境和成長經歷相似的作家，他們的作品往往也表現出不一樣的風格特徵。對此類作家作品加以辨析，無疑更能說明「文如其人」的理論效能。魯迅和周作人兄弟就是一個典型的例子，他們散文的風格特徵常被放在一起加以比較。郁達夫說道：「魯迅的性喜疑人——這是他自己說的話——所看到的都是

8　徐蔚南：〈《白屋文話》序〉，蕭斌如編：《中國現代文學序跋叢書・散文卷》（海南市：海南人民出版社，1988年），頁179。

9　郁達夫：〈導言〉《中國新文學大系・散文二集》，《郁達夫文集》（廣州市：花城出版社，1983年），第6卷，頁276。

10　郁達夫：〈導言〉《中國新文學大系・散文二集》，《郁達夫文集》，第6卷，頁277。

社會或人性的黑暗面，故而語多刻薄，發出來的盡是誅心之論」，而「周作人的理智既經發達，又時時加以灌溉，所以便造成了他的博識；但他的態度卻不是賣智與炫學的，謙虛和真誠的二重內美，終於使他的理智放了光，博識致了用。」[11]朱光潛說周作人和魯迅是同胞兄弟，「所以作風很相近。但是作人先生是師爺派的詩人，魯迅先生是師爺派的小說家，所以師爺氣在《雨天的書》裡只是冷，在《華蓋集》裡便不免冷而酷了。」[12]此外，阿英的《現代十六家小品》、李素伯的《小品文研究》、錢謙吾的《語體小品文作法》也多採用類似的批評方法，他們大多不是孤立地談論一個作家，而是把他們放到同一個風格流派的作家群裡進行比較，從各人不同的性格氣質中甄別出不同的文學風格。

　　然而人與文的關係，是一個非常複雜的精神現象。若只簡單地因人論文，易在批評實踐上陷入偏差。因為作家的個性氣質或人格精神只是構成作家創作個性眾多因素中的一個，而非創作個性的全部。在形成作家創作個性的眾多因素中，大體可分成兩大類：一是由作家獨特的生活道路、思想觀點、人格精神、氣質稟賦等因素合力造就的所謂的「人格素質」，它屬作家的人格範疇領域；另一類是由作家的獨特藝術理想、審美情趣、藝術修養、藝術才能等因素沉澱下來的所謂的「審美素質」，它屬作家的審美範疇領域。從人與文的關係來看，後者比前者對文學作品風格的形成更有影響力，亦即作家的生活個性和人格素質對風格的形成只起到一種間接作用，而審美素質或審美範疇則起著較為直接的影響。因此，在具體的審美創造中，只有作家的人格素質轉化為審美素質，即人格素質通過審美素質這個「中間環節」的過渡和轉換，才能對風格的形成產生影響。此外作家創作個性

---

11 郁達夫：〈導言〉《中國新文學大系‧散文二集》，《郁達夫文集》，第6卷，頁273、274。

12 朱光潛：〈《雨天的書》〉，《一般》1926年11月號，原署名「明石」。

的眾多因素既可以單獨參與作品風格特性的鑄造，也可能與外來的因素相結合影響作品風格的形成；既可以直接全面地進入作品的風格，也有可能受到抑制而只是部分地呈現。由於作家審美創造活動的豐富性，更由於人格素質向審美素質轉換的複雜性和多變性，作家的創作個性與作品風格常發生錯位，出現人與文的不一致。對於這一問題，古今的文論家都有所注意。早在金代，元好問就有「心畫心聲總失真，文章寧復見為人。高情千古《閒居賦》，爭信安仁拜路塵」[13]的感嘆。清代紀昀也深感「以文觀人」或「以人觀文」的批評思維過於簡單和教條，他說：「此亦約略大概言之，不必皆確……。人與文絕不類者，況又不知其幾耶！」[14]錢鍾書在《談藝錄》中也對「人文同構」說提出質疑：「『心聲心畫』，本為成事之說，實是先見之明。然所言之物，可以飾偽：巨奸為憂國語，熱中人作冰雪文，是也。」[15]因此文學風格與作家創作個性的關係是極為複雜的，它們並非是一種對等關係，既有一致之處，也有背反的時候。

　　現代散文批評對於文與人的這一辯證關係也有著自覺的意識，在看到文如其人可能性的同時，也指出了由人到文的有限性。孫席珍說徐祖正是「嚴肅，誠摯而又虔敬的人」，他熱愛人生，然而文章風格卻反變冷淡，「我們讀了他的作品，覺得似被一種溫煦的空氣所籠罩，在他的優美細微的文字和那種象煞無關心的態度中，往往使人感到更深刻的人間味。」[16]這種文與人的不一致，除了與評價者主觀印象的偏差有關，也緣於上文所說的作家的人格素質沒有完全轉化為審美素質，上述評價雖沒有對此展開進一步的理論分析，但卻用形象化

13　元好問：〈論詩詩〉，王筱雲等主編：《中國古典文學名著分類集成‧文論卷》（天津市：百花文藝出版社，1994年），第2冊，頁30。

14　轉引自何西來：《文格與人格》（西安市：陝西師範大學出版社，1999年），頁26-27。

15　錢鍾書：《談藝錄》（北京市：中華書局，1984年），頁162-163。

16　孫席珍：〈論現代中國散文〉，俞元桂主編：《中國現代散文理論》（桂林市：廣西人民出版社，1984年），頁422。

的語言指出了這一點，顯示出了辯證的審美批評思維。當然，人與文的不一致，既是文學創作規律使然，也有作家主觀上的干預所致。這需要批評家對作家有更全面的瞭解，對作品有更深入的解讀。邵洵美談及林語堂時道：「語堂的文章所以能幽默，那全因為他生活的嚴肅。」[17]林語堂常嘲笑中國人處世太滑稽以至於接近幽默，而文章卻是枯燥無味，因此他試圖通過倡導幽默理論翻轉中國人為人為文的態度，即以一種嚴肅的人文情懷來創作幽默的小品文，這一倡導對於當時中國的時事形勢來說雖不合時宜，但其之於現代中國散文精神風貌的革新意義卻不能一概抹殺。邵洵美對林語堂幽默小品的評價，某種程度上切中了林語堂的苦衷。

更多的情況是，作家的個性氣質和人格精神是豐富多樣的，在不同的條件和語境下會展示出不同的面向；此外，描寫對象的獨特性也會影響主觀情感的選擇性投射。諸如此類不確定因素都會使人與文之間表現出錯綜複雜的關係。錢鍾書曾指出：「人之言行不符，未必即為『心聲失真』，常有言出於至誠，而行牽於流俗。蓬隨風轉，沙與泥黑；執筆尚有夜氣，臨事遂失初心。……身心言動，可為平行各面，如明球舍利，隨轉異色，無所謂此真彼偽，亦可為表裡兩層，如胡桃泥筍，去殼乃能得肉。」如其所言，在文學批評中，衡人論文不應把人與文簡單地對等起來，而應該充分正視兩者之間存在著的複雜關係。魯迅自白「橫眉冷對千夫指，俯首甘為孺子牛」，即是一典型的例子。在〈為了忘卻的紀念〉一文中，可見出魯迅先生對烈士的懷念和尊敬、對反動勢力卑劣行徑的憤恨，但他又不願老沉浸在悲痛之中，而是化悲痛為力量，以戰鬥來「記念」死者，在文章中表現深沉的悲憤和堅韌的戰鬥精神。對於這一複雜的情感結構，李長之在談及此文時曾有過精彩的評析：「從魯迅的文章看，他是時常壓抑著自己

---

17 邵洵美：〈你的朋友林語堂〉，《論語》1936年第94期。

的深厚的熱情的，不錯，他不喜歡風花雪月，不錯，他不喜歡悱惻纏
綿，然而他情感的濃烈與真摯，是遠出於風花雪月、悱惻纏綿之類之
上的。」[18]魯迅因襲歷史的重負，肩扛黑暗的閘門，把溫情和激情藏
於冷峻的文字之下，其人其文有時看似不盡一致，實則是他對抗虛
無、反抗絕望、刺破黑暗的戰鬥方式。正如孫福熙所說的：「大家看
起來，或者連他自己，都覺得他的文章中有凶狠的態度，然而，知道
他的生平的人中，誰能舉出他的凶狠的行為？他實在極其和平的，想
實行人道主義而不得，因此守己愈嚴是有的，怎肯待人凶狠呢？雖然
高聲叫喊要人做一聲不響的捉鼠的貓，而他自己終於是被捉而吱吱的
叫的老鼠。」[19]所以，人與文的錯位，很多時候是基於現實因素的考
量。特別是在現代中國，文學創作既可以是純粹的個人行為，也可能
是與不同陣營對話的一種方式；既可以為自己帶來文壇聲名，也可能
招來反動政治力量的迫害。這就需要現代散文家在表現自我時有所取
捨。而對於類似複雜的人與文關係的揭示，則需要批評家對批評對象
的人格精神及其所處的社會語境有深入的體認。所以，通過人與文錯
位關係的解讀，現代散文批評既呈示了作家個性與作品風格之間的繁
複關係，也讓我們看到了這一錯位關係所指涉的複雜外部環境。

二

　　現代散文在其發展過程中衍生出了諸多子文類，比較重要的有記
敘抒情小品、雜文、報告文學等，這些子文類都曾代表過一個時期散
文創作的基本面貌。散文子文類的衍生，既緣於散文文體自身的發展
變化，也與社會時代的召喚密切相關。若從散文體性的角度來看，也
可視為作家個人文體選擇的結果。每一位作家都有自己的創作個性，

18 李長之：《魯迅批判》（北京市：北京出版社，2003年），頁128。
19 孫福熙：〈我所見於《示眾》者〉，《京報副刊》1925年第145號。

每一種文體都有其獨特的功能，當作家選擇某種文體進行創作時，既是出於對自我創作個性的考量，也可以是借某種文體來容納他個人的價值追求。

正是如此，現代散文批評常從文體選擇的角度進入作家作品個性風格的評析，發現主體精神和文體功能的內在契合度。穆木天說只有詩和散文才是徐志摩真正的創作，他說：「詩人徐志摩長於流露抒發自己的感情而拙於描寫社會生活。……他是一個信仰感情的人，他不懂科學。而抒情詩，抒情的散文是足以作他的感情的表現之工具而有餘。抒情詩，抒情的散文，是足以包容他的思想的。」[20]徐志摩一向被認為是小資產階級知識分子，在一些持社會學解讀模式的批評家眼裡，徐志摩那些想像新奇豐富、修辭豔麗紛繁的散文與其階級屬性密切相關，而穆木天則抓住其長於抒情的創作個性，從文體選擇的角度來看待他散文的風格特色，排除了意識形態對審美分析的干擾，多了一些人性化的包容，其論斷也能較為人所信服。不僅批評家從「文體選擇」的視角來品評他人的散文創作，一些作家往往也從自我選擇的角度來審視自己的散文創作。朱自清自陳「所寫的大抵還是散文多」，主要與自己的才力和性格氣質有關，「不能做詩」，「覺得小說非常難寫」，戲劇「更是始終不敢染指」，「既不能運用純文學的那些規律，而又不免有話要說，便只好隨便一點說著；憑你說『懶惰』也罷，『欲速』也罷，我是自然而然採用了這種體制。」柯靈則將自己在「孤島」時期選擇創作沉鬱悲憤的雜文歸因於時代的感觸：「然而恥於低首，不甘噤默，有些憤懣和感觸，禁不住要吶喊幾聲，表示抗議。這就是我的一些雜文的由來。」[21]作家以自己的親身體會來談論

---

20 穆木天：〈徐志摩論〉，茅盾等著：《作家論》（上海市：文學出版社，1936年），頁49-50。

21 柯靈：〈《市樓獨唱》前記〉，蕭斌如編：《中國現代文學序跋叢書・散文卷》（海南市：海南人民出版社，1988年），頁1339。

散文創作的體性關係，陳述個人的性格、才情及身處其中的外部環境
與其散文風格的遇合，顯然更具有說服力，進一步印證了從文體選擇
的角度進入作家作品個性風格評價的合理性和必要性。

　　對於一些運用多種散文體式進行創作的作家，現代散文批評也注
重於從體性的角度來看待其不同體式的選擇運用。魯迅作品體裁豐富
多樣，從散文創作來看，就有雜文、記敘抒情散文、散文詩等體式，
且魯迅又賦予各種體式不同的精神意蘊。對於當時文壇上有人把魯迅
稱為「文體家」，錫金反駁道：「魯迅先生的新體詩的創作，看來是即
以當時最通行和習用的體式來使用的，他即以這樣的體式來寫他的
詩，灌注了他的思想內容，對於一個更適合的體式的探求和運用，卻
終使他換用了散文詩的形式。他的詩是為表現他的內容而寫的，目的
不注重在完成體式，這一點，正如他之後又從散文詩而進一步採用更
應手的戰鬥的雜文體式，他的文學事業全不是注重在完成一種文體上
的，他並不是象那些皮相者所理解成的是一個文體家（Stylist）。」[22]
雖然作家會選擇不同的散文體式進行創作，並展示出不同的風格，但
這種多樣化背後還是有著統一的基調和主導的風格。尤其是在現代中
國複雜的時代環境下，作家選擇不同的散文體式進行創作，既是一種
話語策略，也是表達內在複雜精神訴求的需要。阿英認為，在郁達夫
的散文創作中，「紀遊小品」以「清新」取勝，「紀敘小品」則「以簡
明老練見長」，「日記文」也「老練得多」，但無論是哪種體式，都
「充分的表現了一個富有才情的知識分子在動亂的社會裡的苦悶心
懷。」[23]這確實指出了郁達夫在散文創作上「心」的豐富性和「體」
的多樣化運用。

　　每一種文體類型都有約定俗成的特點、要求和規範，作家選擇何

22　錫金：〈魯迅與詩歌〉，《新中國文藝叢刊》1939年第3期。
23　阿英：〈郁達夫小品序〉，蕭斌如編：《中國現代文學序跋叢書‧散文卷》，頁789。

種文體進行寫作，就必須遵循該文體最基本的形式法則。但另一方面，作家又不是被動地選擇文體，他可以充分調動各種藝術技巧，使自己的創作個性深深地銘刻於作品之中，顯現出與其他作家不一樣的風格特性。因此，任何一種文學創作都可視為作家的個人風格與其所選擇文體的本體風格的互動共生。現在散文創作的繁榮，既緣於它自由文體的確立，也是現代散文作家運用自主自由的文體法則，積極發揮創作個性的結果。與此相應，現代散文批評在論及散文作家的文體選擇時，常常會指出他們對某種散文體式的創造性運用。比如對於魯迅雜文，時人都重在看取他賦予這一文體獨特的精神內涵和審美新質。劉大杰說：「雜感在魯迅的筆下，成就了一種精美的文體，現在已經有許多人在模仿他，將來也會有許多人要模仿他。雜感文是魯迅作戰的武器，是一把鋒利無比的鋼刀。這把刀一到他的手裡，便沒有人抵擋得住。」[24]魯迅雜文的一大特點是諷刺和幽默，這兩種手法雖非魯迅首創，但魯迅先生卻將其發揮到了極致，因此當時的理論批評界在談及魯迅的雜文時，幾乎都會高度肯定他的再創造之功。這正如茅盾所說的：「有些諷刺和幽默的文章能夠刺激讀者，然而不耐咀嚼。有些是雖耐咀嚼，然而咀嚼出來的東西所起的作用只是消極的。魯迅的諷刺和幽默卻是使人不得不然要一遍一遍地咀嚼，而且愈咀嚼他的積極的作用也愈強烈。他的小說固然如此，他的雜感尤其發揮了這特點。這一新的形式（雜感），是他所發明，所創造，而且由他發展到最高階段。」[25]散文本是一種自由抒寫個性的文體，現代作家選擇散文進行創作也主要是看重它興之所至、隨意而談的文體特性，但他們要在個性風格、個人文體上作出開拓性貢獻實際上並不容易。因此，現代散文理論批評史上各種散文選本和小品散文「作法」、「講

24 劉大杰：〈魯迅與寫實主義〉，《宇宙風》1936年第30期。

25 茅盾：〈研究和學習魯迅〉，《文學》第7卷第6號（1936年）。

義」對名家散文創作的介紹，基本上也是以他們運用得最為成熟、最能體現出個人風格的某種散文體式為例證。

　　文體的概念從來都不應當僅僅理解為單純的文學體裁，它的內涵是相當豐富的，它是作家認識和把握世界以及實現自我的一種方式。巴赫金認為，文學形式（文體）具有「感情意志的張力」，「形式要表現作者和觀照者對材料之外的某種東西的評價態度」[26]，因此他如此解讀文學形式：「我在形式中發現自己，發現自己價值上形成的有效積極性，我鮮明地感覺到自己所創造的客體的活動，而且不僅是在第一性的創作過程中，也不僅是在我自己創作的時候，還有在藝術作品的觀照中。因為我必須在一定程度上意識到自己是形式的創造者，才談得上實現藝術上有意義的形式本身」，「我必須感到形式是我對內容的一種積極的有價值的態度，才能從審美上感受形式：我在形式中並且通過形式謳歌、敘述、描繪，我用形式表現自己的愛、自己的主張、自己的理解。」[27]因此，作家選擇和運用何種文體既能體現作家的主體人格和精神面貌，也能見出作家理解世界、認識自我的視角和方式。

　　現代散文在不同時期包含一些不同的文體名稱，如美文、小品文、雜文、隨筆、報告文學等。這些稱謂不僅反映出概念指涉的差異，還指向與之相應的文體內涵，這些內涵又是眾多散文作家在選擇不同體裁並不懈地進行創作的基礎上沉澱下來的，是某種精神文化的象徵。比如小品文更傾向於容納輕鬆閒適的內容，雜文帶有「社會批評」和「文明批評」的功能，報告文學則善於及時、真實地反映現實生活和焦點話題。這些文體的成型都不是一蹴而就，而是散文作家在創作實踐中慢慢塑造起來的，表徵著他們的精神訴求和審美取向，也

---

26 巴赫金：《巴赫金全集》（石家莊市：河北教育出版社，1998年），第1卷，頁312。

27 巴赫金：《巴赫金全集》，第1卷，頁357-358。

呼應著某種時代精神。所以，在現代散文批評家看來，散文作家選擇
何種散文體式進行創作，都不是偶然和隨意的，而是意味著作家的人
生哲學、人格精神、審美意向與其所選擇的文體的內涵的高度契合。
在當時的文壇，提到魯迅必定要把他跟雜文聯繫在一起，提到周作
人、林語堂也必定要涉及到他們的閒適小品。阿英論及周作人的小品
文時道：

> 到了1924年以後，他的努力與發展，卻移向另一方面——小品
> 文的寫作，這以後周作人的名字，是和「小品文」不可分離的
> 被記憶在讀者們的心裡，他的前期的諸姿態，遂為他的小品文
> 的盛名所掩。[28]

胡風說幽默閒適小品是林語堂「作為自己沉醉自己滿足底主
體」[29]。在這些批評家看來，文體不再是一種器物般的形式，而是某
種生命形式的符號化，散文作家運用何種體裁進行創作，是兩種形式
的碰撞和交融，此時文體與作者合二為一，互為映像，乃至不可分離。

必須指出的是，不僅作家可以選擇文體，以個人的思想觀念澆築
出獨特的藝術風格，文體也會選擇性地表現或者說激發出作家的思
想情感。這是因為「人不是一個客體，而是一個靈魂的主體，不是一
個單層次的平面，而是一個有意識和潛意識的立體。不是一個真情實
感的靜態的統一體，而是知、情、意不斷相互擾動不斷變異的複合
體」[30]。文體雖然具有「折射出作家獨特的個性特徵、感覺方式、體

28　阿英：〈周作人的小品文〉，陶明志編：《周作人論》（北京市：北新書局，1934
　　年），頁102-103。

29　胡風：〈林語堂論〉，茅盾等著：《作家論》（上海市：文學出版社，1936年），頁
　　157。

30　孫紹振：〈「真情實感」論在理論上的十大漏洞〉，《江漢論壇》2010年第1期。

驗方式、思維方式、精神結構和其他社會歷史、文化精神」[31]的功能，
但每一種文體只能表現創作主體的某個側面，而不能表現出全部，這
也是不同文體存在的一個依據。曹丕在《典論·論文》中說道：「夫
文本同而末異，蓋奏議宜雅，書論宜理，銘誄尚實，詩賦欲麗。此四
科不同，故能之者偏也；唯通才能備其體。」劉勰在《文心雕龍》裡
也說：「章、表、奏、議，則準的乎典雅；賦、頌、歌、詩，則羽儀
乎清麗；符、檄、書、移，則楷式於明斷；史、論、序、注，則師範
於核要；箴、銘、碑、誄，則體制於弘深；連珠、七辭，則從事於巧
豔。」[32]皆指出了文體形式之於思想內容所具有的規範性。

　　現代散文批評正是以辯證的眼光，不僅看到了作家選擇著文體，
也看到文體形式對於作家主體情思的預期。柯靈在談及自己孤島時期
的創作時道：「我以雜文的形式驅遣憤怒，而以散文的形式抒發憂
鬱，我的精神的瞀亂，用這方法給了奇妙的統一。」[33]魯迅在創作上
從小說轉入雜文，不僅改變了自己的文學道路，而且不同文體運用所
呈示的風格差異也明顯地表現出來，這一變化很快被批評界所注意
到。在轉變的初期，就有人敏感地指出「他的小說表現的是他對於現
在的悲觀，而論文所表現的卻是他對於現在的不滿和對於將來的希
望」，「在創作的小說裡所表現的是一種態度，在論文裡是另一種態
度，用幾個抽象的形容詞來說，則前者是失望的，冷的，後者是希望
的，熱的，他的作品對於革命的文化運動上的貢獻，我們可以說，論
文實在比小說來得大。」[34]這類評述雖然也涉及到作家的文體選擇問
題，但更主要的還是在於說明文體實踐具有開掘作家精神世界的功

---

31 童慶炳：《童慶炳文學五說》（長春市：時代文藝出版社，2001年），頁211。

32 劉勰著，陸侃如、牟世金譯注：《文心雕龍》（濟南市：齊魯書社，1995年），頁394。

33 柯靈：〈《晦明》代序〉，蕭斌如編：《中國現代文學序跋叢書·散文卷》，頁1372。

34 一聲：〈第三樣世界的創造——我們所應當歡迎的魯迅〉，《少年先鋒旬刊》第2卷第
　　15期（1927年）。

能。進一步說，文體對於作家的逆向選擇不僅僅在於多側面地展示作家的精神個性，也會迫使作家去開拓出新的話語方式表達自己獨特的情思，這或許也是造成現代散文體式多樣的另一個原因。

三

　　個性風格的品評還深入到文境層面。所謂文境，是指散文作品中具有獨創性的審美境界，與詩境同中有異，是文藝學境界說的重要範疇。早在唐代，王昌齡在《詩格》中就提出：「詩有三境：一曰物境，二曰情境，三曰意境。物境一：欲為山水詩，則張泉石雲峰之境，極麗絕秀者，神之於心，處身於境，視境於心，瑩然掌中，然後用思，了然境象，故得形似。情境二：娛樂愁怨皆張於意而處於身，然後馳思，深得其情。意境三：亦張之於意而思之於心，則得其真矣。」[35]在可見的文獻中，王昌齡第一次提出這三種境界，也是第一次明確地提出「意境」這一在中國古代有著重要影響的審美範疇。王昌齡只是把「意境」作為境界的一個層次，與「物境」、「情境」並無高低之分，但在後來的許多文論裡，「意境」的價值意義被不斷抬升，而物境、情境的意涵則衍化為「寫實」、「抒情」等美學範疇，最後甚至成為「意境」的組成要素，即認為「情景交融」創設了「意境」。然而「意境不等於情景交融，情景交融只是創造與生發意境的重要方式和手段。」[36]到了清末，王國維在《人間詞話》中把境界分為「有我之境」和「無我之境」兩種：「有我之境，以我觀物，故物皆著我之色彩。無我之境，以物觀物，故不知何者為我，何者為物。」王國維受到西方文藝理論的影響，他的「有我之境」與「無我

---

35 王昌齡：《詩格》，王筱雲等主編：《中國古典文學名著分類集成・文論卷》（天津市：百花文藝出版社，1994年），第1冊，頁168-169。

36 蒲震元：《中國藝術意境論》（北京市：北京大學出版社，1995年），頁1。

之境」主要是為了闡明「理想與寫實二派之所由分」，也就是區分浪漫主義和現實主義兩種創作方法，因此他並未細分文章的境界。[37]然而細究起來，王國維的所謂「無我之境」與「物境」有疊加之處，「有我之境」則又包含著「情境」和「意境」。只不過王國維的境界說注重於審美主客體的交融，而王昌齡的境界說，除了「物境」外，「情境」和「意境」都更重視主體的「張之於意」。對此，宗白華在〈中國藝術三境界〉一文中對藝術境界層次的劃分，可謂對上述兩者的調和。他把藝術境界分為三種：「寫實（或寫生）的境界」、「傳神的境界」、「妙悟的境界」。[38]在該文中，宗白華綜合了前兩者的觀點，既清晰地區分了藝術的三種境界，也注重於審美主客體的交互關係，試圖構建出一個自洽的衡人論藝的評價標準。

個性之於現代散文，既解放了審美主體，張揚自我，也解放了審美客體，宇宙之大蒼蠅之微皆可取材。相對於古代散文，現代散文在寫實上力求細膩逼真，形神兼到；寫意抒情也力求真切自然，情理相生；此外，「物理」、「人情」交融、以境取勝的現代散文作品也不在少數。雖然不能簡單襲取「物境」、「情境」、「意境」來評價現代散文的創作，現代散文批評也很少直接使用這三個概念，但在品評散文的寫實求真、寫意抒情、意味意蘊等方面，當時的批評家確實致力於探尋人格與文境交錯離合的奧秘。

郁達夫認為，在中國古代散文「寫自然就專寫自然」，而現代散文則「處處不忘自我，處處不忘自然與社會」，「社會性與自然融合在一處」。但無論是寫景詠物，還是記人記事，現代散文理論批評都講求真實可信，要求散文作家對創作對象有獨到的觀察和細實的描寫。進一步說，當時的散文批評也不無追求一種近乎「了然境象，故得形

---

37 王元化：《文心雕龍創作論》（上海市：上海古籍出版社，1984年），頁111-112。

38 宗白華：《中國藝術三境界》，《宗白華全集》（合肥市：安徽教育出版社，1994年），第2卷，頁382。

似」的「物境」。但要達到這樣的境界，散文的寫實顯然不能僅僅只是還原和再現，還應讓讀者有身臨其境之感；也不能僅停留於表面的真實，還應深入創作對象的內部，發掘其實然的本質。也即要有一種立足於現實又超越具體現實的境界。比如朱自清的散文名篇〈背影〉，用樸素的文字，把父親對兒女的愛，表達得深刻細膩，真摯動人，時人推崇有加。佐卿認為朱自清的〈背影〉：「細膩的描寫出自己父親慈愛心情，每句話裡流露天倫之愛，從文章裡，細心能體會出來，『背影』中的深邃氣息，這是朱自清先生的散文最高潮。」[39]魯迅雜文有著醇熟的藝術境界，而這首先得益於其對現實的深刻觀察，在勾勒形象、托物寓理、以事曉理等方面有著難以超越的藝術魅力。李素伯談到魯迅《華蓋集》等幾部雜文集時就說道：「他眼光的犀利銳敏，用筆的冷雋詼諧，物無遁形的描寫，和老吏斷獄似的有力的評量，真是『入木三分』，是以立懦而敦薄。」[40]由「物無遁形的描寫」到入木三分的「評量」，這實際上是指出了魯迅書寫現實的深刻之境。

　　現代散文批評對類似「物境」的推崇在記物寫景散文的鑒賞上體現得尤為明顯。就以郁達夫而論，他的遊記寫景狀物逼真傳神，讓人如臨其境，又能兼披中懷，針砭時政，體現出一位愛國作家嫉惡如仇的率直人格。因此時人對他的遊記創作評價都比較高。比如，王瑾指出，郁達夫遊記文筆「生動流麗」，內容「恬淡忠實」，「在景物的描寫中，夾著歷史掌故的考據，人情風俗的敘說」，「寫到一個『像』字，已是不易；何況還傳出『神韻』來。使人讀了某一個地方的遊記，恍若置身其境一般。」[41]阿英也以郁達夫的遊記〈屐痕處處〉為例指出，該文集所寫的雖是在景物方面，卻「得到更高一步的發展」，「反映出作者的憤懣，一幅過渡期中的知識階級一種典型的畫

---

39 佐卿：〈朱自清的散文〉，《讀書青年》第2卷第4期（1945年）。

40 李素伯：《小品文研究》（上海市：新中國書局，1932年），頁108。

41 王瑾：〈郁達夫的遊記〉，《書報展望》第1卷第6期（1936年）。

像。」[42]應該說，郁達夫遊記傳達出來的「神韻」，離不開他對風景的傳神寫照，而這一獨有「物境」的生成又與他個人的人格精神緊密相連，他讓眼前之景通向了更為廣闊的現實人生，具體之「景」有了向超拔之「境」拓進的可能。上述批評文字對郁達夫寫景文的讚賞，根本上也是對其寫實求真之高超境界的認可，這與當時散文理論界講求個性表現之真是互為呼應的，為引導現代散文走向現實主義的寫作方向提供了重要的理論支撐。

　　散文同小說、戲劇等敘事文學相比，較難刻畫和塑造豐滿的人物形象，也不易講述曲折複雜的故事，展開波瀾壯闊的情節，因此不能苛求它能夠對社會時代和現實人生作出深廣的藝術概括。它的長處在於以短小輕便的體制，自由靈活的筆墨，從廣泛的社會人生中攝取人事物的一鱗一爪，或抓住心靈一瞬間，表現和抒寫創作主體從生命體驗中獲得的情緒。因此在寫實求真之外，寫意抒情對於散文也有著重要的意義。劉勰在《文心雕龍》裡說道：「情者，文之經。」[43]現代散文理論界對此也很重視。陳光虞認為，「小品文的生命和靈魂，就是由作者的個性所造成的特殊情趣和風致」[44]。賀玉波給小品文下的定義中也指出：「小品文是用暢快，輕鬆，即興的心情，把片斷的思想和情趣表現出來的文章。」[45]此外，鍾敬文認為「情緒」與「智慧」是小品文的兩個基本要素，梁實秋認為散文「高超的文調」，有一方面是來自於「挾著感情的魔力」，還有周作人的「趣味」說，林語堂的「性靈」、「幽默」、「筆調」等理論，都不同程度地論及散文寫情的重要性；甚至像茅盾這樣重視文學社會功用的左翼作家也不否認小品散文的寫情：「一篇『小品文』記遊山，記看花，只要情趣盎然，不

---

42 阿英：〈一九三四年中國文學小記〉，《文藝電影》1935年第2期。

43 劉勰著，陸侃如、牟世金譯注：《文心雕龍》，頁402。

44 陳光虞：《小品文作法》（上海市：上海啟智書局，1935年），頁8。

45 賀玉波：《小品文作法》（上海市：廣益書局，1934年），頁14。

像那《跋落葉樹》似的看來看去莫名其妙，也是很好。」[46]

　　情感表達固然是散文的一個重要因素，但抒情如何能夠達到深切的境地，或者說營造出一種「情境」，卻並非易事，因為在這背後需要作家主體人格的充分涵養。正是如此，現代散文批評很少單獨談論散文作品中的情感表達，而是多從體性的角度將其與作者的精神個性合觀，圍繞情趣、情思、情調、情致、情韻等審美範疇品評出其獨有的境界。李廣田說朱自清的「〈背影〉一篇，論行數不滿五十行，論字數不過千五百言，它之所以能夠歷久傳誦而有感人至深的力量者，當然並不是憑藉了甚麼宏偉的結構和華贍的文字，而只是憑了它的老實，憑了其中所表達的真情。」[47]趙景深在談及豐子愷的散文小品時道：「子愷的小品裡既是包含著人間隔膜和兒童天真的對照，又常有佛教的觀念，似乎他的小品文都是抽象而枯燥的哲理了。然而不然，我想這就是他小品的長處。他哪怕是在極端的說理中，講『多樣』和『統一』這一類的美學原理，也帶著抒情的意味，使人讀來不覺得頭痛。」[48]林蔭南也認為，俞平伯的散文「病在太喜歡說道理」，「弄得呆板，笨拙，討厭」，但他肯定俞氏的〈清河坊〉「卻是一篇極佳妙的文章。在這裡面，腐酸的議論發得比較少，而又把握得一種詩的情趣。」[49]可以看出，以上評價多是一種感性的體悟，還沒有上升到理論思辨的層面，這既與傳統感悟式批評思維的殘留相關，也源自於散文情趣的不可捉摸性。但無論恰當與否，都是肯定批評對象的情感表達具有融合寫人、記事和說理而上升到一個較高境界的作用。

　　人格與文境緊密相連，情境的生成離不開散文作家人格精神的投射。在這一方面，當時的批評實踐有著自覺的意識。特別是對一些在

---

46 茅盾：〈小品文半月刊《人間世》〉，《文學》第3卷第1號（1934年），原署名「仲子」。
47 李廣田：〈最完整的人格：哀念朱自清先生〉，《觀察》第5卷第2期（1948年）。
48 趙景深：〈豐子愷和他的小品文〉，《人間世》1935年第30期。
49 林蔭南：《模範小品文讀本》（上海市：光華書局，1933年），頁72。

理論和創作上皆以個性和自我示人的散文作家，當時的散文批評更是充分注意到了這一點。如章錫琛說周作人的散文「幾乎每句都有他自己的氣分，真是『暗中摸索』也辨別得出。」[50]鍾敬文說周作人的小品文「文體是幽雋淡遠的，情思是明妙深刻的，在這類創作家中，他不但在現在是第一個，就過去兩三千年的才士群裡，似乎尚找不到相當的配侶呢。」[51]同樣，對於俞平伯的《雜拌兒》，鍾敬文也試圖從中發現獨有的情境：「平伯君這個集裡所收的文章，有考據的，有說理的，有描寫風景的，有抒寫情思的，性質很不一律，但除了一小部分屬考據性質的，語意頗為簡質外，大概都很豐饒著一種迷人的情味，而使我們一讀，就認得出是作者個性所投射的特殊風格。」[52]將情境看作是作家人格精神的滲透，文與人互證，有理有據，某種程度上賦予了其可辨性，體現了五四以來理論批評界對散文作家作品個性風格的重視。

在中國古代的文學批評中，「意境」向來被認為是一種妙境，「超於象外」、「不著一字，盡得風流」是其特徵，它常常是「靜伏的、暗蓄的、潛在的，只有在創作者欣賞者的頭腦中，意境才浮動起來，呈現出來，生發出來。」[53]因此，意境來自於文本但又不盡屬文本，對意境的鑑賞講究的是妙悟，具有佛家參禪的意味。現代散文主要以記事抒情、說理議論為主，很難用「意境」這一審美範疇加以框定，當時的散文批評鑑賞也較少用「意境」一詞來評定文章境界，但在對散文作家作品創作風格的整體性把握上，批評家還是常常將之引向格調境界的認定，某種程度上也具備了傳統「意境」審美的批評思維。

50　章錫琛：〈《周作人散文鈔》序〉，蕭斌如編：《中國現代文學序跋叢書‧散文卷》，頁398。

51　鍾敬文：〈試談小品文〉，《文學週報》1928年第349期。

52　鍾敬文：〈雜拌兒〉，《文學週報》1928年第345期。

53　蒲震元：《中國藝術意境論》，北京市：北京大學出版社，1995年。

　　周作人評價自己的文章時說：「我近來作文極慕平淡自然的景地。但是看古代或外國文學才有此種作品，自己還夢想不到有能做到的一天，因為這有氣質境地與年齡的關係，不可勉強，像我這樣褊急的脾氣的人，生在中國這個時代，實在難望能夠從容鎮靜地做出平和沖淡的文章來。」[54]周作人的這一自評具有謙虛的成分，他的散文的一大特點就是平和沖淡，這一藝術風格是他散文中「人情物理」充分交融、發酵的結果。傳統的詩文評多認為情景交融創造了「意境」，就此而言，周作人散文中的「平和沖淡」，也可視為「物境」和「情境」進一步昇華後所達到的一種妙悟的意境。這正如郁達夫的評價：「舒徐自在，信筆所至，初看似乎散漫支離，過於繁瑣，但仔細一讀，卻覺得他的漫談，句句含有分量，一篇之中，少一句就不對，一句之中，易一字也不可，讀完之後，還想翻轉來從頭再讀的。」[55]與周作人的平和沖淡不同，魯迅的散文特別是雜文多以深刻犀利取勝，這樣的散文雖然不重妙悟，但其釋憤抒情而又能緊貼現實的寫法，也能開拓出剛健不饒、雄桀偉美的崇高境界，這一境界不僅立足於「物」的寫實，也不僅是「情」的真摯，而是二者兼有，是另一種類型的「意境」。蔡元培在一九三〇年代出版的《魯迅全集》序言中總結魯迅先生的人與文時說：「先生閱世既深，有種種不忍見不忍聞的事實，而自己又有一種理想的世界，蘊積既久，非一吐不快。……雜文與短評，以十二年光陰成此多許的作品，他的感想之豐富，觀察之深刻，意境之雋永，字句之正確，他人所苦思力索而不易得當的，他就很自然的寫出來，這是何等天才！又是何等學力。」[56]對於魯迅雜文的深邃意境，徐懋庸說得更清楚：「魯迅用的是『剝筍』式，他要

---

54 周作人：〈《雨天的書》自序二〉，《雨天的書》（石家莊市：河北教育出版社，2002年），頁4。

55 郁達夫：〈導言〉《中國新文學大系‧散文二集》，《郁達夫文集》，第6卷，頁272。

56 蔡元培：〈魯迅先生全集序〉，李宗英，張夢陽編：《六十年來魯迅研究論文選》（北京市：中國社會科學出版社，1982年），上冊，頁225-226。

暴露一個問題的真相，就動手把它的外面所有的皮依次剝去，剝了一層，『然而』還有一層，『不過』這一層樣子不同了，『如果』剝進去，那還有許多，『倘』不剝完，就不會看出真相。這樣的一層層的剝進去。最後告訴你『總之』真相如何。這就是深刻，象田螺一樣，愈繞愈深入，並不是平面上的兜圈子。但這種現象，不關作法，其實是思想方法所產生的。」[57]魯迅雜文之所以具有「入木三分」的深邃之境，根本上在於他對真相的不懈追尋和高超的觀察現實能力，以上諸家正是從這個角度發現了魯迅雜文具有充沛戰鬥精神的秘密。

　　對於散文中的人格文境，由於文學觀念的差異，批評家在品評中往往有所側重。在中國現代文學史上，社會學批評思維滲透到文學批評的各個角落。對於一部分批評家來說，他們反對把散文創作限制在一個狹小的世界裡自娛自樂，注重的是散文表現社會現實所展示出來的深度、廣度和力度，追求的是人格和文境的博大深廣。阿英認為：「青年的讀者，有不受魯迅影響的，可是，不受冰心文字影響的，那是很少，雖然從創作的偉大性及其成功方面看，魯迅遠超過冰心。」[58]李素伯在談到許地山的玄思小品時不無遺憾地說道：「作者在作品裡雖表現了古典美的特質和優長，但作者的心情，文字的效力，是離遠了『大眾』，與『時代』起了分解，便很容易的被世人忘卻了。」[59]冰心和許地山在當時都是具有較大影響的散文作家，不管以上的評論是否符合事實，但說他們不夠偉大，容易被人忘記，主要是基於他們過於注重自我，不能走向廣闊的社會人生而得出的結論。在這些批評家看來，散文深廣境界的開拓，有賴於強大的人格力量；只有強健的人格精神，才能有力地切入社會時代中去，把最本質的東西給以揭示出

---

57 徐懋庸：〈魯迅的雜文〉，《徐懋庸選集》（成都市：四川人民出版社，1984年），第3卷，頁12-13。

58 阿英：〈冰心小品序〉，蕭斌如編：《中國現代文學序跋叢書・散文卷》，頁768。

59 李素伯：《小品文研究》，頁143-144。

來。對於魯迅雜文的戰鬥精神，當時相當一部分批評家就是以此為出發點來展開解讀的。胡風說道：「他的作品或雜文之所以能夠那樣在讀者心裡發生力量，就不外是他的筆尖底墨滴裡面滲和著他的血液的原故。『吃的是草，擠出的是牛奶，血』，沒有比他自己的這一句話更能解釋融合著思想家、戰士、藝術家的他的一生。」[60]換言之，這一派的批評家更為關注的是作家扎根於現實和時代的人格精神之於文境的生成作用，在他們看來，文章境界及其審美價值的大小主要由主體人格的高低所決定。而在另一方面，對於那些持審美尺度的批評家來說，他們更看重的是主體人格精神在文章中的沉澱及其意蘊的釀就。李健吾在比較魯迅與陸蠡的散文時說：「讀魯迅的散文，大部分是他所謂的雜文，我們恍如回到讀但丁的《神曲》的經驗，中世紀和十三世紀活在他的愛憎的熱情。逃亡，疲倦，戰鬥，永遠戰鬥。但丁用詩做戰鬥的工具，屬中世紀；魯迅用散文做工具，屬現代：『而小品文的生存，也只仗著掙扎和戰鬥的。』陸蠡沒有那麼重的恨，他的世界不像魯迅的世界那樣大，然而當他以一個渺小的心靈去愛自己的幽暗的角落的時候，他的敦厚本身攝來一種光度，在文字娓娓敘談之中，照亮了人性的深厚。這就是做一個小人物的好處，如若自身並不發光，由於謙虛和愛，正也可以『凡愛光者都將得光。』」[61]魯迅與陸蠡本不是同一類的作家，然而李健吾卻把他們放在一起比較，他不是從政治的、社會歷史的視角，或倫理道德的視角，而是從人性和審美的角度，來評判兩位作家散文的精神境界；他雖看到兩位作家人格文境的差異，但他既不抬高魯迅，也不貶低陸蠡。這樣的批評更為理性，也更切合作家創作的本意與作品的實際底蘊。

60　胡風：〈關於魯迅精神的二三基點〉，李宗英、張夢陽編：《六十年來魯迅研究論文選》，上冊，頁218。

61　李健吾：〈陸蠡的散文〉，《咀華集・咀華二集》（上海市：復旦大學出版社，2005年），頁180。

第二節　個性風格的客觀歸因

　　散文作家畢竟是處在一定的社會現實中進行創作，其文筆風格的發生與演進深受諸多客觀因素的影響，特別是在現代中國複雜的歷史語境中，尤其要考慮到這一點。當然，這些客觀因素也是通過作家的主體人格參與到散文風格的創造，在這一過程中，既有作家積極主動的迎合，也有他們無法抗拒的被動接受。有鑑於此，除去主觀因素的觀照，現代散文批評也很重視從客觀的層面去探尋散文家個性風格的成因，主要涉及時代變革、中外文學經典和地域文化等因素。這當然是文學批評所必須循照的基本規律，問題是如何立足於具體語境，發見這些因素的介入。

一

　　每一個作家都生活在特定的時代中，時代精神對作家的創作個性總會產生不可抗拒的影響。與此相關，同處一個時代的作家，他們的文體風格也總是或多或少地呈現出共同的特徵。劉勰說：「時運交移，質文代變。」[62]也正如雪萊所說的：「我避免摹仿當代任何作家的風格。但是，在任何時代，同時代的作家總難免有一種近似之處，這種情形並不取決於他們的主觀意願。他們都少不了要受到當時時代條件的總和所造成的某種共同影響，雖然在一定程度上說來，每個人之所以周身浸透著這種影響，畢竟是他自己造成的。」[63]現代文學三十年，正是中國風雲變幻的年代，時代環境不僅影響了現代文學整體的歷史進程，就是具體的作家、作品也深深打上了時代的烙印。因此，

---

62 劉勰著，陸侃如、牟世金譯注：《文心雕龍》，頁527。
63 〔英〕雪萊：〈《伊斯蘭的起義》序言〉，《西方文論選》（上海市：上海譯文出版社，1979年），下冊，頁49。

在現代文學理論批評史上，「時代」一直是個繞不過去的關鍵詞，不僅持社會學模式的批評家對之有著自覺的認同，就是那些主張表現自我的自由主義文人也無法否認它的影響。

　　散文的寫實傾向，使它對於時代的感應比其他文類更為直接和鮮明，它是「感應的神經，攻守的手足」。正是如此，時代背景成為了某些批評家解讀散文作家作品個性風格的邏輯起點。比如對於引領著寫實精神的魯迅雜文，諸多批評家都傾向於從時代的視角來加以評析。瞿秋白說：「急遽的劇烈的社會鬥爭，使作家不能夠從容的把他的思想和情感熔鑄到創作裡去，表現在具體的形象和典型裡；同時，殘酷的強暴的壓力，又不容許作家的言論採取通常的形式。」[64]對於魯迅雜文的風格，阿英也有與此相似的觀點：「讀作者以前的雜感集，正面的抨擊居多，這裡（按：《自由書》）只能若隱若現了，在這裡，我們可以認識我們的時代。」[65]從時代影響的角度來看待作家的散文風格，這幾乎是當時社會學批評的基本思路，也是社會論「個性」說在批評實踐上的落實和體現。無論針對的是現實主義作家的創作，還是一些疏離於社會時代的作家，這類批評家都試圖從「時代－作家－作品」這一鏈條中發現散文作家作品個性風格的生成機制。隨著無產階級文學和革命文學的興起，以及左翼文學運動的蓬勃展開，某些批評家還從階級的視角闡釋時代精神，並以此審視散文作家文體風格的形成和演變。茅盾認為，與前期創作相比，徐志摩的散文集《自剖》、《巴黎的鱗爪》和他的詩歌創作一樣，一方面「感情和思想的『浮』和『雜』好些了」，另一方面「也失卻了勇敢樂觀獷悍的色調。」他進一步指出：「自然這兩者中間說不上什麼因果關係，但有一點卻不能忽視，這就是悲痛地認明了自己一階級的運命的詩人的心

---

64 瞿秋白：〈《魯迅雜感選集》序言〉，蕭斌如編：《中國現代文學序跋叢書・散文卷》，頁503。

65 阿英：〈《現代名家隨筆叢選》序記〉，俞元桂主編：《中國現代散文理論》，頁467。

一方面忍俊不住在詩篇裡流露了頹唐和悲觀，一方面，卻也更膽小地見著革命的『影子』就怕起來。」[66]值得注意的是，對於這一轉變，徐志摩曾自述道：「這幾年生活不僅是極平凡，簡直是到了枯窘的深處」，創作上不再像早期那樣「生命受了一種偉大力量的震撼」[67]。在這裡，徐志摩從個人生活的角度來審視自己散文創作風格的轉變，雖然也是一種客觀歸因，但更多的還是著眼於個人因素上；而茅盾則站在時代與階級的立場來看待這一變化，時代處於決定性的位置，作家個人及其作品則是被動的呼應。這種批評思維到了延安時期則更加明顯。金燦然說道：「高爾基與魯迅的雜文之所以寫得那樣辛辣，那樣洋溢著戰鬥的力與熱愛，筆鋒的遒健固然是重要的條件，但作為其基石的則是那階級立場的明確與堅定。」[68]在這一部分批評家看來，沒落階級的作家無法緊跟時代，把握住時代的主旋律，看不清社會進步的方向，其作品風格情趣必然是軟弱無力；而作家站在無產階級的立場，就站在時代的制高點上，他們的散文風格也因此而遒健，更有精神力量。

　　當然，從時代視角切入論析作家作品的個性風格，並非持社會學模式的批評家所專有，一些重視文學獨立和審美自由的批評家也不否認時代與散文作家作品個性風格的關係。只是在他們對「時代－作家－作品」的關係梳理中，時代只是一個「背景」，不具有決定作用，更重要的是作家對時代的能動性回應，以及如何將這一回應轉化為創作個性，塑造出自己的藝術風格。如李長之《魯迅批判》一書，作者拋開當時流行的社會學批評模式，用精神分析的方法來解讀魯迅的人格精神與文學創作的關係，但他不是孤立地看待魯迅的精神個性，而

---

66 茅盾：〈徐志摩論〉，茅盾等著：《作家論》（上海市：文學出版社，1936年），頁13。

67 徐志摩：〈《猛虎集》自序〉，《徐志摩全集》（天津市：天津人民出版社，2005年），第3卷，頁393-394。

68 金燦然：〈論雜文〉，《解放日報》1942年7月25日。

是將其置於魯迅成長過程中的時代和環境中來加以考察，進而將魯迅的「精神進展」分為六個階段；而為說明「和他的精神進展的階段相當」，他也把魯迅的雜文創作分成六個階段，並概括出其風格的流變：「總起來看，這裡所論到的雜感集是十三冊，隨路指出的典範的文字，是五十八篇。說到他的文字的進展，先是平鋪直敘，雖然思想是早有些。此後便轉入曲折，細微和刻畫，彷彿骨骼是有了，但不豐盈，再後則進而為通暢，有了活力。最後則這兩種優長，兼而有之，就是含蓄了，凝整了，換言之，便是，不光有骨頭，不光有血肉，而具有了精神。」[69]雖然將魯迅現實生活經歷與「精神進展」及雜文風格對應起來，過於絕對化，但李長之並沒有將「時代」視為一種決定性因素，時代環境對風格的影響最終還是需要通過作家精神個性的中介才能起作用，他更重視的是魯迅人格與文格的關係。這樣的散文風格批評既能立足於文學本身，又具有開放性的視野，免去了社會學批評的簡單化傾向。類似的批評思維在沈從文、李健吾、梁實秋等人的散文批評上也有著明顯的體現。值得注意的是，周作人等自由主義文人雖然在理論上主張散文創作要疏離時代和社會，但當他們在論及自己和同人散文創作中的個人言志傾向時，也常常引入時代的視角來加以審視，主要是從反作用力的角度來看待時代的影響。周作人在談到自己「草木蟲魚」一類的文章時道：「我在此刻還覺得有許多事不想說，或者不好說，只可挑選一下再說，現在便姑且擇定了草木蟲魚，為什麼呢？第一，這是我所喜歡，第二，他們也是生物，與我們很有關係，但又到底是異類，由得我們說話，萬一在草木蟲魚還有不行的時候，那麼這也不是沒有辦法。」[70]對於左派文人的責難，周作人在這裡講得很清楚，即自己避開現實，遁入「草木蟲魚」的寫作，是時

69　李長之：《魯迅批判》（北京市：北京出版社，2003年），頁129-130。

70　周作人：〈《草木蟲雨》小引〉，《看雲集》（石家莊市：河北教育出版社，2002年），頁15-16。

代的原因，是專制的社會使自己「不好說」，而非真的「不想說」。周
作人雖然口口聲聲要「閉戶讀書」，但卻又不得不承認時代之於自己
言志散文創作的反作用力，這或許是一個無法化解的悖論。在論及俞
平伯的散文集《燕知草》時，周作人也採用相似解讀視角。他認為俞
平伯的散文像晚明小品一樣多有「雅致」和「隱遁色彩」，是因為
「現在中國情形又似乎正是明季的樣子，手拿不動竹竿的文人只好避
難到藝術的世界裡去。」時代的相似性造就了風格的相似性，逃避現
實、專注於個人言志，本質上是對「時代」的消極反抗，所以他又說
「平伯這部小集是現今散文一派的代表，可以與張宗子的《文秕》相
比，各占一個時代的地位」。[71]

　　時代的力量是巨大的，特別是在波詭雲譎的現代中國，散文作家
的創作個性及其藝術風格免不了被時代精神推動著前進。因此，現代
散文批評也注意從動態的角度來把握作家作品的個性風格。最為典型
的當屬抗戰初期上海「孤島」文壇關於「魯迅風」雜文的論爭。一九
三八年十月十九日，魯迅逝世兩週年的紀念日，各大報刊紛紛出版紀
念特輯。巴人在《申報‧自由談》上發表了〈超越魯迅──為魯迅逝
世二週年紀念作〉一文，指出：「魯迅的精神固然是部分地活在人們
的心裡，但魯迅的藝術的戰鬥力，卻沒有活在後一代人的筆端。難道
真讓他的死，帶去我們的一切？」因此他進一步指出要「學習魯迅」、
「戰取魯迅」、「超過魯迅」，認為魯迅雜文中的「刻苦的精神」和「戰
鬥的手法」，「都是我們學習魯迅，戰取魯迅的必要條件，總有一日，
以我們自己的力量，繼之以我們的子孫的力量，而超越魯迅！」[72]同
一日，阿英在《每日譯報‧大家談》上，發表〈守成與發展〉一文，
對當時盛行的「魯迅風」雜文提出不同意見：「抗戰以來每當看到魯

---

71 周作人：〈《燕知草》跋〉，《新中華報副刊》1928年第10號，原署名「豈明」。
72 巴人：〈超越魯迅──為魯迅逝世二周年紀念作〉，《申報‧自由談》1938年10月19日。

迅風的雜文，我總這樣想：如果魯迅不死，他是不是依舊寫著這樣的
雜文，還是跟著抗戰的進展而開拓了新的路？我的答案是屬後者的。
我想魯迅的雜文，決不會再像在過去禁例森嚴時期所寫的那樣紆迴曲
折，情緒上，也將充滿著勝利的歡喜。他的新雜文，將是韌性戰鬥的
精神，勝利的信念配合著一種巴爾底山的，突擊的新形式，明快，直
接，鋒利，適合著目前的需要。」[73]顯然，相對於巴人強調學習魯迅
的雜文風格，阿英更重視超越魯迅，主張放棄「過去禁例森嚴時期所
寫的那樣紆迴曲折」的風格，並在該文中暗指巴人模仿魯迅雜文的
「悲涼氣概」，阿英對魯迅雜文的這一態度與其一貫秉執歷史唯物主
義的理論方法有關。作為回應，巴人寫了題為〈「有人」在這裡〉一
文，表明自己並非「襲取魯迅」[74]。隨後，阿英也撰寫了〈題外文
章〉一文，試圖確認「目前文壇上模仿魯迅風氣是不是盛甚？」「這
種傾向的增長對發展前途是不是有害？」[75]對此，巴人又發表〈題內
話〉表示，再次說明魯迅雜文的風格還未到需要被揚棄的階段，「模
仿本是創作的必要過程」，「沒有守成，即想發展，那是取消魯迅者的
企圖」，只有先學習魯迅的雜文風格，才能「戰取」「超越」魯迅的雜
文。[76]此後，又有龐樸、楊晉豪、文載道、列車、周木齋、馬前卒、
枳敔、巨川、莫思等人加入論戰。整體來看，主導這場論爭的「孤
島」進步作家多執社會學的批評模式，論爭的雙方實際上都是從時代
發展變化的角度裡看待魯迅雜文的個性風格，只是在「守成」與「發
展」何者為先的問題上有所分歧。由於論爭溢出文學的範圍而成為意
氣之爭，也為一些別有用心的文人攻擊孤島進步作家提供了機會，中
共江蘇文委發出了停止論爭的要求，最後由《譯報》主筆錢納水召集

---

73 阿英：〈守成與發展〉，《譯報・大家談》1938年10月19日。

74 巴人：〈「有人」，在這裡〉，《申報・自由談》1938年10月20日。

75 阿英：〈題外文章〉，《譯報・大家談》1938年10月21日。

76 巴人：〈題內話〉，《申報・自由談》1938年10月22日。

部分「孤島」文藝工作者討論「魯迅風」雜文的論爭問題，簽署〈我們對於「魯迅風」雜文問題的意見〉，呼籲上海文藝界團結起來，停止論爭。作為對這場論爭的總結，《意見》也是從動態的角度來看待魯迅的雜文風格，認為魯迅的思想個性是隨著時代環境的發展而進步的，「要從世界文化思想革命史上來研究他」，「如果只捧住魯迅的全部著作，而忘記了時代環境，不只是學不到魯迅，而是有害」，「魯迅雜文的風格在現在，絕非失卻存在的價值，而是要更積極地發揮其特殊性。我們也不只是守住魯迅的成就，而且要向前發展著」，「魯迅的雜文的幽默諷刺風格，在現在，甚至於將來，只要社會的革命鬥爭繼續存在，仍然有偉大的價值。」[77]魯迅作為現代雜文的奠基者和推動者，其精神個性和雜文的藝術風格具有獨特的價值和巨大的影響，在這次論爭中，雙方對其雜文風格無論是肯定還是否定，無論是堅持守成還是主張發展，實際上都試圖辯證看待時代與文學的關係問題，重估全面抗戰這樣大的時代環境下魯迅雜文的藝術風格及其價值意義。圍繞這一問題進一步擴大視野，可以發現，不僅僅是魯迅，周作人、林語堂、梁實秋、朱自清、郁達夫等知名散文作家在不同時期得到不同的評價，產生不同的影響，都是與這種動態的價值判斷相關。

二

前文論及「個性」說的理論資源時，我們從傳統和異域兩個維度來探溯當時散文個性觀念的形成。事實上，這兩個面向既是考察現代散文個性觀念來源的重要路徑，也是探究散文作家作品個性風格成因的重要維度。

現代作家主要通過留學、譯介等方式大量吸收異域的精神資源，

---

77 〈我們對於「魯迅風」雜文問題的意見〉，《譯報・大家談》1938年12月8日。

獲取的渠道主要有三種，分別是歐美、日本、蘇俄，他們或接受其中一種，或綜合汲取，內容涉及文學、哲學、政治學等方面的內容。就散文而言，諸如魯迅、周作人、林語堂、梁實秋、郁達夫、朱自清、梁遇春、徐志摩、何其芳等名家的創作，都或多或少地受到異域資源的滋養。與此相應，當時的批評家在論及這些散文家的時候也有意識地從外來影響的角度加以考量。周作人無論在理論上還是在創作上都有追崇中國古代言志散文的傾向，但他卻是最早介紹外國「美文」、講授歐洲文學史的先驅者，朱自清說周作人的散文風格「所受的『外國』影響比中國的多」[78]，其實是指他把英美的「紳士風」與中國的「名士風」融為一體。蘇雪林認為魯迅的雜文風格與其受尼采、廚川白村、羅曼羅蘭等人的影響有關，「《熱風》裡有許多文字，宛如高山峻嶺的空氣，那砭肌的尖刺，沁心的寒冷，幾乎使體弱者不能呼吸，然而於生命極有益。這與尼采的 Thus spake Zarathustra 風格很有些相近，無怪人家要喊他為『東方尼采』了。」[79]魯迅、周作人的散文風格受外來的影響已是眾所周知，當時的批評界還探尋和發現一些滋養過散文作家創作個性而又為後來者所忽視的外來影響，比如西班牙作家阿左林對新「京派」作家散文創作的影響。

　　對於阿左林的散文風格，徐霞村在〈一個絕世的散文家：阿左林〉一文中有過介紹：「阿左林的最大的發現是把日常的東西——一朵花，一個罐子，一個桌子的正確的名字連合起來，而造成一種迷人的文體。在他的散文裡，長句和比喻是不存在的，我們所看到的只是一些精細而清晰的樸素的描寫。」[80]阿左林的散文大概在二十世紀二十年代末被引介到中國，儘管在被引介進來的西方作家中並不算知名，但他卻影響了何其芳、李廣田、卞之琳、師陀等人的散文創作。

78　朱自清：〈論現代中國的小品散文〉，《文學週報》1928年第345期。

79　蘇雪林：〈論魯迅的雜感文〉，《文藝》第4卷第3期（1937年）。

80　徐霞村：《現代南歐文學概觀》（上海市：神州國光社，1930年），頁94-95。

卞之琳晚年曾回憶道：「西班牙阿左林的散文實際上影響過寫詩的戴望舒和何其芳以至我自己。」[81]其實，早在四十年代曾卓在《阿左林小集》就有過具體述說：

> 在中國，他不為一般讀者所注意是當然的，在目前的中國，這也是應該的吧。但就我所知，在作家們中間，受他影響的人也頗有幾個。如：《畫夢錄》時代的何其芳、李廣田。蘆焚（師陀）似乎也受他很深的影響，他的《看人集》、《江湖集》中的某些作品，頗有一點阿左林的風味，而最近出版的《果園城記》，其中的《說書人》、《郵差先生》、《燈》等篇，與《西萬提斯的未婚妻》中的幾篇描寫人物的散文，在風格和氣氛上，更是非常相近了。[82]

長期以來學界多認為新「京派」作家散文風格的形成與他們有意疏離政治、保持文學獨立的立場有關，這固然是主要的原因，但在具體藝術風格的建構上，顯然不能忽視他們對阿左林沉靜清新、簡潔質樸的散文風格的認同和接受。這一事實在相當長的一段時間內都沒有引起足夠的重視，曾卓等人的揭示，無疑可以豐富我們對京派散文的認識。

　　現代作家雖然經歷了五四的洗禮，顯示出與傳統士大夫和知識分子不一樣的精神風貌，但他們並沒有與傳統完全決裂。因為傳統作為一種母體文化，總是以集體無意識的形式持久地影響著一個民族的思維結構和審美心理；另一方面傳統文化並非一無是處，它既有糟粕也

---

81 卞之琳：〈何其芳晚年譯詩〉，《人與詩：憶舊說新》（北京市：生活・讀書・新知三聯書店，1984年），頁97。

82 曾卓：《阿左林小集》，《曾卓文集》（武漢市：長江文藝出版社，1994年），第3卷，頁352-353。

有精華，後來者完全可以去粗取精、去偽存真，對其加以重新挖掘和利用。現代文人處於一個傳統向現代過渡的中間地帶，他們與傳統文化本來就有著血溶於水的密切關係，而站在現代的立場，他們又能夠在歷史的回望中估量傳統文化的優劣。在此背景下，五四以後，就有相當一部分散文作家開始向傳統回歸，他們當中有的文學啟蒙本就來自於舊式的教育，當他們後來進行散文創作時，傳統文化精神很自然地參與到作品風格的創建中去，如魯迅、周作人、郁達夫、俞平伯、冰心等；而五四以後成長起來的一代散文作家，他們雖然沒有直接接受舊式教育，但傳統文化仍以強大的存在影響著他們，如唐弢、何其芳、李廣田等；當然也有在接受新式教育後，通過走進傳統，對傳統文化有了再發現，如林語堂、梁實秋等。以上種種，使得批評家在討論現代散文作家作品的個性風格時，傳統成為一個繞不過去的視域。

特別是現代批評家與散文作家同處一個母體文化語境中，他們的批評觸角往往能夠觸及傳統文化的毛細血管，讀出批評對象風格的特異之處，顯得貼切而通達。郁達夫在論及冰心的散文時說道：「她的寫異性愛的文字不多，寫自己的兩性間的苦悶的地方獨少的原因，一半原是因為中國傳統的思想在那裡束縛她」，「我以為讀了冰心女士的作品，就能夠瞭解中國一切歷史上的才女的心情；意在言外，文必己出，哀而不傷，動中法度，是女士的生平，亦即是女士的文章之極致。」[83]在這裡，郁達夫不僅看到傳統思想對冰心散文內容的限制，也指出冰心與傳統才女在審美情趣上的一致性。三十年代周作人和林語堂等人鼓吹散文復興論，師承晚明文風，當時和後來的批評家在論及他們的散文風格時也常從傳統的角度加以解讀。一九四〇年，林語堂在美國紐約出版《熱情和諷刺》，該書本是為「使美國讀者能夠多瞭解自由和平民主在中國國民性上所占的地位」，但趙銘求卻仍從中發現

83　郁達夫：〈導言〉《中國新文學大系・散文二集》，《郁達夫文集》，第6卷，頁275。

林語堂以「晚明作家的風格寫小品文，其中充滿了公安派諸子的雅逸
沖淡的性靈風格。」[84]趙氏的這一論斷既來自於他個人的閱讀感受，
也不無是受林語堂在三十年代鼓吹晚明性靈小品的啟發。至於周作人
散文平和沖淡的風格，眾多的批評家無論是予以肯定還是貶責，多傾
向於從傳統中發現其背後的精神支援。比如，許杰就認為周作人這類
小品文「完全是中國文人的一種傳統的思想的反映，完全是一種所謂
清高的名士的風度。他又因為有這一種的態度的表現，所以也影響到
他的文體上來，因此，使成為他所提倡的，而且是他所擅長的沖淡清
新的小品文了。」[85]但影響和承襲並不等於模仿，現代散文批評注重
的還是傳統影響下的個人才情和風貌。在為俞平伯的《燕知草》作序
時，朱自清雖也贊同他人指出的俞平伯的散文有晚明小品那種名士風
的「灑脫境界」，但他又說「平伯並不曾著意去模仿那些人，只是性
習有些相近，便爾暗合罷了；他自己起初是並未以此自期的，若先存
了模仿的心，便只有因襲的氣分，沒有真情的流露，那倒又不像明朝
人了。」[86]文風的相似，並不能靠因襲模仿，而是靠主體精神的自然
造就，俞平伯有深厚的家學淵源和古文功底，他對傳統既有接受又有
創化，朱自清的評價可謂「知人論世」。類似的評價，不一而足。王
瑤先生曾經指出，現代作家對於傳統文化的接受是自發的，從以上的
批評文字可以看出，批評家注重的是傳統文化對散文作家潛移默化的
薰染，這也符合現代散文創作既反傳統又無法擺脫傳統的歷史事實。

三

　　中國自古以來地大物博，地域分化相當明顯，既有自然地理的差

84　趙銘求：〈林語堂散文集〉，《中央週刊》第3卷第48期（1941年）。

85　許杰：〈周作人論〉，茅盾等著：《作家論》（上海市：文學出版社，1936年），頁103。

86　朱自清：〈《燕知草》序〉，蕭斌如編：《中國現代文學序跋叢書·散文卷》，頁234。

異，也有人文地理的區別。散文向來以人、事、物為表達對象，自然
與人文的地域分化更是容易影響到散文的創作。可以說，除了時代語
境和中外散文傳統，自然環境及地域風俗也是考察現代散文家人格氣
質及其作品風格的重要依據。特別是，現代散文家分布於全國各地，
穩固的地域風格的形成往往與其在一個地方長久地生活有關，這也成
為現代批評家關注的地方，他們常常從作家的生活環境裡尋繹其個性
風格的成因。

　　郁達夫說朱自清「以江北人的堅忍的頭腦，能寫出江南風景似的
秀麗的文章來者，大約是因為他在浙江各地住久了的緣故。」又說
「王統照，許地山的兩人，文字同屬緻密，但一南一北，地理風土感
化上的不同，可以在兩人的散文裡看得出來。許地山久居極南，研究
印度哲學，玄想自然潛入了他的作品。王統照生長山東，土重水深，
因而詞氣亦厚。」[87]又指出豐子愷生長在嘉興石門灣，「所以浙西人的
細膩深沈的風致，在他的散文裡處處可以體會得出。」[88]郁達夫認
為，一切文學作品都是作家的「自敘傳」，他在此將地理因素帶入散
文風格的批評，就是對這一文學觀念的發揮。唐弢與魯迅同為浙東
人，他在評價魯迅的雜文時，特別注意到了浙東人的地域脾性對於魯
迅雜文精神的塑造作用：「魯迅是浙東人，在他的文章裡，充滿著浙
東人的『報仇雪恥』，『白刀子進紅刀子出』的精神，他不但具備著這
樣的秉賦，而且嫻習於這樣的環境，他一生不曾和惡勢力妥協，永遠
是革命陣營中最堅決的鬥士。」[89]對此，李素伯在比較周氏兄弟時也
說道：「像魯迅作人兩先生的那樣深刻有力的文章，多少帶些地方
性，有浙東人特有的氣質而不容貌似的。」[90]上述諸家從自然地理和

---

87 郁達夫：〈導言〉《中國新文學大系・散文二集》，《郁達夫文集》，第6卷，頁277。
88 郁達夫：〈導言〉《中國新文學大系・散文二集》，《郁達夫文集》，第6卷，頁276。
89 唐弢：〈魯迅的雜文〉，《魯迅風》1939年第1期。
90 李素伯：《小品文研究》，頁181。

人文地理的感化，看取作家的人格氣質，進而透析其散文創作風格，儘管這樣的批評主要以感悟為主，內在邏輯走向沒有詳盡的展開，但還是能夠較為準確地把握住作家作品個性風格的某些成因。

現代散文史上有諸多地域性散文流派，這些流派的形成固然與其內部成員風格的趨同性密切相關，但也與批評家的推波助瀾分不開。比如沈從文「海派」概念的提出就是如此。沈從文常以「鄉下人」自居，他認為鄉下人「對一切事照例十分認真，似乎太認真了，這認真處某一時就不免成為『傻頭傻腦』」，「與城市中人截然不同」。在他看來，「城市中人」「生活太匆忙，太雜亂，耳朵眼睛接觸聲音光色過分疲勞，加之多睡眠不足，營養不足，雖儼然事事神經異常尖銳敏感，其實除了色欲意識和個人得失以外，別的感覺官能都有點麻木不仁」。[91]沈從文在這裡雖然比較的是「鄉下人」與「城市人」的精神氣質，但如果考慮他來自於湘西而此時又生活在北平，則可將其此一觀念廣而視之為一種地域觀念。而當他把這種地域觀念與文學批評結合起來的時候，文學風格的地域差異就進入了他的批評視野，他對「海派」散文風格的指摘就是源自於此。他認為「海派」具有「名士才情」，也重「商業競買」，但「海派作家及海派風氣，並不獨存於上海一隅，便是在北方，也已經有了些人在一些刊物上培養這種『人材』與『風氣』。到底是北方，還不至於如上海那麼稀奇古怪，然而情形也就夠受了。」[92]雖然「當提及這樣一群作家時，是包含了南方與北方兩地而言的」，但「因環境的不同，兩方面所造就的人材及所提倡的風氣，自然稍稍不同，但毫無可疑，這些人物與習氣，實全部皆適宜於歸納在『海派』一名詞下而存在。」很明顯，被沈從文視為「海派」的作家不僅限於南方（上海）地區，在北方（北平）也存在著。

---

91 沈從文〈習作選集代序〉，《沈從文全集》（太原市：北岳文藝出版社，2002年），第9卷，頁3、4。

92 沈從文：〈論「海派」〉，《大公報》1934年1月10日。

從這個角度來看的話，沈從文之所以把北方周作人、廢名等人的名士氣散文和南方林語堂等人的幽默味散文捆綁在一起加以批評，主要是兩者都被他視為「海派」文學。在這裡「海派」某種程度上已成為城市文學的代名詞，他對海派的批判，已然是從「鄉下人」的立場來展開的，而他的批評觀念和審美標準也通過這一立場得以彰顯和建構。據此，如果進一步深挖的話，那麼現代散文史上不同批評觀念的爭執，背後或多或少都有地域因素的影子。

　　此外，還值得注意的是，從國家疆域的角度來看，現代中國一直就不是一個有機的整體，而是處於支離破碎的狀態。北洋政府時期，大小軍閥割據分權，各自為政。南京國民政府成立後，雖然形式上統一了中國，但各路新舊軍閥依然保持了相當程度的獨立性，日本帝國主義的入侵又進一步離析了南京國民政府的統治區域，還有中國共產黨領導建立的革命根據地和解放區也逐步擴大。此外，民國成立後，雖然從西方列強手中收回了部分領土主權，但後者仍然通過續租、續借的方式在中國領土內保留了眾多的租借地和附屬地，並擁有行政、軍事、司法、警察等多種權利，成為了名副其實的「國中之國」。民國諸多不同政治區域的共存主要是由各種政治力量的鬥爭所造成的，不同的區域板塊不僅有自己的行政邊界，而且往往還因施行不同的政治、經濟、文化政策而構建了迥異的社會形態，形成了列斐伏爾和尼爾・史密斯等人所說的「社會空間」。尼爾・史密斯認為，「社會空間」是由「社會集團或社會群體建構的區域」，「正如數學空間用於表示自然事實的抽象領域一樣，社會空間是由社會事實的抽象領域人為構築的」[93]。因此，民國期間互為異質的政治區域都是相對獨立的「社會空間」，或者說，民國的「社會空間」與其國家疆域一樣呈破碎性的狀態。

---

93 Neil Smith, *Uneven Development: Nature, Capital and the Production of Space*, Basil Blackwell, 1984, 75.

　　依存破碎性政治區域及其社會空間的散文創作也是現代文學史上一道獨特的風景線，如國統區散文、解放區散文、淪陷區散文、租界散文，等等。對此，現代散文批評也給予了明確的區分，儘管很多時候這種區分體現為一種社會文化認同和政治認同。上海「孤島」時期，巴人、文載道等六人合作出版了散文集《邊鼓》集，在「弁言」中，他們指出：「我們是六個人，我們有各自不同的生活的方式，有各自思索的天地，平時，我們也曾以筆寫出自己的風貌，心情，社會的雜感」，但各人生活經歷的差別並不影響他們風格的趨同：「直到十一月十二日，國軍退出了上海，我們的心臟就抖成了一個。……這就是我們的沉重的心中發出來的低微而急迫的聲音——《邊鼓集》」，「編定之後，卻使我們有個驚人的『錯愕』。雖然有不同的風格，筆調——不同的邊鼓的打法。但這聲音卻完全是一致的。……我們是六個人，我們卻是一個人。——中華民族原只是一個人！」[94]所謂「一個人」和「聲音」的一致，其實還是身處獨特社會空間中對自我散文風格的認同，而這種認同背後則是「孤島」區域社會環境使然。也即，諸如處於《邊鼓集》創作環境的散文作品的風格有著兩個層面的疊加，一是源自於個人創作個性的個體風格，一是受特殊的區域環境規訓而生成的群體性風格。對此，同樣處於「孤島」的列車也有類似的體認，他在談及自己的雜文集《浪淘沙》時道：「在發表這本集子裡的第一篇文章時，上海已變成『孤島』了。我們開始在另一種窒息的空氣中生活著」，「由於戰鬥的緣故，不能不寫得迂迴曲折。」對此，他又進一步分析道：「雜文的本質上，只要把感想寫出來，直率而簡單。現在的雜文寫得這般『技巧』的，實在是從困苦的生活經驗中產生出來的。」[95]當然，除了淪陷區，國統區、解放區的散文創作

---

94 文載道等：《邊鼓集・弁言》（上海市：文匯公司，1938年），頁1-3。

95 列車：〈《浪淘沙》前記〉，蕭斌如編：《中國現代文學序跋叢書・散文卷》，頁1335、1336。

也有自己的區域風格，且深受各自的社會政治文化語境的規約。比如，在為司馬訏的散文集《重慶客》所作的序言中，趙超構認為該書寫出了「大時代小故事」，是對戰時重慶「社會事物的如實的描繪」，並由此指出了其獨特的地域群落風格：「題材是莫泊桑的，而其文字的風格則是屬馬克吐溫的」，「所以就在講笑話中，也吐露著辛辣的諷刺，在美麗的敘述中，往往夾雜著冷酷的譏評。」[96]也正是如此，緣於不同的政治立場，批評家對區域風格的評價往往存在著較大的分歧。如上文所述的，「魯迅式」雜文到了延安解放區以後，就被要求不要「隱晦曲折」，而是要「大聲疾呼」。[97]而像何其芳等從國統區進入解放區的作家，甚至否定了自己此前在國統區散文創作的風格。二十世紀四十年代，身處解放區的何其芳在反觀自己進入解放區前的散文集《還鄉記》時道：「以我現在的眼光看來，這本散文集子在藝術上，在思想上都是差得很的。這只是一個抗戰以前的落後的知識青年的告白。他從睡夢中醒了過來，但還未找到明確的道路，還帶著濃厚的悲觀氣息和許多錯誤的思想」[98]，「或者應該說太怯懦了，把我的耳朵藏在厚厚的個人主義的外套裡，所以聽不見而已。」[99]從國統區到解放區，從小我到大我，散文風格批評標準的差別，固然與政治話語的宣導直接相關，但根本上依託的是獨特的區域社會空間。遺憾的是，此前學界關於散文地域批評的研究，多側重於自然和人文地理因素，而忽視現代中國不同政治區域的社會語境對散文批評的影響。

---

96 趙超構：〈《重慶客》小引〉，司馬訏《重慶客》（上海市：萬象週刊社，1944年），頁1、2。

97 毛澤東：〈在延安文藝座談會上的講話〉，《毛澤東選集》（北京市：人民出版社，1991年），第3卷，頁872。

98 何其芳：〈《還鄉雜記》附記二〉，《還鄉雜記》（上海市：文化生活出版社，1949年），頁104-105。

99 何其芳：〈《還鄉雜記》附記二〉，《還鄉雜記》，頁108-109。

第三節　風格批評的方法及文體

　　論及現代散文個性風格的批評方法，首先必須將其置於整個現代文學批評史的視野中加以審視。有論者指出：「近百年文學理論批評史的基本特徵和基本性質，是在中國近百年來社會內部發生歷史性轉折、變動的條件下，在與世界文學潮流相一致的、具有真正現代意義的新文學實踐的基礎上，廣泛地接受了外國哲學人文思潮、文藝美學思潮、文學理論批評的影響，在傳統的和外來的、歷史的和現實的宏大背景下形成的。」「也為了打破傳統整體直覺思維的格局，引入了西方科學思維方式，如孔德的實證哲學，泰納的科學實證方法，左拉的自然主義理論，馬克思主義的意識形態論等等，使文學批評出現了重事實、重演繹，強調理性分析和邏輯實證的特徵」[100]。這一描述基本上代表了學界的共識，也反映了百年來文學批評實踐的基本事實。

　　散文中的個性風格由於具有較強的主觀性和模糊性，對於批評家來說是很難把握的，傳統散文批評往往以整體感悟、印象評點為主，較少關注個性風格的內部結構和細膩之處。與此不同，現代散文批評借鑒了西方的實證批評方法，審美品鑒、心理分析、社會觀照相結合，將散文的風格特色給予分解、細化，從而對其作出清晰、準確的解讀和闡述，呈現出重理性分析和邏輯實證的品性。

　　一九三三年，阿英在〈《現代十六家小品》序〉中，梳理了五四以來的小品文創作風格的嬗變，並將其分為三個時期。第一時期是從五四到五卅，第二時期從五卅到九一八事變，第三個時期從九一八事變到其寫作該文的時間。他又對每個時期的小品文風格進行概括，還把第一時期分為兩個階段：新文學初期「隨感」散文多呈現出短小精

---

100 黃曼君：《中國近百年文學理論批評史（1895-1990）》（武漢市：湖北教育出版社，1997年），頁4、63。

悍的敏銳的「襲擊」，而一九二〇年初至五卅時期的小品散文則顯示
出「漂亮」、「緊湊」、「縝密」的風格。在此，阿英對五四以後十幾年
間散文創作風格的把握不再是傳統整體式的感悟，而是通過由外到內
的推演，將歷時性的觀照和共時性的考察結合在一起，分析作家創作
個性的變化及其體現於散文藝術風格的內在邏輯，觀點有理有據，是
一種典型的實證批評方法。在《中國新文學大系‧散文一集》的〈導
言〉中，周作人雖然重在申明自己的散文言志觀念，反對散文的工具
理性，但他在分析入選諸家散文的風格特性時，並非局限於文本，而
是將其置於廣闊的歷史文化語境中加以觀察，試圖梳理出現代散文個
性風格的流脈。所以在散文的批評實踐上，周作人雖然秉承的是一種
自由主義知識分子的立場，但他卻很重視理性分析，注重對作家個性
及其作品風格特性的準確判斷。在〈《燕知草》跋〉〈《雜拌兒之二》
序〉等文中，他看似東拉西扯，其實是在為俞平伯散文「文詞氣味的
雅致」作風格學的考證，俞氏的個性氣質及其散文的藝術特色因此獲
得了歷史和時代的縱深感，有了清晰的面貌和位置。同為自由主義文
人的李健吾，其批評實踐既借鑒了西方印象主義的批評方法，又與傳
統感悟式批評有諸多相通之處，但在具體的展開過程中，他的批評思
維方法卻沒有像西方的印象主義批評和傳統文學批評那麼玄虛。他認
為，批評既要有「獨特的印象」，也要將這些印象適當條理化，「形成
條例」[101]，而正是後者使其文學批評具有了現代品格。如在論及李廣
田的散文集《畫廊集》時，他聯想到了李廣田介紹過的英國作家馬爾
廷的《道旁的智慧》，並借用李廣田對該書的評價來表達自己閱讀
《畫廊集》的印象：猶如塵埃道上隨手掇拾來的一朵野花或一片草
葉，或者漂泊者行囊上落下的一粒細砂。這就把《畫廊集》「詩的靜
美」具象化，是直觀感受和整體印象。但他並沒有停留於此，而是通

---

101 李健吾：〈答巴金先生的自白〉，《咀華集‧咀華二集》，頁15。

過他所說的「快速思考」，將這種印象凝固下來。他在此基礎上指出
這個集子中的文章具有「惜戀的心境」和「婉轉的筆致」，親切、素
樸，處處可見平凡的人生，這是對閱讀印象的總結或者說「條例」
化。他在文章一開始就指出李廣田具有「肝膽相照，樸實無華，渾厚
可愛」的人格氣質，正是在感性與理性之間的不斷穿行中，他用富有
才情的文字把李廣田人之於文的印跡娓娓道來，既貼切公允，又生動
形象。[102]

　　甚至面對一些抒情性或隱私性的散文作品，批評家仍然予以理性
的實證。比如朽木的《讀郁達夫的五種日記》，該文寫於郁達夫犧牲
後的第二年，帶有總結性的意味。作者一開始就對郁達夫日記的價值
作出判斷：「日記是美文學中的一支，並且是最足的代表美文的特色
的。其他的文學作品都是預備寫給別人看的，而惟有日記是寫給自己
看的。其他文學作品大多是寫別人的事情，而日記則完全記自己的言
行思想。其實有的也存有為將來的讀者著想的念頭者，如《越縵堂日
記》，即便在其他方面有著無比的價值，而在文學上的價值則殊低落，
可是我們讀郁氏的這五種日記則毫無此種感覺。他是完全記的自己的
言行思想，完全寫給自己看的。」且不論這一判斷是否合理，但作者
對郁達夫日記這樣一種私人性文體的定位顯然有著較為明確的標準，
少了傳統文學批評重感性和印象的特點。所以，接下來對日記內容的
解讀中，作者也是條分縷析，先是根據日記指出郁達夫的性格氣質：
「郁氏的憂鬱性格幾全然表現在五種日記當中」；「神經質是文人的通
病，郁氏自亦不會免掉」；「文人一到相當年齡，大多會擺出一副倚老
賣老的架子，而郁氏就絕沒有架子，而且也絕不自以為是，仍無時無
刻不在奮勉」。然後再尋繹郁達夫的日常生活在日記裡留下的記錄：
「郁氏的入閩作官，依我看，一定是為生計所迫」；「郁氏不但在小說

---

102 李健吾：〈《畫廊集》——李廣田先生作〉，《咀華集‧咀華二集》，頁80-82。

散文上有成就，即翻譯亦盡了最大之努力。但他也是苦於翻譯的」；「此外還可使我們注意到的是郁氏對他妻子的愛慕之情，時常流露於字裡行間。」[103]作者的這些結論都是通過引證郁達夫日記的相關內容得出的，人與文互照互鑒，郁達夫的人格特徵，其日記對自己的忠實記載，都一一道來，層次清晰，結構合理，體現出實證批評的典型特徵。

　　此外，也有些批評借用私密性很強的書信觀人論文。王禮錫在為盧隱、李唯健合著的《雲鷗情書集》作序時指出，這一束情書具有「天真的毫不作偽」的風格，「是個人的掙扎，而不是兩個隊伍的爭鬥」。但他並沒有停留於對這一風格的重複解讀上，而是追蹤其外在的時代語境，將其意義向深廣處開掘：「這一束情書，就是在掙扎中的創傷的光榮的血所染成，它代表了這一個時代的青年男女們的情感，同時充分暴露了這新時代的矛盾。」[104]羅念生在〈《朱湘書信集》序〉一文中，先是發現書信裡朱湘「對於他的夫人的恩情，對於他的兒女的慈愛……我們還可以看出他的失望，與悲憤」，繼而又進一步指出：「從這些信裡，我們可以看出詩人思想的發展，對於人生的認識，對於宇宙間一切事物的窺探。他討論過詩，討論過科學，討論過男女間一切的微妙。尤其在這最後一點上，我們可以看出他很狂妄，但狂妄得夠嚴肅。」[105]羅氏的評說，對於批評對象既有情感內容的透析，又有抒寫特點的解讀，既有整體概括，又有細部精鑒，顯現出與傳統風格批評不大相同的品評方式。

　　散文批評的現代化還與現代文壇作家作品論的興起有關。傳統的詩文評裡也不乏作家作品的評述，如劉勰的《文心雕龍》、曹丕的

103　朽木：〈讀郁達夫的五種日記〉，《文藝時代》第1卷第2期（1946年）。

104　王禮錫：〈《雲鷗情書集》序〉，蕭斌如編：《中國現代文學序跋叢書・散文卷》，頁357。

105　羅念生：〈《朱湘書信集》序〉，蕭斌如編：《中國現代文學序跋叢書・散文卷》，頁725、726。

《典論》等，都涉及作家作品的點評，但正如前文所言，這些點評一般都以印象、感悟為主，缺乏詳細的展開。現代散文作家作品論雖然也存在零敲碎打的現象，但主要還是以單篇著述為主，更有方法論意識，有著相對完整的闡釋框架。這些作家作品論包括散文集的序跋文，這方面的文字較多，如魯迅、周作人、鍾敬文、郁達夫、朱自清、俞平伯等人為自己和他人散文集所作的序跋文，都能緊扣自我或他人的性格氣質與散文作品風格的關係展開論述；各種散文流派的介紹，如蘇雪林的〈孫福熙一派的散文〉、〈俞平伯和他幾個朋友的散文〉，蒙茸的〈從翦拂集到人間世：論林語堂及其周圍的人們〉等，試圖對當時散文界風格相近、比較有影響的散文家的創作進行梳理和總結；針對某一散文作家的回憶錄或印象記，如周作人的〈志紀念摩〉、郭沫若的〈再談郁達夫〉等，這類文章雖以記述作家的人生經歷、性格脾性、藝術才華為主，但也常常不失時機地論及他們的散文創作風格。當然，在這些作家作品論中，更多的是某一作家散文創作的專題論述。特別是到了二十世紀三十年代，隨著散文創作的繁榮和一批散文名家的崛起，當時的理論批評界開始有意識地以作家論的形式盤點五四以來散文創作的成就。比如阿英的《現代十六家小品》，全書分為十六卷，內收周作人、俞平伯、朱自清、鍾敬文、冰心、蘇雪林、葉聖陶、茅盾、許地山、王統照、郭沫若、郁達夫、徐志摩、魯迅、陳西瀅、林語堂等十六位散文作家於一九三三年底以前的作品共一百〇四篇。各卷的作品選前都有編者寫的序文，介紹該作家小品文創作的概貌及風格特色。三十年代的出版市場上還出現了一批專門研究小品散文的專著，這些著作主要是為普通讀者介紹小品散文的文類特徵和創作技巧，但也理論聯繫實際，收錄一些散文名家名作作為例證，並對其思想內容和藝術風作出評價。比如李素伯的《小品文研究》收錄了當時中國十八位散文作家的小品文，林蔭南編的《模範小品文讀本》收錄三十三位中外散文作家的小品文，錢謙吾的《語體小

品文作法》收錄了十四位中外作家的小品文，這些著述都從不同角度論及了收錄作家的創作個性及其散文的藝術特色。有些研究小品散文的理論專著雖然沒有專門收錄作家作品進行評析，但在展開過程中，也常以具體的作家作品為例證，比如馮三昧的《小品文作法》、石葦的《小品文講話》、賀玉波的《小品文作法》、陳光虞的《小品文作法》等，都不同程度地涉及眾多散文作家作品。此外，還有一些考察作家整體性創作的作家論也不同程度地涉及該作家的散文創作風格。如茅盾的〈徐志摩論〉、〈冰心論〉、〈落花生論〉，沈從文的〈論馮文炳〉、〈論落花生〉、〈魯迅的戰鬥〉，蘇雪林的〈周作人先生研究〉、〈郁達夫論〉、〈沈從文論〉，胡風的〈林語堂論〉，許杰的〈周作人論〉，穆木天的〈徐志摩〉論，這些作家論雖然是綜合論述該作家各種文類的創作，但作者常常由外到內對該作家的人生經歷、思想觀念、創作個性、風格流變進行整體性的考察，這樣就能夠在一個比較清晰的位置中評價該作家散文創作的風格特色。

　　整體觀之，「作家論」式的散文批評多針對當時的名家名作，能夠較為直觀地反映當時散文創作的整體水平，展示那個時代散文創作的基本風格，有著較強的批評意識。另一方面，「作家論」式的散文批評一般多詳實展開，從思想內容到表現形式，從精神品格到藝術風格，面面俱到，能夠較為全面、系統、深入地把握批評對象的個性風格，相對於傳統感性、零碎的評點式批評有了較大的提升。而這一批評效果的達成，還有賴於聯繫與比較方法的廣泛運用。

　　聯繫與比較是能夠體現文學風格批評邏輯性的一種重要方法。古代的詩文評也較常運用，但大多是點評式的。如曹丕在《典論·論文》裡比較了當時眾多名家的散體文創作：「王粲長於辭賦，徐幹時有齊氣，然粲之匹也。如粲之初征、登樓、槐賦、征思，幹之玄猿、漏巵、圓扇、橘賦，雖張、蔡不過也，然于他文未能稱是。琳、瑀之章表書記，今之雋也。應瑒和而不壯；劉楨壯而不密。孔融體氣高

妙，有過人者；然不能持論，理不勝辭；至於雜以嘲戲；及其所善，揚、班儔也。」[106]古代風格批評中涉及聯繫與比較方法的大多如此，簡約泛評，一筆帶過，雖然整體上能夠區分眾家的風格差異，但條理性不足，缺乏縱深展開。現代散文批評的一大特點是自覺使用聯繫與比較的方法，而這又與散文作家作品論的興起有一定的關係。前文所述李健吾將李廣田與何其芳的散文風格加以比較，很明顯已採用不同於傳統詩文評的批評思致和精鑒語言，試圖精確辨析出二者的風格特色。當然，由於過度依賴自我的「印象」，李健吾的批評還是顯得玲瓏有餘透徹不足。相比之下，借用聯繫與比較，當時有些散文批評對風格的把握則要清晰、準確得多。廢名在談到周作人語言風格時曾如此闡述道：「近人有以『隔』與『不隔』定詩之佳與不佳，此言論詩大約很有道理，若在散文恐不如此，散文之極致大約便是『隔』，這是一個自然的結果，學不到的……我們總是求把自己的意思說出來，即是求『不隔』，平實生活裡的意思卻未必是說得出來，知堂先生知道這一點，他是不言而中」，廢名並列舉了三個例子，其中，周作人為李廣田《畫廊集》所作之序，廢名讀之，感到「一個奮勉的空氣，又多蒼涼之致。」但更為奇妙的是「其實這都不是知堂先生文章裡面字句與意義直接給我們的。這種文章我想都是『隔』（不知鄭振鐸先生的『王顧左右而言他，是不是這個意思？）卻是『此中有真意，存乎其間也。』」[107]廢名這裡所說的「隔」也相當於周作人的「澀」味，但這種「隔」又是能夠充分體現個人性的，因為在他看來，「知堂先生的散文，隔的，他自己知道」，只是以「不言而中」的面貌出之。他又聯繫了孔子的《論語》、諸葛亮的〈出師表〉指出，這種「隔」的散文說的「俱為心思以外的話」，不是「非說不可的那一句

---

106 曹丕：《典論・論文》，王筱雲等主編：《中國古典文學名著分類集成・文論卷》（天津市：百花文藝出版社，1994年），第1冊，頁35-36。
107 廢名：〈關於派別〉，《人間世》1935年第26期。

話，這句話又每每說得最可愛，千載下徒令我們想見其為人。」「隔」與「不隔」是由王國維提出的一對審美範疇，廢名在此將其引入散文批評，但他並沒有對周作人散文中的「隔」之內涵和方式進行清晰的闡釋，而是聯繫了古之《論語》〈出師表〉和今之《畫廊集》的話語風格，使這一概念範疇的內在意涵顯豁出來。同樣，周作人在分析中國現代散文流派時也是用了聯繫和比較的方法：「適之仲甫一派的文章清新明白，長於說理講學，好像西瓜之有口皆甜，平伯廢名一派澀如青果，志摩可以與冰心女士歸在一派，彷彿是鴨兒梨的樣子，流麗輕脆，在白話的基本上加入古文方言歐化種種成分，使引車賣漿之徒的話進而為一種富有表現力的文章，這就是單從文體變遷上講也是很大的一個貢獻了。」[108]鍾敬文在論及朱自清散文風格的時候，也把他放到與同時代作家的聯繫中：「他在同時人的作品中，雖沒有周作人先生的雋永，俞平伯先生的綿密，徐志摩先生的豔麗，冰心女上的飄逸，但卻於這些而外，另有種真摯清幽的神態。」[109]何為「真摯清幽」，如果單獨拎出，實際上很難說得清，但通過與其他諸家風格特徵的比較，這一風格特色有了更為清晰的面貌，其內涵也得到了更為準確的發掘。李素伯在《小品文研究》裡也將朱自清和俞平伯進行合觀和比照：「我們覺得同是細膩的描寫，俞先生的是細膩的委婉，朱先生的是細膩的深秀；同是纏綿的情致，俞先生的是纏綿裡滿蘊著溫熙濃郁的氛圍，朱先生的是纏綿裡多含有眷戀悱惻的氣息。如用作者自己的話來形容，則俞先生的是『朦朧之中似乎胎孕著一個如花的笑』，而朱先生的是『彷彿遠處高樓上渺茫的歌聲似的』，固然俞先生也有〈冬晚的別〉,〈賣信紙〉等類傷感的文字，而朱先生的〈女人〉,〈阿河〉等篇，也給我們以芳醇的迷醉，這種比較原不是絕

---

108 周作人：〈志摩紀念〉,《新月》第4卷第1期（1932年）。
109 鍾敬文：〈《背影》〉,《一般》第7卷第2號（1929年）。

對的。」[110]如此種種，看似有感而發隨口說來，卻是在比較的視野中，敏銳地抓住批評對象最為突出的風格特性，理性地辨析它們之間的聯繫和區別，將審美感覺化為可感知的形象，相對於古代文論的泛泛而談有了較大的推進。

可以說，現代散文的風格批評強調經驗和事實，重視邏輯和證據，側重對散文風格的精確分析，所得結論相對客觀、真實，說服力強，去除了傳統感悟式點評的籠統化和多義性，帶有一定理性意識和科學精神。但另一方面，散文的個性風格具有流動性和不可捉摸性的特徵，這致使批評家無法持續作出細緻的邏輯分析，他們想要利用西方文學批評中常用的理論透析和文本解讀相結合的方法，考察一個散文作家作品的風格特性，有時很難成效。而正是在這一點上，傳統重即興和整體感悟的批評方法卻能有所補益。所以，現代散文批評雖然整體上拋棄了傳統的點評方法，但在具體的審美感受上卻仍然自覺或不自覺地從中尋求幫助。有論者指出，有些現代文學批評家「表面上是模擬式地學習現代西方的文學批評方法，實質上是創造性地承續古代中國的文學批評文體，他們的『西就』之路實為『東歸』之途。」[111]這一評價用來說明某些散文批評尤為貼切。

中國古代的文學批評常常「近取諸身」，把文學作品當成一個有機的生命體，以生命體之理來類比藝術之理，用生命的規律和有機整體性來觀照藝術作品，於是有了風骨、氣韻、形神、文氣、詩眼、肌理、血脈、筋骨等審美概念和術語。[112]對此，錢鍾書曾在〈中國固有的文學批評的一個特點〉一文中指出，中國古代文學批評有「把文章

---

110 李素伯：《小品文研究》，頁119-120。

111 李建中：〈古典批評文體的現代復活——以三位京派批評家為例〉，《中山大學學報》（社會科學版）2008年第1期。

112 浦震元：〈「人化批評」與「泛宇宙生命化」批評——中國傳統藝術批評模式中的兩種重要批評形態〉，《文學評論》2006年第5期。

通盤的人化或生命化」、「把文章看成我們自己同類的活人」的特點。
錢鍾書所謂的「人化」或「生命化」批評是一種人與文同構，按照生
命形態來對作品實施批評的理念和範式。現代散文批評在進入作家作
品個性風格的品鑒時，也往往採用這種批評方法。只不過與傳統文學
批評不同的是，批評家主要看取的是散文風格與生命體某種精神氣質
的相似性，而非將其視為對生命體的全面模擬。巴人以獅子的野性來
比喻魯迅《野草》的風格：「《野草》的歌，正如曠野的獅子吼，皓月
當空，夜風頻作，而獅子的吼聲，響徹宇宙；是淒抑，亦悲壯，是自
我之悲鳴，亦人間之至音。」[113]即使評價西方具有理性精神的散文家
也是如此。毛如生認為蒙田「所有自我的表現和他對於人生的態度完
全是時代的精神——那就是，文藝復興的精神。不過這種精神在他的
文章裡，較之在他的前輩的作品裡要表現得平靜並且文雅得多。好像
一位漂亮的，善說話的法國少婦一般，他講話時如此的親熱，悅耳，
圓滑，聽到他的喉音的人，都立刻像著了魔似地被他迷住了。」[114]

　　另一方面，基於天人合一的審美思維，古代哲人眼中的宇宙萬物
具有異質同構的泛聯繫性，展現出生生不息的圓滿流轉的整體之美。
受此審美思維的影響，古代文學批評又「遠取諸物」，即以宇宙萬物
所表現的有機整體性特徵來比類藝術，並達成對某種藝術風格的把捉
和品鑒，形成一種「物象化」的批評。比如姚鼐在〈復魯非書〉中指
出文章有陽剛陰柔之分，「其得於陽與剛之美者，則其文如霆，如
電，如長風之出谷，如崇山峻崖，如決大川，如奔騏驥……其得於陰
與柔之至美者，則其文如升初日，如清風，如雲，如霞，如煙，如幽
林曲澗」[115]。這其中的妙處正如宋代理學家邵雍所說的：「夫所以謂

---

113 巴人：《論魯迅的雜文》（上海市：上海遠東書店，1940年），頁54。
114 毛如生：〈英國小品文的發展〉，《文藝月刊》1936年第2期。
115 姚鼐：〈復魯絜非書〉，賈文昭編：《桐城派文論選》（北京市：中華書局，2008年），
　　頁114。

之觀物者……非觀之以目而觀之以心也，非觀之以心而觀之以理
也。」[116]現代散文批評家雖然不再用大量的意象對散文的藝術風格作
類比描述，但某種程度上仍受傳統「物化」批評思維的影響，他們也
習慣於把在作品中所感受到的風格形式比附於常見的物象，將審美感
受形象化、具體化。朱自清在談到俞平伯散文集《燕知草》時道：
「書中前一類文字，好象昭賢寺的玉佛，雕琢工細，光潤潔白；後一
類呢，恕我擬不於倫，象吳山四景園馳名的油酥餅——那餅是入口即
化，不留渣滓的，而那茶店，據說是『明朝』就有的。」[117]雕琢考
究、光潤潔白的玉佛，自明朝就有的油酥餅，既是通過視覺、觸覺、
味覺的通感修辭傳遞出俞平伯散文的風格特色，也將風格背後的典雅
韻味形象地揭示出來，寥寥幾語，信息量卻極大，幾乎不讓長篇大
論。康嗣群在比較綠漪與陳學昭兩位女作家的散文時，則創造性地用
季節氣候來加以比擬：「綠漪大約是一個溫柔和藹的人，她的散文有
時是像小陽春天氣，有些醉人；有時卻又像春天，使人覺得世界上幾
乎無一處不是美的，不是可愛的。至於說到作者（按指陳學昭），她
的散文有時是秋天——如像她以前的《倦旅》和《煙霞伴侶》等集，
無處不帶著一種蕭殺的氣氛。可是這本（按指《憶巴黎》）卻像是冬
天，我們聽得見那裡怒號的北風，好像是等待春天的來臨，而又不耐
的覺得它姍姍來遲的哀怨。」[118]四時變遷，氣象各異，以之譬喻作家
在不同時期、不同心境下的藝術風格，生動地傳達出了作家自我及其
與其他作家文風的微妙差別。孫席珍在比較徐志摩與冰心散文的風格
時也採用類似的思維方法：「志摩是西方式的，冰心女士是東方式
的；志摩的作品大都是肉的謳歌，冰心女士的則是靈的禮贊；他們的

---

116 邵雍：〈觀物內篇〉，《皇極經世書》（上海市：上海古籍出版社2017年），第3卷，頁1455。

117 朱自清：〈《燕知草》序〉，蕭斌如編：《中國現代文學序跋叢書·散文卷》，頁235。

118 轉引自李素伯：《小品文研究》，頁144。

心情正如他們的文字所表出的一般：志摩是豔如桃李，冰心女士是冷若冰霜」[119]。而同樣是比較這兩位作家，趙景深卻說道：「冰心的是水墨畫，志摩的是設色山水；冰心是淡抹，志摩是濃裝了。」[120]在以上的批評文字中，批評家都是先整體上把握住作家的創作個性或作品中的風格，然後再調動各種感覺，印證於形態各異的物象，通過這一通感修辭，把難以描述的審美感受具象化，從而使批評對象的風格特色得到了生動形象的展示。

用生命化和物象化的思維方法來品鑒散文作家作品的個性風格，其意義在於散文作品中所流露出來的個人生命體驗，不會被抽象化或付之於單純的學理思辨，而是通過與宇宙萬物及生命現象的類比，使其以可感可知的形式示於讀者。理論是灰色的，而生命之樹常青，保留著原生態的個人體驗，同時將其中包含的問題上升到某種理論高度，正是現代散文批評在個人風格品鑒方面的一種獨特模式。事實上，這一批評方法也為後來者所借鑒，在當下的散文批評中仍常可見到。

散文重在表情達意，自由不拘地書寫人事物，無需過多藝術技巧的徵用，作家的個性氣質和作品的風格特性也在此過程中自然地流露出來。散文批評的文體風格也受到了散文自身這一本體特徵的影響。林語堂在〈論小品文筆調〉中指出，「閒談體」散文「認讀者為『親熟的（Farmiliar）』故交，作文時略如良朋舊話，私房娓語。」[121]現代散文多有絮語閒談之風，針對它們的批評文字也應有「良朋舊話，私房娓語」的姿態，如此方可真正走進散文家的精神世界，將他們的精神個性和作品的風格特色恰如其分地傳達出來。其實，在現代散文批評史上，無論是演繹式的實證批評，還是傳統的「泛生命化」或「泛物化」批評，批評家大多採用隨筆式的批評文體。像李健吾那樣

---

119 孫席珍：〈論現代中國散文〉，俞元桂主編：《中國現代散文理論》，頁422。

120 轉引自孫席珍：〈論現代中國散文〉，俞元桂主編：《中國現代散文理論》，頁422。

121 林語堂：〈論小品文筆調〉，《人間世》1934年第6期，原署名「語堂」。

持印象主義批評的批評家，力圖「用自我的存在印證別人一個更深更大的存在……他不僅僅在經驗，而且要綜合自己所有的觀察和體會，來鑒定一部作品和作者隱秘的關係」[122]，因此他對散文風格的品鑒，既是文學批評，也是娓娓道來的隨筆小品。事實上，當時的一些批評家雖然不持印象主義的批評方式，但他們的審美表達卻多用隨筆式的絮語文體出之，用個人化的審美體驗表達批評對象的風格特性。比如，康嗣群談及周作人小品散文平和沖淡、舒徐婉轉的風格時，用了如下一段隨筆式的文字描述：

> 周作人先生以沖淡的筆調，豐富的知識和情感，和頗為適當的修辭來寫出他的嗜好，他的生活，他的詛咒和讚美，他的非難和擁護；為了他「避開了恐怖與忿怒的而轉向和平與友愛」的性情的流露，在他的文章裡只有善意的勸告和委婉的商榷，聽不見謾罵的惡聲，也看不見憤然的醜惡的嘴臉。一個老店前獨木招牌會使他神往，兩具被屠殺的屍體也會使得他憤慨，缺少狂熱也頗缺少冷靜的，隱逸的和叛徒的血輪是如何在他的心房裡跳動交流著！在他沖淡的筆調下，談到蒼蠅的傳說也談到水鄉的烏逢船；談到江南的野菜也談到北京的茶食；談到愛羅先珂也談到希臘哲人；談到被屠殺的屍體也談到平安的接吻。讀他的文章，好象一個久居北京的人突然走上了到西山去的路，鳥聲使他知道了春天，一株草、一塘水使他愛好了自然，青蛙落水的聲音使他知道了動和靜，松濤和泉鳴使他知道了美；然後再到了都市，他憎惡喧囂，他憎惡人與人間的狡獪，他憎惡不公平的責罰與讚美，他憎惡無理由的傳統的束縛，這是多麼神奇的一個旅行，充滿了隱逸的和叛逆的一個旅行。[123]

---

122 李健吾：〈《邊城》〉，見《咀華集·咀華二集》，頁24。

123 康嗣群：〈周作人先生〉，《現代》第4卷第1期（1933年）。

　　上述文字先是評價周作人散文的風格特色，然後描述自己的閱讀體會，在對周作人散文藝術個性作出價值判斷的過程中，並沒有採用審判式的或高高在上的姿態，而是以談話風的筆調娓娓道來，與批評對象如朋友般交心，這樣的批評是兩個精神主體的碰撞和交流，既展示了批評對象絮語閒談的氣度，也體現出批評主體的審美個性。

　　即使是那些持社會學批評模式的批評家，他們在個性風格的品鑒上，雖力圖通過邏輯演繹步步推進，有理有據地展開，但落實到對風格的具體言說上時，也常採用一種基於「理解之同情」的溫潤話語。孫席珍的〈論中國現代散文〉一文，除了對中國現代散文的創作進行整體性觀照，還評價了眾多現代散文名家的創作風格。作為一名左翼作家，他的批評基本上以實證分析為主，善於從不同作家的比較中發現各自的風格特性，但批評語言卻不拘謹呆板，而是輕鬆自如，緊貼著批評對象述說自己的感受。比如談論豐子愷和孫福熙的散文：「豐子愷氏善於描寫人物，而尤喜歡描寫兒童，他作畫如此，寫文章也是如此。他本想在人間找尋真實，結果只在兒童身上發見了天真。而隨即又發見，人們將不能永遠保有它，他便終於皈依於佛教，所以他的作品本有一種慈祥的意味。而另一位畫家孫福熙先生，卻緊緊把握住了現實，即使獨自對著浩渺無涯的大自然，也不肯暫時忘掉現實人生，態度始終是穩重的；在他的文章裡，他常不嫌煩瑣地把種種細微的事物一一縷述，因此他以『細磨細琢』著稱。」[124]比較兩位散文作家對現實的不同把握風格，體現出自覺的批評意識和相對嚴謹的批評思維，但卻不拘泥於文本，也不玩弄概念術語，而是聯繫他們作為畫家的另一重身分，以及他們對待生活和藝術的態度，圍繞各自的風格娓娓道來，顯得親切動人。

　　在某些批評家的筆下，風格批評甚至成為一種邊敘邊議的記敘性

124　孫席珍：〈論中國現代散文〉，俞元桂主編：《中國現代散文理論》，頁421-422。

散文。趙景深〈羅黑芷的散文小品〉一文主要評析羅黑芷的散文集
《牽牛花》，但他自認自己的批評不是「細琢細磨的文筆」，而是「慵
懶的話語」。他先是從與羅黑芷的交往寫起，描述其對羅氏的整體印
象：「他那黧黑的，飽經風霜的，沉悶憂鬱的臉呵，他那含著苦悶情
懷的微笑呵」，然後將這一印象比擬於該散文集的整體性風格。又從
羅氏的日本女友聯想到其「文字的太日本化」，具有「沖淡的淡黃
色」風格。[125]整篇批評夾敘夾議，甚至還有抒情，羅黑芷的個人形象
及其平凡而又獨具特色的散文風格躍然紙上。這不僅遠不同於當下規
範化、程式化的批評文字，相對於傳統的感悟式和點評式批評也是一
個較大的突破。

　　二十世紀八十年代以來，隨著學術研究的規範化，與其他文類批
評一樣，散文批評採用的是一種論文式的寫作文體，有理論解剖，有
邏輯思辨，這固然可以冷靜諦視批評對象，有助於學理的展開，但這
種缺乏溫度的批評文字也抑制了批評主體的審美感覺，無法細膩地傳
遞出批評對象的精神脈動。有鑑於此，適當運用隨筆式的批評文體對
於改進當下文學/散文批評的文風將是一個不錯的選擇。

　　現代散文個性風格批評在文體上的另一特點是，在篇幅上改變了
傳統文話片段式的體制，而偏向於經營「長篇大論」，或者專題性、
系列性的批評文章。晚清民初學者唐文治的《文學講義》，該著大約
出版於二十世紀二十年代前期，此時新文學已蓬勃展開，但作者仍採
用傳統的批評文體評人論文。比如作者點評了《論語》、《左傳》、《史
記》、《戰國策》等古代散文著作中的名篇，以及韓愈、柳宗元、蘇
洵、王紫翔等古文名家名作的風格特色，基本上沿用傳統文論中的
「神」「氣」「勢」「味」，以及「言」與「意」、「虛」與「實」、「離」

---

125 趙景深：〈羅黑芷的散文小品〉，蕭斌如編：《中國現代文學序跋叢書‧散文卷》，頁
　　128、130。

與「合」、「奇」與「正」、「陰」與「陽」等審美範疇，多為整體性的
概括，並無詳實的展開，屬典型的傳統文話批評文體。[126]相比之下，
上文所提到的諸多散文作家作品論，為了全面剖析作家的創作個性，
精確描述作品的藝術風格，作者對每一位作家散文創作的評析都較為
全面地展開。這是因為散文作家作品的個性風格是一個複雜的問題，
非有詳盡的闡釋不能完整地描述，再加上批評家多採用理性的批評思
維和實證的批評方法，所以批評的篇幅會比傳統文論或文話長了許
多。比如胡風的〈林語堂論：對於他底發展的一個眺望〉一文，先是
梳理林語堂思想的流變，然後指出占據其思想中心的「個性」、「性
靈」、「表現」的抽象性和虛幻性，最後在此基礎上考察其創作實踐中
「幽默」、「小品文」筆調、「寄沉痛於幽閒」等品格的去時代性和空
洞乏力。[127]整篇文章長達一萬多字，沿著「時代－作家－作品」的邏
輯推進，試圖對林語堂的思想個性和創作風格作出徹底的清理，在形
式體制上顯現出了恢弘的氣質。

　　總之，現代散文批評整體上借鑒了西方文學批評重演繹和邏輯分
析的思維方法，更加清晰、更有層次感地展示了現代散文作家的創作
個性和散文作品的風格特色。但另一方面，緣於散文個性風格的流動
性和不可捉摸性，眾多批評家又在某種程度上借鑒了傳統感悟式和點
評式的批評方法，使批評鑒賞更為親切自如，最大程度地還原批評家
個人的閱讀感受，也更能切近批評對象的獨特性。但無論持哪一種批
評模式，批評家大多採用隨筆式的批評文體，同時基本拋棄傳統片段
式的形式體制，代之於較長篇幅的「細磨細琢」。這一切，都使現代
散文的批評鑒賞具有了現代學術品格。

126　唐文治：〈文學講義〉，王水照編：《歷代文話》（上海市：復旦大學出版社，2007
　　年），第9冊，頁8380-8385。
127　胡風：〈林語堂論：對於他底發展的一個眺望〉，《文學》第4卷第1期（1935年）。

餘論

　　現代文學三十年，散文理論建設的成果可謂豐富龐雜。本書以個性觀念為邏輯起點，重點考察這三十年散文理論「個性」說的淵源因革、形態流變、理論聚焦、批評實踐四個方面的問題，以圖展示現代散文理論建設的成就。應該說，「個性」說豐富了中國散文理論的寶藏，與其他文類的理論建設一起推動了中國文學理論的現代性轉型，促進了現代散文創作的繁榮，有著獨特的理論價值，但其理論建構的方式、路徑、影響也有值得反思的地方。

　　作為一種主體性最強的文類，現代散文從一開始就被當時的知識分子當作一種自由言說的載體。現代散文理論的「個性」說，根本上也是新文學作家們基於解放思想、獨立思考而在理論層面上的一種探索。他們把「個性」作為現代散文精神品格的核心要素，對散文體性和藝術個性的內在聯繫進行了深入闡發，不僅從內在精神層面追求散文之「心」的自由創造和率真表現，也同時致力於解除各種文法枷鎖和藝術教條，從表現形式層面追求散文之「體」的不拘格套和隨物賦形，從而把個性表現與文體獨創有機結合起來，形成以主體個性為核心、以個人文體為表徵的散文體性理論體系，顯示出對散文文體特徵的深刻洞察。可以說，「個性」說從文學本體上釐定了散文的本質特徵，豐富和深化了散文的美學內涵，為現代散文作家自主創造個人文體和藝術風格提供了審美標尺，也為散文與詩歌、小說、戲劇並列為現代文學的四大文類奠定了理論基礎。但也必須注意到，有些偏執的個性觀念也影響到了現代散文創作的健康發展。忽視作家的主體性，壓制個性表現，散文創作就會顯得拘束、單調、雷同和貧乏；而一味

地強調以自我為中心，則容易導致散文寫作陷入唯我化的泥淖，導致個性表現的病變和審美品格的降低。這在二十世紀三十、四十年代的散文創作中都有著明顯的表現，是值得我們深思和反省的。

同樣需要反思的是個性觀念建構過程中的一些問題。首先，「個性」說的理論闡述還不夠系統。雖然眾說紛紜，成果豐富，但大多出自作家和批評家之手，夾雜在談文論藝的文章之中，屬理論倡導、創作體會和批評心得之類，罕見對散文「個性」問題進行專門而系統的理論研究。即便是關於小品文作法的一批普及性專著，在涉及「個性」問題時大多徵引和闡釋名家說法，也缺乏創新性和系統性。而針對具體作家作品個性風格的批評品鑒則因政治立場或文學觀念的不同，存在著圈子化、派系化的現象，這在二十世紀三十年代的小品文論爭中表現得最為明顯。其次，「個性」說的思維視野還不夠開闊。正如本書緒論所指出的，「個性」說涉及文藝學、文化學、社會學、政治學、人類學乃至心理學、生理學等多種學科的交叉和會通，但當時的理論界多在文學與社會和政治的視域裡談論個性，對於個性觀念與其他學科的關係較少進行深入的闡釋。這樣的「個性」說顯然更重視現實的利益訴求，多了一份實用理性，而缺乏足夠的理論涵養和科學論證。再次，「個性」說的學理體系尚未健全。由於理論支撐的不足，現代散文理論界並沒有因「個性」說建立起一套行之有效且能夠得到廣泛認可的理論體系，散文概念不統一，分類錯雜，術語和話語各自為政，沒有一個相對穩定的闡釋框架，這也反過來致使「個性」說缺乏堅固的地基。現代散文理論界關於自我與個性的多次論爭，雖說牽涉了諸多複雜的因素，但與「個性」說沒有穩固的基礎理論也有一定的關係。當然，這些問題也是中國文學理論現代轉型中不可避免的，有些問題直到現在也沒有得到很好的解決，影響了學界對「個性」說研究的深入推進，因此不能不引起研究者的注意。

「個性」說是一個複雜的理論系統，也是現代散文研究的前沿課

題和理論難題，本書只是作了初步探討，還有諸多相關的話題值得繼續推進。比如，關於「個性」說的比較研究。個性是文藝學共有的核心問題，散文「個性」說如何在各種文藝類型的比較研究中突顯自身的理論特色，並以此充實和深化文藝學的「個性」說，本書只涉及文學類別的比較，還應有更大的開掘空間。此外，現代散文理論的「個性」說與西方和中國傳統諸多散文主體性理論有著千絲萬縷的關係，本書第一章雖然對此有所論及，但主要還是側重於他們之間的承繼和轉化，關於「個性」說與中國古代抒情言志理論和西方自我表現的隨筆觀念之間的異同還有待於進一步探討。還有，本書主要是基於整個散文文類來探討「個性」說，然而現代散文又是由敘事抒情小品、雜文、報告文學等多種文體樣式組成。針對不同的體式，現代散文理論界在論及個性品格時又有不同程度的傾斜，賦予它們不同的體性特徵和個性表現方式。這些都有待於深入細緻地辨析。此外，進入當代以後，關於散文個性觀念的言說還在繼續，它既是現代散文理論「個性」說的延續，也根據不同的時代訴求和創作實踐，對散文的個性表現精神作出新的闡發，兩者的聯繫與區別顯然也是一個值得深究的課題。由於選題原因和篇幅限制，加上筆者學養的不足，以上話題雖在本書中有所涉及，但都未詳盡展開。當然，這並不妨礙現代散文理論「個性」說具有自成體系和承上啟下的獨特理論價值，這也是本書研究起止於「現代文學三十年」的緣由所在。

後記

　　本書是在我博士論文的基礎上修改而成的，如今即將付梓，終於可以了卻多年的心願，箇中甘苦，惟有自知。

　　二〇〇九年的某一天，當導師汪文頂先生給我這個博士論文選題時，我雖知道有難度，但還是愉快地接受。當時曾樂觀地認為，學界從事這方面的研究不多，如果肯下苦工，不難收拓展之功效。但真正進入論文寫作的環節後，我才發現困難重重，舉步維艱。一方面固然是自己資質平庸，才疏學淺，另一方面也是因為現代散文理論研究自身有著較大的難度。儘管論文最後順利通過答辯，我也有幸留校任教，但多年來，她已成為我的心病，既想早日將之出版，又不想隨便拿出來見於學界同行。於是，每年在繁重的教研之餘，都要對其進行一番修改，其中的部分章節曾以論文的形式在《中國現代文學研究叢刊》、《中南大學學報》、《福建師範大學學報》等刊物上發表過。可以說，本書的完成過程，見證了我的「青椒」歲月，也見證了我在師友親人們關愛和支持下的成長。

　　首先要感謝我的導師汪文頂教授。從碩士階段起，我就追隨汪老師從事現代散文研究，多年來，不管是學術研究還是為人處世，我的每一步成長，都離不開他的引導和關懷。本書交付出版社前，他曾三次審閱，從觀點論證、文字表述乃至行文格式，都一一指正。師恩難忘，這部不太成功的專著的出版，算是我對恩師一點小小的回報。

　　本書能夠出版，還要感謝我在福建師範大學求學和工作期間給予我指導和幫助的諸位老師，他們是鄭家建教授、辜也平教授、袁勇麟教授、呂若涵教授、朱立立教授、陳穎教授、江震龍教授、黃科安教

授等；還有已經去世的姚春樹教授，姚老師博學睿智，我曾就散文研究問題多次登門請教，他都耐心講解，讓我受益良多。本書的出版還得到了福建師範大學文學院中華文學傳承發展研究中心的經費資助，感謝學院領導及院學術委員會的鼎力支持。人民出版社的詹素娟女士為本書的出版費心頗多，感謝她的敬業和付出。

最後，感謝家人的支持，你們永遠是我堅強的後盾。

王炳中

二〇二二年五月三日於福州

參考文獻

一　史料類

夏丏尊、劉薰宇　《文章作法》　開明書店　1926年

戴叔清　《語體應用文作法》　上海市　亞東圖書館　1929年

梁遇春　《春醪集》　北京市　北新書局　1930年

梁遇春　《小品文選》　北京市　北新書局　1930年

錢謙吾　《語體小品文作法》　上海市　南強書局　1931年

李素伯　《小品文研究》　上海市　新中國書局　1932年

馮三昧　《小品文作法》　上海市　大江書鋪　1932年

馮三昧　《小品文研究》　上海市　世界書局　1933年

石　葦　《小品文講話》　上海市　上海光明書局　1933年

林蔭南　《模範小品讀本》　上海市　上海光華書局　1933年

周樂山　《作文法精義》　上海市　廣益書局　1933年

章衣萍　《作文講話》　北京市　北新書局　1933年

陳光虞　《小品文作法》　上海市　啟智書局　1934年

賀玉波　《小品文作法》　上海市　廣益書局　1934年

陳望道編　《小品文和漫畫》　北京市　生活書店　1935年

茅盾等　《作家論》　上海市　文學出版社　1936年

葉聖陶　《文章例話》　上海市　開明書店　1937年

陳　柱　《中國散文史》　商務印書館　1937年

陳伯達等　《人性、黨性、個性》　香港　潮汐社　1947年

譚嗣同　《譚嗣同全集》　　北京市　生活・讀書・新知三聯書店
　　　　1954年

中國青年出版社編　《批判個人主義》　　北京市　中國青年出版社
　　　　1958年

百花文藝出版社編　《筆談散文》　天津市　百花文藝出版社　1962年

百花文藝出版社編　《筆談散文續編》　　天津市　百花文藝出版社
　　　　1964年

龔自珍　《龔自珍全集》　　上海市　上海人民出版社　1975年

北京大學等主編　《文學運動史料選》　　上海市　上海教育出版社
　　　　1979年

魯　迅　《魯迅全集》　北京市　人民文學出版社　1981年

茅　盾　《茅盾文藝雜論集》　上海市　上海文藝出版社　1981年

李宗英、張夢陽編　《六十年來魯迅研究論文選》　北京市　中國社
　　　　會科學出版社　1982年

何其芳　《何其芳文集》　北京市　人民文學出版社　1982年

李廣田　《李廣田文學評論選》　昆明市　雲南人民出版社　1983年

郁達夫　《郁達夫文集》　廣州市　花城出版社　1983年

王榮綱編　《報告文學研究資料選編》　濟南市　山東人民出版社
　　　　1983年

徐懋庸　《徐懋庸選集》　上海市　上海三聯書店　1984年

楊　剛　《楊剛文集》　北京市　人民文學出版社　1984年

錢鍾書　《談藝錄》　北京市　中華書局　1984年

《延安文藝叢書》編委會編　《延安文藝叢書・文藝理論卷》　長沙
　　　　市　湖南人民出版社　1984年

俞元桂主編　《中國現代散文理論》　桂林市　廣西人民出版社
　　　　1984年

佘樹森編　《現代作家談散文》　天津市　百花文藝出版社　1986年

嚴　復　《嚴復集》　北京市　中華書局　1986年

舒　蕪　《周作人概觀》　長沙市　湖南人民出版社　1986年

朱光潛　《朱光潛全集》　合肥市　安徽教育出版社　1987年

朱自清　《朱自清全集》　南京市　江蘇教育出版社　1988年

蕭斌如編　《中國現代文學序跋叢書・散文卷》　海南市　海南人民
　　　　出版社　1988年

欒昌大主編　《中外文藝家論文藝主體》　長春市　吉林大學出版社
　　　　1988年

李寧編　《小品文藝術談》　北京市　中國廣播電視出版社　1990年

毛澤東　《毛澤東選集》第三卷　北京市　人民出版社　1991年

林語堂　《林語堂名著全集》　長春市　東北師範大學出版社　1991年

宗白華　《宗白華全集》　合肥市　安徽教育出版社　1994年

王筱雲等主編　《中國古典文學名著分類集成・文論卷》　天津市
　　　　百花文藝出版社　1994年

徐中玉主編　《中國近代文學大系・文學理論集》　上海市　上海書
　　　　店　1994年

傅德岷編　《外國作家論散文》　烏魯木齊市　新疆大學出版社
　　　　1994年

周作人　《中國新文學的源流》　上海市　華東師範大學出版社
　　　　1995年

唐弢　《唐弢文集》　北京市　社會科學文獻出版社　1995年

劉勰著　陸侃如、牟世金譯注　《文心雕龍》　濟南市　齊魯書社
　　　　1995年

鄔國平、黃霖編　《中國文論選・近代卷》　南京市　江蘇文藝出版
　　　　社　1996年

俞平伯　《俞平伯全集》　石家莊市　花山文藝出版社　1997年

梁宗岱　《梁宗岱批評文集》　珠海市　珠海出版社　1998年

魯迅博物館等選編　《魯迅回憶錄》　北京市　北京出版社　1999年

程光煒編　《周作人評說80年》　北京市　中國華僑出版社　1999年

梁啟超　《梁啟超全集》　北京市　北京出版社　1999年

張俊才等選編　《二十世紀中國文學史文論精華：散文卷》　石家莊
　　　　市　河北教育出版社　2000年

胡適著　曹伯言整理　《胡適日記全編》　合肥市　安徽教育出版社
　　　　2001年

郭紹虞主編　《中國歷代文論選》　上海市　上海古籍出版社　2001年

李壯鷹主編　《中國古代文論》　北京市　高等教育出版社　2001年

周作人　《周作人自編文集》　石家莊市　河北教育出版社　2002年

梁實秋　《梁實秋文集》　廈門市　鷺江出版社　2002年

沈從文　《沈從文全集》　太原市　北岳文藝出版社　2002年

胡　適　《胡適全集》　合肥市　安徽教育出版社　2003年

子通編　《林語堂評說七十年》　北京市　中國華僑出版社　2003年

李長之　《魯迅批判》　北京市　北京出版社　2003年

施議對　《人間詞話譯注》　長沙市　岳麓書社　2003年

吳中杰主編　《中國古代審美文化論・第二卷：範疇卷》　上海市
　　　　上海古籍出版社　2003年

李健吾　《咀華集・咀華二集》　上海市　復旦大學出版社　2005年

李大釗　《李大釗全集》　北京市　人民出版社　2006年

康有為　《康有為全集》　中國人民大學出版社　2007年

王水照編　《歷代文話》　上海市　復旦大學出版社　2007年

賈文昭編　《桐城派文論選》　北京市　中華書局　2008年

周紅莉主編　《中國現代散文理論經典》　蘇州市　蘇州大學出版社
　　　　2008年

廢　名　《廢名集》　北京大學出版社　2009年

孫中山　《孫中山全集》　北京市　中華書局　2011年

陳獨秀　《陳獨秀文集》　北京市　人民出版社　2013年

賈寶泉編　《散文談藝錄》　天津市　百花文藝出版社　2013年

鍾叔河編　《周作人散文全集》　桂林市　廣西師範大學出版社　2021
　　　年

二　研究專著類

林　非　《中國現代散文史稿》　北京市　中國社會科學出版社　1981
　　　年

王元化　《文心雕龍創作論》　上海市　上海古籍出版社　1984年

舒　蕪　《周作人概觀》　長沙市　湖南人民出版社　1986年

王佐良　《風格和風格的背後》　北京市　人民日報出版社　1987年

鄭明娳　《現代散文類型論》　臺北市　長安出版社　1987年

俞元桂主編　《中國現代散文史》　濟南市　山東文藝出版社　1988年

俞元桂　《中國現代散文十六家綜論》　上海市　華東師範大學出版
　　　社　1989年

錢理群　《周作人傳》　北京市　北京十月文藝出版社　1990年

錢理群　《周作人論》　上海市　上海人民出版社　1991年

潘凱雄、蔣原倫、賀紹俊　《文學批評學》　北京市　人民文學出版
　　　社　1991年

李　今　《個人主義與五四新文學》　北方文藝出版社　1992年

溫儒敏　《中國現代文學批評史》　北京市　北京大學出版社　1993年

佘樹森　《中國現當代散文研究》　北京市　北京大學出版社　1993年

許道明　《京派文學的世界》　上海市　復旦大學出版社　1994年

汪文頂　《現代散文史論》　福州市　福建教育出版社　1994年

王　堯　《中國當代散文史》　貴陽市　貴州人民出版社　1994年

席　揚　《知識分子的心路歷程──中國現代散文名家新論》　太原
　　　市　山西高校聯合出版社　1994年

方遒、朱世英等　《中國散文學通論》　合肥市　安徽教育出版社　1995年

童慶炳　《文體與文體的創造》　昆明市　雲南人民出版社　1995年

陶東風　《文體演變及其文化意味》　昆明市　雲南人民出版社　1995年

蒲震元　《中國藝術意境論》　北京市　北京大學出版社　1995年

余英時　《中國知識分子論》　鄭州市　河南人民出版社　1997年

黃曼君　《中國近百年文學理論批評史（1895-1990）》　武漢市　湖北教育出版社　1997年

姚春樹、袁勇麟　《二十世紀中國雜文史》　福州市　福建教育出版社　1997年

姚春樹　《中外雜文散文綜論》　福州市　福建教育出版社　1997年

傅德岷等　《中國現代散文發展史》　四川教育出版社　1997年

李曉虹　《中國當代散文審美建構》　深圳市　海天出版社　1997年

王佐良　《英國散文的流變》　北京市　商務印書館　1998年

何西來　《文格與人格──藝術風格論》　西安市　陝西師範大學出版社　1999年

范培松　《中國散文批評史》　南京市　江蘇教育出版社　2000年

孫紹振　《文學創作論》　福州市　海峽文藝出版社　2000年

杜維明　《東亞價值與現代多元性》　北京市　中國社會科學出版社　2001年

吳周文　《20世紀散文觀念與名家論》　呼和浩特市　遠方出版社　2001年

許道明　《中國現代文學批評史新編》　上海市　復旦大學出版社　2002年

呂若涵　《「論語派」論》　上海市　上海三聯書店　2002年

江震龍　《解放區散文研究》　上海市　上海三聯書店　2002年

黃　健　《京派文學批評研究》　上海市　上海三聯書店　2002年

汪文頂　《無聲的河流——現代散文論集》　上海市　上海遠東出版
　　　社　2003年

沈義貞　《中國當代散文藝術演變史》　杭州市　浙江大學出版社
　　　2003年

張振金　《中國當代散文史》　北京市　人民文學出版社　2003年

李澤厚　《中國現代思想史論》　天津市　天津社會科學出版社
　　　2003年

楊聯芬　《晚清至五四：中國文學現代性的發生》　北京市　北京大
　　　學出版社　2003年

許紀霖主編　《公共性與公共知識分子》　南京市　江蘇人民出版社
　　　2003年

周荷初　《晚明小品與現代散文》　長沙市　湖南人民出版社　2004年

郭預衡　《中國散文史》　上海市　上海古籍出版社　2004年

劉　衍　《中國古代散文史》　北京市　高等教育出版社　2004年

陳平原　《中國散文小說史》　上海市　上海人民出版社　2004年

陳劍暉　《中國現當代散文的詩學建構》　江西高校出版社　2004年

陳德錦　《中國現代鄉土散文史論》　北京市　中國社會科學出版社
　　　2004年

黃科安　《知識者的探求與言說——中國現代隨筆研究》　北京市
　　　中國社會科學出版社　2004年

任劍濤　《中國現代思想脈絡中的自由主義》　北京市　北京大學出
　　　版社　2004年

張少康　《中國文學理論批評史》　北京市　北京大學出版社　2005
　　　年

查振科　《對話時代的敘事話語——論京派文學》　瀋陽市　春風文
　　　藝出版社　2005年

姜文振　《中國文學理論現代性問題研究》　北京市　人民文學出版
　　　　社　2005年

陳　贇　《困境中的中國現代性意識》　上海市　華東師範大學出版
　　　　社　2005年

張寶明　《現代性的流變：〈新青年〉個人、社會與國家關係聚焦》
　　　　北京市　社會科學文獻出版社　2005年

周振甫　《文學風格例話》　上海市　復旦大學出版社　2005年

歐明俊　《現代小品理論研究》　上海市　上海三聯書店　2005年

莊漢新　《中國20世紀散文思潮史》　北京市　學苑出版社　2005年

徐慧琴編選　《中國新時期散文研究資料》　濟南市　山東文藝出版
　　　　社　2006年

蔡江珍　《中國散文理論的現代性想像》　北京市　中國社會科學出
　　　　版社　2006年

蔣原倫、潘凱雄　《文學批評與文體》　北京市　北京師範大學出版
　　　　社　2006年

顧紅亮、劉曉虹　《想像個人：中國個人觀的現代轉型》　上海市
　　　　上海古籍出版社　2006年

夏偉東等　《個人主義思潮》　北京市　高等教育出版社　2006年

羅曉靜　《尋找「個人」》　北京市　中國社會科學出版社　2007年

倪婷婷　《「五四」文學論集》　北京市　人民文學出版社　2007年

王兆勝　《林語堂與中國文化》　北京市　社會科學文獻出版社
　　　　2007年

梁向陽　《當代散文流變研究》　北京市　中國社會科學出版社
　　　　2007年

陸德海　《明清文法理論研究》　上海市　上海古籍出版社　2007年

許志英、鄒恬主編　《中國現代文學主潮》　南京市　南京大學出版
　　　　社　2008年

喻大翔　《現代中文散文十五講》　上海市　同濟大學出版社　2008年

汪　暉　《現代中國思想的興起》　北京市　生活·讀書·新知三聯書店　2008年

南　帆　《文學的維度》　北京市　中國人民大學出版社　2009年

王景科　《中國現代散文小品理論研究十六講》　濟南市　山東文藝出版社　2009年

陳曉芬　《中國古典散文理論史》　上海市　華東師範大學出版社2010年

貴志浩　《話語的靈性——現代散文語體風格化》　杭州市　浙江大學出版社　2010年

谷海慧　《審美與審智：當代散文文體及藝術研究》　北京市　知識出版社　2010年

金觀濤、劉青峰　《觀念史研究——中國現代重要政治術語的形成》北京市　法律出版社　2010年

林太乙　《林語堂傳》　臺北市　聯經出版事業公司　2011年

吳承學　《中國古代文體學研究》　北京市　人民出版社　2011年

張世英　《中西文化與自我》　北京市　人民出版社　2011年

李一鳴　《中國現代遊記散文整體性研究》　濟南市　山東人民出版社　2013年

顏水生　《中國散文理論的現代轉型》　北京市　中國社會科學出版社　2014年

孫紹振　《審美、審醜與審智——百年散文理論探微與經典重讀》廣州市　廣東人民出版社　2014年

謝有順　《散文的常道》　廣州市　廣東人民出版社　2014年

吳周文　《散文審美與學理性闡釋》　廣州市　廣東人民出版社2014年

高恆文　《周作人與周門弟子》　鄭州市　大象出版社　2014年

王寶貴　《個人主義在中國的道德境遇》　蘭州市　甘肅人民出版社
　　　　2014年

程　凱　《革命的張力──「大革命」前後新文學知識分子的歷史處
　　　　境與思想探求（1924-1930）》　北京市　北京大學出版社
　　　　2014年

姬　蕾　《「五四」新文化運動中的個人主義話語流變》　北京市
　　　　人民出版社　2015年

張恩普、任彥智、馬曉紅　《中國散文理論批評史論》　長春市　東
　　　　北師範大學出版社　2015年

董正宇　《文與人：現代散文人生鏡像研究》　長沙市　湖南人民出
　　　　版社　2015年

張志忠主編　《散文批評三十年》　武漢市　武漢出版社　2015年

裴春芳　《理論的繁衍與文體的分立　中國現代「小品散文」流變》
　　　　北京市　北京出版社　2016年

姚蘇平　《變革與新生　中國現代散文發生期研究》　南京市　南京
　　　　大學出版社　2016年

鄭明娳　《現代散文理論墊腳石》　廣州市　廣東人民出版社　2016年

葛兆光　《中國思想史》　上海市　復旦大學出版社　2016年

丁曉原　《精神的表情：現代散文論》　廣州市　廣東人民出版社
　　　　2017年

陳亞麗　《文化的截屏：現代散文面面觀》　廣州市　廣東人民出版
　　　　社　2017年

滕永文　《中國當代散文批評藝術的歷史觀照》　北京市　光明日報
　　　　出版社　2017年

王金勝　《現代抒情與抒情的現代性：中國現代散文藝術及其傳媒語
　　　　境研究》　北京市　中國社會科學出版社　2017年

陳劍暉　《現代散文文體觀念與文體演變》　廣州市　廣東高等教育
　　　　出版社　2018年

楊立元、楊揚　《散文創作研究》　長春市　吉林大學出版社　2019年

王兆勝　《天地之心與散文境界》　廣州市　廣東人民出版社　2020年

王慶傑　《精神的喘息：當代文化生態中的學人散文研究》　北京市
　　　華齡出版社　2020年

唐小林　《中國白話散文百年史》　廣州市　廣東人民出版社　2021年

三　譯作類

〔法〕布封　任典譯　《布封文鈔》　北京市　人民文學出版社
　　　1958年

〔蘇聯〕畢奧特羅夫斯基等著　蘇旋等譯　《語言風格與風格學論文
　　　選譯》　北京市　科學出版社　1960年

〔德〕黑格爾著　朱光潛譯　《美學》第三卷　北京市　商務印書館
　　　1979年

〔蘇聯〕赫拉普欽科著　滿濤譯　《作家的創作個性和文學的發展》
　　　上海市　上海譯文出版社　1982年

〔德〕歌德等　王元化譯　《文學風格論》　上海市　上海譯文出版
　　　社　1982年

〔意〕克羅齊著　朱光潛等譯　《美學原理》　北京市　外國文學出
　　　版社　1983年

〔蘇聯〕科恩著　佟景韓譯　《自我論：個人與個人自我意識》　北
　　　京市　生活‧讀書‧新知三聯書店　1986年

〔法〕丹納著　傅雷譯　《藝術哲學》　合肥市　安徽文藝出版社
　　　1986年

〔美〕M‧H‧艾布拉姆斯著　朱金鵬等譯　《歐美文學術語詞典》
　　　北京市　北京大學出版社　1990年

〔美〕拉蒙特著　賈高建譯　《人道主義哲學》　北京市　華夏出版
　　　社　1990年

〔比〕喬治・布萊著　郭宏安譯　《批評意識》　上海市　百花洲文
　　藝出版社　1993年

〔蘇聯〕維・什克洛夫斯基著　劉宗次譯　《散文理論》　上海市
　　百花洲文藝出版社　1994年

〔古希臘〕亞里士多德著　陳中梅譯注　《詩學》　北京市　商務印
　　書館　1996年

〔美〕保羅・庫爾茨著　余靈靈等譯　《保衛世俗人道主義》　北京
　　市　東方出版社　1996年

〔英〕霍布豪斯著　朱曾汶譯　《自由主義》　北京市　商務印書館
　　1996年

〔斯洛伐克〕瑪利安・高利克著　陳聖生等譯　《中國現代文學批評
　　發生史（1917-1930）》　北京市　社會科學文獻出版社
　　1997年

〔蘇聯〕巴赫金著　白春仁等譯　《巴赫金全集》　石家莊市　河北
　　教育出版社　1998年

〔法〕伊夫・塔迪埃著　史忠義譯　《20世紀的文學批評》　天津市
　　百花文藝出版社　1998年

〔法〕米歇爾・福柯著　謝強、馬月譯　《知識考古學》　北京市
　　生活・讀書・新知三聯書店　1998年

〔美〕周策縱　陳永明等譯　《五四運動史》　長沙市　岳麓書社
　　1999年

〔美〕韋勒克著　張金言譯　《批評的概念》　上海市　中國美術學
　　院出版社　1999年

〔德〕哈貝馬斯著　曹衛東等譯　《公共領域的結構轉型》　上海市
　　學林出版社　1999年

〔英〕拉曼・塞爾登編　劉象愚、陳永國等譯　《文學批評理論——
　　從柏拉圖到現在》　北京市　北京大學出版社　2000年

〔美〕列文森著　鄭大華等譯　《儒教中國及其現代命運》　北京市　中國社會科學出版社　2000年

〔美〕哈羅德・布盧姆著　吳瓊譯　《批評、正典結構與預言》　北京市　中國社會科學出版社　2000年

〔英〕史蒂文・盧克斯著　閻克文譯　《個人主義》　南京市　江蘇人民出版社　2001年

〔法〕皮埃爾・布迪厄著　劉暉譯　《藝術的法則：文學場的生成和結構》　北京市　中央編譯出版社　2001版。

〔美〕韋勒克著　楊自伍譯　《近代文學批評史》　上海市　上海譯文出版社　2002年

〔美〕張灝　《張灝自選集》　上海市　上海教育出版社　2002年

〔美〕齊格蒙特・鮑曼著　范祥濤譯　《個體化社會》　上海市　上海三聯書店　2002年

〔蘇聯〕維・謝洛夫斯基著　劉寧譯　《歷史詩學》　天津市　百花文藝出版社　2003年

〔美〕M・H・艾布拉姆斯著　酈稚牛等譯　《鏡與燈──浪漫主義文論及批評傳統》　北京市　北京大學出版社　2004年

李歐梵著　王宏志等譯　《中國現代作家的浪漫一代》　北京市　新星出版社　2005年

劉小楓編選　《德語詩學文選》　上海市　華東師範大學出版社　2006年

〔加〕諾思羅普・弗萊著　陳慧等譯　《批評的解剖》　天津市　百花文藝出版社　2006年

孟慶樞、楊守森主編　《西方文論選》　北京市　高等教育出版社　2007年

〔英〕約翰・格雷著　顧愛彬、李瑞華譯　《自由主義的兩張面孔》　南京市　江蘇人民出版社　2008年

〔英〕艾倫・麥克法蘭著　管可穠譯　《英國個人主義的起源》　北京市　商務印書館　2008年

〔英〕霍普著　沈毅譯　《個人主義時代之共同體重建》　杭州市　浙江大學出版社　2010年

〔英〕以賽亞・伯林著　胡傳勝譯　《自由論》　南京市　譯林出版社　2011年

〔法〕托多羅夫著　侯應花譯《散文詩學　敘事研究論文選》　天津市　百花文藝出版社　2011年

〔德〕康德著　鄧曉芒譯　《實用人類學》　上海市　上海人民出版社　2012年

〔加〕泰勒著　韓震等譯　《自我的根源　現代認同的形成》　南京市　譯林出版社　2012年

〔英〕阿狄生等　劉炳善譯　《倫敦的叫賣聲》　北京市　生活・讀書・新知三聯書店　2013年

〔日〕柄谷行人著　趙京華譯　《日本現代文學的起源》　北京市　中央編譯出版社　2013年

〔美〕多邁爾著　萬俊人譯　《主體性的黃昏》　桂林市　廣西師範大學出版社　2013年

〔瑞士〕榮格著　馮川、蘇克譯　《心理學與文學》　南京市　譯林出版社　2014年

〔捷克〕丹尼爾・沙拉漢著　儲智勇譯　《個人主義的譜系》　長春市　吉林出版集團公司　2015年

〔匈〕阿格妮絲・赫勒著　趙司空譯　《個性倫理學》　哈爾濱市　黑龍江大學出版社　2015年

〔英〕安東尼・吉登斯　夏璐譯　《現代性與自我認同：晚期現代中的自我與社會》　北京市　中國人民大學出版社　2016年

〔英〕巴里・丹頓　王岫廬譯　《自我》　上海市　上海文藝出版社　2016年

〔匈〕盧卡奇著　杜章智等譯　《歷史與階級意識》　北京市　商務
　　　印書館　2017年

〔德〕叔本華著　石沖白譯　《作為意志和表象的世界》　北京市
　　　商務印書館　2017年

〔德〕尼采著　孫周興譯　《權力意志》　北京市　商務印書館　2017年

〔英〕埃里克・霍布斯鮑姆、特倫斯・蘭傑編　顧杭、龐冠群譯
　　　《傳統的發明》　南京市　譯林出版社　2019年

〔德〕恩斯特・卡西爾著　李琛譯　《人論》　上海市　上海文化出
　　　版社　2020年

〔美〕杜安・舒爾茨著　張登浩、李森譯　《人格心理學》　北京市
　　　機械工業出版社　2020年

〔奧〕弗洛伊德著　黃瑋譯　《自我與本我》　西安市　陝西師範大
　　　學出版總社　2021年

〔英〕保羅・約翰遜著　楊正潤譯　《知識分子》　北京市　新華出
　　　版社　2021年

四　論文類

俞元桂、姚春樹、王耀輝、汪文頂　〈中國現代散文的理論建設〉
　　　《福建師範大學學報》1981年第1期

俞元桂、姚春樹、王耀輝、汪文頂　〈中國現代散文理論建設管窺〉
　　　《文藝研究》1982年第1期

陳平原　〈林語堂與東西方文化〉　《中國現代文學研究叢刊》1985
　　　年第3期

劉再復　〈論文學的主體性〉　《文學評論》1985年第6期

佘樹森　〈現代散文理論鳥瞰〉　《北京大學學報（哲學社會科學
　　　版）》1986年第5期

方　銘　〈論現代散文理論建設〉　《中國現代文學研究叢刊》1986
　　　　年第2期

陳平原　〈林語堂的審美觀與東西文化〉　《文藝研究》1986年第3期

艾曉明　〈尋找與確立──二三十年代馬克思主義文學批評概觀〉
　　　　《中國現代文學研究叢刊》1987年第2期

丁亞平　〈論李健吾文學批評的審美個性〉　《中國現代文學研究叢
　　　　刊》1987年第2期

汪文頂　〈英國隨筆對中國現代散文的影響〉〉　《文學評論》1987年
　　　　第4期

〔英〕D・E・波拉德　趙京華譯　〈周作人散文理論與東西方小品
　　　　文〉　《中國現代文學研究叢刊》1988年第2期

鄧國偉　〈關於五四個性主義文學及其走向問題的思考〉　《中國現
　　　　代文學研究叢刊》1989年第1期

施建偉　〈林語堂幽默觀的發展軌跡〉　《文藝研究》1989年第6期

羅永奕　〈郁達夫的散文理論〉　《湖北師範學院學報（哲學社會科
　　　　學版）》1991年第2期

余　淩　〈論中國現代散文的「閒話」和「獨語」〉　《文學評論》
　　　　1992年第1期

黃開發　〈論周作人「自己表現」的文學觀〉　《魯迅研究月刊》
　　　　1994年第6期

劉峰傑　〈論京派批評觀〉　《文學評論》1994年第4期

汪文頂　〈現代散文研究評述〉　《中國現代文學研究叢刊》1995年
　　　　第1期

韋器閎　〈論「五四」以來中國散文觀念的形成與嬗變〉　《河池師
　　　　專學報（社會科學版）》1995年第1期

胡有清　〈論周作人的個性主義文學思想〉　《中國現代文學研究叢
　　　　刊》1996年第1期

謝茂松、葉彤、錢理群　〈普通人日常生活的重新發現──40年代淪陷區散文概論〉　《北京大學學報（哲學社會科學版）》1996年第1期

王愛松　〈論三十年代散文三派〉　《中國現代文學研究叢刊》1996年第2期

張夢陽　〈魯迅雜文與英國隨筆的比較研究〉　《社會科學戰線》1997年第2期

王嘉良　〈論語絲派散文〉　《文學評論》1997年第3期

王鍾陵　〈20世紀中國散文理論之變遷〉《學術月刊》1998年第11期

馬俊山　〈現代自由主義作家與新文學人文合法性〉　《文藝理論研究》1999年第1期

喻大翔　〈周作人言志散文體系論〉　《文學評論》1999年第2期

喻大翔　〈20世紀20年代散文審美批評論〉　《文藝評論》1999年第6期

湯奇雲　〈個人主義與浪漫主義的理論起源〉　《中國文學研究》2000年第1期

劉錫慶　〈現代散文「理論建設」的回顧和反思〉　《海南師範學院學報（人文社會科學版）》2000年第4期

沈義貞　〈在藝術與非藝術之間──中國現代散文理論的回顧與思考〉　《江海學刊》2001年第3期

王鐵仙　〈中國文學中的個性主義潮流──從晚明至「五四」〉　《文藝理論研究》2001年第3期

王愛松　〈個人主義與五四文學〉　《南京大學學報（哲學・人文學科・社會科學）》2001年第4期

席　揚　〈文化焦慮與文體選擇──論中國現代散文發展的文化心理基礎〉　《人文雜誌》2001年第6期

王兆勝　〈林語堂與公安三袁〉　《江蘇社會科學》2003年第6期

單正平　〈散文批評的理論問題〉　《海南師範學院學報（人文社會科學版）》2003年第6期

寧俊紅　〈20世紀古代散文批評範式的演變與反思〉　《蘭州大學學報》2003年第6期

黃科安　〈中國現代隨筆藝術的觀念建構與審美表現〉　《文學評論》2004年第1期

洪焌熒　〈文學想像與現代散文話語的建立〉　《中國現代文學研究叢刊》2004年第1、2期

高　玉　〈中國近現代個人主義話語及其比較〉　《新疆大學學報（社科版）》2004年第4期

吳效馬　〈五四個性主義的傳統文化淵源〉　《江漢論壇》2004年第5期

劉曉虹　〈個人觀轉型：中國現代性研究中的一個重要問題〉　《華東師範大學學報（哲學社會科學版）》2004年第6期

陳平原　〈古典散文的現代闡釋〉　《中山大學學報（社會科學版）》2004年第6期

李　怡　〈日本體驗與中國散文的近現代嬗變〉　《文學評論》2004年第6期

周海波　〈現代傳媒與現代散文辨體〉　《東方論壇》2005年第1期

丁曉原　〈「五四」散文的現代性闡釋〉　《中州學刊》2005年第2期

黃科安　〈西方現代性與中國現代隨筆的話語建構〉　《徐州師範大學學報》2005年第3期

熊禮匯　〈略論明清時期思想理論對散文流派演變之影響〉　《社會科學研究》2005年第6期

魏韶華、金桂珍　〈「個人主義」——「五四」一代之「公同信仰」——從魯迅、胡適的易蔔生觀切入〉　《山東社會科學》2005年第8期

何　軒　〈被遺忘的現代性：二三十年代美文小品的重新評價〉
　　　　《求索》2005年第10期

曠新年　〈個人、家族、民族國家關係的重建與現代文學的發生〉
　　　　《中國現代文學研究叢刊》2006年第1期

蒲震元　〈「人化」批評與「泛宇宙生命化」批評──中國傳統藝術
　　　　批評模式中的兩種重要批評形態〉　《文學評論》2006年第
　　　　5期

顧紅亮　〈「民族國家」語境中的個人圖像〉　《浙江學刊》2007年
　　　　第1期

蔡江珍　〈論英國 Essay 與中國散文現代性理論的關係〉　《福建論
　　　　壇》2007年第3期

丁曉原　〈論現代散文的公共性與個人性〉　《江海學刊》2008年第
　　　　1期

李建中　〈古典批評文體的現代復活──以三位京派批評家為例〉
　　　　《中山大學學報（社會科學版）》2008年第1期

許紀霖　〈個人主義的起源──「五四」時期的自我觀研究〉　《天
　　　　津社會科學》2008年第6期

孫紹振　〈「真情實感」論在理論上的十大漏洞〉　《江漢論壇》
　　　　2010年第1期

王本朝　〈中國現代文論的重估與民族話語重建〉　《中國現代文學
　　　　研究叢刊》2010年第1期

王水照、朱剛　〈三個遮蔽：中國古代文章學遭遇「五四」〉　《文
　　　　學評論》2010年第4期

顏水生、王景科　〈「個人主義」與中國現代散文〉　《山東師範大
　　　　學學報（人文社會科學版）》2011年第6期

劉　濤　〈20世紀中國古代散文理論研究之進程〉　《廣西社會科
　　　　學》2011年第7期

陳　鷺　〈新世紀散文研究範式之建立〉　《南方文壇》2013年第2期

陳劍暉　〈中國現代散文與「言志性靈」文學思潮〉　《福建論壇》
　　　　　2013年第9期

李思瑾　〈從研究現狀看建構現代散文理論的可能性〉　《湖北社會
　　　　　科學》2015年第11期

徐紅妍　〈中國現代個人主義文學思潮研究〉　山東師範大學博士學
　　　　　位論文　2016年

歐明俊　〈「挖掘」與「追認」——現代散文理論吸納古典資源的獨特
　　　　　方式〉　《華東師範大學學報（哲學社會科學版）》2017年第
　　　　　1期

王兆勝　〈中國散文理論話語的自主性問題〉　《美文》2017年第8期

王廣州　〈黑格爾美學中的「散文」隱喻與現代性問題〉　《同濟大
　　　　　學學報（社會科學版）》　2018年第5期

阮　忠　〈現代散文史觀與古代散文史撰述〉　《華中學術》2019年
　　　　　第3期

吳周文、陳劍暉　〈構建中國自主性散文理論話語〉　《中國社會科
　　　　　學》2021年第3期

吳周文　〈「載道」與「言志」的人為互悖與整一——一個糾結百年
　　　　　文論問題的哲學闡釋〉　《文藝爭鳴》2019年第10期

劉　軍　〈散文文體邊界討論之回望〉　《創作評譚》2021年第6期

黃開發　〈純文學觀念與現當代散文的體類概念系統〉　《學術研究》
　　　　　2022年第1期

汪衛東　〈文章傳統與中國現代散文理論的重構〉　《中國社會科
　　　　　學》2022年第2期

魏繼洲　〈抗戰時期中國現代散文理論流變考〉　《廣西民族大學學
　　　　　報（哲學社會科學版）》2022年第2期

作者簡介

王炳中

　　福建安溪人，文學博士。現為福建師範大學文學院教授、博士生導師，主要研究方向為中國現代散文、紀游文學。已出版專著《個人與歷史：現代文學的體性問題》，在《文學評論》、《中國現代文學研究叢刊》、《北京師範大學學報》、《中央民族大學學報》等刊物上發表學術論文數十篇。主持國家設科基金一般項目、福建省社科基金重大項目、福建省社科基金青年項目等多項課題。入選「福建省高校傑出青年科研人才培育計畫」。

本書簡介

　　「個性」是現代散文理論批評的核心範疇，關於它的探討幾乎貫穿了整個現代散文史，形成了紛繁複雜的現代散文理論「個性」說。「個性」說涉及散文本體論、創作論、文體論、風格論、鑒賞論等方面的理論與實踐問題，直接影響了現代散文文類的生成及建構，對其進行綜合性考察，基本上可以還原現代散文理論發生和展開的脈絡。本書主要採用聚焦透視、以點帶面的研究方法，把「個性」觀念作為現代散文理論批評的核心問題，將其置於現代歷史語境和散文發展坐標之中進行專題研究。這是現代散文研究的前沿課題和理論難題，對於散文研究的創新和深化、散文創作的獨創和繁榮都具有理論價值與實踐意義，對於文藝學的藝術個性研究亦有啟示和借鏡意義。

福建師範大學文學院百年學術論叢·第八輯 1702H11

現代散文理論的「個性」說研究

作　者	王炳中
總策畫	鄭家建　李建華

發行人　林慶彰

總經理　梁錦興

總編輯　張晏瑞

編輯所　萬卷樓圖書股份有限公司

臺北市羅斯福路二段 41 號 6 樓之 3

電話　(02)23216565

傳真　(02)23218698

發　行　萬卷樓圖書股份有限公司

臺北市羅斯福路二段 41 號 6 樓之 3

電話　(02)23216565

傳真　(02)23218698

電郵　SERVICE@WANJUAN.COM.TW

香港經銷　香港聯合書刊物流有限公司

電話　(852)21502100

傳真　(852)23560735

ISBN 978-626-386-093-3

2024 年 6 月初版二刷

定價：新臺幣 520 元

如何購買本書：

1. 劃撥購書，請透過以下郵政劃撥帳號：

　帳號：15624015

　戶名：萬卷樓圖書股份有限公司

2. 轉帳購書，請透過以下帳戶

　合作金庫銀行 古亭分行

　戶名：萬卷樓圖書股份有限公司

　帳號：0877717092596

3. 網路購書，請透過萬卷樓網站

　網址 WWW.WANJUAN.COM.TW

大量購書，請直接聯繫我們，將有專人為

您服務。客服：(02)23216565 分機 610

如有缺頁、破損或裝訂錯誤，請寄回更換

國家圖書館出版品預行編目資料

現代散文理論的「個性」說研究/王炳中著. --

初版二刷. -- 臺北市 ： 萬卷樓圖書股份有限公

司, 2024.06

　面 ；　公分. -- (福建師範大學文學院百年學

術論叢. 第八輯 ; 1702H11

ISBN 978-626-386-093-3(平裝)

1.CST: 散文　2.CST: 現代文學　3.CST: 文學評論

820.9508　　113005932